LA VIE EST UN ARC-EN-CIEL

CECELIA AHERN

LA VIE EST UN ARC-EN-CIEL

Traduit de l'anglais (Irlande) par Nicole Hibert

J'AI LU

Pretty
COMÉDIE

Titre original :
Where Rainbows End

Pour Mimmie

PREMIÈRE PARTIE

1

Alex,

Tu es invité à la fête pour mes 7 ans, mardi 8 avril. On a un majisien et tu peux venir chez moi à 2 heures. Ce sera fini à 5 heures. J'espère que tu viendras,

Ta meilleure amie Rosie

Rosie,

Je viendrai à ta fête d'anniversaire maircredi.

Alex

Alex,

C'est mardi et pas mercredi. Maman dit que tu dois pas amener Sandy. Elle sent mauvais, ton chien.

Rosie

Rosie,

Je m'en fiche de ce que dit ta maman, elle est bête et Sandy veut venir.

Alex

Alex,

Ma maman est pas bête, c'est toi qui y es. T'as pas le droit d'amener le chien. Elle crèvera les balons.

Rosie

Alors je viens pas.

Alex

Tant pis pour toi.
Rosie

Chère madame Stewart,

Je suis passée vous parler de l'anniversaire de ma fille Rosie, le 8 avril. Malheureusement, vous étiez absente. Je repasserai un peu plus tard dans l'après-midi, pour bavarder avec vous.

J'ai l'impression qu'il y a un petit problème entre Alex et Rosie, ils semblent fâchés. J'espère que vous pourrez m'expliquer la situation quand nous nous verrons. Rosie aimerait vraiment qu'il assiste à sa fête.

J'ai hâte de rencontrer la maman de ce charmant jeune homme !

À tout à l'heure,
Alice Dunne

Rosie,

Je serai content de venir à ta fête la semaine prochaine. Merci de m'avoir invité, moi et Sandy.

Ton ami Alex

Rosie,

Je me suis bien amusé à ta fête. Je m'excuse pour Sandy qui a crevé les balons et mangé ton gâteau. Elle avait faim parce que papa mange tous nos restes. À demain à l'école.

Alex

Alex,

Merci pour le cadeau. Pour Sandy, ça fait rien. Maman dit qu'elle avait besoin d'un nouveau tapis. Papa est quand même un peu colère. Il a dit que le vieux était très bien mais maman trouve que maintenant la maison sent le toutou. Regarde le nez de Mlle Casey. J'ai jamais vu un nez aussi gros.

Rosie

Rosie,

Et elle a une chandelle qui pendouille. J'ai jamais vu de martienne aussi moche. On devrait prévenir la police qu'on a une maîtresse extraterrestre qui pue vraiment du bec et qui

Chers monsieur et madame Stewart,

Je souhaiterais vous rencontrer pour discuter des résultats scolaires d'Alex. J'aimerais également vous parler de son comportement qui a changé ces derniers temps, ainsi que d'un problème précis : les petits mots qu'il écrit en classe. Je vous serais reconnaissante d'appeler l'école pour fixer un rendez-vous.

Cordialement,

Mlle Casey

Alex,

Elle nous a séparés, je la déteste. Maintenant, je suis à côté de Steven qui pue et qui mange ses crottes de nez. C'est dégoûtant. Qu'est-ce qu'ils ont dit, tes parents, sur Mlle Gros-Pif ?

Rosie

Rosie,

Maman a presque rien dit parce qu'elle rigolait. Je sait pas pourquoi. J'aime pas du tout être au premier rang. Mlle Casey arrête pas de me regardé.

Alex

Alex,

Tu fais toujours la même faute. Je SAIS, pas SAIT.

Rosie

Rosie,

Je sait écrire ce mot, mademoiselle-je-sait-tout.

Alex

Coucou d'Espagne ! Il fait beau et chaud. Il y a une piscine avec un grand tobogan. C'est super. J'ai un copin qui s'appelle John. Il est sympa. Je reviens dans deux semaines. Je me suis cassé le bras sur le tobogan et on m'a amené à l'hopital. J'aimerai travailler dans un hopital comme le docteur qui m'a réparé le bras parce qu'il avait une blouse blanche et qu'il m'a soigné. J'aimerai soigner les gens et avoir une blouse blanche. Mon copin John a signé mon plâtre. Si tu veux, tu pourras faire pareil.

Alex

Coucou de Lundin ! Mon hôtel est devant, sur la photo. Ma chambre est au septième étage, mais on la voit pas sur la carte. J'aimerais travailler dans un hôtel quand je serai grande parce qu'on a des chocolats tous les jours et que les gens sont tellement gentils qu'ils te rangent ta chambre. Ici les bus sont rouges comme ceux que tu as eus pour Noël. Je me suis fait une amie qui s'appelle Jane. On va se baigner ensemble. Bisous de Rosie.

Alex,

Pourquoi je ne suis pas invitée à ton anniversaire ? Je connais tous les garçons de la classe qui viendront. Tu m'es fâché ?

Rosie

Chère Alice,

Je suis désolée pour l'attitude d'Alex. Je sais que Rosie est triste de ne pas venir à la fête et qu'elle ne comprend pas pourquoi elle est ainsi exclue. Entre nous, je ne le comprends pas moi-même. J'ai essayé de parler à Alex, mais je crains que le raisonnement d'un garnement de dix ans ne m'échappe !

Je pense qu'il n'a tout simplement pas le courage de l'inviter car les autres garçons ne veulent pas d'une fille avec eux. Cela semble être de leur âge, malheureusement... Embrassez Rosie pour moi. Quand je l'ai vue la semaine dernière après la classe, j'ai senti combien elle était blessée. C'est trop injuste.

George et moi pouvons peut-être les sortir tous les deux, un autre soir de la semaine.

Amicalement,

Sandra Stewart

Rosie,

La fête était pas terrible, t'as rien manqué. C'est que des crétins. Brian a jeté sa pizza dans le duvet de James. Quand James s'est réveillé, il avait de la tomate et du fromage dans les cheveux, ma mère a essayé de le laver mais ça s'en allait pas, et puis la mère de James s'est énervée contre la mère de Brian et la mienne est devenue toute rouge et puis mon père a dit quelque chose que j'ai pas bien entandu et alors la mère de James a commencé à pleurer, et voilà tout le monde est parti. Tu veux qu'on aille au cinéma vendredi et après au McDo avec mes parents ?

Alex

Alex,

C'est dommage pour ta fête. Brian est toqué. Je le déteste. Le Pleurnicheur, on l'appelle. Je demanderai à mes parents pour le cinéma. Regarde le chemisier de Mlle Casey, il est comme celui de ma mamie. On dirait que Sandy a vomi partout dessus et que

Chers monsieur et madame Dunne,

Je souhaiterais vous voir pour discuter du comportement de Rosie qui écrit des petits mots pendant la classe. Je vous attends jeudi à quinze heures.

Mlle Casey

Alex,

Mes parents ne me laissent pas aller au cinéma ce soir. Je m'ennuie, parce que je suis pas assise à côté de toi. Les cheveux de Lizzie la Frisée m'empêchent de voir le tableau. Pourquoi est-ce qu'il nous arrive des choses comme ça tout le temps ?

Rosie

ALEX

QU'IL Y AIT DU SEXE DANS TA VIE...

ET DE LA VIE DANS TON SEXE !

TON AMOUREUSE SECRÈTE XXX

Rosie,

C'est toi qui a écrit cette carte, je le sait.

Alex

Alex,

Je ne vois pas de quoi tu parles. Pourquoi je t'enverrais une carte de Saint-Valentin ?

Rosie

Rosie,

Piégée ! Comment tu sait que c'est une carte de Saint-Valentin ? Parce que tu l'as envoyée, voilà. Tu *m'aimes*, tu veux te marier avec moi.

Alex

Alex,

Arrête de m'embêter, j'écoute Mme O'Sullivan. Si elle nous pique encore en train de nous passer des petits mots, on est morts.

Rosie

Rosie,

Qu'est-ce qui t'arrive ? Tu deviens drôlement fayot.

Alex

C'est pour ça que j'irai loin dans la vie, à l'université par exemple, que je réussirai et que j'aurai des tas d'argent... contrairement à toi...

Rosie

2

Cher monsieur Byrne,

Alex ne pourra pas assister aux cours demain, 8 avril, il a rendez-vous chez le dentiste.

Sandra Stewart

Chère madame Quinn,

Rosie ne pourra pas assister aux cours demain, 8 avril, elle a rendez-vous chez le médecin.

Alice Dunne

Rosie,

Je te retrouverai au coin de la rue à 8 h 30. N'oublie pas de prendre de quoi te changer. Pas question de se balader en ville avec nos uniformes. Ce sera le meilleur anniversaire de ta vie, Rosie Dunne, je t'en donne ma parole ! Je n'arrive pas à croire qu'on va faire ça !

Alex

PS – Seize ans, mon œil !

Hôpital St. James, 10 avril

M. et Mme Dunne,

Veuillez trouver ci-joint la facture pour le lavage d'estomac pratiqué sur Rosie Dunne en date du 8 avril.

Dr Montgomery

Rosie,

Ta mère monte la garde comme un chien féroce, ça m'étonnerait que je te revoie avant une dizaine d'années. Ta gentille grande sœur que tu aimes tant (!) a accepté de te faire passer ce mot. Tu lui dois une fleur.

Désolé pour l'autre jour. Peut-être que la Guiness et la tequila, ce n'était pas un très bon mélange. Pourtant ça paraissait une super-idée. Le pauvre type qui nous a servi à boire va être obligé de fermer son bar à cause de nous. J'étais sûr que les fausses cartes d'identité de mon copain marcheraient, même si la tienne disait que tu es née le 31 février !

Je me demande si tu as quelques souvenirs de ce qui s'est passé... Écris-moi, ta sœur me donnera ta lettre. Tu peux lui faire confiance, elle est furieuse que ta mère lui interdise d'abandonner la fac. De mon côté, Phil et Margaret viennent d'annoncer qu'ils attendaient un autre bébé, je vais donc être tonton pour la deuxième fois. Au moins, je ne suis plus le centre de l'attention générale, ça change. Notre exploit fait bien rigoler Phil, ça lui rappelle ses bêtises d'il y a dix ans.

Guéris vite, espèce d'alcoolique ! Je ne croyais pas possible pour un humain d'avoir la figure aussi verte. Il me semble que tu as enfin découvert ton talent caché, Rosie (je blague).

Alex,

JE VAIS ATROCEMENT MAL. J'ai un marteau dans le crâne, je ne me suis jamais sentie aussi malade de ma vie. Mes parents sont vraiment en rogne, je te préviens, tu ne seras plus jamais bien accueilli dans cette maison. Je vais être punie pendant trente ans minimum et je ne suis pas « autorisée » à te voir parce que tu « as une très mauvaise influence ».

Je m'en fiche, de toute façon, puisque je te verrai demain au lycée, sauf si je ne suis pas « autorisée » à y aller, ce qui ne me dérange pas du tout. Quand je pense qu'on a interro de maths lundi matin, je préférerais qu'on me relave l'estomac. De loin.

Au fait, pour répondre à ta question, je ne me souviens de rien, à part que je me suis étalée sur le sol dégoûtant de ce pub, qu'il y avait des lumières aveuglantes, des sirènes qui hurlaient, et que je vomissais. Mais je suppose qu'il n'y a rien d'autre à se rappeler ? Il y a autre chose ?

Rosie

Rosie,

Content de savoir que tout est à peu près normal. Mes parents aussi me rendent dingue, du coup je suis content d'être en classe. Ici, personne ne nous engueulera.

Alex

Chers monsieur et madame Dunne,

Au vu des agissements récents de votre fille Rosie, nous souhaiterions nous entretenir avec vous, au lycée, dans les plus brefs délais. Nous devons convenir ensemble d'une punition raisonnable. Vous comprendrez, nous n'en doutons pas, qu'une sanction est nécessaire. Les parents d'Alex Stewart assisteront également à cet entretien.

Nous vous attendrons lundi matin à 9 heures. Veuillez croire en nos sentiments les meilleurs.

Le Principal
M. Bogarty

De : Rosie
À : Alex
Objet : Renvoi temporaire !

Merde ! Je ne croyais pas que le vieux Bogart oserait nous renvoyer ! À l'entendre, on a assassiné des gens à la tronçonneuse ! Mais c'est la plus chouette des punitions, je vais rester au lit toute une semaine à soigner ma gueule de bois !

De : Alex
À : Rosie
Objet : l'enfer

Ravi que ta vie soit si géniale. Je t'envoie ce mail du pire endroit qu'il y ait au monde : un bureau. Je dois travailler ici avec mon père toute la semaine à classer des conneries et lécher des timbres. Je jure sur la bible que JAMAIS je ne travaillerai dans un bureau.

Et ces salauds ne me payent même pas.

Je suis furax.

De : Rosie
À : Alex
Objet : pauvre furax

Ha ha ha… j'ai oublié ce que je voulais te dire tellement je me tords de rire.

Gros bisous de Rosie qui t'écrit dans sa chambre, bien au chaud et heureuse comme un pape.

De : Alex
À : Rosie
Objet : flemmarde

Je m'en fous. Il y a une super-nana qui travaille dans ce bureau. Je vais me marier avec elle. Rira bien qui rira le dernier !

De : Rosie
À : Alex
Objet : Don Juan

Qui c'est, cette fille ?

Une non-lesbienne qui n'est donc pas jalouse

De : Alex
À : Rosie
Objet : la non-lesbienne

Je vais te surnommer comme ça, même si je n'ai pas encore la preuve de ce que tu avances.

Elle s'appelle Bethany Williams, elle a dix-sept ans (une vieille !), elle est blonde, avec les nénés les plus gros et les jambes les plus longues que j'aie jamais vus. Le dieu du sexe

De : Rosie
À : Alex
Objet : le dieu du sexe (beurk, beurk)

Elle a l'air d'une girafe. Je suis sûre qu'elle est très sympa (des nèfles !). Tu as déjà adressé la parole à ta future femme, ou elle ne connaît pas encore ton existence ? (sauf quand elle te file des documents à photocopier, évidemment).

Vous avez un message de : ALEX
Alex : j'ai une grande nouvelle pour toi.
Rosie : laisse-moi tranquille, j'essaie de me concentrer sur ce que raconte M. Simpson.
Alex : je me demande bien pourquoi... peut-être pour ses beaux grands yeux bleus ?
Rosie : je m'intéresse énormément, et de plus en plus, à Excel. C'est tellement excitant – je pourrais faire ça tout le week-end.
Alex : tu deviens vraiment barbante.
Rosie : je plaisantais, crétin ! Je déteste ces conneries, j'ai le cerveau en bouillie à force d'écouter. Mais fiche-moi la paix quand même.
Alex : tu ne veux pas savoir ce qu'il y a de nouveau ?
Rosie : non.

Alex : je te le dis quand même. Tu pourras changer de disque, ma vieille : le puceau ne l'est plus !

Alex : tu es là ?

Alex : Rosie, je te cause !

Rosie : excuse-moi, je suis tombée de ma chaise, droit dans les pommes. J'ai fait un cauchemar où tu disais que tu n'es plus puceau.

Alex : tu ne rêvais pas.

Rosie : ça signifie, je suppose, que tu ne porteras plus de slip qui te descende sur les cuisses.

Alex : maintenant, je n'ai plus besoin de slip.

Rosie : beurk ! Alors, qui est cette pauvre fille ? Pitié, pas Bethany, pitié…

Alex : manque de bol, c'est elle.

Alex : tu es là ?

Alex : Rosie ?

Rosie : qu'est-ce que tu veux ?

Alex : dis quelque chose.

Rosie : quoi donc ? Il faudrait que tu te trouves quelques copains parce que, moi, je ne vais pas te taper dans le dos et te demander les détails salaces.

Alex : dis-moi juste ce que tu en penses.

Rosie : pour être franche, d'après ce qu'on raconte sur elle, je crois que c'est une fille facile.

Alex : tu ne la connais pas, tu ne l'as même pas rencontrée. Pour toi, n'importe quelle fille qui couche avec un garçon est une fille facile.

Rosie : je l'ai vue, et tu exagères. Une fille facile, pour moi, c'est quelqu'un qui couche chaque soir de la semaine avec un garçon différent.

Alex : tu sait que c'est pas vrai.

Rosie : tu recommences à écrire n'importe comment. SAIS !

Alex : arrête avec ça, tu me fais ce plan depuis l'école primaire !

Rosie : exactement, et tu devrais l'avoir assimilé.

Alex : bon, oublie ce que je t'ai dit.

Rosie : Alex, je me fais du souci pour toi. Tu l'aimes beaucoup, et je te préviens simplement qu'elle n'est pas du genre à avoir un seul homme.
Alex : maintenant, elle l'est.
Rosie : vous sortez ensemble ?
Alex : oui.
Rosie : oui ? ? ? ?
Alex : tu as l'air surprise.
Rosie : je m'étonne que Bethany sorte avec des garçons, je croyais qu'elle couchait juste avec eux.
Rosie : Alex ?
Rosie : bon, d'accord, je m'excuse.
Alex : tu es pénible, Rosie.
Rosie : je sait.
Alex : très drôle.
M. Simpson : Descendez immédiatement chez le principal, tous les deux.
Rosie : POURQUOI ? ? ? MONSIEUR, S'IL VOUS PLAÎT, JE VOUS ÉCOUTAIS !
M. Simpson : je n'ai pas prononcé un mot depuis un quart d'heure. Vous êtes censée travailler sur votre exercice.
Rosie : ce n'est pas ma faute. Alex a une influence déplorable sur moi. Il m'empêche de me concentrer.
Alex : j'avais quelque chose de très important à dire à Rosie, ça ne pouvait pas attendre.
M. Simpson : j'ai vu, Alex. Mes félicitations.
Alex : comment vous savez ce que c'est ?
M. Simpson : si vous étiez plus attentifs, vous apprendriez quelques astuces utiles, par exemple comment garder des messages confidentiels, afin que personne ne les lise.
Alex : ça signifie que d'autres personnes ont lu ?
M. Simpson : effectivement.
Alex : oh non !
Rosie : ha, ha, ha
M. Simpson : Rosie ! ! Sortez immédiatement.
Alex : ha, ha, ha
M. Simpson : vous aussi, Alex.

3

De : Rosie
À : Alex
Objet : fête chez Julie

J'espère qu'ils ne t'épuisent pas « au bureau », je t'ai à peine vu cet été. Il y a une fête chez Julie ce soir, si tu veux venir. Je n'ai pas très envie d'y aller seule... même si tu es très occupé, fais-moi signe.

De : Alex
À : Rosie
Objet : re : fête chez Julie

Quelques mots en vitesse, suis vraiment débordé. Impossible sortir ce soir, ciné avec Bethany. Amuse-toi bien.

Un bonjour du Portugal ! On crève de chaud. Mon père a attrapé une insolation, ma mère ne décolle pas de la piscine, et il n'y a pas beaucoup de jeunes dans les parages. C'est la barbe. L'hôtel est juste au bord de la plage (au premier plan sur la carte). Tu adorerais travailler ici ! Je te rapporte une collection de petits flacons de shampoing, bonnets de douche et autres bidules dont tu raffoles. Le peignoir est trop grand pour tenir dans mon sac. On se voit quand je rentre. Alex.

De : Rosie
À : Alex
Objet : quoi de neuf ?

Tu as passé de bonnes vacances ? Je n'ai pas eu de tes nouvelles depuis ton retour… ça te dit de sortir ce soir ?

De : Alex
À : Rosie
Objet : re : quoi de neuf ?

Très occupé depuis mon retour. Je suis pris ce soir, mais je te déposerai ton cadeau.

De : Rosie
À : Alex
Objet : re : re : quoi de neuf ?

Je ne t'ai pas vu hier soir, je voudrais bien mes petits shampoings…

De : Alex
À : Rosie
Objet : désolé

Je vais à Donegal en week-end, les parents de Beth y ont une maison. Je te déposerai ton cadeau au retour.

Cher ami, cher salaud,

Je t'écris car si je te disais en face ce que j'ai sur le cœur, je t'écrabouillerais la figure.

Je ne te reconnais plus. Je ne te vois plus. De temps en temps, tu daignes m'envoyer un mail en vitesse. Je sais que tu es occupé et que tu as Bethany, mais tu pourrais quand même me faire signe ? Je suis censée être ta meilleure amie.

Tu n'imagines pas comment j'ai passé cet été. Depuis qu'on est gamins, on a écarté tous ceux qui auraient pu devenir des amis. Pour être ensemble, juste toi et moi. Tu n'en es sans doute pas conscient, puisque tu n'es pas dans ma situation. Tu as toujours eu quelqu'un : moi. Maintenant tu as Bethany, et moi je n'ai personne.

Tu n'as apparemment plus besoin de moi, ce qui me fait de la peine. Je ne te reproche rien, je ne casse pas du sucre sur le dos de Bethany, mais tu me manques. Et je me sens seule.

Chaque fois que tu annules une soirée, je me retrouve avec mes parents devant la télé. Stephanie n'est jamais là, et même mon petit frère Kevin sort plus que moi. C'est carrément déprimant. Cet été, on devait s'amuser. Qu'est-ce qui nous est arrivé ?

Je sais que tu as trouvé quelqu'un d'extraordinaire, que vous avez une « relation » fabuleuse qu'on n'aura jamais, toi et moi. Mais nous avons autre chose, nous sommes des amis. À moins que l'amitié n'existe plus dès qu'on rencontre quelqu'un ? J'ai du mal à comprendre, peut-être parce que je n'ai pas rencontré ce « quelqu'un ». Et je ne suis pas pressée. Ce qu'il y avait entre nous me plaisait.

Dans quelques années, si on prononce mon nom devant toi, tu diras : « Rosie ? Je me demande ce qu'elle est devenue, je ne l'ai pas revue depuis des siècles, je l'avais oubliée ! » Tu seras comme mes parents quand ils dînent avec des amis et parlent de leur jeunesse. Ils mentionnent toujours des gens que je ne connais même pas et qui ont pourtant partagé des moments essentiels de leur vie. Où sont-ils aujourd'hui ? Comment est-il possible de ne même plus téléphoner à celle qui a été ta demoiselle d'honneur le jour de ton mariage ? Ou de ne pas savoir, comme mon père, où habite son meilleur copain d'école ?

Bref, je refuse d'être quelqu'un qu'on oublie, qui comptait tellement à une époque, qu'on aimait tant, pour n'être plus, ensuite, qu'un souvenir lointain. Je veux que nous soyons toujours les meilleurs amis du monde.

Je me réjouis que tu sois heureux, sincèrement, mais je me sens abandonnée. Peut-être que notre histoire est finie, que la tienne commence à présent avec Bethany. Si c'est le cas, je ne t'enverrai pas cette lettre. Si je ne te l'envoie pas, pourquoi je continue à écrire ? Allez, j'arrête et je déchire ces lignes embrouillées.

Ton amie Rosie

De : Alex
À : Rosie
Objet : salut, Fleur Bleue !

Comment va, Fleur Bleue ? (Je ne t'ai pas appelée comme ça depuis une éternité.) Je n'ai plus de nouvelles. Chaque fois que je passe chez toi, tu es absente ou dans ton bain. Devrais-je commencer à me vexer ? ! Heureusement que je te connais : si tu avais des reproches à me faire, tu ne prendrais pas de gants !

À la fin de l'été, on se verra tous les jours, au point qu'on en aura marre. On entre en terminale, tu te rends compte ? C'est dingue ! L'année prochaine à cette époque, j'étudierai la médecine et tu dirigeras un hôtel ! Ici, au bureau, c'est l'enfer. Mon père m'a accordé une promotion, je ne me contente plus de classer et de coller des étiquettes, je réponds aussi au téléphone. Mais j'ai besoin de cet argent et, au moins, je peux être avec Bethany tous les jours. Comment se passe ton boulot de plongeuse au Dragon ? Je n'en reviens pas que tu aies abandonné le baby-sitting pour ce job. Tu aurais pu rester tranquille toutes les nuits à regarder la télé au lieu de t'abîmer les mains à gratter des nouilles séchées au fond d'un wok.

De : Rosie
À : Alex
Objet : Fleur Bleue toi-même !

Si je ne te vois pas beaucoup, ce n'est pas que je déteste Bethany (hum...), mais je crains qu'elle ne m'aime pas beaucoup. Ça pourrait avoir un rapport avec le fait qu'une de ses copines lui a répété ce que j'avais écrit sur elle en cours d'informatique, l'an dernier... Il me semble qu'elle n'a pas apprécié d'être traitée de fille facile, je ne sais pas pourquoi... certaines femmes sont bizarres. À propos, tu sais que M. Simpson s'est marié cet été ? Ça me tue. Jamais plus je ne regarderai Excel du même œil.

C'est bientôt ton anniversaire ! Tu as enfin atteint l'âge vénérable de 18 ans ! Tu veux sortir fêter ta majorité ?

Répond-moi.

PS – Et arrête de m'appeler Fleur Bleue, SVP !

De : Alex
À : Rosie
Objet : 18e anniversaire

Content de savoir que tu es vivante, je commençais à m'inquiéter ! J'aimerais fêter mes 18 ans avec toi, mais les parents de Bethany nous emmènent, mes parents et moi, dîner au Noisetier (c'est chic, non ?). Pour qu'on fasse connaissance. Désolé, une autre fois.

~~Très cher Alex,~~

~~Amuse-toi bien~~
~~Aux chiottes Bethany~~
~~Aux chiottes ses parents~~
~~Aux chiottes Le Noisetier~~
~~Va te faire foutre~~
~~Ta meilleure amie Rosie~~

De : Rosie
À : Alex
Objet : joyeux anniversaire !

Profite bien du dîner.

De : Rosie
À : Alex
Objet : CATASTROPHE !

Je n'y crois pas ! Je viens de parler à ta mère. J'appelais comme ça, et elle m'a annoncé la mauvaise nouvelle. S'il te plaît, appelle-moi quand tu peux, ton patron me répète que tu ne peux pas prendre de communications personnelles pendant les heures de travail. DÉMISSIONNE, et contacte-moi vite.

C'est affreux, je suis dans tous mes états !

4

Cher monsieur Stewart,

Nous avons le plaisir de vous annoncer que vous avez été retenu pour occuper le poste de vice-président de Charles & Charles Co. Nous sommes impatients de vous accueillir à Boston, vous et votre famille.

J'espère que l'indemnité de déménagement que nous vous proposons vous conviendra. Si Charles & Charles Co peut faire autre chose pour vous, n'hésitez surtout pas à exprimer vos besoins. Maria vous contactera pour fixer avec vous la date à laquelle vous prendrez vos fonctions.

Bienvenue dans l'équipe !

Cordialement,

Robert Brasco

Président de Charles & Charles Co.

De : Alex
À : Rosie
Objet : re : CATASTROPHE !

Je t'appellerai de chez moi. C'est vrai, on a proposé à mon père un job qui paraît assommant… Je ne sais pas au juste de quoi il s'agit, je n'écoutais pas quand il m'a expliqué. Je ne comprends pas pourquoi il doit aller jusqu'à Boston pour faire un boulot barbant, ici ça ne manque pas. Il n'a qu'à prendre le mien.

Je suis furax. Je ne veux pas partir. Il ne me reste qu'un an de lycée, ce n'est vraiment pas le bon moment.

Je ne veux pas aller dans un lycée américain à la noix, je ne veux pas te quitter.

On discutera de tout ça plus tard. Il faut trouver une solution pour que je reste. C'est la poisse, Rosie.

De : Rosie
À : Alex
Objet : reste avec moi !

Ne t'en va pas ! Mes parents disent qu'on t'hébergera ! Termine le lycée ici, ensuite on pourra décider tous les deux pour la suite. Reste, s'il te plaît ! Ce sera génial de vivre ensemble, comme quand on était jeunes et qu'on s'empêchait de dormir avec nos talkies-walkies. Tu te rappelles ? On entendait surtout de la friture, mais on était tellement fiers ! Souviens-toi de cette veille de Noël, il y a longtemps, quand on a guetté le Père Noël. On avait organisé ça pendant des semaines, dessiné des cartes de la route et des plans de nos maisons pour couvrir tous les accès et ne pas le manquer. J'étais de garde de 22 heures à 1 heure, puis tu devais te réveiller et prendre la relève. Mais, surprise... tu ne l'as pas fait. Et j'ai braillé dans ce talkie-walkie toute la nuit pour te tirer du sommeil ! Tu as loupé le Père Noël, tandis que moi, je l'ai vu...

Si tu restes chez nous, Alex, on papotera jusqu'à l'aube Ce serait génial. Quand on était gamins, on voulait vivre ensemble, maintenant on en a l'occasion...

Persuade tes parents d'accepter. De toute façon, tu es majeur, tu es libre de faire de ce qui te chante.

Rosie,

J'ai préféré ne pas te réveiller, ta mère te donnera ce mot. Tu sais que je déteste les adieux, et d'ailleurs ce n'est pas un adieu. Tu viendras me voir souvent. Promets-le-moi. Mes parents ne me laisseraient même pas chez

Phil, alors chez toi… pas question. Ils veulent me surveiller jusqu'au bac.

Tu me manqueras. Je te téléphonerai dès mon arrivée.

Je t'embrasse,

Alex

PS – Je te répète que, la veille de Noël, je ne dormais pas. Mais la pile de mon talkie-walkie était morte. Figure-toi que, moi aussi, j'ai vu le Père Noël.

Alex,

Bonne chance, petit frère. Ne t'inquiète pas, tu seras bien en Amérique, et j'ai hâte de venir te voir. J'ai vingt-huit ans, une femme et deux enfants, pourtant je regrette de ne pas partir avec la troupe. Vous allez tous me manquer. Sans toi, ce ne sera pas pareil. Ne te fais pas de souci pour Rosie, sa vie ne s'écroulera pas parce que tu quittes le pays. Cependant, si ça peut te rassurer, je veillerai sur elle pour toi – d'une certaine manière, je la considère presque comme ma petite sœur. Autre chose : si Sandy n'apprend pas à contrôler sa vessie dans cette maison, je vous l'expédie par avion.

Phil (+ Margaret, William et Fiona)

De : Rosie
À : Stephanie
Objet : au secours !

Je ne m'habitue pas à son départ. Ni au tien. Tout le monde me quitte, pourquoi ? Tu n'aurais pas pu « te trouver » ailleurs qu'en France, plus près de chez nous ?

Pourquoi Alex a-t-il rompu avec Bethany la Traînée juste deux semaines avant de partir ? Pour nous, c'était de nouveau comme avant. On se voyait sans arrêt.

Brian le Pleurnicheur a organisé une fête d'adieu pour Alex ; à mon avis, c'était surtout un prétexte pour extorquer à ses parents la permission de faire une boum. Alex et lui n'ont jamais pu s'encadrer, depuis l'histoire de la pizza dans les cheveux de James. Bref, le Pleurnicheur a invité tous ses copains du lycée. Alex et moi, on ne connaissait personne ! Du coup, on est allés en ville, au pub O'Brien. Il a eu l'idée lumineuse de se planter devant la porte comme s'il était le videur (le lundi, il n'y en a pas). Il est tellement grand et musclé que ça a marché. On est restés là des heures à renvoyer les clients, je crois qu'il n'a pas laissé passer un chat. Quand on a commencé à s'ennuyer, on est entrés dans le pub vide, on a bu et on s'est lamentés sur notre sort... Une soirée géniale. Les moments qu'on a eus, juste nous deux, me manquent terriblement.

Tu n'imagines pas à quel point, maintenant, je me sens seule au lycée. Pour un peu, je supplierais les gens à genoux de devenir mes amis. Pathétique, non ? Les autres s'en fichent. Je les ignore depuis des années, ils ne s'estiment donc pas obligés de me parler. Certains d'entre eux sont même très contents. Et les profs sont ravis. Après le cours, M. Simpson m'a fécilitée pour les bons résultats que j'ai obtenus récemment. La honte. Alex serait horrifié d'apprendre que je bûche. Et moi, je suis horrifiée d'être tombée si bas. J'écoute les profs, parce qu'eux, au moins, m'adressent la parole. Déprimant.

Je me réveille le matin avec l'impression qu'il me manque quelque chose, sans trop savoir quoi... et brusquement je me souviens : mon meilleur ami est parti. Mon unique ami. J'ai été stupide de tout miser sur une seule personne. À présent, je paye.

J'arrête de me plaindre, je suppose que tu en as assez avec tes propres problèmes. Comment ma grande sœur se débrouille-t-elle en France ? Je n'en reviens pas que tu sois là-bas, tu as toujours détesté le français. Ce n'est que pour quelques mois, n'est-ce pas ? Papa est toujours fâché que tu abandonnes l'université. Moi, je ne comprends pas bien que tu aies dû t'en aller pour « te trouver ». Il suffisait de te regarder dans ton miroir. Comment est le restaurant ? Tu as déjà cassé des assiettes ? Tu comptes y travailler longtemps ? Il y a des types sympas ? Sans doute, les Français sont appétissants. Si tu as trop d'amoureux, expédie-les-moi.

Gros bisous,

Rosie

PS – Papa demande si tu as assez d'argent, maman si tu manges bien, et le petit Kevin (qui a drôlement grandi !) si tu lui enverras un jeu vidéo (ne fais pas attention à lui).

De : Stephanie
À : Rosie
Objet : re : au secours !

Ma petite sœur chérie,

Ne t'inquiète pas pour Alex. J'y ai beaucoup réfléchi, à mon avis c'est une bonne chose qu'il soit parti : cette année au moins, pour la première fois, tu n'écoperas pas d'un renvoi temporaire. Maman et papa en seraient tellement fiers (à propos, dis-leur que suis fauchée, affamée et qu'actuellement je me cherche dans un cybercafé parisien).

Je sais ce que tu éprouves. Moi aussi, je me sens seule. Mais cramponne-toi. Après le bac, peut-être Alex reviendra-t-il en Irlande, si tu ne fais pas tes études universitaires à Boston !

Donne-toi un but, Rosie, ça t'aidera. Essaie d'obtenir ce que tu veux, et les mois qui t'attendent prendront un sens. Va à Boston si ton bonheur est là-bas. Décroche un diplôme de management hôtelier comme tu l'as toujours souhaité.

Tu es très jeune, Rosie, tu ne supportes pas qu'on te le rappelle, pourtant c'est vrai. Tu surmonteras vite ce qui te paraît tragique aujourd'hui. Tu n'as que dix-sept ans. Alex et toi, vous avez toute la vie pour vous retrouver… Les âmes sœurs ne sont jamais séparées éternellement. Dans quelques années, cette idiote de Bethany ne sera même plus un souvenir pour lui. On oublie facilement une ancienne petite copine, tandis qu'une amie comme toi reste toujours présente.

Prends soin de toi. Embrasse papa et maman, dis-leur que je me cherche encore. Mais, à force de me chercher, il se pourrait bien que j'aie trouvé quelqu'un. Grand, brun et plein de charme…

5

Chère mademoiselle Rosie Dunne,

Nous venons par la présente accuser réception de votre dossier d'inscription au département de management hôtelier de l'Université de Boston. Nous avons le plaisir de vous informer que votre candidature a été retenue pour…

De : Rosie
À : Alex
Objet : Boston, me voilà !

JE SUIS ADMISE ! YOUPI ! J'ai reçu la lettre ce matin, je suis hystérique. Tu as intérêt à ne pas bouger un cil, monsieur Stewart, j'arrive ! Quelle chance, même si on ne sera pas dans la même fac (Harvard est bien trop distinguée pour les gens comme moi !) Tant mieux, remarque, on ne peut pas se permettre de se faire renvoyer…

Je suis tellement excitée. Contacte-moi dès que possible. Je voudrais te téléphoner, mais mon père a interdit les appels longue distance après la dernière facture. Mes parents sont si fiers qu'ils annoncent la nouvelle à toute la famille. Ils espèrent sans doute que je serai la première Dunne à suivre des études universitaires jusqu'au bout. Papa n'arrête pas de me répéter : Ne t'avise pas de partir ailleurs pour « te trouver », comme Stephanie. À propos, ça m'étonnerait que Steph rentre en Irlande, elle a rencontré un chef qui travaille au restaurant où elle est serveuse, et elle est officiellement « amoureuse ».

Le téléphone a sonné toute la journée, on me félicite. Paul et Eileen, les voisins d'en face, m'ont fait livrer un gros bouquet de fleurs. Ma mère prépare une réception pour ce soir, juste quelques sandwichs et des saucisses cocktail. Kevin est ravi que je parte, il sera encore plus gâté qu'avant. Ce sale gosse me manquera, même s'il m'adresse à peine la parole. Mes parents me manqueront beaucoup, mais pour l'instant tout le monde est trop heureux pour penser que je ne vivrai plus ici. L'énormité de la chose me tombera sans doute dessus le jour où je quitterai la maison. En attendant, on fête ça !

PS – Bientôt je dirigerai un hôtel dont tu seras le médecin attitré, et tu sauveras les clients que j'empoisonnerai dans mon restaurant. Exactement ce dont on a toujours rêvé. C'est fantastique.

De : Alex
À : Rosie
Objet : re : Boston, me voilà !

Génial ! J'ai tellement hâte de te voir ! Harvard n'est pas trop loin de l'Université de Boston (en tout cas, il n'y a pas d'océan entre les deux – tu t'imagines que Harvard m'a accepté ? Ce doit être la version intello d'une blague désopilante). Je suis trop excité pour taper sur mon clavier, dépêche-toi ! Tu arrives quand ?

De : Rosie
À : Alex
Objet : septembre

Je ne serai pas là avant septembre, quelques jours avant le début du semestre. J'ai une foule de choses à régler, tu n'imagines pas. Le bal de la promo aura lieu fin août, tu viendras ? J'ai besoin d'un cavalier ! On s'amusera bien et on pourra embêter tous nos profs. Comme au bon vieux temps... réponds-moi vite

De : Alex
À : Rosie
Objet : le bal

Évidemment que je serai là, je ne manquerais pas ça pour un empire !

Tu es oùþ? J'attends à l'aéroport depuis des heures. Essayé de t'appeler chez toi et sur ton mobile. Tout est OKþ?

Tu peux consulter ton mail à l'aéroportþ? Envoyé message. Alex

De : Alex
À : Rosie
Objet : désolé

Je suis catastrophé. Cette journée a été un véritable cauchemar. Ils se sont plantés, je ne sais pas ce qui s'est passé, mais mon nom ne figurait pas sur la liste quand je suis allé retirer mon billet. J'ai été coincé ici des heures à tenter d'avoir un autre vol. Ils sont tous complets, les gens rentrent pour les vacances. Je suis en attente mais, pour l'instant, je n'ai pas de place. Je traîne dans l'aéroport. C'est un cauchemar.

De : Rosie
À : Alex
Objet : solution

Mon père a discuté avec la fille du guichet d'Aer Lingus. Il y a un avion qui décolle de Boston demain à 10 heures.

Avec le décalage horaire, tu atterriras ici à 20 heures. On pourrait venir te chercher à l'aéroport et aller directement au bal ? À moins que tu préfères passer chez moi d'abord ? Tu ne peux pas mettre ton smoking pour le voyage, il serait tout fripé. Qu'est-ce que tu en penses ?

De : Alex
À : Rosie
Objet : re : solution

Ça me va. Tant pis si on est en retard, du moment que j'arrive à destination. Je vais voir s'ils peuvent me réserver une place sur ce vol.

De : Alex
À : Rosie
Objet : pas de billet

Mauvaise nouvelle. Le vol est complet.

De : Rosie
À : Alex
Objet : re : pas de billet

Merde. Réfléchissons, réfléchissons. Qu'est-ce que je peux faire ? Apparemment, tu peux venir ici n'importe quel jour sauf demain. Quelqu'un là-haut ne veut pas que tu montes dans cet avion. C'est peut-être un signe ?

De : Alex
À : Rosie
Objet : coupable

C'est ma faute. J'aurais dû vérifier il y a une semaine avec la compagnie – ils conseillent toujours de confirmer une réservation. Je t'ai gâché ta soirée, mais il faut que tu ailles à ce bal. Tu as encore toute la journée pour te trouver un autre cavalier. Prends plein de photos et amuse-toi bien. Je suis désolé, Rosie.

De : Rosie
À : Alex
Objet : re : coupable

Tu n'y es pour rien. Je suis déçue, mais n'exagérons pas : ce n'est pas la fin du monde et je serai à Boston dans un peu plus d'un mois. On se verra TOUS LES JOURS ! On va passer des moments formidables. Je te laisse, je dois me chercher un homme...

De : Alex
À : Rosie
Objet : chasse à l'homme

Tu as réussi à en dénicher un ?

De : Rosie
À : Alex
Objet : re : chasse à l'homme

Quelle question idiote ! Bien sûr que j'en ai déniché un. Je suis outrée que tu oses le demander...

De : Alex
À : Rosie
Objet : l'homme mystérieux

Alors, qui c'est ?

De : Rosie
À : Alex
Objet : motus et bouche cousue

Ça ne te regarde absolument pas...

De : Alex
À : Rosie
Objet : l'homme invisible.

Je le savais ! Tu n'as pas trouvé de cavalier !

De : Rosie
À : Alex
Objet : le grand costaud.

Mais si.

De : Alex
À : Rosie
Objet : personne

Alors dis-moi qui c'est ! ! !

De : Rosie
À : Alex
Objet : presque quelqu'un

Brian.

De : Alex
À : Rosie
Objet : Brian ?

LE PLEURNICHEUR ? ? ?

De : Rosie
À : Alex
Objet : re : Bryan ?

Peut-être...

De : Alex
À : Rosie
Objet : ha ha !

Je me tords de rire... Tu vas au bal de la promo avec Brian le Pleurnicheur ! Tu as raclé les fonds de tiroir. Le Brian qui t'a soulevé ta jupe quand tu avais six ans, dans la cour de l'école, pour montrer ta culotte à tout le monde ? Le Brian à côté de qui tu as été forcée de t'asseoir en classe d'un bout à l'autre du CE2, qui mangeait des sandwichs au poisson chaque jour au déjeuner et qui se curait le nez ? Le Brian qui nous suivait à la sortie de l'école en chantant « Rosie et Alex sont amoureux », qui t'a fait pleurer et à cause de qui tu as boudé une semaine entière ? Le Brian qui a renversé sa bière sur ton chemisier neuf à ma fête d'adieu ? Le Brian que tu ne peux pas supporter, celui que tu as haï de l'école primaire au bac ? Et c'est *lui* qui t'accompagne au dernier bal du lycée ?

De : Rosie
À : Alex
Objet : lui-même

Oui, Alex. Maintenant, puis-je te prier de ne plus me bombarder de mails ? Ma petite maman m'attache des nœuds dans les cheveux pour me rendre à peu près présentable. Elle a aussi lu tes messages et te fait dire que, ce soir, Brian le Pleurnicheur ne me soulèvera pas ma jupe.

De : Alex
À : Rosie
Objet : re : lui-même

J'aurai essayé. Bonne soirée !

De : Rosie
À : Alex
Objet : re : re : lui-même

Brian est le seul cavalier que j'aie pu trouver à la dernière minute, à cause de toi. Je me contenterai de poser avec lui pour les photos. Mes parents auront de jolis souvenirs de leur fille au bal des débutantes, bien pomponnée et accompagnée d'un garçon en smoking. Il y aura dix personnes par table, je ne serai même pas obligée de lui parler pendant le dîner. Ça t'amuse, hein ?

De : Alex
À : Rosie
Objet : re : re : re : lui-même

Non, je préférerais être là. Ne fais pas des bêtises que je ne ferais pas.

De : Rosie
À : Alex
Objet : re : re : re : re : lui-même

Ça me laisse de la marge. Je suis coiffée, il faut que je finisse de me préparer. Je te raconterai demain.

De : Alex
À : Rosie
Objet : le bal

Comment ça s'est passé ? Tu as sans doute la gueule de bois. J'attendrai jusqu'à demain pour avoir de tes nouvelles, mais pas plus longtemps. Je veux tout savoir !

De : Alex
À : Rosie
Objet : le bal

Tu as eu mon dernier mail ? Je téléphone et ça ne répond pas. Qu'est-ce qu'il y a ? J'espère que tu prépares le grand voyage pour me rejoindre. Écris-moi vite.

Steph : arrête d'éviter Alex, raconte-lui. Il m'envoie des mails, à moi, pour me demander ce qui est arrivé et je ne vais sûrement pas le lui expliquer ! Le pauvre a manqué la soirée, il veut juste savoir qui a fait quoi, quand et où.
Rosie : je ne lui dirai certainement pas qui s'est fait qui.
Steph : très drôle.
Rosie : ça ne l'est pas.
Steph : je trouve ça hilarant. Allez, il y a maintenant plus de trois semaines !
Rosie : trois semaines, tu en es sûre ?
Steph : oui, pourquoi ?
Rosie : merde.

De : Alex
À : Rosie
Objet : où es-tu ?

Tu as des problèmes avec ton mail ? Fais-moi signe. Tu devrais bientôt prendre l'avion pour venir ici, sinon tu manqueras le début du trimestre.

De : Alex
À : Rosie
Objet : Rosie ?

Tu es fâchée contre moi ? Je regrette de n'avoir pas pu t'accompagner au bal de la promo, mais je pensais que tu m'avais pardonné. Ça n'a pas pu se passer aussi mal avec Brian, n'est-ce pas ? Qu'est-ce que tu as fabriqué pendant tout ce mois ? Pourquoi personne ne décroche le téléphone, quand j'appelle chez toi ? Réponds-moi.

Chère madame Dunne,

Je me permets de vous écrire car je n'ai aucune nouvelle de Rosie, ce qui m'inquiète un peu. Elle ne m'a pas habitué à ce silence. Chaque fois que je téléphone chez vous, je tombe sur le répondeur. Avez-vous eu mes messages ? Peut-être êtes-vous tous partis ? Je vous serais reconnaissant de me faire savoir si tout va bien et de demander à Rosie de me contacter.

Amicalement,

Alex

Chère Sandra,

Alex a laissé des messages toute la semaine, il se fait beaucoup de souci pour Rosie. Je me doute que vous êtes également préoccupée, aussi j'ai décidé de vous expliquer la situation…

De : Alex
À : Rosie
Objet : pourquoi ?

Ma mère m'a prévenu aujourd'hui que tu ne viendrais pas à Boston. S'il te plaît, explique-moi ce qui se passe. Je me fais un sang d'encre. Est-ce que j'ai fait quelque chose de mal ? Quel que soit le problème, je comprendrai et je serai toujours là pour t'aider. Je t'en prie, dis-moi ce qu'il y a. Je deviens fou. Si tu ne me contactes pas, je saute dans un avion. Je t'embrasse.

De : Stephanie
À : Rosie
Objet : j'arrive

Rosie, mon cœur, ne t'affole pas. Respire à fond et essaie de te détendre. Il y a une raison à tout. Peut-être est-ce le bon chemin pour toi, peut-être n'étais-tu pas destinée à vivre en Amérique. Je prends un billet d'avion, je serai à la maison dès que possible. Accroche-toi, sœurette.

Chère mademoiselle Dunne,

Nous avons bien reçu votre courrier nous informant que vous annuliez votre inscription au département de management hôtelier de l'Université de Boston.

Cordialement,

Robert Whitworth

Je ne suis pas d'accord avec ta décision. Je pars comme prévu. J'espère que tout s'arrangera.

De : Rosie
À : Alex
Objet : au secours

Mon Dieu, Alex, qu'est-ce que j'ai fait ?

6

Alex,

C'était bon de te revoir, s'il te plaît ne t'éloigne pas de moi, je vais avoir besoin de tous mes amis. Merci de m'avoir si bien réconfortée la semaine dernière, je pense sincèrement que je deviendrais folle sans toi.

La vie est bizarre, n'est-ce pas ? Juste au moment où on croit avoir tout prévu, quand on commence enfin à construire quelque chose, qu'on est heureux et qu'on a l'impression de savoir où on va, le chemin bifurque, les panneaux changent, le vent souffle en sens inverse, le nord devient soudain le sud, et on est perdu. C'est si facile de s'égarer en route.

Il n'y a pas beaucoup de certitudes dans l'existence, hormis celle-ci : il faut assumer les conséquences de ses actes, aller jusqu'au bout.

Qu'est-ce que j'ai fait dans ma vie qui devait vraiment être fait ? J'avais le choix, et j'ai toujours choisi la facilité – *nous* avons toujours choisi la facilité. Il y a quelques mois, une interro de maths le lundi matin ou un gros bouton sur le nez était une montagne.

Cette fois, j'attends un bébé. Un bébé. Qui sera là le lundi, le mardi, et tous les jours de la semaine. Je n'aurai plus de week-ends. Plus de vacances pendant trois mois. Je ne pourrai pas prendre une journée de congé, prétexter que je suis malade ou convaincre ma mère de m'écrire un mot d'excuse. C'est à mon tour d'être mère. Et j'aimerais avoir la possibilité de me faire un mot d'excuse.

J'ai peur, Alex.

De : Alex
À : Rosie
Objet : areu areu

Effectivement, ce n'est pas une interro de maths le lundi matin. Ce sera infiniment mieux que ça. Une interro de maths, c'est la barbe, ça endort et ça flanque mal au crâne. Tu apprendras beaucoup plus de cette expérience.

Je serai là pour toi chaque fois que tu auras besoin de moi. L'université peut t'attendre, Rosie, tu as quelque chose de bien plus important à faire pour l'instant. Je sait que tout ira bien.

De : Rosie
À : Alex
Objet : re : areu areu

Tu SAIS que tout ira bien. Attention à ton orthographe, monsieur Stewart !

De : Alex
À : Rosie
Objet : re : re : areu areu

Tu vois, tu réagis déjà comme une mère – tu seras formidable ! Prends soin de toi.

Vous avez un message de : ALEX
Alex : tu avais dit, il me semble, que tu veillerais sur elle pour moi.

Phil : je t'ai dit que si elle n'apprenait pas à contrôler sa vessie, elle ne resterait pas dedans. Elle est très bien dans le jardin.

Alex : je ne parle pas de la chienne, mais de Rosie.

Phil : pourquoi ?

Alex : ne fais pas l'innocent. J'ai entendu les parents te l'annoncer au téléphone.

Phil : comment tu te sens ?

Alex : tout le monde me pose la question et je n'en sais rien. C'est bizarre. Rosie est enceinte. Elle vient juste d'avoir dix-huit ans. Elle est à peine capable de s'occuper d'elle, alors un bébé… Elle fume comme une cheminée, elle refuse de manger des légumes verts, elle ne se couche pas avant quatre heures du matin, et elle dort jusqu'à une heure de l'après-midi. Elle a décidé de faire la plonge chez le traiteur chinois qui la paye moins que ses voisins, tout ça parce que le baby-sitting la rasait. Elle n'a jamais changé une couche de sa vie. Sauf quand Kevin était tout petit, elle n'a jamais tenu un bébé dans ses bras plus de cinq minutes. Et l'université ? Et le travail ? Comment va-t-elle s'en sortir ? Comment pourra-t-elle rencontrer quelqu'un ? Se faire des amis ? Elle s'est piégée dans une vie qui est son pire cauchemar.

Phil : elle apprendra, Alex, crois-moi. Ses parents la soutiennent, n'est-ce pas ? Elle ne sera pas seule.

Alex : ses parents sont formidables, mais ils travaillent toute la journée. Je sens qu'elle a peur, quand le bébé se mettra à hurler, de ne pas pouvoir s'empêcher de lui flanquer une gifle. Si seulement j'avais pris cet avion, si j'étais venu à ce bal…

Chère Stephanie,

Permets-moi de t'aider à te trouver. Que ma sagesse pleuve sur toi et t'inonde de lumière. Je t'en prie, suis le conseil de ta sœur qui t'aime énormément, te respecte et ne souhaite que ton bonheur et ta réussite. Ne tombe jamais *enceinte*. Regarde bien ce mot, répète-le à voix haute, et ne sois jamais dans cet état.

En fait, ne couche jamais avec un homme. Autant prendre le problème à la racine. Crois-moi, Steph, ce n'est pas agréable. Je ne me sens pas du tout en harmonie avec la nature, la maternité ne me fait pas rayonner comme par magie. Je suis juste grosse, bouffie, fatiguée et malade.

Rayonner, mon oeil. Je rumine, voilà. Alex a commencé sa vie de rêve à l'université, ceux qui étaient au lycée avec moi sont partis profiter de ce que le monde peut offrir, tandis que j'enfle et me demande dans quel pétrin je me suis fourrée. Je sais que c'est ma faute, mais j'ai le sentiment de louper tellement de choses. Maman m'a accompagnée à ces cours de préparation à l'accouchement où on vous enseigne à respirer. Il n'y a que des couples, et ils ont tous au moins dix ans de plus que moi. Maman me pousse à leur parler, mais je crois qu'aucun n'a très envie de se lier d'amitié avec une fille de dix-huit ans qui vient d'avoir son bac. J'ai l'impression d'être de nouveau à la maternelle, quand maman m'expliquait comment me faire des copains. Elle m'a dit de ne pas me tracasser, qu'ils étaient tous jaloux de moi. On n'avait pas eu un fou rire pareil depuis des mois.

On m'interdit de fumer et le docteur m'a ordonné de manger correctement. Je vais être mère, mais on me parle comme si j'étais une gamine.

Je t'embrasse très fort,

Rosie

Cher Monsieur Alex Stewart,

Vous êtes invité au baptême de mon adorable fille Katie, le 28 de ce mois. Achetez un costume et essayez d'être présentable, pour une fois : vous êtes le parrain.

Affectueusement,

Rosie

De : Alex
À : Rosie
Objet : le baptême

C'était super de te voir, tu étais fabuleuse ! Et tu n'es pas grosse ! Même si elle ne parle pas beaucoup, je suis déjà fou de la petite Katie. J'ai failli te la voler et l'emmener à Boston.

Non, pour être honnête, j'avais tellement envie de rester à Dublin que j'ai failli louper mon avion. Je suis content d'étudier la médecine à Boston, cette ville me plaît, mais je n'y suis pas chez moi. Ma meilleure amie me manque.

J'ai pourtant rencontré quelques gars vraiment bien. Mais nous n'avons pas grandi ensemble. Je ne leur ai pas flanqué des coups de pied dans les tibias, je n'ai pas veillé toute la nuit avec eux pour guetter le Père Noël, on n'a pas grimpé aux arbres comme des singes, ni joué à la directrice d'hôtel et au client, je ne me suis pas tordu de rire quand on leur a fait un lavage d'estomac. Ce sont des souvenirs irremplaçables.

Je constate néanmoins que, moi, j'ai été remplacé dans ton cœur. Maintenant, la petite Katie représente ton univers. Et je comprends parfaitement pourquoi. Je l'ai aimée tout de suite, même quand elle a vomi sur mon costume (neuf et très cher). C'est étrange de voir à quel point elle te ressemble. Elle a tes yeux bleus qui pétillent (je sens venir les problèmes, plus tard !), tes cheveux noirs et ton petit nez. Seul son derrière est un peu moins large que celui de sa maman. Ne t'énerve pas, je plaisante !

Je sais que tu es très occupée pour l'instant, mais si tu as besoin d'un break pour te reposer, tu es la bienvenue ici. Tu n'as qu'à m'avertir. Comme tu ne roules pas sur l'or, on pourrait t'aider à payer le billet. Mes parents seraient ravis de t'accueillir, ils ont déjà des photos du baptême, de toi et Katie, partout dans la maison.

Il y a aussi quelqu'un que j'aimerais te présenter. Elle est dans mon cours à la fac, elle s'appelle Sally Gruber.

Vous vous entendriez bien. Elle est de Boston. Il faut que tu fasses sa connaissance.

Les études sont beaucoup plus ardues que je le pensais. J'ai à peine le temps de sortir. Je resterai quatre ans ici, à Harvard, après il y aura l'internat qui durera entre cinq et sept ans. À vue de nez, je serai spécialisé (quelle que soit ma spécialisation) vers l'âge de cent ans.

Voilà ma vie. Je me réveille à cinq heures et je bûche. Je pars à la fac, puis je rentre chez moi et je bûche. Je n'ai rien de palpitant à raconter. Heureusement que Sally est dans mon cours. Grâce à elle, le matin, je suis moins horrifié à l'idée de passer une autre journée à bûcher, bûcher, bûcher. Enfin, je n'ai pas à me plaindre. Ma vie est quand même beaucoup plus facile que la tienne. Là-dessus, je vais me coucher, je suis vanné. Je vous souhaite de beaux rêves, à toi et la petite Katie.

Mémo :

Ne pas faire sauter Katie sur mes genoux quand je viens de la nourrir.

Ne pas lui donner le sein à côté du terrain de foot.

Ne pas respirer quand je lui change sa couche. Autoriser les parents et même les étrangers de passage à la changer aussi souvent que possible, s'ils en ont envie.

Ne pas promener le landau près de l'école, pour que Casey Gros-Pif ne me voie pas.

Ne pas rigoler quand Katie essaie de marcher et tombe sur les fesses.

Ne pas essayer de discuter avec des vieilles copines qui ont la vie devant elles – trop frustrant.

Ne pas pleurer quand Katie pleure.

Bonjour Stephanie[1] !

Comment va ma superbe sœur ? Assise dans un bistrot devant un *café au lait**, en marcel et béret basque,

1. En français dans le texte.

avec une haleine qui empeste l'ail ? Les clichés ont la peau dure, n'est-ce pas ?

Merci pour le cadeau que tu as envoyé à Katie. Ta filleule dit que tu lui manques beaucoup, elle te fait plein de baisers baveux. Il m'a semblé comprendre ces mots dans les hurlements qui sortent de sa petite bouche. Je ne comprends pas comment elle peut faire un tel vacarme. Je n'ai jamais vu de créature plus minuscule et fragile, parfois j'ai peur de la casser, puis brusquement elle ouvre le bec et c'est l'enfer. D'après le docteur, elle a des coliques. Résultat, elle n'arrête pas de brailler.

Qu'un bout de chou puisse être aussi malodorant et bruyant, ça me stupéfie. Je crois qu'elle mériterait d'entrer dans le *Livre Guiness des records*. Je serais la mère la plus fière du monde.

Je suis tellement crevée, Stephanie. Un vrai zombie. J'ai du mal à relire les lignes que j'écris (au fait, pardon pour la banane écrasée au bas de la page – un accident de petit déjeuner). Katie pleure à longueur de nuit. J'ai la migraine en permanence. Je déambule dans la maison comme un robot, je ramasse les nounours et les jouets que je piétine au passage. Emmener Katie quelque part n'est pas facile, elle crie et j'ai peur qu'on me soupçonne de l'avoir kidnappée ou d'être une mère abominable. J'ai toujours l'air d'une montgolfière. Je ne porte que des joggings qui ne m'avantagent pas. J'ai un cul gigantesque. Mon ventre est couvert de vergetures, avec une couche de cellulite qui ne partira pas, et j'ai dû jeter tous mes petits hauts. Mes cheveux sont secs, on croirait de la paille. Mes seins sont ÉNORMES. Je ne me ressemble plus. J'ai l'impression de ne plus être moi, il me semble avoir vieilli de vingt ans. Je n'ai pas mis le nez dehors depuis le baptême. Je ne me souviens plus de la dernière fois où j'ai bu de l'alcool, où un spécimen du sexe masculin m'a regardée (sauf les types qui me fusillent des yeux, au café, quand Katie se met à brailler). Je ne souviens même plus de la dernière fois où j'ai regretté qu'un spécimen du sexe masculin ne fasse pas attention à moi. En réalité, je suis une mère indigne. Katie sait que je patauge complètement, j'en suis certaine.

Elle commence à marcher, autrement dit je cours partout en serinant : « NON, Katie, ne touche pas ça ! NON, Katie, maman ne veut pas ! » Elle s'en fiche éperdument. Elle voit quelque chose qui lui plaît, elle le prend. Je redoute l'adolescence. Le temps passe si vite ! Elle sera adulte et s'en ira avant que j'aie réalisé. Remarque, peut-être que je pourrai alors me reposer. C'est sans doute ce que croyaient maman et papa. Les pauvres.

Steph, j'ai tellement honte. Ils ont été fantastiques. Je leur dois tant, et pas seulement de l'argent – encore que ça aussi, ce soit déprimant. Je touche les allocations, je leur en donne le maximum, mais c'est insuffisant. Tu connais la situation, la famille n'a jamais roulé sur l'or. Je ne vois pas comment je vais pouvoir déménager, travailler et m'occuper de Katie. Cette semaine, papa doit me présenter un bonhomme qui m'inscrira sur une liste d'attente pour un logement social. Maman me répète que je peux rester à la maison, mais papa me pousse à avoir un peu d'indépendance.

Maman a été formidable. Katie l'adore. Elle l'écoute. Quand sa mamie dit : « non ! », Katie s'arrête. Avec moi, elle éclate de rire et elle continue. Est-ce que j'aurai un jour l'impression d'être une mère convenable ?

Alex a rencontré quelqu'un à Boston, elle a mon âge et elle est assez calée pour étudier la médecine à Harvard. Sur ces bonnes nouvelles, je te quitte, Katie me réclame.

Écris-moi vite,

Rosie

Rosie,

Les photos du troisième anniversaire de Katie sont magnifiques. Je les ai encadrées, elles sont sur la cheminée du salon. Mes parents ont été heureux de te voir le mois dernier à Dublin, ils parlent sans arrêt de toi et de Katie. Nous sommes tous très fiers de toi, tu as fait une petite fille parfaite.

J'espère que tu as bien fêté tes vingt-deux ans. Je regrette de n'avoir pas pu assister à l'événement, mais à la fac, c'est la folie. En dernière année, on a un boulot dingue. J'ai la trouille pour les examens. Si j'échoue, je ne sais pas ce que je deviendrai. Sally m'a demandé de tes nouvelles. Je lui parle tellement de notre jeunesse qu'elle a l'impression de te connaître.

Alex

Alex,

~~Katie a moins de mal à faire ses dents.~~

~~Katie entrera bientôt à la maternelle.~~

~~Katie a prononcé cinq nouveaux mots aujourd'hui.~~

La semaine dernière, mon père a eu cinquante ans. On s'est offert le luxe de dîner au Noisetier, le restaurant où, si je me souviens bien, tu avais fêté tes dix-sept ans avec Bethany la Cochonne et ses parents pleins aux as. C'était vraiment agréable de laisser mes cheveux détachés et de me détendre sans Katie. J'avais engagé une baby-sitter, mon cadeau du week-end.

Rosie

De : Alex
À : Rosie
Objet : (aucun objet)

Allons, Rosie, tu me déçois ! La prochaine fois, tu as intérêt à avoir quelque chose de croustillant à me raconter !

De : Rosie
À : Alex
Objet : une enfant de 3 ans

Au cas où tu l'aurais oublié, j'ai une enfant de trois ans, ce qui ne me permet pas de boire comme un trou et de faire des bêtises. Sinon, je me réveille avec une migraine carabinée et une petite fille en larmes dont je dois m'occuper au lieu de cuver mon vin.

De : Alex
À : Rosie
Objet : pardon

Excuse-moi, Rosie, ne crois pas que je suis indifférent. Je voulais juste dire que tu ne devrais pas oublier de profiter de la vie, tu en as besoin. Prends aussi soin de toi.

De : Rosie
À : Stephanie
Objet : lamentations

Parfois il me semble que les murs se referment sur moi. J'aime Katie, je ne regrette pas la décision que j'ai prise, mais je suis fatiguée. Crevée. Tout le temps.

Et je n'en peux plus que les parents m'aident. Je ne sais pas comment je vais me débrouiller toute seule. Il faudra pourtant bien que je le fasse un jour ou l'autre. Il n'est pas question de vivre éternellement avec eux. Même si j'en ai envie.

Tu comprends, je ne voudrais pas que Katie soit aussi dépendante de *moi* quand elle sera grande. Qu'elle sache que je suis toujours là pour elle, bien sûr, et que mon amour est inconditionnel, mais elle doit être autonome. Et moi aussi.

Je crois que, maintenant, il est temps pour moi de devenir adulte. Il y a trop longtemps que je remets ça à plus tard, que je fuis. Katie ira bientôt à l'école. Tu te rends compte ? Mon bébé entre à l'école. Tout est arrivé si vite. Katie rencontrera des gens, elle commencera à construire son avenir. Moi, j'ai laissé le mien de côté. Je dois me remettre debout et cesser de m'apitoyer sur mon sort. La vie est dure, et alors ? Elle est difficile pour tout le monde, non ? Celui qui dit le contraire est un menteur.

Le résultat de tout ça, c'est que le fossé se creuse entre Alex et moi. J'ai l'impression que nous ne sommes plus sur la même planète, je ne sais pas de quoi lui parler. Nous qui discutions des nuits entières... Il me téléphone une fois par semaine, m'explique ce qu'il a fait de ses journées, et moi je me mords la langue pour ne pas lui raconter un nouvel exploit de Katie. Je n'ai pas d'autre sujet de conversation, or ça assomme les gens. Il me semble pourtant que j'étais intéressante, autrefois.

Bref, j'ai décidé d'aller enfin à Boston. Je veux regarder en face ce que ma vie aurait pu être si Alex avait pris cet avion et m'avait accompagnée au bal de la promo. À présent, je serais peut-être diplômée, j'aurais un métier. Rendre l'absence d'Alex responsable de tout est stupide, j'en ai conscience, n'empêche que s'il était venu, je ne serais pas sortie avec Brian. Je n'aurais pas couché avec lui, et je n'aurais pas eu de bébé. Maintenant je dois faire face à ce que j'aurais pu être, pour comprendre et accepter ce que je suis.

Je t'embrasse très fort.

7

Ma Stephanie chérie,

Pourrais-tu contacter Rosie et peut-être discuter avec elle ? Elle est rentrée de Boston une semaine plus tôt que prévu et elle semble déprimée, même si elle n'en parle pas. Je le redoutais. Elle a le sentiment d'avoir manqué une grande chance, or je voudrais tant qu'elle voie ce que sa vie actuelle a de positif. Tu veux bien l'appeler ? Elle est toujours heureuse d'avoir de tes nouvelles.

Ta maman qui t'aime

Vous avez un message de : STEPH

Steph : salut toi, tu ne réponds pas au téléphone.

Steph : je sais que tu es là, Rosie, tu es connectée.

Steph : OK, je vais t'embêter jusqu'à ce que tu répondes.

Steph : coucou !

Rosie : salut.

Steph : ah, quand même ! J'ai l'impression qu'on me dédaigne.

Rosie : désolée, j'étais trop fatiguée pour parler.

Steph : mettons que je t'excuse. Tout va bien ? C'était comment, Boston ? Aussi beau que sur les photos d'Alex ?

Rosie : oui, vraiment superbe. Alex m'a fait visiter, je n'ai pas eu une minute de repos pendant mon séjour. Il s'est vraiment bien occupé de moi.

Steph : ça ne m'étonne pas. Il t'a emmenée où ?

Rosie : il m'a montré l'université où j'aurais pu faire mes études. C'est somptueux, magique, il y avait un soleil magnifique…

Steph : j'en déduis que ça t'a plu.

Rosie : ouais. Étudier là-bas aurait été génial…

Steph : probablement. Où est-ce que tu logeais ?

Rosie : chez les parents d'Alex. Ils habitent un quartier drôlement chic, pas du tout comme ici. À en juger par la maison, le père d'Alex doit gagner beaucoup d'argent.

Steph : qu'est-ce que vous avez fait d'autre, tous les deux ? Tu as forcément des anecdotes à raconter, j'en suis sûre ! Quand vous êtes ensemble, vous ne vous ennuyez pas.

Rosie : il m'a emmenée à un match des Red Sox au Fenway Park, je n'ai rien compris à ce qui se passait sur le terrain, mais j'ai mangé un hot-dog délicieux. On est allés dans quelques boîtes de nuit… rien de palpitant.

Steph : dis donc, c'est beaucoup plus excitant que ce que je fais toute la semaine, crois-moi ! Alors comment va Alex ? De quoi il a l'air ? Je ne l'ai pas vu depuis des siècles, je ne sais même pas si je le reconnaîtrais !

Rosie : il est en pleine forme. Il a pris un petit accent américain, même s'il le nie. Mais c'est toujours notre vieil Alex. Aussi adorable qu'avant. Il m'a vraiment gâtée, il ne m'a pas laissée débourser un centime, il me sortait tous les soirs. C'était bon de se sentir libre.

Steph : tu *es* libre, Rosie.

Rosie : je le sais. Mais là-bas, je n'avais plus aucun souci. Dès l'atterrissage, j'ai eu l'impression que chaque muscle de mon corps se décontractait. Je n'avais pas autant ri depuis des années. J'étais une fille de vingt-deux ans, Steph. Ça n'a pas souvent été le cas ces derniers temps. Il me semblait être celle que j'aurais pu être.

J'appréciais de me balader dans les rues, sans personne à surveiller. Je n'avais pas les cinquante crises cardiaques que j'ai quotidiennement dès que Katie disparaît ou se fourre quelque chose dans le bec. Je n'avais pas à gronder, corriger, menacer. Je pouvais plaisanter et m'esclaffer sans qu'on me tire par la manche pour me demander d'expliquer. Je pouvais avoir une conversation adulte sans être obligée de m'interrompre pour applaudir un pas de danse ou féliciter ma fille d'avoir appris un nouveau mot. J'étais moi, Rosie, pas une maman. Je ne pensais qu'à moi, je parlais de choses que j'aime, j'allais là où je voulais. Je suis horrible, non ?

Steph : pas du tout. C'est bien d'avoir pris du temps pour toi, mais tu es aussi contente de retrouver Katie, je suppose ? D'ailleurs, si c'était tellement formidable, pourquoi es-tu revenue si vite ? Tu devais rester là-bas encore une semaine. Que s'est-il passé ?

Rosie : ça ne vaut pas la peine de s'appesantir là-dessus.

Steph : allons, je sais que quelque chose te tracasse. Tu peux me le dire.

Rosie : il valait mieux que je parte, voilà tout.

Steph : tu t'es disputée avec Alex ?

Rosie : non, mais c'est trop gênant à expliquer.

Steph : comment ça ?

Rosie : disons qu'un soir... je me suis ridiculisée.

Steph : ne sois pas sotte, ce n'est pas la première fois que tu te ridiculises devant Alex.

Rosie : là, crois-moi, c'était très différent. Je lui ai sauté dessus, en quelque sorte et, le lendemain, j'ai eu honte.

Steph : QUOI ? Tu veux dire que... Alex et toi... ?

8

Rosie : calme-toi, Stephanie.

Steph : mais c'est trop dingue ! Vous êtes comme frère et sœur. *Je* considère Alex comme mon petit frère. Vous n'avez pas fait ça !

Rosie : ON NE L'A PAS FAIT, STEPH !

Steph : ah bon...

Steph : mais qu'est-ce qui s'est passé ?

Rosie : je ne vais certainement pas te le dire maintenant, vu ta réaction.

Steph : arrête de m'énerver et raconte !

Rosie : j'ai été bête, je suis très humiliée, alors ne m'engueule pas... Il n'y a quand même pas de quoi fouetter un chat. J'ai embrassé Alex.

Steph : *je le savais !* Et ensuite ?

Rosie : il ne m'a pas rendu mon baiser.

Steph : oh... ça t'a ennuyée ?

Rosie : oui, et c'est bien le plus embêtant.

Steph : je suis vraiment désolée, Rosie, mais je suis certaine qu'Alex s'en remettra. Il a sans doute été stupéfait, tout simplement. Je parie qu'il partage tes sentiments ! Je trouve ça tellement excitant ! J'ai toujours pensé que ça arriverait un jour ou l'autre.

Rosie : depuis mon retour, je suis vautrée sur mon lit, les yeux au plafond, à essayer de comprendre quelle mouche m'a piquée. Est-ce que j'aurais mangé quelque chose qui m'aurait fait perdre la tête ? Alex a-t-il prononcé des paroles que j'aurais mal interprétées ?

J'essaie de me convaincre qu'à ce moment-là, il y avait autre chose que ce silence qui m'a chavirée. Au début, on avait tellement de temps à rattraper qu'on se bombardait de mots. Et on riait. Ce qu'on a pu rire… Mais, soudain, il y a eu ce silence. Étrange, d'une douceur incroyable. Comme si la terre, à cet instant, cessait de tourner et que tout, autour de nous, avait disparu. Comme si j'avais oublié ma vie d'ici. Ces quelques minutes dans l'univers n'existaient que pour nous. On se regardait. Il semblait voir mon visage pour la première fois, il avait l'air désorienté. Moi aussi. J'étais assise dans l'herbe avec Alex, mon meilleur ami. Je reconnaissais les yeux de mon ami Alex, son nez, ses lèvres, pourtant je les découvrais. Alors je l'ai embrassé.

Steph : wouah… Et qu'est-ce qu'il a dit ?

Rosie : rien.

Steph : rien ?

Rosie : absolument rien. Il s'est contenté de me dévisager.

Steph : dans ce cas, comment sais-tu qu'il ne ressentait pas le même trouble que toi ?

Rosie : Sally nous est tombée dessus à ce moment-là. Toute guillerette. Elle a demandé si Alex m'avait annoncé la bonne nouvelle. D'abord, il a paru ne pas entendre. Elle a gesticulé, répété : « Alex, chéri, tu as annoncé la nouvelle à Rosie ? » Il a sursauté, elle l'a pris dans ses bras, puis elle m'a craché le morceau. Ils se marient. Et, moi, je suis repartie.

Steph : Rosie…

Rosie : mais c'était quoi, ce silence ?

Steph : quelque chose qui me plairait beaucoup.

Rosie : oui, c'était bien.

Phil : quel genre de silence ?

Alex : bizarre.

Phil : c'est-à-dire ?

Alex : inhabituel, anormal.

Phil : d'accord, mais c'était agréable ou désagréable ?
Alex : c'était bien.
Phil : et ça te pose un problème ?
Alex : oui.
Phil : pourquoi ?
Alex : je suis fiancé avec Sally.
Phil : tu as connu ce « silence » avec elle ?
Alex : il y a eu *des* silences...
Phil : comme pour Margaret et moi, je te signale qu'on n'est pas forcé de parler en permanence.
Alex : c'était différent, Phil. Pas simplement un silence, mais un... oh, je sais plus.
Phil : mon œil, Alex.
Alex : d'accord, je déraille.
Phil : dans ce cas, n'épouse pas Sally.
Alex : mais je l'aime.
Phil : et Rosie ?
Alex : je ne suis pas sûr.
Phil : alors je ne vois pas où est le problème. Si tu étais amoureux de Rosie et pas très sûr de toi en ce qui concerne Sally, là... tu serais dans la mélasse. Oublie ce fichu silence et épouse Sally.
Alex : une fois de plus, Phil, tu m'as ouvert des horizons nouveaux.

Chère Rosie,

Je suis vraiment navré de ce qui s'est passé. Tu n'étais pas obligée de quitter Boston si vite, nous aurions pu dénouer tout ça... Je regrette de ne pas t'avoir mise au courant avant ton arrivée, mais j'attendais que tu connaisses Sally – je ne voulais pas t'en parler par téléphone. J'aurais peut-être dû...

Je ne voudrais pas que tu t'éloignes de moi. C'était merveilleux de te voir... Je n'ai pas eu de nouvelles depuis des semaines, écris-moi bientôt, s'il te plaît.

Affectueusement,

Alex

Cher Alex, ou plutôt cher Dr Alex
FÉLICITATIONS !
TU AS RÉUSSI !
Bravo pour ton diplôme de Harvard, petit génie !
Rosie et Katie

Vous avez un message de : ALEX

Alex : je voulais que tu sois la première à savoir que j'ai décidé de me spécialiser dans la chirurgie cardiaque.

Rosie : formidable, ça paye bien ?

Alex : ce n'est pas une question d'argent, Rosie.

Rosie : dans mon univers, tout tourne autour de l'argent. Sans doute parce que je n'ai pas un sou. Financièrement, travailler à mi-temps chez Randy Andy Paperclip n'est pas aussi gratifiant que ça pourrait le paraître.

Alex : dans mon univers, il s'agit d'abord de vies à sauver. Sincèrement, qu'est-ce que tu en penses ? Tu approuves mon choix professionnel ?

Rosie : hmmm... mon meilleur ami, le cardiologue. Oui, tu as ma bénédiction.

De : Alex
À : Rosie
Objet : merci !

J'ai oublié de te remercier pour la carte de félicitations que vous m'avez envoyée, Katie et toi. C'est à peu près la seule chose que j'ai ici, dans le nouvel appartement. Sally et moi, nous avons emménagé il y a quelques semaines, Katie et toi serez toujours les bienvenues chez nous. La première fois que Katie prendra l'avion, j'espère que ce sera pour venir voir son parrain à Boston ! Il y a un joli parc de l'autre côté de la rue, avec un terrain de jeux qui plairait beaucoup à Katie.

Le logement est petit, mais comme je fais de longues gardes à l'hôpital, ça ne me dérange pas. Je dois tirer une autre condamnation à perpétuité au Boston Central Hospital, avant d'être officiellement chirurgien. En attendant, on me paie une misère et on me fait trimer comme un esclave.

Mais assez parlé de moi. Ces temps-ci, j'ai l'impression de ne parler que de moi. Écris-moi, s'il te plaît, raconte comment ça va pour toi. Je ne veux pas qu'il y ait de gêne entre nous, Rosie.

Cher Alex,

Joyeux Noël !

Que les fêtes soient pleines d'amour et de joie pour toi et ceux qui te sont chers.

Affectueusement, Rosie et Katie

Chères Rosie et Katie,

Bonne année !

Qu'elle vous apporte joie, amour et bonheur !

Affectueusement, Alex et Sally

Chère Stephanie,

Si tu voyais la carte que j'ai reçue ce matin… j'en suis malade. Je nettoyais le foutoir laissé par les parents après leur réveillon de la Saint-Sylvestre, quand elle a fait son apparition sur le paillasson. Je m'étonne qu'elle ne soit pas arrivée au son des trompettes ! (Au fait, notre merveilleux oncle Brendan réveillonnait chez nous, il a lorgné mon décolleté comme d'habitude. Et il t'a réclamée… plusieurs fois. Seigneur, il est abominable.) Bref, il y avait un million de bouteilles de vin par terre, quand je suis descendue, et j'ai failli me casser la figure sur un « Trivial Pursuit » (eh oui, on y a eu droit). Il y avait aussi ces ridicules chapeaux en papier partout dans le salon qui pendouillaient des guirlandes et traînaient dans les assiettes sales.

Tout ça pour dire que les parents ont fait la bamboula. Un vrai cirque. Ils braillaient, chantaient, dansaient (ou plus exactement, ils tapaient des pieds comme des sauvages). La pauvre Katie était terrifiée par ce boucan (à l'évidence, elle n'est pas la fille de sa mère !), elle a pleuré pendant des heures. J'ai dû la prendre dans mon lit. Finalement, les invités sont partis vers six ou sept heures du matin, je commençais à m'endormir quand j'ai été réveillée en sursaut par un petit monstre affamé qui me sautait sur le ventre.

Bref, je n'étais pas dans le meilleur état d'esprit pour accueillir ce qui se trouvait sur le paillasson. J'avais une migraine atroce, j'étais crevée et, après avoir rangé le rez-de-chaussée (normal, les parents ont la gentillesse de m'héberger gratuitement, je ne vais pas me plaindre), je voulais juste être tranquille et me reposer un peu.

Mais la carte était là.

Une jolie petite photo d'Alex et Sally emmitouflés dans leurs manteaux d'hiver, avec des bonnets et des gants, etc. Dehors, dans un parc tout blanc, avec entre eux... un bonhomme de neige. Un putain de bonhomme de neige.

Ils avaient l'air tellement heureux. Deux petits génies de Harvard pétants de bonheur. Beurk. Se faire photographier avec son petit ami en train de faire un bonhomme de neige, quelle tristesse ! Oui, c'est vraiment très, très triste. Et m'envoyer cette photo à moi ! La garce ! J'aurais dû leur expédier une photo de moi et... et... George (le type qui aide les enfants à traverser la rue, à la sortie de l'école, le seul homme qui m'adresse la parole en ce moment), pataugeant dans les flaques. Ça leur aurait fait le même effet ! Oh, bon sang, je divague. Excuse-moi. Il faut que je te laisse, avant que Katie termine la bouteille de vin rouge qu'elle vient de ramasser.

Au fait, c'était super de rencontrer enfin Pierre, il est vraiment adorable. Vous devriez venir à la maison plus souvent, c'était sympa de discuter avec des gens de ma génération, ça me change.

Bonne et heureuse année. Qui a pondu cette formule idiote ?

Ta petite sœur folle de joie qui t'embrasse.

Chère Rosie,

Joyeux anniversaire, mon amie !

Bienvenue dans le monde des 26 ans ! On vieillit, Rosie !

Écris-moi plus souvent,

Alex

CHER ALEX

TU ES INVITÉ POUR MES SEPT ANS, LE 4 MAI, CHEZ MOI. ON A UN MAGISIEN, TU VIENS À 2H ET TU PARS À 5H.

BISOUS, KATIE

Chère Katie,

Vous allez bien vous amuser avec le magicien. Tu auras tant d'amis autour de toi que tu ne t'apercevras même pas que je ne suis pas là. Je dois travailler à l'hôpital, ils refusent que je prenne des vacances. Je leur ai dit que c'était ton anniversaire, mais ils n'ont pas voulu m'écouter !

Je t'ai envoyé un petit cadeau, j'espère qu'il te plaira. Joyeux anniversaire, Katie, prends soin de ta maman pour moi. Elle est merveilleuse.

Mille baisers à toi et ta maman,

Alex

Cher Alex,

Merci pour mon cadeau d'anniversaire. Maman a pleuré quand je l'ai ouvert. J'avais pas de médaillon. Les photos de toi et maman sont toutes petites.

Le magisien était bien, mais mon meilleur ami Toby a dit qu'il trichait et il a montré à tout le monde où le monsieur cachait les cartes. Le monsieur était pas content, il a grondé Toby. Maman a eu le fou rire et je crois que le magisien l'a pas aimée non plus. Toby, lui, il aime bien maman.

J'ai eu beaucoup de cadeaux, mais Avril et Sinead m'ont acheté le même. Maman et moi, on va bientôt s'installer dans notre maison. Mamie et papi me manqueront, et je sait que maman est triste parce que je l'ai entendue pleurer hier dans son lit.

Mais on part pas loin. De chez mamie et papi, on prend le bus pour aller chez nous. Maman dit qu'on va habiter dans une boîte à chaussures ! Il y a deux chambres et une cuisine toute petite. On peut juste y manger et regarder la télé. On a un balcon, c'est bien, mais maman veut pas que j'y reste toute seule.

De chez nous, je vois le parc. Maman dit que c'est notre jardin à nous et qu'on a le plus grand jardin du monde.

Elle m'a donné la permission de peindre ma chambre comme je veux. Je crois que je vais la peindre en rose ou en mauve, ou en bleu. Toby dit qu'on devrait la peindre en noir. Il est rigolo.

Maman a un nouveau travail. Elle y va pas tous les jours et quelquefois elle peut venir me chercher à l'école. Les autres fois, je joue avec Toby en attendant qu'elle rentre. Je crois pas que maman aime son travail. Elle est toujours fatiguée et elle pleure. Elle dit qu'elle serait mieux à l'école. Je comprends pas. Toby et moi on déteste l'école, mais il me fait rire tout le temps. Maman dit qu'elle en a assez de voir ma maîtresse, Mlle Casey. Mamie et papi trouvent ça rigolo. Mlle Casey a le plus gros nez de la terre. Elle nous déteste, Toby et moi. Je crois qu'elle aime pas maman non plus, elles arrêtent pas de se disputer.

Maman a une nouvelle amie. Elles travaillent au même endroit mais pas dans le même bureau. Elles se retrouvent dehors pour fumer, dedans elles ont pas le droit. Maman dit que c'est sa meilleure amie depuis très longtemps. Elle s'appelle Ruby et elle est vraiment marrante. Elles font que rire, toutes les deux. J'aime bien quand Ruby est là parce que maman ne pleure pas.

Il fait très beau à Dublin. J'ai été à la plage de Portmarnock avec maman. On prend le bus, il y a plein de gens en maillot de bain qui mangent des glaces et qui écoutent de la musique. Je préfère être en haut dans le bus, je me mets devant et je fais semblant de conduire. J'apprends à nager, mais à la mer il faut que je garde ma bouée. Maman dit qu'elle veut vivre sur la plage. Elle dit qu'elle aimerait habiter dans un coquillage !

Tu viens nous voir quand ? Maman dit que tu vas te marier avec une fille qui s'appelle Bimbo. C'est rigolo, comme nom.

Gros bisous,

Katie

9

Vous avez un message de : RUBY

Ruby : salut, toi, je te souhaite un bon lundi.

Rosie : une minute, je vais chercher le champagne.

Ruby : qu'est-ce que tu as fait, ce week-end ?

Rosie : il faut que je te raconte ! C'est tellement excitant, tu n'en reviendras pas…

Ruby : je sens comme une pointe d'ironie. Laisse-moi deviner : tu as regardé la télé.

Rosie : je vous présente Ruby… médium de son état ! J'ai dû monter le son au maximum pour ne pas entendre mes voisins qui hurlaient à s'en faire péter les cordes vocales. Ils finiront par s'étriper. J'ai hâte. La pauvre Katie ne comprenait pas ce qui se passait, je l'ai expédiée chez Toby.

Ruby : certaines personnes ignorent la signification du mot DIVORCE.

Rosie : tandis que, pour toi, c'est *le* mot magique.

Ruby : je te serais reconnaissante de ne pas te moquer de cette période épouvantablement pénible de ma vie, qui m'a laissée anéantie.

Rosie : s'il te plaît ! Le jour de ton divorce a été le plus heureux de ton existence ! Tu as acheté une bouteille du champagne le plus cher, on s'est soûlées, on est sorties en boîte et tu as flirté avec le type le plus moche de la terre.

Ruby : nous n'avons pas toutes la même manière d'exprimer notre désespoir.

Rosie : tu as fini de taper cette merde que Randy Andy nous a refilée ?
Ruby : non, et toi ?
Rosie : non plus.
Ruby : très bien, on mérite une pause-café. On ne doit pas travailler trop, c'est malsain. Apporte tes clopes, j'ai oublié les miennes.
Rosie : OK, je te retrouve en bas dans cinq minutes.
Ruby : ça, c'est un super rancard. Toi et moi, on n'en a pas eu depuis un certain temps...

Vous avez un message de : RUBY
Ruby : où tu es ? Je t'ai attendue une demi-heure au café. Je me suis forcée à manger *deux* muffins au chocolat et une part de tarte aux pommes. Quelle horreur, Rosie... si seulement tu avais été là...
Rosie : excuse-moi. Randy Andy ne m'a pas laissée quitter le bureau.
Ruby : quel négrier ! Tu devrais te plaindre au patron, qu'on le foute à la porte.
Rosie : je te rappelle que c'est lui, le patron.
Ruby : ah oui, en effet.
Rosie : en toute honnêteté, c'est peut-être un imbécile, mais on venait juste de faire une pause... et c'était la troisième en moins de trois heures.
Ruby : tu deviens comme EUX !
Rosie : j'ai un enfant à nourrir.
Ruby : moi aussi.
Rosie : le tien se nourrit tout seul, Ruby.
Ruby : ne critique pas mon petit Bouboule. C'est mon bébé, je l'adore.
Rosie : il a dix-sept ans.
Ruby : oui, il est assez grand pour avoir un enfant, si j'en juge par ton exemple.
Rosie : tout ira bien pour lui, à condition qu'il n'aille pas au bal avec un crétin moche comme un pou. Comme ça, il n'aura pas à ingurgiter des litres

d'alcool pour se convaincre que son cavalier est superbe et plein d'esprit et... tu connais la suite.

Ruby : tu insinues que mon fils pourrait avoir une relation gay le soir du bal de sa promo ?

Rosie : non, pas du tout !

Ruby : malheureusement, mon pauvre petit chéri risque d'être le genre de garçon qui pousse les filles à ingurgiter des litres d'alcool.

Rosie : RUBY ! Tu ne peux pas dire ça de ton fils !

Ruby : pourquoi pas, puisque je l'aime de tout mon cœur. Hélas pour lui, il n'a pas hérité du physique de sa mère. Mais parlons plutôt de toi : quand vas-tu sortir avec quelqu'un, n'importe qui ?

Rosie : ne remets pas ce sujet sur le tapis. Tous ceux avec qui tu as essayé de me caser étaient complètement loufoques. Je ne sais pas où tu as rencontré ces types et, après le dernier week-end, je ne veux même pas le savoir. D'ailleurs, tu peux parler : de quand date ton dernier rancard ?

Ruby : ça n'a rien à voir ! J'ai dix ans de plus que toi, je viens de vivre un divorce extrêmement pénible, je me suis séparée d'un monstre d'égoïsme et j'ai un fils de dix-sept ans qui ne communique avec moi que par des grognements. Je me demande s'il n'est pas le rejeton d'un singe (en fait, je suis sûre que si). Je n'ai pas de temps pour la bagatelle !

Rosie : moi non plus, figure-toi.

Ruby : Rosie chérie, tu as vingt-six ans, il te reste au moins dix ans avant la fin des haricots. Tu devrais sortir et t'amuser, ne plus porter le poids du monde sur tes épaules : ça, c'est mon boulot. Et arrête de l'attendre.

Rosie : qui donc ?

Ruby : Alex.

Rosie : qu'est-ce que tu racontes ? Je n'attends pas Alex !

Ruby : mais si, très chère. Ce doit être une merveille, puisque personne ne lui arrive à la cheville. Je sais bien ce que tu fais, chaque fois que tu rencontres quelqu'un : tu compares. Je ne doute pas qu'il soit un ami fabuleux, toujours gentil et qui te raconte des choses formidables. Mais il n'est pas là. Il est médecin dans un grand hôpital de Boston où il habite un bel appartement avec sa jolie fiancée qui est aussi médecin. Ça m'étonnerait qu'il envisage de renoncer prochainement à cette existence pour rejoindre une mère célibataire coincée dans un logement minable et qui a un job lamentable, à mi-temps, dans une fabrique de trombones où une amie à moitié dingue la bombarde de mails. Alors arrête d'attendre et avance. Vis ta vie.

Rosie : je n'attends pas.

Ruby : Rosie…

Rosie : il faut que je me remette au boulot.

Rosie s'est déconnectée.

Chères Rosie et Katie Dunne,
Shelly et Bernard Gruber ont le plaisir de vous convier au mariage de leur fille Sally et d'Alex Stewart.

De : Stephanie
À : Rosie
Objet : re : pas question d'aller à ce mariage !

Ta dernière lettre m'a rendue furieuse ! Tu ne peux pas manquer le mariage d'Alex, c'est inconcevable !

C'est d'Alex qu'il s'agit. *Alex*, le garçon qui dormait dans un sac de couchage, au pied de ton lit, qui se faufilait dans ma chambre pour lire mon journal et fouiller dans le tiroir où je rangeais mes dessous ! Le petit Alex que tu poursuivais, armée d'une banane, en faisant semblant de lui tirer dessus. Alex qui a été assis à côté de toi en classe pendant douze ans !

Il était là pour toi quand tu as eu Katie. Il t'a soutenue, pourtant je suis convaincue qu'il a eu du mal à digérer le fait que sa petite Rosie, qui dormait par terre au pied de son lit à lui, avait un bébé.

Va le rejoindre, Rosie. Partage son bonheur. Sois contente pour lui, s'il te plaît ! Ce sera une journée capitale pour lui, et je suis certaine qu'il aura besoin de sa meilleure amie. Apprends à connaître Sally, puisqu'elle tient maintenant une place importante dans sa vie. Lui a appris à connaître Katie – la personne la plus importante de ton existence. Si tu refuses l'invitation, tu briseras ce qui fut et reste l'amitié la plus solide que j'aie jamais vue.

Je sais que tu as honte de ce qui s'est passé il y a quelques années, pendant ton séjour là-bas, mais ravale ton orgueil. Tu assisteras à ce mariage parce qu'Alex veut que tu sois là pour lui. Tu iras parce qu'il le faut, pour toi.

Prends la bonne décision, Rosie.

Chère Rosie,

Hello ! Tu as sans doute reçu notre magnifique faire-part que Sally a mis trois mois à choisir. Apparemment, le bristol crème bordé de doré était très, très différent du bristol blanc bordé de doré… ah, les femmes…

Dois-je ou non m'inquiéter ? La mère de Sally n'a pas encore reçu ta réponse – qui n'est certainement pas nécessaire, je suppose que tu seras là !

J'ai préféré t'écrire au lieu de t'en parler par téléphone, je voulais te donner le temps de la réflexion. Sally et moi serions honorés que tu permettes à Katie d'être notre petite demoiselle d'honneur. Il faudrait te décider assez rapidement pour que Sally et Katie choisissent une robe.

Qui aurait cru ça, Rosie ? Si on nous avait dit, il y a dix ans, que ta fille serait demoiselle d'honneur à mon mariage, on aurait bien ri. Pourtant c'est arrivé, je n'en reviens pas.

Maintenant, ma deuxième question. Tu es ma meilleure amie. Ici, je n'ai personne d'aussi proche, d'aussi important pour moi, par conséquent je n'ai pas de témoin. Accepterais-tu d'être mon témoin ? Seras-tu à mon côté devant l'autel ? J'aurai besoin de toi, je le sais. Et je te fais confiance, tu te débrouilleras mieux que mes copains pour organiser un enterrement de ma vie de garçon mémorable.

Réfléchis et… dis-moi oui ! Bises à toi et Katie,
Alex

Vous avez un message de : ROSIE
Rosie : tu ne vas pas y croire.
Ruby : tu as un rancard ?
Rosie : c'est encore plus incroyable : Alex m'a demandé d'être son témoin.
Ruby : alors il ira jusqu'au bout ?
Rosie : oui, apparemment.
Ruby : à présent, mon chou, tu devrais cesser de l'attendre.
Rosie : effectivement, je devrais.

10

Mon speech de « témoin » :

Bonsoir à tous, je m'appelle Rosie et je suis le témoin d'Alex. Sa femme préférée, en quelque sorte. À ceci près que ce titre désormais ne m'appartient plus. Il revient à Sally, celle qu'il a choisie.

Je pourrais dire que je suis sa « meilleure amie », mais à présent ce titre revient également à Sally.

En revanche ce que Sally ne possède pas encore, c'est toute une vie de souvenirs. Alex petit garçon, Alex adolescent, Alex le jeune adulte – qu'il préférerait certainement oublier et que je vais maintenant vous présenter (hilarité de l'assemblée, avec un peu de chance).

Alex avait cinq ans lorsque je l'ai connu. C'était le premier jour d'école, je pleurais, j'avais le nez rouge et une demi-heure de retard (à tous les coups, Alex va brailler : « comme d'habitude ! »). On m'a ordonné de m'asseoir au fond de la classe à côté d'un garçon hirsute, qui avait la morve au nez et ne sentait pas très bon. Il faisait une tête de six pieds de long et a refusé de me regarder ou de me parler. J'ai détesté ce sale mioche.

C'était réciproque, je le sais. Il me donnait des coups de pied dans les tibias, sous la table, et disait à la maîtresse que je copiais sur lui – des signes qui ne trompent pas. On est restés assis l'un à côté de l'autre pendant douze ans, à nous plaindre de l'école, de nos flirts respectifs, à souhaiter être plus âgés, plus malins, libérés des études, à rêver d'une existence où il n'y aurait pas cours de maths le lundi matin.

Alex s'est construit cette vie-là, et je suis extrêmement fière de lui. Je me réjouis qu'il ait trouvé l'élue de son cœur et sa meilleure amie en la personne de Sally, qui est si parfaite, intelligente et horripilante.

Je vous prie de lever vos verres à la santé de *mon* meilleur ami Alex et de sa nouvelle meilleure amie, sa moitié, son épouse Sally. Bonne chance, soyez heureux.

À Alex et Sally !

QUELQUE CHOSE DANS CE GOÛT-LÀ... QU'EST-CE QUE TU EN PENSES, RUBY ?

Vous avez un message de : RUBY.
Ruby : désopilant. Ils vont beaucoup apprécier. Bonne chance à toi, Rosie. Ne pleure pas et surtout, NE BOIS PAS.

Chère Rosie,

Un bonjour des Seychelles ! Merci infiniment pour la semaine dernière. J'ai passé des moments merveilleux. Je n'aurais pas imaginé m'amuser autant le jour de mon mariage, mais tu en as fait une fête. Ne t'inquiète pas, personne n'a remarqué que tu étais éméchée (sauf peut-être pendant ton speech, mais c'était drôle). Je ne crois pas que le prêtre se soit offusqué que tu aies le hoquet au moment précis où j'allais dire « oui ».

Je ne me souviens pas très bien de l'enterrement de ma vie de garçon, mais il paraît que ç'a été un succès, les copains n'arrêtent pas de m'en parler. J'ai l'impression que Sally est un peu fâchée d'avoir dû épouser un type avec un seul sourcil. Je suis convaincu que c'est toi qui m'as fait ça ! Sur les photos, on ne voit que le côté gauche de ma figure. Tant pis, Sally affirme que c'est mon meilleur profil – contrairement à toi, qui prétends que je suis bien mieux de dos.

Le mariage s'est vraiment bien passé, n'est-ce pas ? Je redoutais d'être un paquet de nerfs, mais tu m'as fait tellement rire que ça m'a décontracté. La famille de Sally t'a trouvée formidable. Ils n'étaient pourtant pas emballés que tu sois mon témoin, pour être franc. C'est vrai que tu as fait boire de la tequila cul sec à mon beau-père ? En tout cas, tu l'as conquis.

Mes parents étaient très heureux de vous voir, Katie et toi. Ils disent que Katie est ton portrait craché quand tu avais sept ans. Je crois que ma mère aurait donné n'importe quoi pour que nous redevenions des enfants de sept ans. Ce qu'elle a pu pleurer ! Et ils m'ont répété sur tous les tons de la gamme que tu étais superbe dans cette robe. Comme si c'était toi, la mariée.

Tu étais effectivement belle, Rosie, il me semble que je ne t'avais jamais vue dans une toilette aussi élégante. Sans doute aurais-je pu t'admirer si j'étais venu à ce fameux bal de la promo. Seigneur, j'ai l'air d'un vieux bonhomme qui se remémore sa jeunesse.

On a trouvé ton petit speech plein d'esprit, mes copains ont tous le béguin pour toi. Non, non, tu n'auras pas leur numéro de téléphone, pas question. Au fait, Rosie, tu es toujours ma meilleure amie. Tu le seras éternellement.

La vie conjugale, jusqu'ici, se déroule sans anicroche. Nous ne sommes mariés que depuis dix jours, donc nous n'avons eu que… en gros… une dizaine de disputes. Ha ha. Il paraît que c'est très sain, je ne me tracasse donc pas. Nous passons notre lune de miel dans un endroit fabuleux, ce dont je me félicite parce que ça coûte une fortune. Nous logeons dans cette espèce de hutte sur pilotis, au-dessus de la mer turquoise et si transparente qu'on distingue les poissons. Un vrai paradis, le style d'hôtel où tu devrais travailler. Tu t'imagines dans un bureau sur la plage ?

J'aimerais lézarder sur le sable et siroter des cocktails à longueur de journée, mais Sally étant une hyperactive, je me retrouve dans l'eau ou dans les airs, cramponné à un engin bizarre. Je ne serais pas surpris qu'elle veuille pique-niquer tout en faisant de la plongée sous-marine.

J'ai acheté des cadeaux pour Katie et toi, j'espère qu'ils te parviendront en bon état. Ici, on dit que ce sont des talismans et je me rappelle que tu collectionnais les coquillages quand on était gamins. Tu n'auras qu'à porter les plus jolis en collier.

Il faut que je te laisse à présent, on n'est pas censé envoyer des cartes postales quand on est en lune de miel, encore moins écrire des romans (dixit Sally, par conséquent je m'exécute). Je suppose qu'elle a encore une idée folle : pourquoi pas du ski nautique accroché à un dauphin.

Dieu me protège, dans quel pétrin me suis-je fourré ?

Affectueusement,

Alex

PS – Tu me manques !

Vous avez un message de : RUBY

Ruby : je t'ai aperçue par la fenêtre ce matin, qu'est-ce que tu as autour du cou ? Des coquillages ?

Rosie : c'est un porte-bonheur.

Ruby : moui… et ça marche ?

Rosie : je n'ai pas loupé mon bus.

Ruby : mouais…

Rosie : fiche-moi la paix.

Rosie s'est déconnectée.

De : Rosie
À : Ruby
Objet : incroyable

Je te faxe une lettre de Sally à Katie. Dis-moi ce que tu en penses.

Chère Katie,

Merci d'avoir été ma demoiselle d'honneur. Tout le monde t'a trouvée ravissante, une vraie petite princesse.

Je suis en vacances avec Alex aux Seychelles, là où ta maman voudrait vivre. Dis-lui que c'est magnifique et montre-lui cette photo d'Alex et moi sur la plage. Nous sommes très heureux et très amoureux.

Je t'envoie aussi une photo de toi, moi et Alex le jour de notre mariage pour que tu puisses l'encadrer et l'accrocher dans ta maison. J'espère qu'elle te plaira.

Appelle-nous bientôt. Je t'embrasse,

Sally

Vous avez un message de : RUBY

Ruby : on dirait bien que cette garce fait pipi autour de son homme pour marquer son territoire.

Rosie : en écrivant à une petite fille de sept ans ? !

Ruby : elle savait que ça atterrirait entre tes mains. C'est cruel, d'accord, mais ne te laisse pas démonter par Sally. Elle cherche seulement à te prouver qui joue maintenant le premier rôle dans la vie d'Alex. Je m'étonne quand même qu'elle réagisse de cette façon. Aurais-tu fait quelque chose pour qu'elle se sente menacée ?

Rosie : pas du tout ! Ce n'est pas mon genre !

Ruby : Rosie ?

Rosie : bon, OK, elle n'a peut-être pas apprécié qu'Alex et moi, on s'amuse comme des petits fous.

Ruby : bingo !

Rosie : on a été toujours été comme ça. On ne flirtait pas, absolument pas. On était simplement contents. N'empêche qu'elle n'a pas eu un sourire de toute la journée, elle boudait.

Ruby : je te crois, mais j'y mets de la bonne volonté. Laisse couler, n'y pense plus.

Rosie : oh, ne t'inquiète pas, je ne lui répondrai pas. Mais je déplore que cette idiote mêle ma fille à cette histoire.

Ruby : Katie s'en remettra, elle est aussi intelligente que sa maman.

Chère Sally,

Merci pour ta lettre. Je suis contente que tu aies aimé ma robe. À ta place, le jour de mon mariage, j'en aurais porté une aussi jolie que celle de ma maman. Tout le monde a dit qu'elle allait bien avec le smoking d'Alex. Ils faisaient un beau couple, tu ne trouves pas ? J'ai montré à maman et à Toby (mon meilleur ami) la photo de toi et Alex sur la plage. Toby espère que ton coup de soleil ne te fait pas trop mal. Tu es drôlement rouge.

C'est tout pour le moment. Il faut que je te laisse, parce que le nouveau petit ami de maman va bientôt arriver. Dis à Alex qu'on l'embrasse, maman, Toby et moi.

Bises,

Katie

11

De : Alex
À : Rosie
Objet : le Roméo

Je suis rentré de ma lune de miel. Espèce de sournoise, tu ne m'avais pas parlé de ce nouveau petit ami ! Sally s'est empressée de me le dire, ce que j'ai trouvé plutôt mignon. J'ignorais que Katie et Sally s'écrivaient. Tu le savais, toi ?

Bref, pourquoi tu n'as pas mentionné ce type le jour du mariage ? En principe, tu me racontes tout. Allez, explique, à quoi il ressemble ? Comment s'appelle-t-il ? Où l'as-tu rencontré ? Quel est son métier ? J'espère qu'il gagne des tas d'argent, qu'il te traite comme une reine, sinon j'arrive dare-dare et je l'étrangle.

Il va falloir que je vienne à Dublin faire sa connaissance, vérifier s'il mérite la bénédiction du meilleur ami. D'ici là, je veux tous les détails (enfin... presque tous).

Ma petite Stephanie,

Quelques mots pour prendre de tes nouvelles, ma chérie, et te mettre au courant. Je suis sûre que Rosie ne t'en a pas encore parlé, elle est très discrète sur ce sujet, mais elle a rencontré quelqu'un. Nous en sommes tous ravis. Elle semble heureuse, ses grands yeux bleus n'ont plus ce regard si triste, et elle a retrouvé son dynamisme. Elle ressemble à la Rosie que nous connaissions.

Elle l'a amené à la maison hier pour dîner, et je dois dire que c'est un homme charmant. Il s'appelle Greg Collins, il est directeur d'une agence d'Allied Irish Bank à Fairview.

Il est un peu plus grand que Rosie, il a une trentaine d'années et un petit visage très mignon. Il est absolument adorable avec Katie. Ils ont passé la soirée à se taquiner, c'était délicieux. Rosie a eu du mal à rencontrer quelqu'un qui lui plaise et avec qui Katie s'entende bien, tu ne l'ignores pas. Mais elle faisait trop de compromis. Souvent elle finissait par sortir avec certains hommes uniquement parce que Katie les appréciait. Là, je suis enchantée qu'elle ait trouvé un gentil garçon.

Comment vas-tu ? Beaucoup de travail, comme toujours ? Ne te surmène pas trop dans ce restaurant, ma chérie, tu dois aussi profiter de la vie. Papa et moi, nous aimerions venir passer quelques jours à Paris. Ce serait possible ? Dis-nous quand tu seras libre, et on s'arrangera. Transmets nos amitiés à Pierre. En espérant te voir très bientôt,

Tendrement,
Maman

De : Rosie
À : Alex
Objet : re : le Roméo

Zut, mon petit secret n'en est plus un à cause de Katie, cette bavarde ! Je ne t'avais pas parlé de Greg, parce qu'on ne sortait pas encore ensemble. Je l'ai rencontré dans un night-club, le Dancing Cow, juste avant mon départ pour Boston. Il a pris mon numéro de téléphone, m'a invitée à dîner, mais j'ai refusé. À mon retour, juste après ton mariage, j'ai dû faire une crise aiguë de sentimentalisme : je lui ai téléphoné et c'est moi qui lui ai proposé de dîner ensemble !

Je n'avais jamais eu des soirées pareilles ! Il m'emmène dans des restaurants que je connaissais seulement par les magazines et il est si romantique... Mais, puisque tu ne tiens pas à ce que j'entre dans les détails, je ne te raconterai pas notre week-end à la campagne... Ah, tu veux quand même en savoir davantage sur lui ? Eh bien, il a trente-cinq ans, il travaille dans la banque à Fairview. Il n'est pas vraiment grand, il est de ma taille, autrement dit pas vraiment petit non plus... Toi, tu aurais une vue imprenable sur son crâne. Mais il a des cheveux couleur de sable et de merveilleux yeux bleus.

Il apporte toujours des petits cadeaux à Katie. Il ne devrait pas, certes, mais j'aime qu'elle soit gâtée – je n'ai pas pu le faire pendant toutes ces années. Je n'en reviens pas d'avoir enfin rencontré un homme que mon statut de mère ne dérange pas. Les autres, quand je leur annonçais que j'avais une fille, me regardaient comme si j'étais malade et s'empressaient de trouver un excellent prétexte pour me planter là. Je n'en reviens pas non plus que Katie et moi soyons enfin séduites par le même individu. Elle ne supportait que les types jeunes et superbes, sans doute ceux qui la faisaient rêver. Elle avait une certaine idée du partenaire idéal pour moi : quelqu'un qui jouerait sans arrêt avec elle, porterait des fringues flashy. Mais soyons réalistes, je ne peux pas me permettre d'être difficile !

Bref, je crois que j'ai trouvé le bon. Il est généreux, tendre et attentionné, j'ai une chance inouïe. Ça ne durera peut-être pas toute la vie, alors j'en profite. J'ai été tellement nulle dans le passé, pendant... une dizaine d'années (!), maintenant j'ai réalisé que Katie et moi, nous formons un tandem et que, si on ne peut pas nous aimer toutes les deux, on n'a qu'à aller se faire voir ailleurs.

Or il me semble que j'ai rencontré l'homme qui nous aime toutes les deux. Je croise les doigts.

De : Alex
À : Rosie
Objet : l'amour !

Elle-est-amoureuse ! D'un banquier qui fréquente un night-club baptisé le Dancing Cow ? Quel genre de banquier (ou plus généralement quel genre d'homme) va au Dancing Cow ? Ton amie Ruby et toi, vous ne reculez devant rien, venant de vous rien ne m'étonne. Mais... je ne sais pas, je ne suis pas absolument convaincu que ce type soit celui qu'il te faut.

J'ajoute que ton dernier message m'a légèrement vexé. Que sous-entend cette phrase : « J'ai enfin rencontré un homme que mon statut de mère ne dérange pas » ? Il me semble que je vous ai toujours soutenues, toi et Katie, j'en suis même certain. Chaque fois que ça m'est possible, je viens te rendre visite, je t'emmène dans tes restaurants préférés et j'offre des cadeaux à ma filleule.

Je te laisse à présent, j'ai fait deux gardes d'affilée à l'hôpital, je suis crevé.

De : Rosie
À : Alex
Objet : modère ton enthousiasme

Merci d'être si content pour moi. Au cas où tu l'aurais oublié, toi et moi, nous n'avons pas une relation amoureuse. D'accord, tu es un ami merveilleux (généreux et fidèle), mais tu n'es pas quotidiennement près de moi. Avoir un ami et trouver un compagnon sont deux choses très différentes, je suis sûre que tu comprends ça. Tu acceptes ma réalité, effectivement. Mais tu n'es pas là.

Voilà, c'est tout. J'espère que la vie conjugale se passe bien !

Vous avez un message de : RUBY

Ruby : je n'en reviens pas que Katie ait raconté ça à Sally !

Rosie : c'est dingue, non ? D'autant plus que, quand elle a écrit cette lettre, je n'avais dîné qu'une fois avec Greg !

Ruby : dis donc, elle doit vraiment l'aimer beaucoup pour en parler à n'importe qui. En tout cas, Sally aura peut-être moins peur que tu mettes tes sales petites pattes sur son mari.

Rosie : maintenant, je m'en fiche, j'ai mon Greg !

Ruby : tu me rends malade, tu te conduis avec lui comme une collégienne amoureuse. Vous êtes comme ces couples qui nous écœuraient tellement. Je crois que je vais devoir me dégoter une nouvelle copine pour ne pas tenir la chandelle quand on sortira ensemble.

Rosie : oh, quelle menteuse ! La dernière fois, tu t'es bien amusée avec tous ces types, tu étais au centre de l'attention.

Ruby : tu ne m'as vue que dans les rares moments où tu arrêtais de bécoter Greg. À propos, un de ces types m'a appelée hier soir, et figure-toi que j'envisage…

Vous avez un message de : GREG

Greg : hello, beauté, comme se passe ta journée ?

Rosie : hello ! Comme d'habitude… mieux, maintenant !

Ruby : coucou ? Tu es toujours là ou Randy Andy t'a sauté dessus ?

Rosie : une seconde, Greg, j'étais en train de papoter avec Ruby !

Greg : il vous arrive de travailler, toutes les deux ?

Rosie : suffisamment pour ne pas nous faire virer.

Greg : je te contacte un peu plus tard.

Rosie : non, non ! Je suis capable de mener deux conversations à la fois. D'ailleurs, je veux te parler et si je le dis à Ruby, elle me reprochera encore de devenir comme *eux*...

Greg : eux ?

Rosie : ceux de la confrérie des couples...

Greg : mais bien sûr, suis-je bête...

Rosie : excuse-moi, Ruby, j'ai Greg en ligne.

Ruby : vous ne pouvez pas vivre une heure l'un sans l'autre ?

Rosie : eh non !

Ruby : mon Dieu, comme Rosie me manque... qui es-tu et qu'as-tu fait à mon amie qui détestait les hommes ?

Rosie : ne t'inquiète pas, elle est toujours là, elle s'accorde juste un break bien mérité. Qu'est-ce que tu disais à propos de ce type que tu as rencontré l'autre soir ?

Ruby : ah oui... Il s'appelle Ted, c'est un vrai nounours, trop gros, mais qui suis-je pour critiquer ; comme ça, on pourra rebondir l'un sur l'autre. Il est chauffeur de poids lourd et il m'a paru gentil vu qu'il n'a pas arrêté de me payer à boire, ce qui le place très haut sur mon échelle personnelle de l'Homme Bien. En plus, ce soir-là, il était le seul à faire attention à moi dans ce pub.

Rosie : et à part ça ? Je veux tout savoir sur lui.

Ruby : pas moi... je n'ai pas envie de me dégoûter.

Rosie : qu'est-ce que tu fais ce soir, Greg ?

Greg : Rosie chérie, je suis tout à toi pour la nuit ! Si on restait à la maison avec une bouteille de vin et de quoi manger ? On peut louer une vidéo pour Katie.

Rosie : d'accord, bonne idée ! Katie sera ravie.

Ruby : alors je devrais l'appeler ?

Rosie : qui ?

Ruby : TED !

Rosie : oui, bien sûr ! Téléphone au nounours ! Tu devrais même l'inviter, je prendrai Kevin comme baby-sitter et on sortira tous ensemble, j'ai toujours rêvé d'une partie à quatre.

Ruby : ah, l'innocence de la jeunesse ! Ted et Greg n'ont absolument rien en commun, c'est la carpe et le lapin, un directeur de banque et un braqueur de banque en puissance. Ils se haïront, il y aura une atmosphère à couper au couteau, personne ne pipera mot, on n'entendra que des bruits de mâchoires dans le silence assourdissant, ce sera un vrai supplice chinois, on sautera le dessert et le café, et on quittera le restaurant à toute allure, soulagés, en se promettant de ne plus jamais se revoir.

Rosie : vendredi prochain ?

Ruby : parfait.

Greg : j'espère que Ruby ne nous en veut pas pour l'autre soir ; nous étions dans notre bulle.

Rosie : ne sois pas bête, ça ne l'a pas dérangée. Elle a rencontré un certain Nounours. À propos, tu es libre pour sortir à quatre vendredi ? À condition que je trouve quelqu'un pour garder Katie.

Greg : dîner avec Ruby et un certain Nounours... alléchant.

Rosie : Greg est libre vendredi.

Ruby : tant mieux, mais je n'ai pas encore demandé à Teddy. Comment Alex a réagi en apprenant que Greg et toi vous étiez amoureux ?

Rosie : mais je n'ai pas dit que j'étais amoureuse ! Greg et moi, pour l'instant, nous n'avons pas encore parlé d'amour. Mais Alex m'a écrit une lettre bizarre, il trouve que Greg n'est pas net, et il me reproche d'insinuer qu'il ne nous soutient pas, Katie et moi. N'importe quoi. Je ne relèverai pas, il avait travaillé toute la nuit à l'hôpital, il était fatigué.

Ruby : mouais.
Rosie : exprime-toi plus clairement.
Ruby : c'est bien ce que je soupçonnais.
Rosie : et que soupçonnais-tu, Jessica Fletcher ?
Ruby : il est jaloux.
Rosie : Alex n'est pas jaloux !
Ruby : il est jaloux de ta relation avec Greg, il se sent menacé.

Greg : alors, à quelle heure je viens, ce soir ? 19 ou 20 heures ?

Rosie : non, Alex n'est pas jaloux de ma relation avec Greg ! Pourquoi le serait-il ? Il est marié avec la jolie petite Sally, il est heureux en ménage (du moins d'après Sally), et j'ai une belle photo d'eux sur la plage pour me prouver à quel point ils sont amoureux. Je lui ai donné une chance d'être dans ma vie et celle de Katie, il a choisi de rester mon ami, ce que j'ai fini par digérer. Tout va bien. Maintenant je suis avec Greg, il est merveilleux, et je ne suis plus du tout attachée à Alex de cette façon ! Merci bien. J'en ai terminé avec Alex, je ne l'attire pas et j'aime Greg. Voilà !
Greg : eh bien… merci de me le dire, Rosie. Tu n'imagines pas combien je suis ravie d'apprendre que tu n'es plus amoureuse « du tout » de cet Alex…

Rosie : au secours, Ruby ! J'ai transmis à Greg la réponse qui t'était destinée ! MERDE, MERDE ! Il sait que je l'aime ! !
Greg : pardon, Rosie… c'est encore moi qui l'ai reçu.

Rosie : oh non.
Ruby : mais qu'est-ce qui se passe ?

12

Rosie : bon, ce sera la chose la plus humiliante qui me soit jamais arrivée, incontestablement.

Ruby : tu oublies la fois où tu avais mis cette robe blanche pour aller en boîte de nuit. Tu n'avais pas de sous-vêtements, quelqu'un a renversé de l'eau sur toi, et ta robe est devenue complètement transparente.

Rosie : oui, c'était assez embarrassant.

Ruby : et la fois où tu étais au supermarché et que tu as pris une autre petite fille par la main pour la traîner dehors jusqu'à la voiture, pendant que Katie, dans le magasin, pleurait toutes les larmes de son corps ?

Rosie : la mère de la gamine s'est calmée, elle a renoncé à porter plainte.

Ruby : et la fois…

Rosie : ça suffit, merci ! Je retire ce que j'ai dit, ce n'est pas la pire humiliation que j'aie subie, mais elle mérite de figurer dans les annales. Juste après la fois où j'ai embrassé Alex.

Ruby : ha ha ha

Rosie : tu es censée me réconforter, je te signale.

Ruby : ha ha ha

Rosie : quel bonheur d'avoir des amis compréhensifs. Je te laisse, Randy Andy me fusille des yeux comme un maître d'école, par-dessus ses lunettes à monture d'écaille tellement sexy.

Ruby : il aimerait peut-être que tu joues à l'écolière dissipée.

Rosie : c'est un peu tard. Je crois plutôt qu'il veut me tuer, il a les narines qui palpitent, il souffle de la fumée.

Ruby : il a les mains sur le bureau ?

Rosie : beurk ! arrête, Ruby !

Ruby : quoi ? On ne l'appelle pas Randy Andy[1] pour rien.

Rosie : j'ai horreur de ces bureaux ouverts, il me voit de tous les côtés, et il voit aussi mes jambes sous la table. Oh non, il les reluque.

Ruby : il faut vraiment que tu fiches le camp de cet endroit. Ce n'est pas sain.

Rosie : je cherche, mais je ne peux pas démissionner avant d'avoir un autre boulot. Or ce n'est pas simple. Une secrétaire dans une fabrique de trombones n'intéresse manifestement personne.

Ruby : ça paraît pourtant si glamour...

Rosie : oh non, il a déplacé son fauteuil pour mieux voir. Attends une minute, je lui envoie un message, j'en ai marre !

Ruby : ne fais pas ça !

Rosie : pourquoi pas ? Je vais poliment lui demander d'arrêter de me lorgner parce que ça me déconcentre.

Vous avez un message de : ROSIE

Rosie : arrêtez de regarder mes seins, espèce de pervers.

Rosie : et voilà, je l'ai fait.

Ruby : tu es virée, ma pauvre. Randy Andy n'hésite pas à casser les jeunes dames qui se défendent.

Rosie : qu'il aille au diable ! Il n'a pas le droit de me virer pour ça.

1. Randy : grossier, paillard.

Mademoiselle Rosie Dunne,

La société Andy Sheedy Paperclip & Co. a le regret de vous informer qu'elle n'aura plus besoin de vos services, et que votre contrat ne sera pas reconduit le mois prochain ainsi qu'il était prévu.

Vous pouvez cependant continuer à occuper votre poste jusqu'à la fin du mois courant, jusqu'au 30 juin.

Nous vous remercions pour le travail que vous avez accompli au cours des dernières années et vous prions de croire en l'expression de nos sincères salutations.

Andy Sheedy

Vous avez un message de : ROSIE

Rosie : je t'ai faxé la lettre, tu l'as eue ?

Ruby : ha ha ha

Rosie : tu sais quoi ? Plus je la relis, plus je suis contente de partir. Je me demande qui lui a rédigé cette lettre, vu que je suis sa secrétaire et que c'est mon job. Je l'ai sans doute fait moi-même sans m'en rendre compte. De toute façon, je ne regardais même pas la moitié de ce qu'il me donnait à taper. Qu'est-ce que tu en penses ?

Ruby : c'est la meilleure manière de tirer sa révérence. Rosie Dunne, tu entreras dans l'histoire de cet immeuble comme la femme qui a dit à Randy Andy d'aller se faire voir ailleurs. Je répandrai la bonne nouvelle, Rosie, ton licenciement ne sera pas inutile. Je te regretterai ! Qu'est-ce que tu prévois pour la suite ?

Rosie : je n'en ai pas la moindre idée.

Ruby : pourquoi tu ne travaillerais pas dans l'hôtellerie ? Depuis que je te connais, tu ne parles que d'hôtels.

Rosie : oui, c'est une de mes petites obsessions. Avant Katie, je ne rêvais que de ça. Je serais surprise d'y arriver un jour, mais c'est un joli rêve. On a tous besoin de rêves. On a tous besoin d'espérer mieux que ce qu'on a. Dans un hôtel, je me sens en sécurité, peut-être à cause des gerbes de fleurs gigantesques, des fauteuils monumentaux qui ne tiendraient pas dans mon salon et ma cuisine réunis. J'ai l'impression d'être Alice au pays des Merveilles. J'ai un mois pour atterrir quelque part, ça ne devrait pas être si difficile. Il vaudrait mieux que je commence à rédiger mon CV.

Ruby : tu n'en auras pas pour des heures.

De : Rosie
À : Alex
Objet : CV

Pièces jointes : CV.doc
S'il te plaît, pitié, aide-moi pour mon CV, sinon ma pauvre fille et moi nous allons mourir de faim. Comment donner de l'allure à tous mes jobs merdiques ? Au secours, à l'aide !

De : Alex
À : Rosie
Objet : Re : CV

Pièces jointes : CV.doc
Comme tu verras, j'ai réécrit ton CV. Celui que tu m'as envoyé était parfait, naturellement, je me suis juste contenté de corriger quelques fautes… tu sais à quel point je suis calé en orthographe !

Au passage, Rosie, je tiens à te dire que tu n'as pas eu de job « merdique », pour reprendre l'élégant qualificatif que tu emploies. Il me semble que tu ne mesures pas la difficulté de ce que tu fais. Tu es une maman célibataire *à plein temps*, secrétaire personnelle d'un homme d'affaires prospère. Je me suis borné à modifier quelques termes par-ci par-là, sans trahir le moins du monde la vérité. Ce que tu as accompli jour après jour est admirable. Moi, quand je rentre de l'hôpital, je suis tellement lessivé que je m'effondre. Je m'occupe à peine de moi-même, ne parlons pas de quelqu'un d'autre.

Ne te sous-estime pas, Rosie, ne te rabaisse pas. Lorsque tu seras convoquée à des entretiens d'embauche, vas-y la tête haute et répète-toi que tu es une sacrée bosseuse (quand tu veux), et que tu as la capacité fabuleuse de travailler en équipe car tu sais te faire aimer (hormis la fois où, à l'école, on avait un exposé de groupe sur les planètes et que tu as voulu mordicus dessiner des petits Martiens et des petites Vénusiennes sur la peinture que Susie Corrigan avait mis des semaines à terminer ; résultat, le groupe nous a plantés là avec notre exposé. Pourquoi faut-il que, quand nous sommes ensemble, toi et moi, la terre entière nous déteste ?). Bref, tu es merveilleuse, belle, intelligente, et si tu t'y connaissais un peu en cardiologie, je t'engagerais illico.

J'ai précisé que tu avais été admise à l'Université de Boston, ce qui a du panache. Tout ira bien, reste simplement toi-même et ils seront conquis.

Encore une chose. Je te conseille vivement de postuler un emploi qui te plaise. Tu constaterais qu'il est facile de s'extirper du lit le matin quand on va exercer un métier qui ne vous donne pas envie de sauter par la fenêtre. Si tu essayais enfin de trouver une place dans un hôtel ? Tu en rêves depuis l'âge de sept ans, depuis ton séjour au Holiday Inn à Londres. Tu te souviens ?

Fonce et tiens-moi au courant.

13

De : Alex
À : Rosie
Objet : un petit tour à Boston ?

Je prends une pause en douce entre deux lobotomies. Où en es-tu de ta recherche d'emploi ? Il te reste une semaine avant que Randy Andy te jette hors de son empire de trombones, tu as donc tout le temps. Si tu n'as encore aucune piste, je peux t'envoyer un chèque pour t'aider à joindre les deux bouts (à condition que tu acceptes mon aide).

Je voudrais rentrer à la maison et me coucher, je suis crevé. J'ai fait deux gardes d'affilée pour ne pas avoir, demain, à plonger mes mains dans le sang. Un jour de congé, l'extase… Malheureusement, à mon retour, Sally sera prête à partir travailler. Nous n'avons pas une vie sociale très active, hormis les conversations que nous avons avec nos patients qui se tordent de douleur sur leur lit d'hôpital. Pardon, mon humour laisse à désirer.

Je suis simplement fatigué, je ne passe pas beaucoup de temps avec Sally, et quand on est ensemble, on est en principe tellement vannés qu'on s'écroule.

J'ai une bonne idée à te soumettre. Si tu venais avec Katie et Machin, je prendrais quelques jours de vacances. On ferait du tourisme, on dînerait dehors, on s'amuserait et je pourrais dormir. J'aurais enfin l'occasion de faire la connaissance de Machin. Ces dernières semaines ont été épouvantables, j'ai vraiment besoin que tu me remontes le moral, espèce de clown ! Fais-moi rire, Rosie Dunne.

De : Rosie
À : Alex
Objet : Rosie est là !

N'aie pas peur, mon pauvre garçon, Rosie est là ! Désolée que ça n'aille pas fort pour toi ces temps-ci. La vie nous joue régulièrement ce genre de tour. Parfois on a l'impression de tomber dans un gouffre et puis, quand on se croit au bout du rouleau, ça s'arrange. Mais d'ici là, mon cher ami, je vais essayer de te dérider en te racontant les événements de ma petite existence.

D'abord, tu as décidément une très, très mauvaise influence sur moi. Après la lecture de mon CV, ce chef-d'œuvre, j'étais si regonflée et motivée que j'ai revêtu ma tenue de compétition pour courir dans tout Dublin comme une femme destinée à sauver le monde.

Monstre, espèce de monstre. Tu m'as donné l'illusion que rien ne me résisterait (ne me refais jamais ce coup-là), aussi j'ai entrepris de déposer mon CV dans tous les hôtels où j'ai toujours voulu travailler sans avoir le courage d'essayer. Honte à toi pour m'avoir donné cette force qui s'est rapidement évanouie. Je me suis retrouvée embarquée dans des dizaines d'entretiens avec des bêcheurs qui m'ont détestée parce que j'avais l'impertinence *d'imaginer* pouvoir travailler pour eux.

Voyons voir, lequel de ces entretiens humiliants vais-je te narrer en premier ? Hmm... je n'ai que l'embarras du choix. Allez, commençons par le plus récent. Hier donc, j'ai eu rendez-vous pour un poste de réceptionniste au Two Lakes Hotel. Tu sais, cet établissement super chic en plein centre ? La façade est vitrée, si bien qu'on voit le grand lustre à des kilomètres. Le soir, on croirait que le bâtiment est en feu, tellement ça brille.

Le restaurant est au dernier étage, avec vue panoramique sur la ville. Une splendeur.

Mais c'est aussi l'un de ces endroits où un type (un gentleman, plutôt) en frac et haut-de-forme, planté devant la porte, empêche les gens de passer. Il m'a fallu un bon quart d'heure pour entrer, il me serinait que l'accès de l'hôtel était réservé aux clients. Entre nous, comment devenir un client si on ne vous permet pas d'entrer ? Bref, il a finalement cédé, j'ai franchi le seuil et manqué m'étaler sur le sol en marbre – une vraie patinoire.

Il régnait à l'intérieur un tel silence qu'on aurait entendu une épingle tomber. Ce n'est pas une image : la réceptionniste a laissé tomber une épingle, et je l'ai entendue. Il y avait aussi ce mobilier monumental que j'aimais tant quand j'étais gamine, des miroirs et des lustres gigantesques, des portes aussi larges que mon appartement.

Pour l'entretien, on m'a fait asseoir à la plus longue table que j'aie jamais vue. Deux hommes et une femme étaient installés à une extrémité, du moins il me semble, j'étais trop loin pour les distinguer vraiment.

J'ai essayé de me rendre intéressante, comme tu me l'avais recommandé, et je leur ai demandé d'où l'hôtel tirait son nom, car je n'avais pas remarqué de lacs dans cette partie de la ville. Les deux types ont ri et se sont présentés : Bill et Bob Lake[1]. Les propriétaires. J'étais gênée !

J'ai donc raconté, en gros, ce que tu m'avais conseillé de dire : j'aime le travail d'équipe, je m'entends bien avec les gens, je suis une bosseuse, blablabla. J'ai radoté pendant une heure, je crois, sur le fait que j'adore les hôtels depuis mon enfance, et que j'ai toujours voulu y travailler (en réalité, je préfère de loin y séjourner, c'est

1. Jeu de mots – lake : lac.

ça le vrai luxe – que je n'ai évidemment pas les moyens de m'offrir).

Là-dessus, ils ont tout gâché en lâchant une ânerie du style : « Alors, Rosie, qu'avez-vous retiré de votre expérience chez Andy Sheedy Paperclip & Co que vous pourriez nous faire partager ? »

Avoue que la question ne méritait pas d'être posée.

Bon, il faut que je te laisse, Katie vient de rentrer de l'école avec une mine qui ne me dit rien qui vaille, et je n'ai pas encore préparé le dîner.

De : Alex
À : Rosie
Objet : le palace

Dommage que tu aies dû t'interrompre, je me régalais avec ton mail. Je suis ravi de savoir que tes entretiens se déroulent si bien, ça m'a rendu le sourire !

Mais je grille de savoir : qu'as-tu répondu à leur question ?

De : Rosie
À : Alex
Objet : re : le palace

Alex, mais c'est évident : des trombones ! (Ils ont ri, sur ce coup-là, je m'en suis bien sortie.) Allez, maintenant je te quitte pour de bon. Katie m'agite sous le nez des dessins qu'elle a faits à l'école. Il y en a un de toi… tu es tout maigrichon. Je te le scannerai.

Chère mademoiselle Rosie Dunne,

Nous avons le plaisir de vous informer que nous avons retenu votre candidature pour le poste de réceptionniste en chef au Two Lakes Hotel.

De manière plus personnelle, après votre entretien de la semaine dernière, nous tenons à vous dire que nous sommes ravis de vous compter parmi nous. Vous nous êtes apparue comme une jeune femme intelligente et pleine d'esprit, le genre de personne que nous souhaitons avoir dans notre établissement.

Nous mettons un point d'honneur à engager du personnel qui, si nous étions clients de l'hôtel, nous serait sympathique. Nous ne doutons pas que, dans la mesure où vous nous avez fait sourire, vous ferez également sourire la clientèle que vous accueillerez. Nous sommes heureux, croyez-le bien, de vous avoir dans notre équipe et espérons que notre collaboration se prolongera de façon satisfaisante durant de nombreuses années.

Veuillez prendre contact avec Shauna Simpson à la réception, concernant votre uniforme.

Cordialement,

Bill Lake Bob Lake

PS – Nous vous serions reconnaissants d'apporter ces fameux trombones, nous manquons de fournitures !

Vous avez un message de : ROSIE
Rosie : mon Dieu, il se pourrait que j'aie un patron (des patrons) *sympa*. J'ai l'impression que tout se met enfin en place.
Ruby : et la voilà qui s'emballe, au risque de s'attirer la guigne… elle n'apprendra jamais…

De : Rosie
À : Stephanie
Objet : félicitations

Je suis ravie de savoir que Pierre et toi, vous êtes fiancés ! Nous en avons parlé des heures au téléphone hier soir, mais je voulais t'envoyer aussi ce mail. Félicitations !

Ma vie prend une tournure assez étrange. J'ai un petit ami qui m'aime et que j'aime, je vais bientôt travailler dans l'hôtel de mes rêves, Katie est en parfaite santé, ravissante et drôle, et j'ai enfin le sentiment d'être une bonne mère. Je suis heureuse. J'ai envie de savourer ce bonheur, de profiter de ma chance, mais j'ai dans un coin de la tête une petite voix qui me chuchote : C'est trop idyllique, ça ressemble à une accalmie avant la tempête.

Est-ce ainsi que doit être une vie normale ? Moi, je suis habituée au drame, à la tragédie. Je suis habituée à ce que rien ne se passe comme je le souhaite, à être obligée de lutter, à pleurer, me résigner, me contenter de ce qui « fera l'affaire ».

Cette fois, ça ne fait pas simplement l'affaire, c'est l'idéal, exactement ce que je désirais. Je voulais être aimée, je voulais que Katie ne se demande plus pourquoi elle n'a pas de papa comme les autres enfants, et si c'est sa faute. Je voulais qu'un homme nous accepte, elle et moi. Je voulais me sentir importante, *quelqu'un*, pouvoir me dire que, si je me mettais en arrêt maladie, on *regretterait* mon absence. Je voulais cesser de me lamenter sur mon sort, et ça y est.

Tout va à merveille. Je suis bien dans ma peau. La nouvelle Rosie Dunne est née. La Rosie immature et paumée est morte. La deuxième étape de mon existence commence aujourd'hui...

DEUXIÈME PARTIE

14

Chère mademoiselle Dunne,

Je souhaiterais vous voir afin que nous discutions du comportement de Katie en classe, qui se détériore nettement.

Pourriez-vous vous libérer mercredi après les cours ? Contactez-moi à l'école, vous connaissez le numéro de téléphone.

Mlle Casey

Katie,

Ta maman a juste rigolé ? Pourquoi ?

Toby

De : Rosie
À : Alex
Objet : derniers détails

Hello, nous atterrirons à 13 heures 15, vol n° E1-4023. Tu me reconnaîtras, je serai la femme qui traîne par les cheveux un homme terrifié, avec sur les bras une enfant en pleine crise d'hyperventilation, et qui poussera à coups de pied une vingtaine de valises. (Greg déteste l'avion, Katie est tellement excitée qu'elle explosera sûrement en vol, et j'ai emporté toute ma garde-robe parce que je n'arrivais pas à choisir.)

Tu es certain que Sally entrevoit le pétrin où elle s'est mise en proposant de nous héberger, moi et ma troupe de timbrés ?

De : Sally
À : Alex
Objet : re : séjour de Rosie

Ça ne me va pas du tout, Alex. Tu n'aurais pas pu choisir pire moment pour l'inviter, et tu le sais pertinemment.

De : Alex
À : Rosie
Objet : re : derniers détails

Sally est ravie, bien sûr. Je suis très impatient de vous voir, Katie et toi, et de rencontrer Machin. Je vous attendrai à l'aéroport.

Cher Alex,

Merci infiniment pour ces vacances ! J'ai passé des moments fantastiques. Boston était encore plus beau que dans mon souvenir, et je me félicite de n'avoir pas dû, cette fois, rentrer précipitamment. Katie était aux anges, elle n'arrête pas de parler de toi !

Greg aussi a été enchanté, je suis contente que tu aies pu le connaître et découvrir que sa figure, en principe, est moins verte qu'elle ne l'était à sa descente de l'avion. Quel bonheur pour moi d'avoir enfin mes deux hommes préférés à mes côtés. Alors, qu'est-ce que tu penses de lui ? A-t-il la bénédiction du meilleur ami ?

Hormis la haine que me voue ta femme, ce séjour était parfait. Mais ne t'inquiète pas, je m'y habituerai. Ça confirme ce que je subodorais : pour une raison mystérieuse, toutes tes petites copines ou tes épouses me détestent cordialement. Ça m'est égal, je suis au-dessus de ça.

J'espère simplement qu'elle me laissera voir ton fils ou ta fille, quand il ou elle naîtra. Je n'aurais jamais imaginé une chose pareille : Alex Stewart va être père ! Dès que j'y pense, j'éclate de rire, c'est plus fort que moi. Dieu le protège, cet enfant qui aura un père de ton acabit ! Je plaisante, tu sais que je suis folle de joie pour toi. N'empêche, je suis sidérée que tu me l'aies caché pendant trois mois. Tu devrais avoir honte.

Au passage, je suis vraiment désolée que Katie ait renversé son verre sur la robe neuve de Sally. Je ne comprends pas, normalement elle n'est pas aussi maladroite. Je lui ai ordonné de présenter ses excuses par écrit. Avec l'espoir que Sally nous haïra un peu moins.

Bref, mes quelques semaines de détente sont maintenant achevées, me voici de retour dans la réalité. Lundi, je commence mon nouveau travail. J'espère que le rêve ne virera pas au cauchemar, que mes chères illusions ne s'évanouiront pas en fumée.

Encore une chose… Greg m'a proposé de m'installer chez lui avec Katie. J'hésite, tu connais le proverbe : « *chi va piano…* » Pour l'instant, tout se passe vraiment bien entre nous, mais je ne suis pas seule concernée. Katie aime beaucoup Greg (ce n'était peut-être pas évident à Boston, elle n'avait d'yeux que pour toi), cependant je me demande si elle supporterait un pareil bouleversement. Il n'y a que deux ans que nous sommes installées dans notre appartement, que nous apprenons à vivre en tête à tête. Est-ce une bonne idée de la dépoter une fois de plus ? Qu'en penses-tu ?

Le plus simple est de lui poser la question. Mais si elle refuse ? Qu'est-ce que je dis à Greg ? « Euh… je t'aime, tout ça, mais ma fille de huit ans ne veut pas habiter avec toi ? » Et à Katie, je lui dis quoi ? « On a une sacrée chance, on va être dans une vraie maison. »

Je ne suis pas seule en cause, tu comprends. Conclusion, je vais réfléchir.

Merci encore pour ce break, j'en avais vraiment besoin. Katie écrira à Sally, promis.

Je t'embrasse,

Rosie

Chère Rosie,

Bienvenue au Two Lakes pour votre première journée. Je regrette de n'avoir pas pu vous accueillir personnellement, mais je suis aux États-Unis pour régler quelques détails concernant notre nouvel établissement de San Francisco.

En attendant mon retour, Amador Ramirez, le manager adjoint, vous mettra au courant. N'hésitez pas à me faire part de vos problèmes si vous en avez.

Bienvenue chez nous !

Bill Lake

Vous avez un message de : RUBY

Ruby : tu te souviens de moi ?

Rosie : pardon, Ruby, mais je passe moins de temps sur l'ordinateur. Ici, c'est assez difficile de faire semblant de travailler.

Ruby : on en reparlera dans un mois...

Rosie : merci de me soutenir, j'apprécie énormément.

Ruby : il n'y a pas de quoi. Comment va la vie avec Greg ?

Rosie : super.

Ruby : vous ne vous détestez pas encore ?

Rosie : non, pas encore.

Ruby : on en reparlera dans un mois...

Rosie : merci, merci.

Ruby : j'accomplis seulement mon devoir d'amie. Tu n'as rien de neuf à m'annoncer ?

Rosie : je n'en ai parlé qu'à Alex, donc je t'interdis de le répéter.

Ruby : ah, la formule magique ! Explique !

Rosie : il y a quelques semaines, quand je suis rentrée à la maison, Greg avait préparé un succulent dîner aux chandelles. Et il m'a demandé

Ruby : de l'épouser !

Rosie : non, il m'a demandé si ça m'intéresserait de m'installer chez lui.

Ruby : Tu cites exactement ses paroles ?

Rosie : oui, je crois. Pourquoi ?

Ruby : comme c'est romantique !

Rosie : il s'était donné beaucoup de mal pour préparer le repas, mettre la table et

Ruby : tu fais ça tous les jours, Rosie. Tu ne trouves pas que ça ressemble plutôt à une proposition commerciale ?

Rosie : c'est-à-dire ?

Ruby : si je voulais ouvrir un compte joint avec Teddy, je lui poserais la question dans ces termes : « Ça t'intéresserait d'ouvrir un compte joint ? » Tu me suis ?

Rosie : je suppose que

Ruby : et le mariage ? Il ne l'a pas mentionné ? Et Katie ? Si vous vous mariez, il adoptera Katie ? Vous en avez discuté ?

Rosie : eh bien… non. D'ailleurs, je te croyais antimariage.

Ruby : je le suis, mais ce n'est pas moi qui veux me marier et fréquente un homme qui ne le souhaite pas. Tout le problème est là, vois-tu.

Rosie : je n'ai jamais dit que je voulais l'épouser.

Ruby : dans ce cas, allez-y, vivez ensemble. Ça me paraît une idée fabuleuse !

Rosie : à ma connaissance, Greg n'a pas refusé de se marier avec moi et, de toute façon, tu peux parler : Teddy et toi, vous faites pareil !

Ruby : Je suis divorcée, Teddy aussi, on a déjà donné. Tandis que, toi, tu es jeune.

Rosie : peu importe. Je lui ai dit que je n'étais pas prête, pour l'instant, à vivre avec lui. Ce n'est pas le bon moment, je commence mon travail, et Katie a fait son nid dans l'appartement. Je préfère prendre du temps pour que Katie s'habitue à la situation. Je ne tiens pas à la perturber davantage.

Ruby : ça, on le saurait.

Rosie : qu'est-ce que tu insinues ?

Ruby : j'ai vu Katie, elle va bien, elle est très contente. Elle s'est parfaitement habituée à « la situation ». À mon avis, c'est plutôt à toi d'accepter.

Rosie : quoi donc ?

Ruby : Alex est marié, Rosie. Avance et donne-toi les moyens d'être heureuse !

Rosie s'est déconnectée.

Steph : pourquoi Greg ne t'a pas demandé de l'épouser ?

Rosie : j'ignorais que c'était obligatoire.

Steph : tu aurais aimé qu'il le fasse ?

Rosie : tu me connais, Steph, si quelqu'un tombait à genoux et me faisait sa demande (de préférence sur une plage de sable fin, avec un quatuor en fond sonore), ça me plairait beaucoup. Je suis une incurable romantique.

Steph : tu es déçue qu'il t'ait proposé de vivre ensemble, sans être mariés ?

Rosie : je présume que, s'il m'avait demandé ma main, nous habiterions aussi sous le même toit, par conséquent je n'ai pas de regrets. Je m'estime chanceuse d'avoir rencontré quelqu'un comme Greg.

Steph : tu as le droit, tu mérites d'être heureuse. C'est légitime de vouloir plus que ce qu'on te donne.

Rosie : j'ai décidé de m'installer chez lui. Une étape après l'autre.

Steph : si ça te convient…

Rosie : ensuite, si on s'entend toujours aussi bien, j'exigerai la chambre éclairée aux bougies et remplie de roses.

Chère Sally,

Je te demande pardon d'avoir renversé mon jus d'orange sur ta robe neuve, quand on était chez toi. Tu as dit que la robe neuve de ma maman était moche, alors ça m'a fait un choc et j'ai renversé mon jus d'orange sur toi. C'était un accident, comme ma naissance (je t'ai entendu dire ça à ta copine).

J'espère que la tache est partie, parce que ta robe était très chère. J'espère aussi que tu viendras nous voir dans notre nouvelle maison. On va vivre chez Greg, c'est plus grand que ton appartement.

Bises,

Katie

PS- mon ami Toby me charge de te dire qu'il a renversé du jus d'orange sur sa chemise d'uniforme et que c'est pas parti au lavage. Sa maman a été obligée de jeter la chemise. Heureusement, elle était moins chère que ta robe.

Vous avez un message de : ALEX

Alex : salut, comment va ?

Phil : je surfe sur le net depuis des heures, je cherche un tuyau d'échappement d'origine, en chrome, pour une Ford Mustang 1968. Tu crois que je pourrais trouver les écussons d'origine et les sièges en cuir bicolores pour la Corvette 1978 ?

Alex : euh... ?

Phil : je ne te le fais pas dire, mais je suppose que mes problèmes ne te passionnent pas. Comment s'est passé le séjour de Rosie ? Y a-t-il eu d'autres silences étranges ?

Alex : ta gueule, Phil.

Phil : à quoi ressemble le petit ami ?

Alex : il est normal. Ce n'est pas le genre d'homme avec qui j'aurais imaginé Rosie.

Phil : tu veux dire qu'il n'est pas toi.

Alex : je veux simplement dire que ce n'est pas un boute-en-train.
Phil : il devrait ?
Alex : pour Rosie, oui.
Phil : peut-être a-t-il une influence apaisante sur elle.
Alex : oui, peut-être. Il est poli et sympathique, mais il ne parle pas beaucoup de lui. Je n'ai pas pu le cerner. Il fait partie de ces gens qui ne semblent pas avoir d'opinion personnelle. Difficile de le juger. Il s'est quand même très bien entendu avec Sally.
Phil : dans ce cas, c'est peut-être seulement avec toi que ça ne colle pas.
Alex : merci, Phil, tu as toujours le don de me réconforter.
Phil : n'est-ce pas pour cette raison que tu discutes avec moi des petits problèmes de l'existence ?
Alex : ouais. Comment vont Margaret et les enfants ?
Phil : très bien. Maggie pense être de nouveau enceinte.
Alex : Seigneur Dieu, encore un ?
Phil : je suis un homme comblé, Alex.
Alex : tant mieux, Phil.
Alex s'est déconnecté.

De : Alex
À : Rosie
Objet : ça y est ?

Je crois comprendre que tu t'installes chez Greg. Sally a reçu cette semaine une lettre de Katie, mais elle a refusé que je la lise. Elle m'a seulement dit que les choses, entre elles, étaient réglées. J'en suis content, quoi que ça puisse signifier.

Pour répondre à ta question concernant Greg, oui c'est un homme charmant. Pas tout à fait le genre de personne que j'aurais imaginé avec toi – il est très réservé, peu loquace. Et beaucoup plus âgé que toi. Il a… combien ? Trente-sept ans ? Tu en as vingt-sept, ça fait dix ans de différence. Comment réagiras-tu quand il sera vieux, décrépit, et que tu seras toujours jeune et belle ? Tu pourras regarder ses yeux larmoyants, d'un bleu fané, et embrasser ses lèvres toutes craquelées ? Comment pourras-tu caresser ses jambes pleines de varices et courir avec lui à travers champs, main dans la main, en t'inquiétant pour son cœur fragile ?

Ce sont des choses auxquelles tu dois réfléchir, Rosie.

Vous avez un message de : ROSIE
Rosie : tu es défoncé ? ?
Alex : je n'ai pris que quelques petites pilules roses.
Rosie : tu es médecin, débrouille-toi. Je déduis de ton mail et de tes commentaires vachards que tu n'aimes pas Greg. Il est temps que la vérité éclate au grand jour : je ne supporte pas non plus Sally. Bisque, bisque, rage !

Je déteste Sally et tu détestes Greg. Voilà, nous savons que nous ne sommes pas d'accord sur tout. Katie et moi, nous emménageons dans sa maison la semaine prochaine. C'est merveilleux. Nous sommes formidablement heureux. Je n'ai jamais été aussi amoureuse de ma vie, et caetera. Maintenant, arrête de m'embêter et digère. Greg est là pour de bon. Qu'est-ce que tu as à redire à ça ?
Alex s'est déconnecté.

Rosie, Katie et Greg,
Joyeux Noël et bonne année !
Meilleurs vœux d'Alex, Sally et du petit Josh

Chers Alex, Sally et Josh,
Meilleurs vœux pour la nouvelle année !
Avec toute notre affection,
Katie, Rosie et Greg

15

Bonjour sœurette,

Arrête de te faire du souci, tu me stresses ! Pour la dernière fois, Rosie, il est absolument normal pour des amis de ne pas s'entendre avec le conjoint de l'un et de l'autre. La sœur de Pierre me fait grimper au mur, par exemple. Ça ne signifie pas qu'Alex et toi, vous êtes fâchés à mort.

Tous les deux, vous êtes trop francs, voilà votre problème. Je n'imagine pas l'une de mes copines disant tranquillement « Je déteste ton mari ou ta femme », et quand j'ai le malheur de prononcer une parole insignifiante devant Pierre, à propos de sa sœur qui m'exaspère, il me saute à la gorge. Quand il s'agit de son meilleur ami, Rosie, il n'existe personne d'assez bien. Alex pense sans doute que tu aurais pu trouver beaucoup mieux, et tu as la même opinion en ce qui le concerne. Greg et Sally ne sont pas idiots, ils le sentent. Greg n'ignore pas qu'Alex était l'homme qui comptait le plus dans ta vie (il sait aussi que tu t'étais amourachée de lui, ce qui n'arrange rien). Et Alex supporte mal d'avoir été remplacé. Par conséquent, ils vont se comporter comme des rivaux, en quelque sorte. C'est tout à fait naturel.

Bref, arrête de te prendre la tête avec cette histoire, téléphone-lui ou écris-lui… Et, au passage, si Pierre ne te plaît pas, je m'en fiche. Je l'aime, alors garde ton jugement pour toi !

N'oublie pas de me donner tes mensurations. Et ne mens pas, Rosie, c'est pour ta toilette de demoiselle d'honneur. Si tu triches sur ton poids et que la robe ne te va pas, tant pis pour toi : tu seras forcée de la porter, je n'ai pas les moyens de t'en offrir une autre. Tu préfères le rouge ou le grenat ? J'attends ta réponse.

Bisous,

Ta sœur morte d'angoisse

PS- Au fait, tu veux bien appeler Alex pour lui dire qu'il est invité avec sa femme à mon mariage ? C'est un bon prétexte pour lui parler.

Chère Rosie,

Joyeux anniversaire ! Vingt-huit ans... tu finiras par me rattraper !

Affectueusement,

Alex, Sally et Josh

Chère Katie,

Tu as neuf ans aujourd'hui !

J'espère que tu pourras t'acheter un joli cadeau avec cet argent.

Affectueusement,

Alex, Sally et Josh

De : Rosie
À : Alex
Objet : grande nouvelle !

Alex Stewart, pourquoi tu ne réponds jamais au téléphone ? Je suis maintenant très amie avec la nounou de Josh, et nous sommes toutes les deux d'accord : ta femme et toi, vous travaillez beaucoup trop. Est-ce que le pauvre petit Josh connaît au moins son papa et sa maman, ou croit-il que vous êtes seulement deux gentilles personnes qui le prennent dans leurs bras et le câlinent de temps en temps ?

Je t'envoie ce mail parce que j'ai une supernouvelle à t'annoncer et que je refuse de le faire par ordinateur interposé. Appelle-moi quand tu auras ce message. Tes bons conseils, tout bien réfléchi, se sont souvent révélés utiles (ce dont je te remercie).

Téléphone, vite !

De : Alex
À : Rosie
Objet : re : grande nouvelle !

Je refuse de t'appeler, je suis fou de rage que tu mettes en doute mes capacités de père. Si quelqu'un s'avise encore de me dire comment je devrais élever mon fils, j'explose.

Le plus souvent, quand nous rentrons, Josh est endormi et il faut que je m'empêche de le réveiller pour l'embrasser. Ma femme et moi, nous ne sommes jamais de repos en même temps. Nous nous croisons dans les couloirs et nous volons quelques minutes d'un semblant de bonheur, avant de quitter la maison au pas de course.

Ce n'est pas l'idéal pour Josh, mais nous ne pouvons pas cesser de travailler pour rester en permanence avec lui.

Conclusion : ne te marie jamais, au grand jamais !

De : Rosie
À : Alex
Objet : surprise !

Oh zut, tu m'as gâché ma surprise !

De : Alex
À : Rosie
Objet : re : surprise !

Rosie Dunne, aurais-tu décidé de te marier ? !

16

De : Rosie
À : Alex
Objet : re : re : surprise !

Je n'aurais pu imaginer plus jolie façon de partager cette merveilleuse nouvelle avec mon meilleur ami...

De : Alex
À : Rosie
Objet : le mariage !

Je suis vraiment désolé, c'est formidable. Ne fais pas attention à ce que je raconte, je suis fatigué et grognon. Mais comment tout ça est arrivé ? À quand le grand jour ? Je croyais que Machin ne voulait pas se marier.

De : Rosie
À : Alex
Objet : re : le mariage... enfin !

Ne fais pas semblant d'être intéressé par les petits détails, tu n'y es pas obligé. Et, au passage, je te rappelle son prénom : Greg. Tu as d'autres soucis, alors je précise seulement que le « grand jour » sera modeste. On invite les amis proches et la famille. Greg ne veut pas de tralala et je suis suffisamment heureuse pour m'en accommoder.

Katie est ma demoiselle d'honneur et je veux que tu sois mon témoin. Accepte, s'il te plaît. Sally et Josh seront évidemment les bienvenus. Profite de l'événement pour prendre des vacances en famille, je parie que ce seront les premières. Vous pourrez vous relaxer et vous amuser, vous l'avez tous bien mérité.

Je ne te raconterai pas la demande en mariage. Je savais que ça allait arriver, donc ce n'était pas si surprenant...

De : Rosie
À : Stephanie
Objet : romantisme

Oh, Steph, c'était tellement romantique. Je n'imaginais pas du tout qu'il allait me demander en mariage ! Il m'a emmenée en week-end dans un tout petit village de l'Ouest dont je n'avais jamais entendu parler, par conséquent je n'essaierai même pas d'écrire le nom. Nous avons dormi dans un charmant B & B et mangé dans un restaurant, Le Pêcheur. Nous avions toute la salle pour nous. L'atmosphère était magique et, au dessert, Greg m'a fait sa demande ! Ensuite, nous nous sommes promenés au bord du lac, avant de retourner au B & B. C'était simple, tranquille, mais si romantique !

De : Stephanie
À : Rosie
Objet : re : romantisme

Comme c'est bizarre, Rosie. Tu disais, il me semble, que tu voulais un feu d'artifice, des pétales de roses et des violons quand ton amoureux tomberait à genoux pour te demander ta main, devant une foule éblouie et émue aux larmes. Qu'est devenu ton rêve ?

De : Rosie
À : Stephanie
Objet : feux d'artifice et pétales de roses...

Figure-toi que ce n'est pas le style de Greg, voilà. Tu sais comment il est. Je ne l'imagine pas pendu à un lustre en train de chanter du Sinatra, tout en faisant pleuvoir sur ma tête des pétales rouges (pourtant l'idée me plaît bien). D'ailleurs ce n'est pas la demande en mariage qui compte, mais le mariage...

Ruby : il t'a fait sa demande dans un patelin ?
Rosie : un ravissant petit village de
Ruby : tu HAIS les ravissants petits villages ! Tu aimes les villes, le bruit, les lumières, la pollution, les citadins orduriers et les grands immeubles !
Rosie : mais on logeait dans un adorable petit B & B, dont la propriétaire était absolument charmante et
Ruby : tu HAIS les B & B ! Tu es obsédée par les hôtels. Tu travailles dans un hôtel. Tu veux diriger un hôtel, en acheter un et y vivre. Ton plus grand plaisir, c'est de dormir dans un hôtel, et il t'a emmenée dans un B & B minable en pleine cambrousse !
Rosie : si tu avais vu le petit restaurant où on a mangé... Le Pêcheur, il y avait des filets de pêche au plafond...
Ruby : tu as affamé le poisson rouge de Katie jusqu'à ce qu'il flotte dans son bocal puant, le ventre en l'air, après quoi tu l'as balancé dans les W-C et tiré la chasse. Les huîtres te dégoûtent, tu te bouches les narines quand je mange du thon, tu penses que le saumon fumé a été inventé par le diable, et les crevettes te rendent malade.
Rosie : j'ai pris une délicieuse salade, merci.
Ruby : tu dis toujours que la salade, c'est pour les lapins et les top models !
Rosie : bref, nous avons terminé la soirée en nous promenant main dans la main au bord du lac et

Ruby : tu ADORES la MER. Tu rêves en secret d'être une sirène. Les lacs t'ennuient à mourir.

Rosie : *arrête*, Ruby !

Rosie s'est déconnectée.

De : Rosie
À : Alex
Objet : SOS

Pitié, sauve-moi de ma famille et de mes amis, ils me rendent complètement dingue.

Vous avez reçu un message de : ALEX

Alex : à tes ordres. Quel est le problème ?

Rosie : je ne tiens pas tellement à en parler. J'aimerais me distraire un peu.

Alex : je comprends ça, moi aussi j'en ai besoin. Alors, si tu me racontais la demande en mariage que Machin t'a mitonnée ?

Rosie : et voilà, ça recommence. *Greg* m'a emmenée dans un petit village tranquille. Nous avons dormi dans un magnifique B & B. On a mangé dans un adorable restaurant, Le Pêcheur. J'avais la bouche pleine de profiteroles quand il m'a demandé de l'épouser. J'ai dit oui, on s'est baladés au bord du lac et on a contemplé la lune qui se reflétait sur l'eau. N'est-ce pas romantique ?

Alex : si, ça l'est.

Rosie : tu n'as rien d'autre à dire ? Trois petits mots pour l'une des soirées les plus importantes de ma vie ?

Alex : ça aurait pu être mieux.

Rosie : comment ça, mieux ? Qu'est-ce que tu aurais fait, toi ? J'aimerais bien le savoir. Vous semblez tous persuadés de me connaître par cœur. Vas-y, que je rigole un peu !

Alex : OK, je relève le défi. D'abord, je t'aurais emmenée dans un *hôtel* sur la côte, et j'aurais réservé la suite avec la plus belle *vue sur la mer*. Tu te serais endormie en écoutant les vagues s'écraser sur les rochers, j'aurais parsemé le lit de *pétales de roses rouges*, allumé des *bougies* partout dans la chambre, et mis ton CD préféré.

Mais ce n'est pas là que je t'aurais posé la question fatidique. Je t'aurais entraînée au milieu d'une foule pour que les gens soient bouche bée en me voyant tomber à tes genoux pour te demander ta main. Quelque chose dans ce goût-là. Tu noteras que j'ai écrit en italiques tous les mots essentiels.

Rosie : ah.

Alex : C'est tout ce que tu trouves à dire ? Un mot pour la nuit la plus cruciale de notre vie ? Je tombe à genoux, je te prie de passer l'éternité à mes côtés, et tu réponds : ah. Il faut que tu fasses mieux que ça !

Rosie : d'accord, ce serait une jolie demande en mariage. J'ai donc tellement parlé de ce sujet, Alex ?

Alex : sans arrêt, mon amie. Du matin au soir. Quiconque te connaît vaguement saurait que c'est à peu près le genre de chose dont tu as toujours rêvé. Mais un week-end dans un B & B, ce n'est pas mal non plus.

DENNIS ET ALICE DUNNE

ont le plaisir de vous inviter au mariage de

ROSIE DUNNE ET **GREG COLLINS**

qui aura lieu le 18 juillet

17

Chère Rosie,

Eh bien voilà, tu l'as fait, tu as épousé Machin. Tu étais magnifique, Rosie, j'étais fier d'être à ton côté devant l'autel, et près de toi en ce grand jour. J'étais fier d'être ton témoin, mais comme tu l'as dit lors de mon mariage, cette journée était celle de Machin, pas la mienne. Vous étiez superbes, tous les deux.

J'ai eu un étrange sentiment quand tu m'as tourné le dos pour descendre l'allée centrale de l'église au bras de Greg. Une bouffée de jalousie. Est-ce normal ? Est-ce que tu as aussi eu cette sensation-là le jour de mon mariage ? Je suis peut-être complètement cinglé. Je me répétais : maintenant, tout va changer. Greg est l'homme qu'il te faut, désormais c'est à lui que tu confieras tes secrets, et moi qu'est-ce que je deviens ? C'était une impression bizarre, Rosie, même si elle a fini par se dissiper.

Je n'ai pas osé en parler à quelqu'un, surtout pas à Sally, elle serait trop ravie d'en conclure que ça confirme sa petite théorie, selon laquelle l'amitié est impossible entre les hommes et les femmes. Je n'étais pas jaloux parce que je voulais être ton mari, pas du tout, mais… je ne sais pas comment expliquer ça. Je suppose que je me suis senti abandonné, voilà tout.

Je suis heureux que Josh ait enfin pu poser le pied sur la terre d'Irlande – ou plutôt son derrière, mais il ne tardera plus à marcher. Il y a longtemps que je souhaitais l'amener au pays, malheureusement le travail m'en a empêché... C'est drôle, je viens d'écrire « le pays » à propos de l'Irlande, ce que je ne faisais plus depuis un certain temps. En tout cas, c'était bien pour Josh, et je crois que Katie était assez contente de s'occuper de lui.

Elle est ton portrait craché, Rosie. Cette gamine aux cheveux de jais et au teint pâle, c'est avec elle que j'allais à l'école. Sidérant. En lui parlant, il me semblait être de nouveau le petit Alex. Toby me surveillait. À mon avis, il avait peur que je lui vole son amie. Et moi aussi, je le surveillais, parce qu'il me volait mon amie. Je devais sans cesse me rappeler à l'ordre, me dire que Katie n'était pas toi.

Je ne suis pas absolument sûr que ton idée de nous réunir, Sally, Josh et moi, ait donné de bons résultats. Comme tu l'as constaté, Sally n'était pas d'excellente humeur pendant ces quelques jours. Je pensais que ce break nous aiderait, je me trompais. Il nous a simplement permis de nous parler beaucoup trop. Or ce n'est pas recommandé quand on n'a rien d'agréable à se dire. Je peux affirmer, et là je ne me trompe pas, que notre lune de miel est terminée. Il y a maintenant huit ans que nous sommes ensemble.

En revanche, j'espère que Greg et toi profitez de votre lune de miel. Tu trouveras cette lettre à ton retour, sur le paillasson. Je me figurais que tu rêvais, pour ton voyage de noces, d'une plage exotique. J'ignorais que visiter les ruines romaines, qui sont sûrement splendides, te passionnait. Je te jugeais trop superficielle pour ça ! Je te taquine.

Contacte-moi quand tu rentreras, prouve-moi que certaines choses au moins ne changent pas.

Je t'embrasse,

Alex

Cher Alex,

Bonjour de Rome ! Il fait un temps magnifique, la ville est belle, mais surtout, les hôtels sont fabuleux !

Affectueusement,

Rosie x

De : Rosie
À : Alex
Objet : me revoilà !

Je suis rentrée de notre lune de miel il y a quelques minutes, et j'ai lu ta lettre. Tu m'as paru déprimé, j'ai donc téléphoné, et devine quoi ? Surprise, surprise : tu n'étais pas là. Du coup, une fois de plus, je passe par le courriel.

Je n'ai jamais beaucoup aimé Sally, c'est vrai, mais je souhaite que, tous les deux, vous surmontiez votre problème, quel qu'il soit. L'arrivée d'un bébé est un grand bouleversement, je ne le sais que trop, et je comprends que ce soit difficile pour deux personnes qui travaillent comme des brutes.

Vous avez simplement besoin de temps pour vous adapter, peut-être devriez-vous consulter un conseiller conjugal, par exemple. Moi, j'ai été longue à accepter que Katie soit là pour toujours, malgré tout l'amour que j'ai pour elle.

Je ne prétends pas être un puits de sagesse, mais arrête de me confier ce que tu ressens et oblige-toi à en parler avec Sally. Je suis toujours là pour toi, Alex, mariée ou pas.

Cher Alex,

J'espère que tu vas bien. J'étais contente de te voir au mariage. Josh est vraiment chouette. Maman était très belle et toi aussi. Moi et Toby, on est fâchés. Il a dix ans la semaine prochaine, et il s'en croit parce qu'il est un peu plus vieux que moi. Il ne m'a pas invitée à sa fête d'anniversaire, pourtant je lui ai rien fait. La semaine dernière, on s'est disputés à cause de l'ordinateur. J'ai dit que c'était mon tour de m'en servir en premier, même si je me rappelais que je l'avais fait la fois d'avant. Mais je suis certaine qu'il avait oublié, donc c'est pas ça le problème.

Maman a téléphoné à la maman de Toby pour demander ce qu'il a contre moi, mais elle en sait rien non plus. Toby ne me parle plus. Je le déteste. Je me trouverai un autre meilleur ami. Maman m'a dit de t'écrire pour te raconter parce que tu es mon parrain et que tu comprends ces choses.

Maman pense que Toby est méchant et que je serai traumatisée quand je serai grande, parce que je n'aurai pas été invitée à la fête d'anniversaire. Elle dit que tu sait ce qu'elle veut dire.

Bisous,

Katie

Ma très chère Katie,

Ta mère, qui est si intelligente et sage, a raison comme toujours. Toby est terriblement méchant et calculateur, je suis d'accord. Ne pas inviter sa meilleure amie à son dixième anniversaire, c'est abominable. Un crime, à mon avis. Il est égoïste, et il commet un acte impardonnable qui le hantera pendant de longues années, je te le garantis, peut-être même jusqu'à ce qu'il ait environ trente ans.

Je pense qu'il ne devrait pas s'en tirer à si bon compte et qu'on ne lui infligera jamais de punition assez sévère. Toby s'est comporté comme un sale gamin, mal élevé et sans pitié. Dis à ta mère et à Toby que je ferai le maximum pour que nous nous rachetions, lui et moi, afin de pouvoir continuer notre route la tête haute.

Je t'embrasse très fort,

Alex

Cher Alex,

Ta lettre était bizarre. J'ai pas tout compris, mais maman dit que Toby est encore pire que ce que tu écris.

Mais elle riait en lisant la lettre, alors je ne sait pas si elle le pensait vraiment. Moi, je ne crois pas que Toby soit aussi mauvais que ça.

Tous les deux, vous êtes dingues.

Bisous,

Katie x

Cher Toby,

J'espère que tu te souviens de moi : Alex, l'ami de la maman de Katie, je vis en Amérique. J'ai appris que tu auras dix ans la semaine prochaine, je te souhaite un joyeux anniversaire. Je suppose que cette lettre t'étonne beaucoup, mais j'ai également appris que tu n'avais pas invité Katie à ta fête, ce qui m'a sidéré.

Katie est ta meilleure amie ! Je te jure que, sans elle, ta fête ne sera pas amusante. Ça m'est arrivé. Je sait que tu surveilleras la porte en souhaitant qu'elle arrive pour rigoler un peu. Ton meilleur copain est une fille, et alors ? On s'en fiche. Les autres garçons se moquent de toi ? On s'en fiche. Au moins tu as une amie et, crois-moi, c'est très dur de vivre sa vie sans sa meilleure amie, surtout si tu es à l'école avec Mlle Casey Gros-Pif qui t'embête à longueur de journée. Si tu n'invites pas Katie, tu lui feras beaucoup de peine, ce qui n'est pas bien.

Avoir un ami, même si c'est une fille, il n'y a rien de plus formidable. Réponds-moi, dis-moi comment tu t'en sors.

Alex

PS – J'espère que tu pourras t'acheter quelque chose qui te plaise avec ce petit cadeau.

De : Toby
À : Katie
Objet : zéro en dictée

L'ami de ta maman fait des fautes d'orthographe, comme toi. Au fait, est-ce que tu veux venir à ma fête la semaine prochaine ?

De : Rosie
À : Alex
Objet : les filles Dunne

Très futé, monsieur Stewart, mais tu ne t'es pas complètement racheté. Les filles Dunne sont très difficiles à satisfaire, figure-toi…

De : Alex
À : Rosie
Objet : les Dunne

C'est ce que je constate. Tu es une femme coriace, d'accord. J'ai une théorie que j'aimerais te soumettre. Puis-je ?

De : Rosie
À : Alex
Objet : théorie fumeuse

Puisqu'il le faut… je la lirai peut-être, si j'ai le temps.

De : Alex
À : Rosie
Objet : ma théorie

Oui, il le faut, et tu vas la lire. Si je t'avais invitée à mon dixième anniversaire, Brian le Pleurnicheur n'aurait pas été convié. Si Brian n'était pas venu, il n'aurait pas mis de la pizza dans le sac de couchage de James, et s'il n'avait pas fait ça et totalement gâché ma fête, toi et moi ne l'aurions pas détesté autant. Si toi et moi ne l'avions pas détesté à ce point, tu n'aurais pas été forcée de picoler comme un trou pour le supporter au bal de la promo. Si tu n'avais pas fait ça… eh bien… peut-être que tu aurais été moins soûle et que ta petite Katie adorée ne serait pas née. Par conséquent, je t'ai rendu un service !

Voilà ma théorie, Rosie Dunne.

De : Rosie
À : Alex
Objet : *ma* théorie

Très malin, Alex, très, très malin. Mais tu n'avais pas besoin de remonter si loin pour endosser la responsabilité concernant Katie. Voilà ma théorie : si tu ne m'avais pas posé un lapin pour le bal, je ne serais jamais sortie avec Brian. Si tu avais débarqué à l'aéroport ce jour-là, nos vies auraient pu être complètement différentes.

De : Alex
À : Rosie
Objet : la vie

Oui, c'est une question que je commence à me poser.

Ruby : quoi ? *Ils rompent ?*
Rosie : c'est triste, non ?
Ruby : pas vraiment. Pourquoi ont-ils rompu ?
Rosie : incompatibilité d'humeur. C'est ce qu'on dit toujours, n'est-ce pas ?
Ruby : pas dans mon cas. J'affirme que mon mec était un salaud qui me trompait, doublé d'un flemmard. Et qui a la garde de Josh ?
Rosie : Sally, elle s'est installée chez ses parents.
Ruby : le pauvre Alex. Continue, raconte.
Rosie : je ne sais pas tout, je ne
Ruby : menteuse. Alex ne te cache rien, ce qui d'ailleurs est sans doute la raison de cette séparation.
Rosie : s'il te plaît, ne me mets pas ça sur le dos. C'est franchement insultant. Il y avait des centaines de

petites choses qui ont fini par leur exploser à la figure.

Ruby : tu pars quand ?

Rosie : la semaine prochaine.

Ruby : tu comptes revenir ?

Rosie : RUBY, ARRÊTE !

Ruby : OK, ne t'énerve pas. C'est quand même triste, non ?

Rosie : Alex est anéanti.

Ruby : je ne parlais pas de ça. L'ironie de toute cette histoire m'afflige, je n'ose pas imaginer ce que tu peux ressentir.

Rosie : où vois-tu de « l'ironie » là-dedans ?

Ruby : tu sais bien... tu l'attends pendant des années, finalement tu renonces, tu décides de vivre ta vie et d'épouser Greg. Or voilà que quelques semaines après, Alex se sépare de Sally. Tous les deux, vous n'avez aucun sens du timing... quand apprendrez-vous à être au même endroit au même moment ?

18

Que ton premier anniversaire soit plein de joie,
Un grand garçon n'a pas tous les jours un an !
Nous t'aimons très fort et nous vous souhaitons, à ton papa et toi, de passer ensemble une belle journée et un joyeux Thanksgiving.
Mille bisous,
Rosie et Katie

Chères Rosie et Katie,

Merci pour le nounours que vous m'avez envoyé pour mon anniversaire. Je l'ai baptisé « Nounours ». Papa a trouvé le nom tout seul, il est très intelligent. J'adore lui baver dessus et lui mâchouiller l'oreille, comme ça quand papa le prend, il a la figure toute mouillée. J'aime bien lancer Nounours par terre au milieu de la nuit et puis appeler papa en hurlant, pour qu'il vienne le ramasser. Je fais ça pour rigoler, papa n'a pas besoin de dormir. Il n'est là que pour me donner à manger et me changer mes couches.

Maintenant il faut que je vous quitte, j'ai un emploi du temps très chargé : on me nourrit à neuf heures, ensuite il y a le rototo, et après je vais essayer de faire quelques pas dans le salon. Je sais que je peux y arriver... un jour ou l'autre, je n'atterrirai pas sur mon derrière...

Merci pour Nounours.

Bisous, vous me manquez toutes les deux
Josh (et papa)

De : Rosie
À : Alex
Objet : joyeux anniversaire !

Mais pourquoi tu ne fêtes pas tes trente ans ? À moins que tu n'aies pas daigné m'inviter ? Dans le passé, tu étais enclin à faire des choses de ce genre. Seigneur Dieu, tu te rends compte que vingt ans se sont écoulés depuis ce drame ? Je ne me doutais que nous aurions un jour des souvenirs aussi anciens. Enfin bref, joyeux anniversaire et mange une part de gâteau à ma santé.

De : Alex
À : Rosie
Objet : merci

Désolé de ne pas t'avoir fait signe, j'ai presque terminé mon internat dans cet hôpital, ce qui me permettra d'entamer deux années supplémentaires d'internat en cardiologie. Mon siècle d'études tire à sa fin ! Pas de fête pour moi, j'en ai assez à rembourser mon astronomique prêt d'étudiant.

Vous avez un message de : GREG
Greg : hello, chérie, comment se passe ta journée ?
Rosie : elle est interminable. L'hôtel est complet ce week-end pour la parade de la Saint-Patrick, depuis ce matin je n'ai pas cessé d'accueillir des groupes de touristes. C'est relativement tranquille pour le moment, du coup je fais semblant d'être très occupée à vérifier les réservations sur l'ordinateur. Ne me fais pas rire, sinon je serai démasquée.
Petite rectification : quand je dis « tranquille », ça signifie que personne ne m'embête à la réception. Car on ne s'entend plus dans le hall de l'hôtel… Il y a un troupeau d'Américains au bar, ils chantent des vieilles chansons irlandaises et, cerise sur le gâteau,

ils sont accompagnés par le Paddy's Band. Je n'ai jamais vu autant de figures barbouillées de vert et de cheveux roux depuis ma naissance.
Malheureusement, plusieurs membres de la famille de Bill Lake sont venus de Chicago. Ils sont une trentaine, par conséquent je me tiens à carreau. Son neveu est tromboniste dans l'orchestre du lycée de Chicago qui jouera à la parade de dimanche.
J'ai vraiment hâte que la journée se termine, j'ai des crampes aux zygomatiques à force de sourire, et j'ai passé tellement d'heures devant l'écran de ce fichu ordinateur que j'en ai mal aux yeux. Je suis folle de joie que Bill m'ait accordé ces deux jours de congé. Cet homme est un amour, il y a une éternité que je n'ai pas eu un samedi de repos ou, encore mieux, un week-end entier. Pour une fois qu'on peut sortir le soir sans que je me demande si j'arriverai à me lever le lendemain matin... Si on faisait la nouba avec Ruby et Ted ? J'aimerais aussi amener Katie et Toby à la parade de dimanche – qu'en penses-tu ?
Je trépigne, j'ai l'impression d'être à l'école un vendredi après-midi en attendant que la cloche sonne.

Greg : ma Rosie, je suis navré de doucher ton enthousiasme : je suis obligé de partir ce soir à Belfast. Je ne l'ai appris que ce matin, ça s'est décidé à la dernière minute. Je suis vraiment navré.

Rosie : oh non ! Pourquoi faut-il que tu ailles à Belfast ?

Greg : il y a un séminaire auquel je dois assister.

Rosie : quel genre de séminaire ?

Greg : financier.

Rosie : évidemment qu'il s'agit de finances, je me doute que ce n'est pas un séminaire sur la cuisine française. C'est vraiment obligatoire ? Tu es sûr qu'ils s'apercevront que tu es là ?

Greg : honnêtement, non, on ne remarquera pas ma présence, mais je veux y être. C'est assez intéressant, et j'ai envie de monter les échelons.

Rosie : qu'est-ce que tu pourrais apprendre de plus sur les banques ? Elles te donnent de l'argent, elles t'en réclament dix fois plus : ça se résume à ça.

Greg : je suis désolé, Rosie.

Rosie : je suis très contrariée. Bill me donne un week-end de congé, et toi, tu t'en vas. Tu sais que je n'en aurai pas d'autre avant un an ?

Greg : je t'adore parce que tu n'exagères jamais. Maintenant, je dois te laisser, d'accord ? À plus tard, je t'aime.

Rosie : une minute. Tu as vu la facture de téléphone, ce matin ?

Greg : elle est comment ? Salée ?

Rosie : devine.

Greg : merde. Tu passes des heures à envoyer des mails. Je ne comprends pas pourquoi Ruby et toi, vous ne vous débrouillez pas pour vous *voir*, comme le font les gens normaux.

Rosie : parce qu'aucun bar ou restaurant ne nous autorise à nous vautrer sur un canapé, en pyjama, avec une cigarette. Mais naturellement, il est impossible que le montant de la facture ait un rapport quelconque avec les heures que tu passes au téléphone avec ta maman, toutes les semaines, à la convaincre qu'elle est capable de vivre seule. N'est-ce pas ?

Greg : j'ai le sentiment, ma chérie, que ça ne t'ennuie pas trop que je l'en persuade !

Rosie : exact ! Si seulement nous connaissions un directeur de banque qui nous accorde un prêt… comme la vie serait simple…

Greg : malheureusement, ça ne marche pas de cette manière.

Rosie : imagine ma déception quand je l'ai découvert après t'avoir épousé.

Greg : tu es malgré tout restée près de moi, et je t'en remercie. Allez, je te quitte, je dois refuser une hypothèque à un client, tu sais ce que c'est. Je t'adore.

Rosie : moi aussi.

De : Kevin
À : Rosie
Objet : ma sœur préférée

Salut, ma grande sœur préférée. Réponds-moi quand tu pourras, je me sers de l'ordinateur de la fac, c'est gratuit. J'ai un truc à te demander.

De : Rosie
À : Kevin
Objet : re : ma sœur préférée

Je n'ai de tes nouvelles que quand tu as quelque chose à me demander. Surprenant, n'est-ce pas ?

De : Kevin
À : Rosie
Objet : re : re : ma sœur préférée

Tu parles comme mon ex-copine. Pourquoi j'aurais forcément quelque chose à demander ? J'ai simplement envie de savoir ce qui se passe dans la vie de ma sœur. Comment va Katie ? Et Greg ? Et Alex ? Transmets-leur mon bonjour. Tu vois que je m'intéresse énormément à toi. Si tu avais besoin d'un baby-sitter pour Katie, compte sur moi, je serais enchanté de te donner un coup de main. Voilà, je n'ai rien à ajouter. Prends bien soin de toi.

PS – est-ce que, par hasard, tu pourrais demander à ton patron s'il n'aurait pas un job pour moi ?

De : Rosie
À : Kevin
Objet : ah !

J'étais sûre que tu avais une idée derrière la tête. Katie va bien, merci, Greg aussi, ainsi qu'Alex. Tu pourrais le vérifier toi-même si tu te donnais la peine de téléphoner. Et ça m'arrangerait que tu t'occupes parfois de

Katie, malheureusement je n'ai pas trop confiance en toi, vu ce qui s'est produit la dernière fois.

De : Kevin
À : Rosie
Objet : rancunière !

Arrête ton char, Rosie, ça remonte au moins à six ans. Je n'avais que dix-sept ans ! Comment as-tu pu laisser un appartement à un garçon de dix-sept ans, sans te douter qu'il inviterait quelques copains ? C'était tout à fait normal.

De : Rosie
À : Kevin
Objet : normal ?

Tu as saccagé l'appartement. La pauvre Katie était morte de peur et je n'ai pas apprécié de te trouver endormi dans mon lit avec cette fille dont j'ai oublié le nom.

De : Kevin
À : Rosie
Objet : l'eau coule sous les ponts

Tu avais dit : fais comme chez toi... Mais bref, l'eau a coulé sous les ponts, nous sommes maintenant des adultes responsables, surtout toi (le mois prochain, tu attaques la trentaine !). Si tu pouvais m'aider, je t'en serais éternellement reconnaissant, et je suis sincère.

De : Rosie
À : Kevin
Objet : attention

D'accord, mais je ne te promets pas de miracle. Ne fais pas de conneries, Kevin, sinon Bill aura une dent contre moi et ça bousillera mes projets mirifiques : prendre la direction de cet hôtel.

De : Rosie
À : Alex
Objet : la vie !

Seigneur Dieu, Kevin aurait donc appris à marcher et à parler ? Je le croyais encore à la maternelle. Il a grandi d'un coup, en douce. Il est tellement secret, il faut se méfier des gens comme lui.

Tout change si vite. Au moment où on s'habitue à quelque chose, patatras ! ce n'est plus pareil. Quand on commence à comprendre quelqu'un, il grandit. C'est ce qui arrive avec Katie. Elle se transforme de jour en jour ; chaque fois que je la regarde, son visage évolue, il ressemble de plus en plus à celui d'une adulte. Parfois, lorsque je fais semblant d'être intéressée par ce qu'elle me raconte, je prends soudain conscience que je n'ai pas à feindre : ça m'intéresse vraiment. Nous allons faire du shopping ensemble, elle me donne des conseils, nous déjeunons au restaurant et nous nous tordons de rire pour des bêtises. Je ne parviens pas à repérer l'instant où mon enfant a cessé d'être une enfant pour devenir une personne. Et quelle magnifique personne elle devient…

Ce mail est décousu, Alex, à l'image de mes idées qui, ces derniers temps, sont passablement embrouillées. Le temps façonne notre existence, nos journées sont composées d'heures, lesquelles déterminent notre salaire, et notre savoir s'approfondit au fil des ans. Dans notre journée de travail, nous volons quelques minutes pour boire un café. Vite, nous revenons nous asseoir à notre bureau, nous surveillons la pendule, nous allons de rendez-vous en rendez-vous. Pourtant notre temps s'enfuit, et on se demande tout au fond de soi si ces secondes, ces minutes, ces heures, ces jours, ces semaines, ces mois, ces années et ces décennies ont été vécus au maximum.

Tout tourbillonne autour de nous – parents, enfants, amis, amants… – on a envie de crier « Stop ! », de remettre quelques petites choses en ordre avant de continuer. Je sais que tu traverses actuellement des moments difficiles. N'oublie pas que je suis toujours là pour toi. Je t'embrasse.

19

Cher Alex,

Comme tu sais, maman aura trente ans le mois prochain. Toby et moi, on organise un anniversaire-surprise pour elle. Est-ce que tu viendras ?

On a déjà invité mamie, papi, tante Stephanie, oncle Kevin (lui, on n'avait pas envie, il nous fait peur), Ruby, Teddy, les parents de Toby, Toby et moi. Et Greg aussi, s'il est là. Il travaille tout le temps, maman le gronde toujours à cause de ça. L'autre week-end, elle était en vacances, et elle avait prévu un truc avec Ruby et Greg. Seulement, au dernier moment, Greg a dû partir. Ensuite Ruby a téléphoné pour dire qu'elle était malade, du coup maman est restée à la maison, elle a regardé la télé avec moi et Toby qui a dormi à la maison.

Il a une nouvelle lampe électrique qui est géniale. Quand maman est allée se coucher, on s'est mis devant la fenêtre, et on l'a allumée. Ça éclairait les nuages, c'était super. On a aussi éclairé le trottoir d'en face, et on a vu M. et Mme Gallagher de l'autre côté de la rue. Toby pense qu'ils jouaient à saute-mouton. C'était rigolo, sauf que Mme Gallagher a traversé la rue en robe de chambre, elle était furieuse contre nous, et elle a cogné à la porte en appelant maman. Maman était très fâchée, elle a dit qu'on n'irait pas à la parade. Mais elle nous y a emmenés quand même.

Toby et moi, on s'est fait peindre la figure en vert, c'était génial. Maman aussi avait un petit trèfle sur la joue, mais elle l'a regretté parce qu'il a commencé à pleuvoir et que le vert, le blanc et le doré nous dégoulinaient partout. On aurait dit des larmes d'arc-en-ciel. Toby en avait plein les cheveux, et moi plein les yeux. J'y voyais plus rien, Toby et maman m'ont ramenée à la maison en me tenant par la main. On a été forcés de partir avant le début de la parade.

Quand on est arrivés, on était trempés et les habits neufs de maman, qu'elle a eus pour son anniversaire, étaient couverts de peinture verte. La dame qui nous l'a tartinée sur la figure disait que ça s'en allait au lavage, mais c'est pas vrai. Toby a eu les cheveux verts pendant toute la semaine et Mlle Casey Gros-Pif est furax. Maintenant, elle est directrice, tu te rends compte ? Maman dit que l'école doit être à court de personnel.

Alors, tu seras là pour la fête ? Tu peux amener Josh, de toute façon il nous faut davantage d'invités. Tante Stephanie ne pourra pas venir, elle aura son bébé le mois prochain, et le pilote ne la laissera pas monter dans l'avion. Elle est trop lourde. Mamie et papi vont aller les voir, elle, Pierre et le bébé s'il arrive. Oncle Kevin ne sera pas là non plus, il commence à travailler dans un nouvel hôtel, il est chef. Ça fait qu'il reste seulement Ruby et Teddy, mais Ruby ne promet pas que Teddy sera là. Elle n'aime pas prévoir des sorties avec lui aussi longtemps à l'avance. Pourtant, deux semaines, c'est pas si loin.

Je voulais que ce soit une grande fête pour maman, parce qu'elle a été très triste cette semaine, à nouveau. Peut-être à cause du téléphone. Chaque fois qu'il sonne et que maman répond, on n'entend rien. Et quand je réponds, on n'entend rien non plus. Mais quand c'est Greg qui décroche, tout va bien.

Greg a dit qu'il ferait venir quelqu'un pour le réparer, et maman lui a jeté son verre à la figure. Moi, je ne crois pas que ce téléphone soit cassé. Je crois que la personne qui appelle veut parler à Greg, pas à maman ni à moi.

Ce serait vraiment bien que tu sois là, on s'amusera. Tu peux même dormir ici, mais pas dans la chambre d'amis. J'ai l'impression que, maintenant, c'est celle de Greg. Tu n'auras qu'à dormir sur le canapé, ou sur le matelas gonflable que j'ai dans ma chambre. Surtout, n'appelle pas : c'est un secret et, en plus, maman saute sur le téléphone sans dire un mot. Si tu veux, tu n'as qu'à m'envoyer un mail.

Gros bisous

Katie

De : Alex
À : Katie
Objet : l'anniversaire

Merci pour ta lettre. Toby et toi, vous avez eu une très bonne idée, mais si ça ne t'ennuie pas, je n'attendrai pas l'anniversaire de ta maman. J'arriverai dès que possible.

Bon anniversaire, sœurette !

Nous sommes avec toi par la pensée. Avec toute notre affection,

Stephanie, Pierre et... Jean-Louis !

Joyeux anniversaire, Rosie chérie.

Nous aurions voulu être auprès de toi. Amuse-toi bien, nous nous verrons à notre retour.

Tendrement, maman et papa.

Bon anniversaire, frangine.

Désolé de ne pas être là, et merci de m'avoir obtenu ce job. Je te revaudrai ça. Profite bien de ta soirée.

Kevin

Joyeux anniversaire, Rosie !

On n'est pas là, dommage pour nous, mais on est trop occupés à travailler à ta place !

Tes collègues

Rosie,

Je te demande pardon, j'ai été un véritable imbécile. Oublions ça, je t'en prie, et profitons de ton week-end d'anniversaire.

Avec tout mon amour,

Greg

Joyeux anniversaire !

On va prendre une bonne cuite.

Affectueusement, Ruby

Rosie,

Je rentre à Boston demain, et les pensées, les sentiments qui bouillonnent en moi se déversent enfin sur cette page. Je te laisserai cette lettre au moment de mon départ, pour ne pas te forcer la main. Je comprends que tu auras besoin de temps pour réfléchir à ce que je vais te dire, et prendre une décision.

Je sais ce qui se passe, Rosie. Tu es ma meilleure amie, et j'ai lu la tristesse dans ton regard. Je sais que, ce week-end, Greg n'était pas absent à cause de son travail. Tu n'as jamais pu me mentir, tu n'es pas douée pour le mensonge. Tes yeux te trahissent. Ne fais pas comme si tout était parfait, je vois que ce n'est pas le cas. Je vois que Greg est un égoïste qui ne mesure pas le moins du monde la chance qu'il a. Ça me rend malade.

Il est pourtant l'homme le plus chanceux de la terre, puisque tu es sa femme. Il ne te mérite pas, et toi, tu mérites infiniment mieux. Tu mérites quelqu'un qui t'aime éperdument, qui pense à toi sans cesse, qui à chaque seconde se demande ce que tu fais, où tu es, avec qui et si tu vas bien. Tu as besoin de quelqu'un qui t'aide à réaliser tes rêves et te protège contre tes angoisses. Qui te respecte, qui t'aime telle que tu es, avec tes qualités et surtout tes défauts. Tu devrais avoir auprès de toi quelqu'un capable de te rendre heureuse, merveilleusement heureuse. Quelqu'un qui aurait dû, autrefois, saisir l'opportunité d'être à tes côtés, au lieu d'avoir peur.

Je n'ai plus peur, Rosie. Je sais à présent que ce que j'ai éprouvé le jour de ton mariage était bien de la jalousie. Mon cœur s'est déchiré quand la femme que j'aime a dit oui à un autre homme. Pour moi, c'était une condamnation à perpétuité : des années vides et interminables, sans pouvoir t'avouer ce que je ressens ou te prendre dans mes bras.

Rosie, nous nous sommes tenus deux fois devant un autel. Deux fois. Et deux fois, nous nous sommes fourvoyés. Je voulais que tu sois près de moi le jour de mon mariage, mais j'étais trop stupide pour comprendre que c'était toi que je voulais épouser.

Jamais je n'aurais dû interrompre ce baiser, autrefois à Boston. Jamais je n'aurais dû m'écarter de toi, paniquer, gaspiller toutes ces années sans toi. Donne-moi une chance de rattraper le temps perdu. Je t'aime, Rosie, et je veux vivre avec toi, Katie et Josh. Pour toujours.

Je t'en prie, réfléchis. Ne gâche pas ton existence pour Greg. C'est le moment que nous attendions, n'ayons plus peur. Je promets de te rendre heureuse.

Alex

20

De : Alex
À : Rosie
Objet : tu réfléchis toujours ?

Je n'ai pas de nouvelles depuis un moment… j'espérais que tu me ferais signe. Si tu as encore besoin de temps, je comprends. Dis-moi où tu en es, s'il te plaît.

De : Rosie
À : Alex
Objet : re : tu réfléchis toujours ?

Coucou ! Excuse mon silence, je suis débordée. On n'a pas un instant de répit à l'hôtel, il y a un monde fou, sans doute parce que le soleil recommence à pointer le nez. Le pays est beaucoup plus joli quand il fait beau.

Je n'ai pas très bien saisi l'intitulé de ton mail. À quoi faudrait-il que je réfléchisse ? J'ai eu trente ans, terminé, on n'y pense plus. À ce propos, merci d'être venu pour mon anniversaire. Katie et Toby ont été adorables d'organiser cette fête, même s'il n'y avait que toi et Ruby. J'étais un peu morose, pardon. Je n'avais pas trop le moral, parce que je passais le cap de la trentaine et que la plupart des gens auxquels je tiens n'étaient pas là. Tant pis, ce n'est pas la fin du monde. Tu étais là, et ça me suffisait. J'ai été tellement heureuse de te voir.

Tu es toujours là pour moi, Alex, je t'en suis reconnaissante. Tu me donnes de la force quand je n'en ai plus.

Et toi, comment vas-tu ? Comment va Josh ? Fais-lui un gros bisou baveux de ma part.

De : Alex
À : Rosie
Objet : ma lettre

Tu n'as pas eu ma lettre ?

De : Rosie
À : Alex
Objet : une lettre ?

Quelle lettre ? Il y a peut-être du retard dans le courrier, je la recevrai bientôt. Quand l'as-tu postée ?

Cher Alex,

Merci d'être venu à l'anniversaire de maman et de m'avoir aussi offert un cadeau. Elle était très triste avant que tu arrives, mais je crois que tu lui as redonné le sourire. Il faut que je te laisse, le professeur me regarde.

Katie

Chère Katie,

Merci pour ta lettre, j'espère que le professeur ne t'a pas punie parce que tu étais en train de m'écrire. Je suis content que le cadeau t'ait plu. Transmets mon bonjour à Toby, dis-lui que je lui enverrai bientôt cette tenue de baseball dont on a parlé.

Comment va ta maman ? Et à la maison, comment ça se passe ?

Je t'embrasse très fort,

Alex

De : Alex
À : Rosie
Objet : ma lettre

Je ne l'ai pas postée, je l'ai posée sur ta table de cuisine juste avant de partir pour l'aéroport. Tu ne l'as pas trouvée ?

Cher Alex,

Toby est drôlement content pour la tenue de baseball. À la maison, ça va mieux. Maintenant, Greg ne dort plus sans arrêt dans la chambre d'amis. Maman dit qu'il y dort parce qu'il ronfle. Je la crois pas, Toby et moi on a caché un magnétophone dans la chambre, et il ronfle pas. Mais il parle en dormant ! C'est vrai, je te jure, on l'a enregistré.

Ça va, mais c'est pas comme avant. Quand tu étais là, c'était bien. Maintenant, je préfère être chez Toby.

Bisous,

Katie

De : Alex
À : Rosie
Objet : ma lettre

Rosie, il faut que je te parle immédiatement. À propos de la lettre. Je t'ai écrit des choses très importantes et j'aimerais que tu la lises si c'est possible. S'il te plaît, essaie de la retrouver.

De : Rosie
À : Alex
Objet : ta lettre

Hier, en rentrant du travail, j'ai fouillé la maison de fond en comble. Aucune trace de ta lettre. Est-ce que tout va bien ? Tu ne peux pas me dire par mail ce qu'elle contenait ?

De : Alex
À : Rosie
Objet : ma lettre

Je te téléphone dans cinq minutes.

De : Rosie
À : Alex
Objet : ta lettre

Pas question de m'appeler au boulot, tu vas me faire virer ! De quoi s'agit-il ?

De : Alex
À : Rosie
Objet : ma lettre

Fais semblant de parler à un client. Rosie, c'est très sérieux !

De : Rosie
À : Alex
Objet : ta lettre

Attends, Greg s'est connecté. Avant que tu aies une crise cardiaque, je lui demande s'il a vu la lettre.

De : Alex
À : Rosie
Objet : ma lettre

Non, surtout ne lui en parle *pas* !

Vous avez un message de : ROSIE
Rosie : tu as vu une lettre pour moi sur la table de la cuisine ?

Greg : je crois qu'il y avait juste deux factures, celle de ton portable et celle de l'électricité.

Rosie : je ne parle pas de ce matin, mais du week-end de mon anniversaire, il y a deux semaines.

Greg : mais tu n'as pas voulu que je sois à la maison. J'ai dormi chez Teddy sur son canapé, tu te souviens ?

Rosie : oh, pauvre petit. Évidemment que je me souviens. J'ai pensé que tu apprécierais, dans la mesure où, auparavant, tu avais couché ici et là. Je ne suis pas idiote, Greg. Même si tu me prends pour une cruche.

Greg : chérie, je

Rosie : rengaine tes mots doux. Tu as vu cette fichue lettre, oui ou non ? Tu étais à la maison le lundi, juste après le départ d'Alex.

Greg : sincèrement, je n'ai rien vu.

Rosie : je ne suis pas certaine de te croire, tu es tellement sincère…

Greg : Rosie, on ne pourra pas avancer si tu ne me pardonnes pas et si tu n'apprends pas à avoir de nouveau confiance en moi.

Rosie : le pardon, tu peux te le mettre où je pense. Je n'ai pas le temps d'avoir encore une conversation de ce genre avec toi. C'est très simple. Alex attend ma réponse. Il a laissé une lettre pour moi, il veut savoir si quelqu'un l'a trouvée. Alors je te le redemande : tu l'as vue, oui ou non ?

Greg : je te jure que non.

De : Bill Lake
À : Rosie Dunne
Objet : mails personnels

J'espère que depuis une demi-heure, ce sont des mails professionnels que vous rédigez. Nous avons un groupe de quatre-vingts personnes qui arrive dans quelques minutes pour le week-end de séminaire. Le travail ne manque pas, Rosie.

De : Rosie
À : Alex
Objet : ta lettre

Greg n'a pas vu ta lettre. Peut-être peux-tu m'en écrire une autre ou me téléphoner plus tard, à la maison, quand je n'aurai plus Big Brother qui m'épie et cette affreuse caméra de surveillance braquée sur moi. Maintenant, j'aimerais que Greg et toi, vous me laissiez tranquille avant qu'on me mette à la porte.

De : Greg
À : Alex
Objet : ta lettre

On m'a dit que tu étais en ligne, j'espère que tu auras ce message. Je suis par hasard tombé sur quelque chose que tu cherches. J'apprécierais que tu cesses d'écrire des lettres d'amour à ma femme. Tu sembles avoir oublié qu'elle est mariée. Avec moi, Alex.
Nous avons eu quelques petits problèmes, comme tous les couples, mais nous voulons passer l'éponge et repartir d'un bon pied. Tu dois comprendre que tes lettres n'y changeront rien. Pour reprendre ta formule, tu n'as pas saisi ta chance quand il le fallait.

Soyons un peu réalistes. Rosie et toi, vous avez trente ans. Vous vous connaissez depuis l'âge de cinq ans. Tu ne crois pas que pendant tout ce temps, si le destin avait prévu qu'il se passe quelque chose entre vous, ce serait déjà arrivé ? Réfléchis à ça. Tu ne l'intéresses pas, pas de cette manière.

Je ne veux plus entendre parler de toi. Si tu t'avisais d'entrer dans ma maison, je serais ravi de te montrer à quel point tu n'es pas le bienvenu. Et, au passage, tu te trompes : j'apprécie Rosie à sa juste valeur. C'est une femme merveilleuse, tendre, attentionnée, et je suis profondément heureux qu'elle ait choisi de vivre avec moi. Tu peux continuer à l'attendre de loin, elle ne sera jamais à toi.

De : Alex
À : Greg
Objet : Rosie

Tu penses que cette ridicule tentative d'intimidation va marcher ? Tu n'es qu'un minus. Rosie a un cerveau, elle n'a pas besoin de toi pour prendre des décisions à sa place.

De : Greg
À : Alex
Objet : re : Rosie

Et qu'est-ce que tu ferais si elle disait oui, Alex ? Tu t'installerais à Dublin ? Tu laisserais Josh en Amérique ? Tu imagines que Rosie déracinerait Katie, quitterait un emploi qu'elle aime pour emménager à Boston ? *Réfléchis un peu.*

Vous avez un message de : ALEX
Alex : elle n'a pas eu la lettre.
Phil : oh, merde. Je t'avais dit de ne pas avouer ça par écrit. Tu aurais dû lui parler. Pourquoi tu ne te sers pas de ta bouche, comme tout le monde ?
Alex : par contre, Greg a trouvé la lettre.
Phil : son crétin de mari ? Je pensais que c'était fini entre eux.
Alex : non, de toute évidence. Ça ne change rien, je l'aime.
Phil : oui, mais elle est toujours mariée. Je te livre mon opinion, tout en sachant que tu ne suis jamais un conseil : personnellement, je ne toucherais pas à la femme d'un autre.
Alex : c'est un crétin !

Phil : toi aussi, seulement tu es mon frère et je t'aime quand même.

Alex : je ne plaisante pas : il l'a trompée, ce n'est pas l'homme qui lui convient.

Phil : à présent, Rosie sait qu'il l'a trompée. Elle sait que c'est un abruti. N'empêche qu'elle reste avec lui. Elle doit donc l'aimer. Si j'étais toi, je me tiendrais à l'écart.

Alex : je ne suis pas d'accord.

Phil : parfait ! Tu es libre, fais ce que tu veux. Tu ne veux que le bien de Rosie, certes, mais tu n'es pas non plus dénué d'égoïsme. Mets-toi à la place de Rosie. Elle vient de découvrir que son mari l'a cocufiée, elle en a forcément souffert. Or, pour une raison mystérieuse, elle choisit de surmonter ça et de ne pas le quitter. Au moment où elle commence à se résigner, voilà le meilleur ami qui débarque, dans sa blanche armure, et qui lui déclare sa flamme. Tu cherches à plonger cette pauvre petite dans la confusion la plus totale ? Si ce mariage est un désastre, ce sera fini d'ici quelques mois et Rosie se tournera vers toi. N'essaie pas de la pousser au divorce, elle ne te le pardonnerait jamais.

Alex : alors tu penses que je devrais laisser les choses se faire naturellement ? Attendre qu'elle soit prête à me rejoindre ?

Phil : grosso modo, oui. Je songe à produire une émission de télé, du genre de celles où on aide les gens à résoudre leurs problèmes.

Alex : je serai sur le plateau toutes les semaines. Merci, Phil.

Phil : de rien. Je suppose que tu dois avoir le cœur d'un patient à rafistoler, et moi j'ai un moteur de voiture à réparer. Ciao. Réfléchis et prends la décision qui s'impose.

Alex s'est déconnecté.

21

De : Rosie
À : Alex
Objet : ta lettre

J'ai bouleversé toute la cuisine pour chercher ta lettre, j'ai fait chou blanc. Greg et Katie jurent qu'ils n'y ont pas touché, je ne sais pas où elle pourrait être. Tu es certain de l'avoir laissée là ? Le matin de ton départ, on était tellement en retard que tu l'as peut-être oubliée. J'ai fouillé la chambre où tu as dormi. Je n'ai trouvé qu'un T-shirt, que j'ai d'ailleurs adopté (ne compte pas le récupérer !).
Mais qu'y avait-il dans cette lettre ? Tu ne m'as pas téléphoné hier, après le travail. Tu fais durer le suspense, Alex !

De : Alex
À : Rosie
Objet : la lettre

Comment ça va entre toi et Greg ? Tu es heureuse ?

De : Rosie
À : Alex
Objet : Greg

Eh bien, tu ne prends pas de gants. Tu poses une question très directe. Tu as senti, je m'en doute, que nous traversons une mauvaise période. Je sais aussi que tu ne peux pas l'encadrer, ce qui est pénible pour moi car j'aimerais vraiment que tu le voies comme je le vois.

Sous ses multiples couches d'ânerie, c'est un homme profondément bon. Il se comporte de façon égoïste, il dit ce qu'il ne faut pas dire, au moment où il vaudrait mieux ne pas le dire, mais dans l'intimité c'est un amour. On n'a pas forcément envie de partager une soirée avec lui, pourtant moi, je souhaite partager ma vie avec lui.

Les gens ont du mal à cerner sa personnalité, je ne l'ignore pas. Et nous avons beaucoup de chemin à parcourir pour être le couple idéal. Notre mariage n'est assurément pas un conte de fées, il ne me couvre pas de pétales de roses, ne m'emmène pas passer le weekend à Paris. En revanche, si je me fais couper les cheveux, il le remarque. Si je me pomponne pour sortir, il me complimente. Si je pleure, il sèche mes larmes. Il me donne l'impression d'être aimée. Alors, quand on a quelqu'un pour vous serrer dans ses bras, on se fiche de Paris !

Quelque part sur ma route, sans que j'en aie même conscience, je suis devenue adulte. Pour une fois, je n'ai pas demandé à mes proches ce que je devais ou ne devais pas faire. Je ne me suis pas réfugiée chez mes parents, et je ne compare pas mon mariage à celui d'une autre. Chacun se forge ses propres règles. J'ai décidé de reprendre Greg parce que j'étais convaincue que lui et moi avions appris une leçon. Ce qui s'est passé ne se reproduira jamais, j'en ai l'absolue certitude. Si je n'étais pas sûre de notre avenir, je ne serais pas capable de continuer.

J'ai l'intuition que tu me parlais de ça dans ta lettre, mais ne t'inquiète pas pour moi. Je vais bien. Merci, merci infiniment de te soucier à ce point de mon sort. Il n'existe pas d'ami comme toi en ce monde.

De : Alex
À : Rosie
Objet : Re : Greg

J'ai toujours voulu une seule chose : que tu sois heureuse.

Chère Stephanie,

Comment va la jeune maman ? J'espère que tu t'en sors, c'est un chambardement gigantesque – mais merveilleux. Tu arrives à dormir un peu ? Tu seras une mère extraordinaire, tu as toujours su t'occuper de ta petite sœur (et de son bébé !).

Je te remercie de m'avoir raconté tous les horribles détails de l'accouchement. Et non merci, je ne tiens pas à ce que Pierre m'envoie la vidéo de cet événement « magique ». Je me souviens parfaitement de ce que j'ai subi... Tu te rappelles les films qu'on nous passait à l'école pour nous effrayer et nous dégoûter du sexe ? À l'évidence, ni l'une ni l'autre n'avons eu assez peur. Pour nous décourager, ils auraient plutôt dû nous montrer l'opération « on change les couches de bébé ». On aurait filé en courant s'enfermer dans un couvent.

Vous avez tous l'air si heureux sur la photo, la famille idéale. En admettant que ça existe, car si c'est le cas, la mienne ne mérite certainement pas ce qualificatif.

Je ne suis pas persuadée d'avoir eu raison de recommencer avec Greg. C'est si difficile de savoir quelle décision prendre. J'ai toujours été la première à clamer que, si mon mari était infidèle, je le flanquerais définitivement à la porte. Je disais que c'était pour moi la seule faute impardonnable (rectification : être infidèle *et* abandonner son enfant avant même sa naissance).

Et qu'est-ce que je fais ? Je lui permets de dormir dans mon lit, je lui prépare et je lui sers son dîner. Chaque fois qu'il me sourit, je serre les dents pour ne pas le gifler.

Je croyais que l'envoyer paître serait simple comme bonjour, mais je n'ai pas eu la force d'affronter la solitude. Je nous imaginais, Katie et moi, livrées à nous-mêmes. C'était intolérable. À présent cependant, je remets ma décision en question. Faut-il que je reste avec lui, que j'apprenne à l'aimer de nouveau, ou que je le quitte pour apprendre à survivre seule, à être indépendante ? Je ne pense pas avoir le courage de me retrouver dans un appartement minuscule, avec un salaire de misère.

Si seulement je pouvais lui pardonner... effacer l'image de sa bouche qui embrasse une autre femme... Ses caresses me donnent la chair de poule, j'éprouve pour lui une haine affolante. Il m'a blessée, comment pourrait-il guérir cette blessure qu'il m'a infligée ?

Et il est tellement enthousiaste, enchanté que nous allions consulter ensemble un conseiller conjugal. Chaque jour, il sacrifie quelques heures pour me parler, me parler *vraiment*. Ça ressemble à la recette d'un manuel qui s'intitulerait « Comment faire plaisir à son épouse après avoir baisé une autre femme ». Primo, tu prends rendez-vous avec le conseiller conjugal, et tu claironnes que tu as annulé pour ça des réunions très importantes. Ensuite tu prépares quelques repas, tu charges le lave-vaisselle, tu fais les courses de la semaine, tu demandes cent fois par jour à ladite épouse si elle va bien, si elle a besoin de quelque chose, tu n'oublies pas de lui offrir des petits cadeaux – son gâteau préféré, un livre qui, selon toi, lui plaira. Tu restes un long moment assis près d'elle en silence, à réfléchir et dresser le bilan de la journée, après quoi tu lui expliques minutieusement ce que tu ressens concernant l'évolution de la situation. Voilà la recette : tu mets tous ces ingrédients dans un bol, tu ajoutes un peu d'eau et tu remues bien le mélange.

Il y a cependant un hic : le Greg que j'ai épousé ne ferait jamais tout ça. Il ne s'embêterait pas à vérifier s'il y a du papier toilette dans les W-C, il ne rincerait pas son assiette avant de la ranger dans le lave-vaisselle. Tout a changé. Même les petites habitudes quotidiennes qui rendent la vie si douillette ont changé.

Si seulement je parvenais à trouver la force de le quitter, je le ferais, mais je suis pétrifiée. Pourtant je veux prendre la bonne décision *maintenant*. Je refuse d'être, dans quarante ans d'ici, une vieille femme aigrie qui remâchera sa rancœur contre lui. Pour sauver ce mariage, je dois être sûre de pouvoir, sinon oublier, du moins pardonner, afin que le peu d'amour qui subsiste en moi s'épanouisse de nouveau. Une seule chose me remonte le moral : je sais qu'il ne recommencera pas. Nous avons passé trop de nuits à pleurer et à nous disputer pour que ni lui ni moi n'ayons envie de traverser encore une pareille épreuve.

Si Alex vivait dans ce pays, je saurais quoi faire. Je n'ai besoin que de soutien. Il est le petit ange perché sur mon épaule qui me souffle à l'oreille : « Tu peux y arriver. » C'est drôle. J'ai trente ans, et je me sens encore une petite fille. Je regarde toujours autour de moi pour voir ce que font les autres, m'assurer que je ne suis pas complètement différente. Mais les gens autour de moi n'ont pas l'air d'hésiter, de se poser des questions. Ils se contentent de marcher droit devant eux. Pourquoi ai-je le sentiment d'être la seule à patauger, à m'interroger sur les choix que j'ai faits, à me demander où je vais ?

Je t'embrasse très fort,

Rosie

Ma chère Rosie,

Je t'en prie, ne te torture pas avec des questions dont tu ne connais pas la réponse. Tu vis une période terriblement dure, mais tu l'assumes, ainsi que tu l'as fait par le passé. Les coups que l'on reçoit nous rendent plus forts.

Je ne peux pas te dire si tu dois ou non rester avec Greg – la décision n'appartient qu'à toi. Si tu as encore un peu d'amour pour lui, préserve-le. Les petites flammes, quand on les entretient, grandissent. Mais si tu es trop malheureuse, alors il faut partir et trouver ce qui t'apportera le bonheur que tu mérites.

Écoute ton cœur, suis ton instinct, ils te guideront sur le bon chemin. Je regrette de n'avoir pas de conseils plus pertinents à te prodiguer, mais surtout sache bien que tu n'es pas seule. Les autres n'ont pas non plus les réponses à toutes les questions. Souvent, nous sommes aussi perdus que tu l'es.

Prends soin de toi,

Stephanie

De : Rosie
À : Stephanie
Objet : silence radio

Mon cœur est muet, et mon instinct me dit d'aller me coucher, de me rouler en boule et de pleurer.

Mémo :

Ne plus tomber amoureuse.
Ne plus jamais faire confiance à un être humain.
Acheter des Kleenex double épaisseur.
Manger.
Sortir du lit.
Et arrêter de pleurer, bordel.

De : Maman
À : Stephanie
Objet : test

Je crois avoir compris comment on envoie ces mails. Je voulais juste savoir si nos plans pour le soixantième anniversaire de ton père sont toujours valables. Il pense qu'on boira juste un verre avec Jack et Pauline, tranquillement, donc ne me réponds pas sur cette messagerie puisqu'il y a aussi accès. Appelle-moi sur mon portable. Je serais vraiment contente que tu viennes. Ce serait agréable d'être de nouveau tous ensemble et ça ferait du bien à Rosie. Je m'inquiète pour elle, elle se ronge les sangs à cause de son mari, elle a beaucoup maigri. Ton père a une envie folle d'assommer Greg, ce qui ne serait bon pour personne. Surtout pas pour ton père, avec son cœur… Kevin n'adresse plus la parole à Greg, ça ne simplifie pas la vie de notre pauvre Rosie. Bref, avoir sa famille autour d'elle la réconfortera.

22

Ruby : explique-moi le régime que tu fais, je veux que mon petit Gary s'y mette.

Rosie : je ne suis pas au régime.

Ruby : tu as l'air malade, je veux qu'il ait cette mine-là. Maigre, épuisé, pas séduisant pour deux ronds...

Rosie : merci infiniment.

Ruby : j'essaie juste de t'aider, Rosie. S'il te plaît, raconte-moi ce qui se passe.

Rosie : tu ne peux rien pour moi. Il faut que Greg et moi trouvions seuls la solution. Ou plutôt : Greg, moi et Ursula, notre fabuleuse conseillère conjugale. Nous sommes en train de devenir une équipe tellement formidable que ça me fait pleurer.

Ruby : bravo. Comment est cette fabuleuse Ursula ?

Rosie : géniale. Hier, elle m'a déclaré que j'avais du mal à parler de mes sentiments. Je lui ai répondu d'aller se faire voir.

Ruby : bien envoyé. Et qu'est-ce que Greg en a dit ?

Rosie : justement, c'est la meilleure. Mon mari, avec son intuition stupéfiante, pense que j'ai « des problèmes de communication avec Ursula qui est si compréhensive ».

Ruby : Seigneur...

Rosie : je ne te le fais pas dire. J'ai donc proposé que Ursula et moi suivions une thérapie relationnelle pour être en mesure de communiquer durant mes séances de thérapie conjugale.

Ruby : comment Greg a réagi ?

Rosie : il a claqué la portière de sa voiture, donc je n'ai pas bien entendu sa réponse. Mais il crachait des flammes. J'envisage d'acheter un lit plus grand pour qu'Ursula soit à son aise. Autant qu'elle connaisse absolument tout de nous. Elle pourrait compter les pets que je lâche en dormant, par exemple...

Ruby : ça va mal à ce point ?

Rosie : je ne comprends pas où nous mène cette thérapie. Ursula nous oblige à discuter de toutes les petites choses qui nous exaspèrent. Résultat, on se dispute encore plus qu'avant. Dès qu'on arrête de se chamailler, je la vois qui s'inquiète pour sa rente du mois suivant. La semaine dernière, on a parlé pendant une heure d'un seul détail : j'ai horreur que Greg, quand il boit son lait, ne s'essuie pas la bouche, tout ça pour me faire rire parce qu'il a une moustache blanche. Et quand je ne ris pas, il me suit partout dans la maison en me tapant sur l'épaule, jusqu'à ce que je m'esclaffe. La semaine prochaine, je crois que je vais aborder un autre sujet qui fâche : il porte toujours les chaussettes ridicules que sa chère mère lui achète. Il les trouve marrantes. Quelquefois il téléphone à sa maman simplement pour lui dire qu'il les a aux pieds. Des chaussettes jaunes avec des pois roses, d'autres bleues avec des rayures rouges. Je suis sûre que ses collègues à la banque les trouvent aussi extraordinairement marrantes. Le banquier super cool, aux chaussettes roses. Quand il s'assied, on les voit à trois kilomètres !

Ruby : et on te reproche d'avoir du mal à t'exprimer ?

Rosie : je dis simplement qu'ils se complaisent dans des détails insignifiants. Peu importe que Greg m'embrasse sur le front ou sur la joue le matin. On devrait plutôt se demander s'il m'embrasse.

Ruby : en résumé, est-ce que cette étrange thérapie a un quelconque effet positif sur ton couple ?

Rosie : pas vraiment. Il me semble qu'on s'en sortirait mieux sans ça.
Ruby : vous pourriez peut-être rompre avec votre conseillère ?
Rosie : oui, sinon je doute que nous soyons encore ensemble quand Greg fêtera ses quarante ans...

Joyeux anniversaire, mon chéri.
Avec tout mon amour,
Rosie

Bon anniversaire, Greg !

Maintenant que tu as 40 ans, tu es beaucoup plus vieux et plus moche.

Katie et Toby

Cher Alex,

J'envisage d'organiser une chasse à l'homme. Aurais-tu disparu de la planète ? Es-tu toujours vivant ?

J'ai appelé ta mère l'autre jour, elle n'a pas non plus beaucoup de nouvelles. Est-ce que tout va bien ? Si ce n'est pas le cas, j'ai le droit de savoir. Tu es censé te confier à moi, ta meilleure amie... c'est la loi. Et si ça va, fais-moi quand même signe (paragraphe 2 de la loi ci-dessus mentionnée).

Ici, tout est comme à l'ordinaire, imprévisible et dingue. Katie a désormais onze ans, je ne t'apprends rien (merci pour le cadeau). Elle est tellement grande que, d'après elle, elle n'a plus à m'informer de ses allées et venues pendant la journée. Apparemment, une mère n'a pas à connaître des détails aussi peu importants. J'espérais avoir encore quelques années devant moi avant qu'elle devienne un monstre, qu'elle me considère comme une empêcheuse de tourner en rond, résolue à lui pourrir la vie (ce que, d'accord, je fais *parfois*). Alex, cette enfant met à présent du rouge à lèvres. Fluo, brillant, scintillant. Elle met du fard à paupières pailleté, du blush pailleté sur les joues, et des paillettes dans ses cheveux. J'élève un sapin de Noël. J'ai ordre de frapper trois fois à la porte de sa chambre, avant d'être autorisée à entrer, pour qu'elle identifie l'intrus. Je suis jalouse parce que Toby ne toque qu'une fois. Pour Greg, en revanche, c'est treize coups obligatoires. Le pauvre. La plupart du temps, il se trompe dans ses calculs et Katie, par mesure de sécurité, refuse d'ouvrir. Je deviens rusée, néanmoins, souvent je ne frappe qu'une fois. Persuadée que c'est Toby, elle me permet de pénétrer dans le sanctuaire privé de Katie Dunne. On pourrait imaginer des posters effrayants sur des murs noirs, mais non, le lieu est étonnamment propre et bien rangé.

Je ne sais pas si elle t'écrit toujours, cependant au cas où elle te raconterait les événements palpitants de sa vie secrète, tu es prié de me tenir au courant. Je suis sa mère, j'ai la loi de mon côté.

Au boulot, tout va bien. Maintenant je suis la plus ancienne des employés. Mais – il y a toujours un « mais » avec moi –, même si je rêve depuis l'enfance de travailler dans un hôtel, je me dis : « Ce n'est donc que ça ? » J'aimerais grimper de quelques échelons. En réalité, je n'aurai pas de répit avant d'être à la tête de la chaîne des Hilton.

D'après Greg, je suis cinglée. Il considère que ce serait une folie de quitter un job où j'ai un bon salaire, un patron charmant et des horaires qui me conviennent. Il pense que je devrais m'en contenter, et je suppose qu'il n'a pas tort.

Comment va Josh ? Il faut nous organiser pour nous revoir bientôt. Je veux que ton fils me connaisse. Quand nous étions jeunes, souviens-toi, nous nous sommes promis que nos enfants seraient amis. Je refuse d'être à ses yeux une étrangère qui lui rend visite de loin en loin, et lui fourre de l'argent dans la main. Personnellement, ces gens-là ne me déplaisaient pas, mais je souhaiterais être plus que ça pour Josh.

Voilà les nouvelles en ce qui me concerne. Écris-moi, téléphone, envoie un mail ou saute dans un avion. Dis-moi que tu es quelque part sur cette vieille terre.

Tu me manques.

Rosie

Chère Rosie,

Quelques mots pour te rassurer : je suis toujours vivant, ou plutôt je ne suis pas tout à fait mort. Ces temps-ci, Sally s'acharne à me démolir. Nous arrivons au bout de la procédure de divorce… un vrai cauchemar.

Voilà où j'en suis. Je te laisse, je dois aller plonger les mains dans la poitrine d'un malade.

Embrasse Katie pour moi,

Alex

De : Rosie
À : Stephanie
Objet : coucou

Merci pour ta lettre. Je vais bien, tout le monde est en parfaite santé, nous n'avons pas à nous plaindre. Je pense avoir pris la bonne décision par rapport à Greg. Vu la manière dont se déroule le divorce d'Alex, je me félicite de n'avoir pas suivi cette direction. Heureusement, Sally et Josh ne se sont pas installés trop loin de lui, il peut s'arranger pour voir son fils régulièrement.

Perdre Katie, c'est mon pire cauchemar. Je ne sais pas ce que je deviendrais. D'accord, elle regarde MTV à longueur de journée, elle met la musique à fond, elle m'impose le calvaire d'aller à l'école affronter Mlle Casey Gros-Pif, elle tache les coussins avec ses fards pailletés, je tremble quand elle rentre une minute après le couvre-feu, fixé pour elle à neuf heures… mais elle est toute ma vie. Je remercie le ciel qu'Alex ait loupé le bal de la promo et que Brian le Pleurnicheur ait été un garçon si assommant. Les hommes de ma vie m'ont peut-être abandonnée, mais ma petite fille est là, jour après jour.

Chère Mlle Rosie Dunne,

Je souhaiterais vous rencontrer le lundi 16 à 9 heures. Les parents de Toby Flynn assisteront également à cet entretien, concernant la dernière interrogation écrite de mathématiques. Il apparaît, en effet, que Katie et Toby ont répondu de la même façon à toutes les questions. Or leurs réponses sont en majorité erronées, ce qui a attiré mon attention. J'en ai discuté avec Katie et Toby, qui affirment que c'est une coïncidence.

À l'école St. Patrick, vous ne le savez que trop, tricher est une faute grave. Je vous serais reconnaissante de confirmer votre présence par téléphone.

Mlle Casey

23

De : Rosie
À : Alex
Objet : l'âge adulte

Regarde où nous en sommes, tous les deux. J'allais dire : qui aurait pu se douter que nous vivrions toutes ces « histoires d'adultes » ? Tu divorces et j'essaie de rafistoler mon mariage. Je crois que, quand nous jouions aux gendarmes et aux voleurs dans le jardin, nous avions deviné que la suite serait moins drôle.

Ici, depuis quelques semaines, il fait beau. J'adore le mois de juin à Dublin. Les immeubles sont moins gris, les visages moins tristes. En revanche, au travail, on étouffe. Toute la façade de l'hôtel est en verre, on a la sensation de travailler dans une serre. En ce moment, je contemple un ciel d'un bleu inouï, parsemé de moutons blancs et duveteux. C'est magnifique.

Les hommes d'affaires passent d'un pas nonchalant, leur veste jetée sur l'épaule, leurs manches de chemise retroussées. Les étudiants ont séché les cours et sont assis en rond dans le parc. Les canards sont contents, aujourd'hui ils n'auront pas à chercher leur nourriture, une multitude de bouts de pain flotte sur l'étang.

Près de la fontaine, deux amoureux s'éclaboussent, des couples sont allongés dans l'herbe et se murmurent des mots doux. Les enfants jouent, leurs parents se détendent, un œil fermé, l'autre suivant paresseusement les ébats de leurs rejetons qui piaillent de joie.

Les commerçants prennent le soleil sur le seuil de leurs boutiques désertes. Les employés, enfermés dans leurs buildings surchauffés, observent la ville, en bas, avec envie. Il y a des rires dans l'air, des sourires sur les lèvres, une énergie qui circule partout. Sur la terrasse de l'hôtel, les clients sirotent du thé glacé et des cocktails de fruits. Les femmes de ménage s'affairent en chantonnant. Chacun voudrait que toute l'année ressemble à cette journée.

Et moi, je pense à toi et je t'embrasse très fort.

De : Alex
À : Rosie
Objet : le paradis !

Je viens de lire ton mail, très poétique. Tu sembles heureuse. Moi, je rentre d'un week-end avec Josh. C'est un petit bonhomme très remuant à présent, il court partout et veut toucher à tout. Je n'osais pas détourner les yeux, de crainte d'un cataclysme. Mais il est en grande forme et, après ces deux jours, je me sens régénéré, heureux moi aussi. Il me fait toujours sortir du noir, comme si on allumait une lumière quelque part dans mon corps. Je pourrais le contempler éternellement. Le regarder apprendre, essayer de comprendre, chercher le moyen de faire les choses sans l'aide de quiconque. Josh est plus courageux que moi. Il va toujours au bout de ce qu'il entreprend, même quand il est conscient qu'il ne devrait pas. Il le fait quand même, et il en tire une leçon. Il me semble que nous, les adultes, aurions intérêt à suivre cet exemple et à avoir moins peur de l'échec.

Par conséquent, je m'efforce de suivre l'exemple de Josh. Cette semaine, un éminent chirurgien organise un séminaire où il expliquera une nouvelle technique opératoire qu'il a mise au point. Je vais essayer de le rencontrer – comme les centaines de futurs chirurgiens qui seront là. On dit qu'il est originaire d'Irlande et qu'il a émigré ici pour continuer ses recherches. On dit aussi qu'il aurait besoin d'un assistant.

Croise les doigts et prie pour qu'un miracle se produise.

De : Rosie
À : Alex
Objet : convocation

Bill, mon patron, m'a convoquée pour un entretien la semaine prochaine. Je n'ai pas la moindre idée de ce qui se trame, je suis anxieuse. Il a débarqué hier, de mauvais poil. Toute la journée, il a eu une série de réunions top secret. Des tas de gens à la mine patibulaire, en costume sombre, ont défilé dans son bureau. J'ai un sale pressentiment.

De plus, son frère Bob arrive demain, ce qui ne contribue pas à me rassurer. Ils ne se réunissent que pour les embauches et les licenciements. Bob n'intervient que dans ces moments-là. Ils ont des hôtels dans le monde entier, Bill se tape tout le boulot, alors que Bob, paraît-il, se contente de dépenser son argent, de s'acheter des voitures et d'entretenir ses maîtresses. Pourquoi les hommes riches collectionnent-ils invariablement les femmes, au même titre que les voitures ? Si j'avais des millions, on ne dirait sans doute pas : « Rosie Dunne se paye des vêtements, des chaussures et des hommes. » Il y a là une injustice, non ?

J'espère qu'ils n'ont pas l'intention de me virer. Je crois que je serais prête à coucher avec eux pour continuer à travailler ici. C'est te dire à quel point j'aime mon job. Ou à quel point j'ai peur de devoir en chercher un autre. Ou encore à quel point j'ai envie de coucher avec quelqu'un d'autre que Greg. Je l'aime mais, Seigneur, ce qu'il est routinier.

Je te laisse, il vaut mieux que je prenne un air très affairé, pour ne pas leur donner un motif de me flanquer à la porte. Croise les doigts pour moi, je croise les miens pour toi.

De : Alex
À : Rosie
Objet : re : convocation

Ne t'inquiète pas, ils n'ont aucune raison de te licencier (n'est-ce pas ?). Depuis le jour où ils t'ont embauchée, tu n'as commis aucune faute. Tu n'as même pas pris de congés de maladie. Tout ira bien, je t'assure. Je pars dans un instant à mon séminaire. Bonne chance à nous deux !

De : Rosie
À : Alex
Objet : re : re : convocation

Tu as raison, ils ne peuvent pas me virer, je suis une employée modèle. Ils n'ont absolument rien à me reprocher. Ils ignorent que j'ai fait visiter la suite panoramique à Ruby. Et même s'ils étaient au courant, ils ne savent pas qu'on y a passé la nuit et dîné aux frais de la maison. Comment seraient-ils au courant ?

Quoique… auraient-ils remarqué qu'il manquait un peignoir ? Il était tellement moelleux, tu comprends, je n'ai pas pu m'empêcher de le chiper. Et le minibar était vide, d'accord. J'avais pourtant demandé à Peter de le regarnir, or il me devait un service – j'avais accordé à ses parents la ristourne de la Saint-Valentin… en plein mois de mai.

Bon sang, ça me tue. Je ne me sens pas l'énergie d'inonder la ville de CV, ni d'affronter de nouveaux entretiens d'embauche.

À ce qu'ils disent, ils souhaitent simplement me parler. Mais Bill ne souriait pas quand il m'a annoncé ça, ses yeux ne pétillaient pas comme d'habitude. Qu'est-ce que ça signifie, à ton avis ? Ils ont aussi convoqué la dernière arrivée. Elle ne vaut rien, elle est constamment absente pour maladie. Probablement parce qu'elle ne mange rien, on croirait un squelette. À la pause déjeuner, elle regarde ton assiette en faisant la grimace, et elle boit de l'eau. Quand elle a vidé la moitié de la bouteille, elle a l'estomac plein et elle lève l'ancre.

J'aurais intérêt à me mettre en quête d'une autre place.

De : Alex
À : Rosie
Objet : du calme !

Rosie Dunne, je t'aime de toute mon âme, mais il faut que tu te calmes !

Vous avez un message de : RUBY
Ruby : alors il t'aime de toute son âme ? Mazette...
Rosie : tu es priée de ne plus lire mes mails.
Ruby : choisis un mot de passe moins évident, chère « Fleur Bleue ». Tous les deux, ces temps-ci, vous flirtez beaucoup.
Rosie : absolument pas ! Où as-tu pêché qu'on flirtait ?
Ruby : tu le sais pertinemment.
Rosie : nous sommes les meilleurs amis du monde, voilà tout. Alex a repris du poil de la bête. Je crois qu'il est heureux de nouveau.
Ruby : parce qu'il est amoureux.
Rosie : non, il ne l'est pas. Pas de moi, en tout cas.
Ruby : ah oui ? J'ai dû mal interpréter ce « je t'aime de toute mon âme ».
Rosie : il m'aime comme un ami.

Ruby : tu es aussi mon amie et je ne t'aime pas de toute mon âme. Je ne dirais même pas ça à propos de Teddy.

Rosie : d'accord, Alex et moi sommes follement épris l'un de l'autre, nous allons partir ensemble et vivre une passion échevelée.

Ruby : ah, tu vois ? Ce n'est pas si difficile à admettre, n'est-ce pas ?

Rosie : une minute, Ruby, je reviens.

…

Rosie : Seigneur Dieu, Miss Squelette sort de son entretien avec Bill et Bob, elle pleure comme une fontaine. Ils l'ont licenciée. Je suis la prochaine sur la liste. Merde. Je te laisse. Merde, merde.

Rosie s'est déconnectée.

24

Kevin,

Bonjour, fiston. Je ne suis pas du genre à écrire, mais je me demande si tu nous as donné le bon numéro de téléphone pour te joindre. Chaque fois que j'appelle, de jour comme de nuit, ça ne répond pas. Soit tu t'es trompé, soit l'appareil ne marche pas, soit vous travaillez tous tellement que vous n'avez pas le temps de décrocher. Tu ne pourrais pas t'acheter un portable, pour que ta famille puisse avoir de tes nouvelles de temps en temps ?

J'espère que tu ne fais pas de bêtises. Rosie s'est vraiment décarcassée pour t'obtenir ce job en cuisine, ne gâche pas cette opportunité de bien démarrer dans la vie. J'ai soixante ans, je ne serai pas toujours là pour te tirer d'affaire.

C'est vraiment dommage que tu n'aies pas assisté à la fête organisée pour mon départ en retraite. La boîte a invité toute la famille, ils nous ont traités royalement – quarante ans de bons et loyaux services, ça mérite récompense. Stephanie, Pierre et Jean-Louis sont venus de France. Rosie, Greg et Katie étaient là. On a passé une bonne soirée. Je ne te reproche rien, fiston, j'aurais simplement aimé que tu sois là aussi. C'était très émouvant, j'ai même versé une larme.

J'ai travaillé pour eux pendant quarante ans, pourtant je me souviens de ma première journée comme si c'était hier. Je sortais de l'école, je désirais bien faire.

Je voulais commencer à gagner de l'argent pour épouser ta mère et nous acheter une maison. J'étais là depuis une semaine, quand il y a eu un départ en retraite. Je n'ai pas prêté attention à cet homme. On lui a rendu hommage, on lui a offert des cadeaux. Moi, je pensais seulement qu'à cause de lui je sortirais tard, qu'on ne me paierait pas d'heures supplémentaires et que j'étais pressé de rejoindre ta mère pour lui demander sa main. Pour ce vieux bonhomme, c'était la fin d'une vie de labeur, il avait les larmes aux yeux, il était bouleversé et n'arrivait pas à prononcer son speech. Moi, je m'énervais, j'avais la bague de fiançailles dans ma poche, je n'arrêtais pas de tripoter l'écrin.

Ce monsieur s'appelait Bill Rogers.

Avant de partir, il a voulu m'expliquer le fonctionnement de la société, puisque j'étais nouveau. Je n'ai pas écouté un mot de ce qu'il me racontait. Il parlait, il parlait, ça s'éternisait. Je l'ai un peu bousculé, à cette époque la boîte n'était pas si importante pour moi.

Ensuite, toutes les semaines, il passait au bureau. Il traînait, il embêtait les nouveaux et aussi certains anciens, il donnait des conseils, il vérifiait des choses qui ne le regardaient plus. Il avait besoin du bureau, c'était vital pour lui. On lui a dit de se trouver un hobby, une occupation. Nous avions les meilleures intentions du monde – et il commençait à nous casser sérieusement les pieds. Il est mort quelques semaines après, il a eu une crise cardiaque sur un green. Il suivait notre conseil, il était en train de prendre sa première leçon de golf.

J'avais complètement oublié Bill Rogers. Mais depuis la fête, il me trotte dans la tête. Je le revois, le regard embué, quand il écoutait les discours, ouvrait ses cadeaux, observait les petits jeunes qui jetaient des coups d'œil furtifs à leur montre, impatients de retrouver leur petite amie, leur femme et leurs enfants... Je pense aux collègues qui ont débuté en même temps que moi, Colin Quinn et Tom McGuire, et qui n'ont pas atteint l'âge de la retraite. C'est la vie.

Voilà, je n'ai plus à me lever de bonne heure le matin. J'ai dormi comme un loir ces jours-ci, je n'imaginais pas avoir autant de sommeil à rattraper. Le jardin est impeccable, tout ce qui était branlant dans la maison est réparé. J'ai joué au golf trois fois cette semaine, j'ai vu Rosie deux fois, j'ai emmené Katie et Toby en ville, mais j'ai toujours envie de sauter dans la voiture et de foncer au bureau pour apprendre aux jeunots comment on bosse. Seulement, ils préfèrent apprendre par leurs propres moyens.

Du coup, j'ai eu l'idée d'imiter les Dunne du sexe féminin et de prendre ma plume. Elles passent des heures à écrire, sans doute pour réduire la facture de téléphone. Ça me ferait plaisir d'avoir de tes nouvelles, fiston.

Tu sais quelque chose à propos du job de notre Rosie ?

Papa

De : Kevin
À : Stephanie
Objet : papa

Comment va ? Je viens juste de recevoir une lettre de papa. Qu'il écrive une lettre, c'est déjà bizarre en soi, mais ce qu'il raconte l'est encore plus. Il parle d'un certain Billy Rogers qui est mort depuis des lustres. Tu devrais vérifier qu'il ne perd pas les pédales. J'ai été content d'avoir de ses nouvelles, mais j'ai eu l'impression d'avoir affaire à un autre homme. Remarque, ce n'est pas nécessairement une mauvaise chose. Je regrette de n'avoir pas été là pour son départ en retraite, j'aurais dû faire un petit effort.

Transmets mon bonjour à Pierre et Jean-Louis. Dis à Pierre que, question cuisine, la prochaine fois qu'on se verra, je le battrai à plate couture ! Dans sa lettre, papa parlait aussi du boulot de Rosie. Qu'est-ce qu'elle a encore fait ?

De : Stephanie
À : Maman
Objet : Kevin et papa

Il doit y avoir des perturbations atmosphériques en Irlande, car je viens d'avoir un mail de ton fils, mon petit frère Kevin – mais oui, Kevin, le garçon qui ne fait jamais signe à sa famille, sauf quand il a besoin d'argent. Figure-toi qu'il a reçu une lettre de papa qui l'a inquiété ! Notre père serait donc capable de lécher un timbre pour le coller sur une enveloppe ?

Papa lui parlait de Billy Rogers. Il m'en a aussi parlé. Est-ce qu'il va bien ? Je suppose qu'il se sent désœuvré. Au moins, il a le temps de réfléchir. Tous les deux, vous avez travaillé si dur. Maintenant que Kevin, votre petit dernier, est parti, comme Rosie et Katie, et moi, vous avez enfin la maison pour vous seuls. Je comprends que papa ait du mal à s'adapter. Vous étiez habitués à avoir des enfants bruyants puis des ados qui se chamaillaient. Ensuite il y a eu un bébé, et vous avez aidé Rosie à s'en sortir, même si ça vous posait des problèmes financiers. Vous avez bien mérité de profiter à présent de la vie.

Kevin a fait allusion au job de Rosie. Elle avait tellement peur d'être licenciée. Tiens-moi au courant.

De : Maman
À : Stephanie
Objet : re : Kevin et papa

Tu as raison, je crois que ton père a tout le temps de réfléchir, et les sujets de réflexion ne lui manquent pas. Pour ma part, je suis ravie qu'il soit à la maison. Il ne court plus à longueur de journée, il ne pense plus aux problèmes du bureau pendant que j'essaie de discuter avec lui. J'ai l'impression qu'il est enfin tout à moi, corps et âme. J'ai eu aussi ce sentiment-là lorsque j'ai cessé de travailler, mais pour moi c'était différent. J'étais passée à mi-temps à la naissance de Katie pour aider Rosie, si bien que quand j'ai pris ma retraite, ça n'a pas été un bouleversement radical. Ton père, lui, est perdu.

Je m'étonne que Rosie ne t'ait pas annoncé la nouvelle. Je pensais que tu serais l'une des premières personnes à qui elle en parlerait (après Alex, bien entendu). Avec cette petite, je n'arrêterai jamais de me faire du souci. Pendant une semaine entière, elle m'a seriné sur tous les tons qu'elle allait perdre son emploi. Là-dessus, elle téléphone pour dire que ses patrons lui ont accordé une promotion !

Nous étions si contents pour elle ! Je ne lui dirai pas que je t'en ai parlé, sinon elle me grondera pour lui avoir gâché sa surprise. Il faut que je te laisse, ton père m'appelle. Nous avons prévu d'aller chez l'horticulteur. S'il continue à planter des fleurs ou des arbres, nous serons forcés de demander l'autorisation d'avoir une jungle en pleine ville.

Prends soin de toi, ma chérie, fais de gros bisous à Jean-Louis de la part de sa mamie et son papi.

25

De : Stephanie
À : Rosie
Objet : promotion

Je sais que tu travailles, donc je ne t'appelle pas. J'ai eu des nouvelles de maman aujourd'hui. Il paraît que tu as eu une promotion ? Explique-moi vite !

De : Rosie
À : Stephanie
Objet : re : promotion

Et voilà, maman n'a pas pu fermer son clapet. Oui ! ! Je suis promue, et surexcitée. J'ai désormais le titre de « directrice de la communication ». Avant que tu sautes partout comme l'ont fait nos parents adorés, je précise que je ne suis pas directrice de l'hôtel. Je serai chargée d'apporter aux clients le maximum d'informations, afin de satisfaire leurs moindres besoins.

Je ne m'y attendais absolument pas. Il a fallu que je me traîne jusqu'à la salle de réunion où j'avais eu mon entretien d'embauche, j'avais le cœur qui cognait, les jambes en flanelle, les mains moites. Je m'imaginais forcée de retourner travailler pour Randy Andy jusqu'à l'âge de la retraite. J'étais vraiment persuadée que Bill et Bob Lake allaient me prier poliment de rassembler mes affaires et de décamper sur-le-champ.

Ils ont été si généreux avec moi. Ils m'ont expliqué en quoi consisterait mon poste, ils m'ont donné confiance. Ils ont dit qu'il étaient enchantés de mes « prestations » durant ces dernières années (j'espère qu'ils ne faisaient pas allusion au soir où j'ai chanté du Barbra Streisand, étendue sur le piano ; tous les clients étaient montés se coucher, et qui reprocherait à une fille d'essayer de réaliser un rêve quand l'occasion se présente… ?) Ils étaient là, à me susurrer que j'avais beaucoup de charme et d'assurance, et moi j'attendais l'instant où ils cesseraient de sourire pour déclarer que j'étais décidément trop naïve, que cette promotion n'était qu'une blague. Je cherchais s'il n'y avait pas une caméra cachée dans un coin.

Mais non, je vais être transférée dans un nouvel hôtel dont la construction débutera bientôt (d'où toutes ces réunions mystérieuses avec ces types et ces bonnes femmes en costume ou tailleur sombre, avec attaché-case en cuir, cheveux gominés et mine solennelle qui défilaient dans le hall). En résumé, s'ils ne plaisantent pas, je serai seule responsable du bon fonctionnement quotidien de l'établissement, je travaillerai en liaison avec la direction à qui je ferai un compte rendu hebdomadaire. Je n'ai jamais travaillé « en liaison » avec qui que ce soit. Ça paraît sexy et dangereux. Je me vois déjà en robe de cocktail, en train de discuter à voix basse d'organigrammes et de questions financières. Il semblerait donc que je sois une bonne communicante et que j'aie le sens de l'organisation. Quiconque m'a vue cavaler la veille de Noël, au dernier moment, pour acheter les cadeaux, connaît la vérité à mon sujet. Mais chacun voit midi à sa porte.

De : Alex
À : Rosie
Objet : félicitations !

Je suis si fier de toi ! Si j'étais là, je te ferais virevolter dans les airs et je te donnerais un gros baiser. Tu en as maintenant la preuve, Rosie : tu es capable de réussir, il faut simplement que tu aies confiance en toi et que tu arrêtes d'être si négative.

Où est ce nouvel hôtel ? Raconte-moi tout.

De : Rosie
À : Alex
Objet : promotion

Je ne sais pas encore où se trouve cet hôtel, mais je flaire qu'il est sur la côte. Tu te rends compte que je vais finalement travailler dans un hôtel au bord de la mer ? Le trajet sera plus long, mais c'est bien de pouvoir, tous les jours, respirer un grand bol d'air. Normalement, je devrais prendre mon poste là-bas au cours des mois prochains. Il y aura un terrain de golf, une salle de sport, une piscine, ainsi que d'autres infrastructures de loisirs. Ce ne sera pas comme ici, en pleine ville, où nous n'avons que des chambres, une minuscule salle de gym et des restaurants. Les détails sont encore flous, on ne m'a pas donné toutes les informations. On m'a juste demandé si ça m'intéressait et, naturellement, je ne pouvais pas refuser !

Je suis prête à partir d'ici, à relever un nouveau défi. Sans avoir rien fait pour ça, je me rapproche de mon rêve. Qui aurait pensé que ce rêve de gosse – diriger un hôtel – n'était pas totalement irréalisable ? Quand on est enfant, on est persuadé de pouvoir faire tout ce dont on a envie, aller où l'on veut. Il n'y a aucune limite. On s'attend à ce que l'impossible se réalise, on croit à la magie. En grandissant, on perd cette belle innocence. La réalité de l'existence se met en travers du chemin, et on réalise qu'on ne peut pas tout faire ni tout avoir, qu'il faut se contenter de moins.

Pourquoi cessons-nous de croire en nous-mêmes ? Pourquoi laissons-nous le concret, les chiffres, tout ce qui n'est pas notre rêve, diriger nos vies ?

À présent, je retrouve ce que je suis. Rien n'est impossible, Alex. Tout était là, simplement je ne tendais pas suffisamment le bras pour le saisir.

Merci pour la foi que tu as en moi, Alex. J'aimerais t'embrasser, là, tout de suite. Mais peut-être que certaines choses restent à jamais inaccessibles.

De : Alex
À : Rosie
Objet : les rêves

Encore une fois, Rosie, tu ne tends pas suffisamment le bras. Je suis là, près de toi. J'ai toujours été là, et j'y serai toujours.

Mémo :

Rêve, rêve, Rosie Dunne !

Vous avez un message de : RUBY

Ruby : qu'est-ce que signifie le dernier message d'Alex ?

Rosie : Ruby, nom d'une pipe, arrête de lire mes mails en douce !

Ruby : pardon, c'est plus fort que moi, je continuerai à les lire tant que tu n'auras pas décidé de changer de mot de passe et que je n'aurai pas trouvé un job intéressant.

Rosie : dans ce cas, je vais changer mon mot de passe...

Ruby : très drôle. Bon, puisque j'ai lu ce message, explique. C'est quoi, cette histoire de bras que tu ne tends pas suffisamment ?

Rosie : à ton avis ?

Ruby : réponds à ma question, s'il te plaît.

Rosie : ne sois pas puérile. Mon ami me dit simplement qu'il sera toujours là pour moi, qu'il n'est pas loin malgré la distance, qu'il me suffit de l'appeler.

Ruby : bien sûr.

Rosie : tu recommences avec tes sarcasmes ! Quelle théorie tu vas encore me pondre ? Tu penses sans doute que c'est une manière détournée de m'avouer son amour ? D'insinuer que, si je voulais, il abandonnerait tout pour moi, sa vie à Boston, sa famille, son métier, pour venir me sauver, m'emmener vivre dans une maison au bord de la mer à... Hawaï, par exemple, où nous coulerions des jours heureux loin du stress et des complications du monde. Tu déformes toujours les choses dans ta pauvre caboche malade, pour me prouver que lui et moi...

Ruby : pas du tout. Ce « bien sûr » était sincère. Je suis persuadée que, de sa part, c'était purement amical.

Rosie : ah bon.

Ruby : tu aurais voulu qu'il y ait un double sens ?

Rosie : certainement pas. Mais je m'attendais à ce que toi, tu en fasses tout un plat.

Ruby : pourquoi, puisque tu n'es pas déçue qu'il soit simplement ton ami ?

Rosie : pourquoi je serais déçue ? Il n'est que mon meilleur ami, depuis toujours, et j'en suis parfaitement satisfaite.

Ruby : et tu n'as pas envie qu'il vienne t'enlever pour t'emmener à Hawaï.

Rosie : non, évidemment ! Ce serait... *affreux !*

Ruby : alors, tout va bien.

Rosie : oui, absolument. Et, avec mon nouveau poste, ça ira encore mieux.

Ruby : formidable.

Rosie : en plus, j'ai sauvé mon mariage, Greg m'aime comme jamais.

Ruby : génial.

Rosie : je vais avoir une grosse augmentation de salaire, ce dont je me réjouis. On dit que l'argent ne fait pas le bonheur, mais je suis une fille superficielle... je vais pouvoir m'acheter ce manteau que j'ai vu hier... youpi !

Ruby : super.

Rosie : tu l'as dit ! Bon, je te laisse, j'ai beaucoup de travail.

Rosie s'est déconnectée.

De : Rosie
À : Stephanie
Objet : la vie est belle !

La vie est belle, elle est magnifique ! J'ai un bon travail, on vient de m'accorder une promotion. J'ai une fille qui me parle, un mari qui ne me parle pas. Non, je blague, mon mari m'adore ! J'ai une famille merveilleuse, un père, une mère, une sœur et un frère qui me soutiennent. J'ai deux amis intimes fantastiques que j'aime de tout mon cœur. Je me rappelle t'avoir dit, il y a des années quand j'ai été embauchée à l'hôtel, que la deuxième étape de ma vie commençait. Eh bien, j'ai l'impression que c'est maintenant le début de la troisième étape. Je suis heureuse, je danse de joie.

De : Ruby
À : Rosie
Objet : Cork ?

Ils construisent ce foutu hôtel à Cork ? Et ils te préviennent seulement maintenant ? Tu t'installerais à Cork ? Il me semblait que tu devais te retrouver sur la côte près de Dublin. Comment vas-tu te débrouiller pour emmener ta famille de l'autre côté du pays ? Je sens que je suis au bord de la crise cardiaque. Réponds-moi tout de suite !

De : Rosie
À : Ruby
Objet : re : Cork ?

J'ai une migraine épouvantable, je ne sais plus quoi faire. Je veux ce poste, mais je ne suis pas seule en cause, il y a deux autres personnes dont je dois tenir compte. Il faudra que j'en discute ce soir avec Katie et Greg. Prie pour moi ! Mon Dieu, si vous m'entendez, si vous n'êtes pas trop occupé à dispenser vos bienfaits à tous les veinards de ce monde, rendez-moi un petit service : faites un lavage de cerveau à ma fille et mon mari, qu'ils pensent d'abord à moi, pour une fois. Merci de votre attention, vous pouvez retourner à vos affaires.

De : Ruby
À : Rosie
Objet : réponse

Salut, Rosie, c'est le bon Dieu. Désolé de te décevoir, mais la vie ne marche pas de cette manière. Tu dois être honnête avec ta famille et essayer de les convaincre par tes propres moyens. Dis-leur que ce poste qu'on te propose est un rêve de gosse et que, s'ils ne sont pas égoïstes, ils comprendront ton désir de t'installer à Cork. Je te laisse à présent, mon pop-corn est prêt et je ne voudrais pas manquer le début du film : ce soir, je regarde la vie de ta copine Ruby. Bonne chance avec ton mari et ta fille.

Chère maman, cher Greg,

Ne t'inquiète pas pour nous, maman, Toby et moi on se débrouillera très bien. On s'est enfuis parce qu'on veut pas être séparés. Il est mon meilleur ami, et j'ai pas envie de vivre à Cork.

Bisous,
Katie et Toby

De : Rosie
À : Ruby
Objet : le bon Dieu

J'ai remarqué que le bon Dieu, hier, me causait par ton intermédiaire. Si tu l'aperçois dans les parages, dis-lui que s'il cherche un film mélo à regarder, il devrait se brancher sur ma petite famille.

Mémo :

Arrête de rêver, Rosie Dunne.

TROISIÈME PARTIE

26

Cher Alex,

Cette journée cauchemardesque est enfin terminée, heureusement. « Ce n'est qu'un travail », voilà ce que Greg m'a dit. Si cela a si peu d'importance, pourquoi refuse-t-il mordicus de renoncer au sien ? En m'accordant cette promotion, on me donnait un peu de confiance en moi, l'impression d'être considérée comme quelqu'un de compétent et d'intelligent.

Mais cette fois, je n'ai même pas eu la possibilité de gâcher toute seule cette opportunité. On a décidé pour moi. Katie ne quittera pas Toby et je ne déteste pas Greg au point de claquer la porte et de partir à Cork. Quoiqu'il ne faudrait pas me pousser beaucoup… Cet homme a le don de me faire sortir de mes gonds ! Avec lui, c'est toujours noir ou blanc.

Il estime qu'il a ici un superboulot qui paye bien, et que c'est pareil pour moi. Pourquoi diable accepterait-il de s'installer dans une ville où sa femme aurait un poste fantastique qui lui rapporterait un gros salaire ? Mais j'oublie qu'il n'y a pas de banques à Cork et que, par conséquent, il lui serait impossible de trouver un emploi ou d'obtenir sa mutation. Là-bas, les gens mettent leur argent dans des bas de laine.

J'ajoute qu'à Cork, tout est meilleur marché, notamment le logement. Katie pourrait entrer dans un bon collège, en supposant qu'on ne l'ait pas définitivement exclue de l'école avant ça.

D'un autre côté, je reconnais que sa relation avec Toby est peut-être le plus important pour elle. Grâce à lui, elle est joyeuse et garde son regard innocent. Les enfants ont besoin d'amis intimes pour grandir, découvrir la vie. Ils en ont aussi besoin pour ne pas perdre le nord et, vu que Katie nous a fait le coup de fuguer, je sais que, à ce moment de son existence, elle serait capable des pires folies sans Toby.

Tu te rends compte qu'ils avaient réservé leurs billets d'avion pour Boston sur Internet, avec la carte de crédit de Greg ? Ils faisaient la queue à l'aéroport, devant le guichet, quand la police les a retrouvés ! Je les imagine : une gamine aux cheveux noirs et au teint crémeux, sans bagages, hormis un nounours-sac à dos. À son côté, un gamin aux boucles blondes emmêlées. Un petit couple en lune de miel. Un jour, en repensant à cette aventure, j'en rirai. Quand je serai remise du choc, de la terreur, que j'aurai surmonté mon amertume. Dans une autre vie.

Conclusion, je ne peux pas accepter le poste de mes rêves parce que ma famille ne me suivra pas. La belle affaire. Après tout, je ne me mets pas en quatre pour eux. Je ne les fais pas toujours passer avant moi. Quand je rentre épuisée après une journée de boulot, je ne leur sers pas le dîner, je ne me coltine pas les tâches domestiques. Je ne défends pas ma fille à l'école, je ne me bagarre pas constamment avec ses professeurs pour les convaincre qu'elle n'est pas le rejeton de Satan en personne. Le dimanche soir, je ne supporte pas la mère de Greg qui critique ma coiffure, ma façon de m'habiller, de cuisiner, d'élever Katie.

Non, par chance, je ne fais rien de tout ça.

Mais qui s'en soucie ? Un jour par an, celui de la fête des Mères, j'ai droit à un petit déjeuner au lit – thé au lait et toasts cramés. Ça suffit, n'est-ce pas ? Greg me répète sans cesse que je cours après des arcs-en-ciel. Il serait temps pour moi d'arrêter.

Je t'embrasse,

Rosie

De : Alex
À : Rosie
Objet : Rosie Dunne !

Que tu loupes encore une chance m'afflige. Tu n'as vraiment aucun moyen de convaincre Machin ?

De : Rosie
À : Alex
Objet : la famille

Merci, Alex, mais je ne peux pas forcer les miens à quitter notre foyer s'ils ne le veulent pas. Ils comptent trop pour moi.

Je dois respecter les sentiments de Greg, je n'ai pas le droit de vivre ma vie comme si j'étais seule au monde. Pourtant, ce serait tellement plus simple ! Enfin bref, ce n'est pas la première fois que je rate une belle opportunité.

Mais assez parlé de moi – comment se passe le séminaire ?

Merci pour ton soutien, comme toujours.

De : Katie
À : Toby
Objet : punis !

Je n'en reviens pas qu'on soit punis pour deux semaines ! Et pendant nos vacances d'été, en plus ! Nos parents en font tout un fromage, alors qu'on n'est partis nulle part. Je t'avais bien dit qu'on aurait dû aller en France avec le ferry. Dans les films, la police cherche d'abord dans les aéroports. La prochaine fois, on s'y prendra autrement.

Si on avait débarqué chez Alex, comment il aurait réagi, à ton avis ? D'après maman, il est même pas chez lui, il a des réunions ou je ne sais pas quoi. Moi, je crois qu'elle ment juste pour prouver que notre plan n'aurait pas marché. Il ne se serait pas fâché. Alex est super cool. Mais il aurait sans doute téléphoné à ma mère qui aurait envoyé une armée de policiers et d'hélicoptères pour nous récupérer.

Pauvre maman. Je la plains, même si je suis contente qu'on ne déménage pas. Je sais qu'elle m'aurait forcée à partir si Greg avait dit oui, n'empêche que je la plains quand même. Elle traîne dans la maison, elle a l'air triste, elle pousse des soupirs comme si elle s'ennuyait et ne savait pas quoi faire. Comme nous le dimanche. Elle passe d'une pièce à l'autre, elle me donne le tournis.

Hier, je me suis mise à la suivre, et elle à marcher de plus en plus vite. À la fin, on courait, c'était marrant. Elle a ouvert la porte et elle a foncé dehors en robe de chambre, en me tirant la langue parce que j'ai pas le droit de sortir. Mais je suis sortie et on a piqué un sprint dans la rue, moi dans mon pyjama bleu avec les petits cœurs roses, et maman en robe de chambre jaune. Tout le monde nous regardait. On est allées jusque chez Birdie, et maman m'a payé une glace à la framboise. Birdie n'a pas réagi en nous voyant dans cette tenue, pourtant ma mère avait rien du tout sous sa robe de chambre. Elle a montré ses jambes au vieux M. Fanning qui achetait son journal. Il a failli avoir une attaque.

Toby, tu crois qu'on aurait réussi à monter dans cet avion ? Je ne sais pas trop si j'aurais pu quitter maman, seulement j'ai peur qu'elle me croie pas si je le lui dis maintenant. Elle risque de penser que j'essaie de faire lever la punition. Remarque, c'est pas une mauvaise idée.

Réponds-moi avant que je meure d'ennui !

De : Alex
À : Rosie
Objet : le devoir familial !

Toi et tes obligations familiales ! J'aimerais beaucoup que tu ne sois pas la seule à les respecter. Le séminaire se passe très bien, merci. Devine qui est le fameux chirurgien ? Quelqu'un que tu adores : Reginald Williams.

De : Rosie
À : Alex
Objet : Reginald Williams !

Passe-moi une cuvette, que je vomisse. Tu parles du père de Bethany la Cochonne ? Les voilà qui surgissent du passé pour revenir nous hanter ?

De : Alex
À : Rosie
Objet : re : Reginald Williams !

Ça va aller, Rosie, respire bien fort. Il n'est pas si abominable. C'est un homme brillant.

De : Rosie
À : Alex
Objet : re : re : Reginald Williams !

Qu'est-ce qu'il fait maintenant, de l'hypnose ? Il t'a tripatouillé la cervelle ? C'est donc pour ça, qu'ici, on ne parle que de lui dans les journaux. J'ai toujours refusé de les lire, révoltée que je suis par l'existence de cet individu et de sa famille. Seigneur… Reginald Williams ! Tu penses figurer parmi les « élus » qui auront l'honneur de travailler avec lui, vu que tu as failli être son gendre ? Rien de tel qu'un brin de népotisme pour maintenir la planète sur son axe.

De : Alex
À : Rosie
Objet : népotisme

Mes chances sont bien minces. Je crains d'avoir scellé mon destin en plaquant sa fille unique et préférée !

De : Rosie
À : Alex
Objet : Bethany la Cochonne

Je ne sais pas si tu as scellé ton destin, mais je considère que c'est la meilleure idée que tu aies jamais eue. À ce propos, je n'ai pas revu Bethany la Cochonne depuis près de dix ans, je me demande ce qu'elle devient. Elle habite probablement un manoir dans les collines, et elle compte ses diamants…

De : Rosie
À : Stephanie
Objet : les vrais amis

Ma grande sœur est un puits de sagesse. Quand j'avais dix-sept ans, tu m'as déclaré que les petites copines disparaissaient, mais que les vraies amies restaient. Aujourd'hui, je me suis surprise à dire : « je me demande ce que devient Bethany la Cochonne… » Pour rien au monde, je n'aurais voulu qu'Alex prononce ces mots-là à mon sujet. Tu avais raison, on garde toujours ses vrais amis !

27

Vous avez un message de : RUBY

Ruby : alors tu es encore là ?

Rosie : ma chère, tes paroles de réconfort sont une bouffée d'oxygène. Oui, je suis encore là.

Ruby : tu as retrouvé ta fille, je suppose ?

Rosie : nous l'avons dressée à rentrer dare-dare quand on la siffle.

Ruby : impressionnant.

Rosie : je me suis rappelé qu'Alex et moi, nous avions fugué, nous aussi. La première fois parce que les parents d'Alex ne voulaient pas qu'il aille voir le capitaine Tornado... Maintenant je les comprends : c'était un personnage de BD qui vivait en Australie. On avait cinq ou six ans, on a pris nos cartables et on est partis. En courant. On a passé toute la journée à rôder dans des rues qu'on ne connaissait pas, à regarder les maisons et à se demander si nos économies suffiraient pour en acheter une. Elles n'étaient même à vendre, mais à l'époque, on ignorait les règles du marché immobilier. Quand la nuit est tombée, on en a eu ras le bol de la liberté et on est rentrés à la maison. Nos parents respectifs ne s'étaient même pas aperçus de notre absence. Ceux d'Alex le croyaient chez moi, et inversement.

Je ne sais pas si Katie serait montée dans cet avion. J'aimerais pouvoir penser que j'ai bien rempli mon rôle de mère, qu'elle réalise que la fuite ne résout pas les problèmes. On peut courir aussi vite et aussi loin qu'on veut, on n'échappe pas à soi-même. Aujourd'hui, elle a essayé de me dire qu'elle m'aime et qu'elle ne m'aurait pas abandonnée. Il me semble avoir perçu de la sincérité dans ses yeux et sa voix, mais quand j'ai tendu les bras, elle a eu un sourire jusqu'aux oreilles et m'a demandé si la punition était levée. Elle ne recule devant rien, comme son père. Et toi, tu as fugué quand tu étais gosse ?

Ruby : non, par contre mon ex-mari a fugué de la maison avec une gamine qui pourrait être sa fille.

Rosie : donc tu me comprends, merci. Qu'est-ce que tu prévois pour tes quarante ans ? C'est bientôt.

Ruby : je vais rompre avec Teddy.

Rosie : mais ce n'est pas possible ! Tous les deux, vous êtes une institution !

Ruby : je réfléchis simplement à la manière de transformer ma vie. Bizarrement, c'est la première idée qui m'ait traversé l'esprit.

Rosie : pourquoi changerais-tu ta vie ? Elle est très bien comme ça.

Ruby : je vais être *quadragénaire*. Je suis plus jeune que Madonna, or j'ai l'air d'être sa mère. Chaque matin, je me réveille dans une chambre bordélique près d'un homme qui ronfle et ne sent pas la rose, j'enjambe des montagnes de vêtements pour atteindre la porte, je titube jusqu'à la cuisine pour me préparer un café et avaler un restant de gâteau. Après quoi je croise mon fils dans le couloir. Parfois il me dit bonjour, la plupart du temps il ne m'adresse pas la parole.
Je me bagarre avec lui à cause de la douche, non pas pour savoir qui de nous deux l'utilisera en premier, mais pour l'obliger à se laver. Ensuite je me bagarre contre la douche, pour ne pas être ébouillantée ou congelée. J'enfile des fringues que je porte depuis des années, qui me rendent physiquement malade tellement elles me serrent. Teddy me grogne un au revoir,

je me case dans ma vieille Mini cabossée qui tombe en panne tous les quatre matins, et j'arrive au travail en retard. Je me fais enguirlander, je m'assieds à mon bureau où je me mets aussitôt à inventer les prétextes les plus divers pour pouvoir sortir fumer une cigarette. Je ne parle à personne de la journée, personne ne me parle. Vers sept heures, je repars sur les rotules, affamée, pour rentrer dans une maison qui n'est jamais rangée. Je dois encore préparer le dîner, puisqu'il n'est jamais prêt. Et c'est comme ça tous les jours.

Le samedi soir, je te vois, on sort, moyennant quoi, le dimanche, j'ai la gueule de bois. Autrement dit, je reste vautrée sur le canapé comme un zombi. Le ménage n'est toujours pas fait et ne se fait pas tout seul. Le lundi matin, le réveil sonne, et ça recommence pour une semaine. Comment peux-tu prétendre, Rosie, que je n'ai pas à changer ma vie ? J'ai *désespérément* besoin de changement.

Rosie : nous en avons besoin toutes les deux.

Ma très chère Ruby,

Que ce jour soit le début d'une magnifique et heureuse année !

Cette carte est une horreur, excuse-moi, mais c'était la seule qui ne souligne pas lourdement que tu es au bord de la vieillesse. Merci d'être toujours là pour moi (même si tu préférerais souvent être ailleurs !). Tu es une amie merveilleuse. Célébrons dignement cet anniversaire, et bonne chance pour ta prochaine décennie.

Avec toute mon affection, Rosie

PS – J'espère que ce petit cadeau te plaira. Toi qui voulais du changement, en voilà !

Bon pour dix leçons particulières de salsa. Votre professeur, Ricardo, vous attendra le mercredi à 20 heures, dans le hall de l'école St. Patrick.

Vous avez un message de : RUBY

Ruby : la salsa m'a démolie ! Je n'avais pas été courbaturée à ce point depuis que les collègues de Teddy lui ont offert le Kma Stra pour Noël. Après les fêtes, j'étais à ramasser à la petite cuillère. Eh bien, cette fois, j'ai dû prendre une matinée de congé. Ce matin au réveil, j'étais sûre d'avoir eu un accident de voiture. Il m'a fallu vingt minutes pour m'extirper du lit. Mes articulations sont en grève, surtout celles du bassin.

Je n'aurais jamais cru qu'on pouvait avoir aussi mal. L'accouchement n'est rien, comparé à cette épreuve, or Gary était un gros bébé. Lorsqu'on soumet des prisonniers de guerre à un interrogatoire, on devrait leur infliger des cours de salsa, ils parleraient tout de suite.

Hier soir, après que tu m'as déposée chez moi, j'étais tellement endolorie que je me suis trempée dans un bain avec l'intention de me noyer. Puis je me suis souvenue qu'il restait du gâteau au chocolat, et j'ai refait surface. Certaines choses valent la peine de vivre.

Malgré tout, merci pour ce cadeau. On s'est bien amusées pendant le cours, n'est-ce pas ? Je n'avais jamais autant ri, c'est sans doute pour ça que j'ai les abdominaux en compote. Merci de m'avoir rappelé que je suis une femme, que j'ai des hanches, que je peux être sexy et hurler de rire.

Et merci d'avoir introduit le beau Ricardo dans ma vie. J'ai hâte d'être à la semaine prochaine. Mais assez parlé de moi. Dans quel état tu es, toi ?

Rosie : je vais très bien.

Ruby : à d'autres !

Rosie : OK, j'ai peut-être quelques petites courbatures.

Ruby : à d'autres !

Rosie : OK, ce matin je ne pouvais plus lever les pieds, j'ai dû emprunter la rampe pour les fauteuils roulants.

Ruby : ah, ça me paraît plus proche de la vérité.

Rosie : qu'il est trognon, ce Ricardo. J'ai rêvé de lui, j'en ai bavé sur mon oreiller et enlevé mon haut de pyjama dans mon sommeil (enfin, presque...). Cette voix à l'accent italien qui vociférait : « Ros-ie, bravo ! *Fantastico*, le coup de reins ! » J'en ai frissonné de partout.

Ruby : il me semble me rappeler que le « *fantastico* » s'adressait à moi.

Rosie : on peut toujours rêver, non ? J'ai été surprise de voir qu'il y avait autant d'hommes, pas toi ? Note qu'ils portaient des talons hauts et dansaient ensemble, mais quand même... Tu imagines Greg et Teddy prenant des leçons avec nous ?

Ruby : ça, ce serait un spectacle réjouissant ! Teddy est tellement volumineux que, le temps qu'il fasse une pirouette, on serait à l'année prochaine.

Rosie : et avec Ricardo qui compte les pas, Greg se mettrait à faire des calculs, à les multiplier, les diviser, extraire la racine carrée, etc. Greg, le banquier et sa passion des chiffres. Conclusion, nous y retournerons seules.

Ruby : vraisemblablement... Que devient Alex, ces temps-ci ?

Rosie : toujours pendu aux basques du papa de Bethany la Cochonne, dans l'espoir d'être embauché comme charcutier.

Ruby : qui est Bethany, pourquoi est-elle une cochonne et que fait son papa, dans la vie ?

Rosie : tu n'as pas suivi le film, excuse-moi. Bethany est le premier amour d'Alex, c'est une cochonne parce que je l'ai décrété, et son père est chirurgien.

Ruby : le retour d'une ex. Palpitant.

Rosie : non, elle n'est plus dans la course. Alex assiste à des conférences données par le papa.

Ruby : Rosie Dunne, pour une fois essaie d'anticiper. Ça t'épargnera peut-être un choc si les choses ne tournent pas comme tu le voudrais.

28

Bélier

La combinaison d'Uranus et de Jupiter, votre planète dominante, en opposition avec Vénus et Pluton annonce des complications.

La nouvelle lune vous apporte un certain soulagement – néanmoins un étrange revirement du destin n'est pas à exclure.

UN IRLANDAIS REJOINT L'ÉQUIPE DE WILLIAMS

Le chirurgien irlandais Reginald Williams, qui a récemment fait progresser la chirurgie cardiaque, a annoncé aujourd'hui qu'il allait intégrer dans son équipe un jeune compatriote, le Dr Alex Stewart. Âgé de trente ans, ce diplômé de Harvard a déclaré qu'il avait toujours suivi les recherches du Dr Williams avec passion, et qu'il était honoré de pouvoir pratiquer à l'avenir une technique révolutionnaire (cf. page 4), susceptible de sauver de nombreux malades.

Le Dr Stewart, originaire de Dublin, s'est installé à Boston à l'âge de dix-sept ans, lorsque son père a accepté un poste au sein de l'éminent cabinet juridique Charles & Charles. Il a fait son internat en chirurgie générale au Boston Central Hospital, et compte maintenant se spécialiser en chirurgie cardiaque sous la houlette du Dr Williams. Hier soir, le Dr Reginald Williams et sa femme, Miranda, ainsi que leur fille Bethany qu'escortait le Dr Stewart, assistaient au bal de charité de la Fondation Reginald Williams pour les maladies cardio-vasculaires (photo ci-dessus).

Vous avez un message de : ROSIE

Rosie : tu ne devineras jamais ce que j'ai lu dans le journal de ce matin.

Ruby : ton horoscope.

Rosie : mais pour qui tu me prends ? Tu crois que je lis ces âneries tous les jours ?

Ruby : je le sais. Ça te permet de déterminer si tu es de bonne ou de mauvaise humeur. Moi, aujourd'hui, je n'ai rien compris au mien. Je cite : « Profitez d'une situation financière en hausse pour prendre l'initiative à la fin du mois. Mars étant entré dans votre signe, vous devriez déborder d'énergie. De nouvelles expériences en perspective. »
Pourtant je n'ai jamais été aussi fauchée, épuisée et morte d'ennui. Ce qui ne m'empêche pas d'attendre avec impatience le prochain cours de salsa. Tu te rends compte qu'on aura bientôt terminé le niveau débutant ? Les semaines sont passées à toute allure. Au fait, qu'est-ce qu'il y avait dans le journal, à part l'horoscope ?

Rosie : lis la page 3 du *Times*.

Ruby : une minute, je regarde... oh, doux Jésus. Je suppose que c'est Bethany la Cochonne ?

Rosie : à quoi bon poser la question ?

Ruby : excuse-moi, mon chou, mais elle me fait l'impression d'une jeune femme de trente ans plutôt normale, chic et abominablement riche. Enfin, si tu y tiens, je l'appellerai aussi Bethany la Cochonne.

Rosie : ne te gêne pas, fous-toi de moi. Et je te signale qu'elle a trente-deux ans. Mon horoscope disait que...

Ruby : ah !

Rosie : silence. Mon horoscope disait donc que j'éprouverais un certain soulagement mais qu'il y aurait un étrange revirement du destin.

Ruby : et alors ?
Rosie : je suis ravie qu'Alex ait décroché la place dont il rêvait depuis tant d'années, mais que cette pimbêche soit revenue dans le circuit par la même occasion... il y a là une certaine ironie.
Ruby : je t'avais conseillé de t'attendre à tout, et je te conseille de ne plus lire ces horoscopes. C'est de la connerie.

De : Rosie
À : Alex
Objet : félicitations !

J'ai appris la bonne nouvelle, ici tu es dans tous les journaux (je t'ai découpé les articles), et je t'ai entendu à la radio ce matin. Je n'ai pas très bien compris de quoi tu parlais, mais tu paraissais enrhumé. Tu es capable de ressusciter des gens et tu ne peux pas te débarrasser d'un petit rhume ?

Comment va Josh ? J'ai téléphoné à ta mère l'autre jour, elle m'a dit qu'elle le gardait pour le week-end. Elle me l'a passé, j'ai été stupéfaite d'avoir une vraie conversation avec lui ! Pour un petit garçon de trois ans, il est très intelligent, comme son papa – il n'a absolument rien de sa maman. Il m'a parlé des animaux qu'il avait vus au zoo, et il m'a imité les bruits qu'ils font. J'ai suggéré à ta mère de travailler un peu sur le gorille, parce que Josh était muet comme une carpe, mais elle m'a expliqué que ce gorille est tellement déprimé, dans sa cage, qu'il n'émet plus un son.

J'aimerais tant revoir bientôt ton fils. J'aimerais te voir. Raconte-moi quelque chose de toi que je ne sache pas déjà par les journaux, la télévision et la radio.

Cher Alex,

C'est encore moi. Je me demande si tu as reçu mon mail, qui date de quelques semaines. Ici, nous sommes tous si fiers de ta réussite : mes parents, Steph, Kevin, Katie et Toby. Je crois que Toby souhaite être docteur comme toi, juste pour passer à la radio et avoir sa photo dans les journaux (il nous a aussi déclaré qu'il voulait arracher des cœurs, comme dans les films d'épouvante, ce qui m'a sérieusement perturbée). Katie, de son côté, désire devenir DJ dans un club, elle s'emploiera donc à donner aux gens des crises cardiaques.

Pour ma part, je suis toujours au Two Lakes Hotel. Toujours à la réception. Mon patron est parti aux États-Unis où il a ouvert un hôtel supplémentaire, par conséquent je présume que nous ne reverrons pas les frères Lake avant longtemps. Ils nous ont mis sur le dos des experts en management du personnel. La semaine prochaine, Simon, leur chef, nous emmène faire du canoë pour nous permettre de communiquer en dehors de notre environnement professionnel. Nous sommes censés apprendre à discuter de nos petits problèmes.

Comment puis-je dire à Tania, une collègue de la réception, que je ne lui adresse pas la parole parce que je ne supporte pas sa voix haut perchée, son parfum trop capiteux pour un espace restreint, et son rouge à lèvres qui lui tache les dents et jure avec ses cheveux ? Steven, lui, a une haleine pestilentielle dès potron-minet, Geoffrey sent mauvais des aisselles, Fiona a des flatulences (je ne sais pas de quoi elle se nourrit), Henry porte des chaussettes blanches et des chaussures noires, Grace fredonne la même chanson des Spice Girls à longueur de journée, du coup je la chante moi-même en rentrant à la maison et Katie me reproche d'être une « ringarde » qui ignore le hit-parade.

Ils me rendent tous complètement dingue. Au fond, peut-être que cette journée de canoë est une bonne idée, je pourrai les noyer. Écris-moi, Alex, raconte-moi ce qui se passe dans ta vie.

Je t'embrasse,

Rosie

Rosie,

J'ai été très silencieux, pardon, mais j'étais débordé – ce n'est cependant pas une excuse pour ne pas donner signe de vie. Sur le plan professionnel, tu sais à peu près tout de moi, inutile donc d'entrer dans les détails. Mes parents vont bien, ils mettent toujours dans un joli cadre les photos de toi et Katie que tu leur envoies. Leur maison ressemble à une espèce de mausolée consacré aux filles Dunne.

J'ai une bonne nouvelle pour toi. Je serai en Irlande le mois prochain. Mes parents viendront aussi, et Sally m'a permis d'emmener Josh, puisqu'elle l'a eu au dernier Noël. Il y a longtemps que nous ne sommes pas rentrés au pays tous ensemble. Ma mère a décidé qu'elle voulait être avec Phil, sa tribu de gamins, le reste de sa famille et tous ses amis pour son quarantième anniversaire de mariage.

Quarante ans, tu te rends compte ? Le mien a duré à peine deux ans, je ne comprends pas comment ils ont réussi à tenir le coup. Toi, tu t'en sors plutôt bien. Depuis combien de temps es-tu avec Machin ?

Noël à Dublin, il y a une éternité que ça ne m'est pas arrivé. Nous serons bientôt réunis, Rosie.

Alex

De : Rosie
À : Alex
Objet : bientôt

Quelle formidable nouvelle ! Je suis folle de joie. Veux-tu loger chez moi, à moins que tes parents et toi ayez d'autres projets ?

De : Alex
À : Rosie
Objet : logement

Non, je ne veux pas chasser Machin de chez lui. Et, pour parler crûment, je déteste ton mari. Phil et Maggie nous hébergent, Josh et moi, et j'ai réservé une chambre d'hôtel pour mes parents. Merci quand même pour ta proposition.

De : Rosie
À : Alex
Objet : G.R.E.G.

Il faudrait que tu mémorises le nom de mon mari avant ton arrivée. Il s'appelle Greg. Essaie de ne pas l'oublier, s'il te plaît.

T'ai-je dit que Ruby et moi, nous sommes les reines de la salsa ? J'ai offert la première série de leçons à Ruby pour son anniversaire, il y a quelques mois, et ça nous a tellement plu qu'on a continué. En fait, Ruby m'a surprise, elle est très douée, mais j'en ai marre de devoir lui servir de cavalier en permanence.

Greg refuse de venir aux cours avec moi, par contre ça ne le dérange pas que je lui apprenne à danser dans notre chambre, quand Katie n'est pas là, que la porte est bloquée par une chaise et les rideaux tirés. Il faut même éteindre la télé, au cas où un animateur quelconque aurait le pouvoir magique de voir ce qui passe chez les téléspectateurs. Le but de la manœuvre, c'est de s'amuser un peu ensemble, mais comme je joue les hommes en cours, j'ai des difficultés à jouer les femmes dans l'intimité (ça n'a d'ailleurs jamais été facile pour moi). Résultat, on se marche sur les orteils, on se reproche mutuellement de n'avoir pas mis nos pieds où il fallait, et on s'engueule.

Ruby prend maintenant deux leçons par semaine, moi je ne peux pas y aller le lundi car je conduis Katie à son entraînement de basket. Ruby clame que c'est moins drôle sans moi, parce qu'elle est obligée de danser avec une créature en tutu – une drag-queen d'un mètre quatre-vingts, aux cheveux platine et aux jambes interminables, qui essaie d'apprendre la salsa pour le show qu'elle présente dans un club gay.

Bref, on rit comme des petites folles, c'est bien agréable. J'espère que tu as aussi des loisirs, que tu ne te surmènes pas. Tu as eu des flirts, récemment ?

De : Alex
À : Rosie
Objet : flirts

Possible...

Vous avez un message de : ROSIE
Rosie : je suis tout ouïe. C'est quelqu'un que je connais ?
Alex : je n'ai pas dit que
Rosie : ne tourne pas autour du pot ! Qui est cette malheureuse ? Je la connais ?
Alex : peut-être...
Rosie : pitié, dis-moi que ce n'est pas Bethany la Cochonne.
Alex : excuse-moi, je suis pressé, il faut que je me prépare pour ce soir. À bientôt, Fleur Bleue.
Rosie : tu as un rendez-vous galant ?
Alex : peut-être...
Rosie : bon, d'accord. Eh bien, amuse-toi. Mais pas trop.
Alex : je n'oserais pas.

Vous avez un message de : ROSIE
Rosie : je viens juste de bavarder avec Alex.
Ruby : il avait des choses intéressantes à raconter ?
Rosie : non, on parlait seulement du bon vieux temps.
Ruby : parfait. Greg et toi, vous avez des projets pour ce soir ?
Rosie : il a un rancard.
Ruby : qui ? Greg ?
Rosie : non ! Alex.

Ruby : ah... et avec qui ?
Rosie : je n'en sais rien, il a refusé de me le dire.
Ruby : il est en droit d'avoir une vie privée, n'est-ce pas ?
Rosie : oui, sans doute.
Ruby : après avoir eu le cœur brisé, après un divorce douloureux, on ne peut que se féliciter qu'il tourne la page. N'est-ce pas ?
Rosie : oui, sans doute.
Ruby : tu es une amie merveilleuse, Rosie, tu ne veux que le bonheur d'Alex.
Rosie : oui, effectivement.

Vous avez un message de : ALEX
Alex : salut, Phil.
Phil : salut, Alex.
Alex : qu'est-ce que tu fais ?
Phil : je surfe sur Internet, je cherche une manivelle pour une Dodge Sedan de 1939. Une voiture très rare, une vraie splendeur. J'ai commandé un pare-chocs avant pour la Chevrolet de 1955. On me l'expédie par bateau.
Alex : très bien.
Phil : il y a quelque chose qui te tracasse, Alex ?
Alex : non...
Phil : tu t'es connecté pour une raison précise ?
Alex : non, juste pour savoir comment va mon grand frère.
Phil : il va bien. Et toi, le boulot ?
Alex : ce soir, je sors avec une femme.
Phil : tant mieux. Je suis content de voir que tu tournes la page.
Alex : ouais.
Phil : tu trouveras de nouveau le bonheur.
Alex : ouais.
Phil : Rosie est au courant ?
Alex : oui, je viens de bavarder avec elle.

Phil : ah… et comment a-t-elle réagi ?
Alex : en fait, elle n'a pas vraiment eu de réaction.
Phil : elle n'était pas fâchée ?
Alex : non.
Phil : jalouse ?
Alex : non plus.
Phil : elle ne t'a pas supplié de rester célibataire ?
Alex : non.
Phil : tant mieux, ça c'est une amie. Elle veut que tu rencontres quelqu'un et que tu sois heureux.
Alex : ouais, c'est formidable d'avoir une amie pareille.

Natifs du bélier, vous êtes sous l'influence de Neptune, la planète qui vous inspire des rêves romantiques…

Vous avez un message de : ROSIE
Rosie : tu as raison, Ruby. L'horoscope, c'est de la connerie.
Ruby : bravo, ma grande.

29

Chers Rosie, Katie et Greg,

Vous êtes invités le 18 novembre à la fête pour mes 4 ans. J'ai un majisien, il fait des animaux avec des ballons. Il vous en donnera un en souvenir. La fête commence à 11 heures, il y aura plein de bonbons, et ensuite vous rentrerez chez vous avec vos papas et vos mamans.

Bisous,

Josh

Vous avez un message de : KATIE

Katie : j'ai l'air d'une cruche.

Toby : pas du tout.

Katie : tu ne sais même de quoi ça a l'air, une cruche.

Toby : alors, à quoi ça ressemble ?

Katie : à moi. Une mutante croisée de robot.

Toby : mais non.

Katie : tout le monde me regarde !

Toby : mais non, tu es assise au fond de la classe, il faudrait qu'ils aient des yeux derrière le crâne. Et puis, des bagues dentaires, c'est pas la fin du monde. Remarque que je te comprends, quand j'ai eu mes lunettes, il me semblait aussi que tout le monde me regardait.

Katie : parce qu'on te regardait, figure-toi.

Toby : tu voudras bien me faire une petite faveur ?

Katie : laquelle ?

Toby : prononcer le mot « saucisse », juste une petite fois.

Katie : ce n'est pas drôle ! Tu avais promis de ne pas te moquer de moi. Ces trucs me font zozoter, c'est pas ma faute, et je vais être obligée de les porter pendant des années. Je les aurai même sur mes photos d'anniversaire, la semaine prochaine.

Toby : on s'en fiche.

Katie : c'est mon treizième anniversaire. Quand je serai plus vieille, je ne veux pas me voir sur des photos avec deux gigantesques morceaux de métal dans la bouche. J'ai envie d'être jolie.

Toby : je parie que tu vas encore être en noir de la tête aux pieds.

Katie : gagné.

Toby : tu es vraiment morbide.

Katie : non, je suis sophistiquée. Le noir va bien avec mes cheveux, c'est ce qu'on dit dans mes magazines. Mais tu peux mettre ton short ringard et ton T-shirt. Ne change surtout pas tes vieilles habitudes.

Toby : je suis les conseils de *mes* magazines.

Katie : tes sales magazines ne te parlent pas de fringues. Ils t'expliquent plutôt comment arriver à te déshabiller.

Toby : je suis quand même invité ?

Katie : peut-être... ou peut-être pas.

Toby : je viendrai quand même. Je ne louperai pas ton treizième anniversaire sous prétexte que tu es mal lunée. Je veux voir ton gâteau se coller dans tes bagues dentaires et gicler à la figure des gens dès que tu prononceras un mot.

Katie : je ferai attention à ne parler qu'à toi.

Toby : au fait, qui sera là ?

Katie : Alex, tante Steph, Pierre et Jean-Louis, mes grands-parents, Teddy, Ruby et son fils qui n'ouvre jamais la bouche, ma mère et quelques filles du basket.

Toby : youpi ! Et ton oncle Kevin ?

Katie : lui, de toute façon, il n'est jamais là. Il travaille toujours dans cet hôtel de luxe à Kilkenny. Il m'a envoyé une carte avec de l'argent.

Toby : tu n'en demandes pas plus. Et Greg ?

Katie : il est aux États-Unis pour son travail, il y reste une semaine. Il m'a donné treize euros. Un euro par année.

Toby : super, tu vas devenir riche. Heureusement que Greg n'est pas là, quand Alex et lui sont dans la même pièce, ça me flanque la pétoche.

Katie : oui, et c'est encore pire quand ma mère est là aussi. Elle passe son temps à courir de l'un à l'autre, comme un arbitre de boxe.

Toby : sur un ring, Alex démolirait Greg.

Katie : absolument. Et ma mère les démolirait tous les deux s'ils osaient se taper dessus. Je pourrai au moins porter le médaillon qu'Alex m'a offert sans que Greg me regarde comme s'il avait envie de m'égorger.

Toby : il est jaloux que sa photo ne soit pas dedans.

Katie : sa tête est trop grosse pour tenir dans mon médaillon.

Toby : à part cette bande de vieux et les filles de ton équipe de basket merdique, il y a d'autres invités ?

Katie : Josh sera là.

Toby : il a quatre ans !

Katie : oui, et vous avez beaucoup de points communs, intellectuellement vous êtes aussi brillants l'un que l'autre.

Toby : rigole, gueule d'acier. Tu crois qu'il y aura des « chauchiches » à ta fête ?

Katie : tu es désolipant. Ma situation pourrait être cent fois plus dramatique, je pourrais avoir des lunettes jusqu'à la fin de mes jours, comme toi…

Toby : et il se pourrait que tu sois incapable de quitter le pays pendant des années à cause des détecteurs de métaux dans les aéroports. Ce ne serait pas difficile de transformer tes bagues dentaires en armes mortelles.

Vous avez un message de : ROSIE

Rosie : la semaine prochaine, mon bébé sera une adolescente.

Ruby : remercie ta bonne étoile, mon chou, c'est presque fini.

Rosie : ce n'est pas plutôt le début ? Et si j'avais une bonne étoile, ça se saurait. Mon joli bébé devient une peste, moi je me décompose chaque jour davantage. Qu'est-ce qu'il y a de formidable là-dedans ? Plus mon enfant grandit, plus je vieillis.

Ruby : brillante déduction.

Rosie : mais je n'ai pas encore commencé à vivre ma propre vie, je n'ai rien fait de concret.

Ruby : on pourrait te rétorquer que donner la vie est concret. Bon, qu'est-ce que j'apporte pour la fête ?

Rosie : toi, ça suffira.

Ruby : tu ne veux pas plutôt autre chose ?

Rosie : tu viens, que ça te plaise ou non.

Ruby : d'accord. Au moins, Greg ne te tiendra pas en laisse pour t'empêcher d'approcher Alex.

Rosie : oui, je pourrai tranquillement faire du pied à Alex.

Ruby : excellente idée. Qu'est-ce que j'offre à l'adolescente exigeante ?

Rosie : des dents bien alignées, du démaquillant et une mère organisée.

Ruby : pour la mère et l'organisation, je peux donner un coup de main.

Rosie : merci, Ruby.

De : Alex
À : Rosie
Objet : heure d'arrivée.

Mon avion atterrira demain à 14 heures 15. J'ai hâte de vous revoir, toi et Katie. Est-ce que Machin sera là pour m'accueillir, lui aussi ?

De : Rosie
À : Alex
Objet : MON MARI

Il s'appelle GREG. Et non, il ne viendra pas te chercher, il est en déplacement professionnel aux États-Unis. Espérons que la distance sera suffisante pour l'un et l'autre.

Joyeux anniversaire, ma chérie !
Ma merveilleuse petite fille est une adolescente !
Je t'aime très fort,
Maman

Chère Katie,
Aujourd'hui tu es adolescente,
Hip hip hip ! hourra !
C'est un jour de fête,
Greg

Bon anniversaire, fifille.
Tu es magnifique !
On te couvre de bisous,
Mamie et Papi

Joyeux anniversaire, Miss Paillettes !
Voilà un peu d'argent pour t'acheter un vêtement qui ne soit pas noir. Tu as intérêt à relever le défi.
Bises,
Ruby, Teddy et Gary

Ma nièce a treize ans,
Bon anniversaire, beauté !
Tendrement,
Stephanie, Pierre et Jean-Louis

À treize ans, on est presque adulte !

Je suis heureux de partager ce grand jour avec ma filleule.

Je t'embrasse très fort,

Alex

Tu es peut-être une ado, mais tu es toujours aussi moche,

Toby

De : Kevin
À : Rosie
Objet : visite secrète !

Je n'arrive pas à t'avoir au téléphone, alors je t'envoie un mail puisque tu sembles passer tes journées à jouer avec ton ordinateur.

Je regrette de n'avoir pas pu assister à l'anniversaire de Katie, mais au boulot, c'est la folie totale. Le golf est inauguré cette semaine et les plus grands golfeurs du monde ont débarqué avec toute leur smala. Je n'ai pas une minute à moi, heureusement que ce sera terminé ce week-end. Résultat, j'ai encore manqué une obligation familiale.

Mais ce n'est pas la raison de ce mail. Tu m'as caché que tu passerais le week-end ici, dans la suite nuptiale ! (et ne me demande pas comment j'ai vérifié les réservations, ce ne sont pas tes oignons).

Ce brave vieux Greg se met à jeter l'argent par les fenêtres ? En tout cas, je suis content que tu viennes enfin me voir. Je ferai en sorte que le personnel te traite comme une reine, j'ordonnerai même aux commis, en cuisine, de ne pas cracher dans ta nourriture.

De : Rosie
À : Kevin
Objet : re : visite secrète !

Désolée, frérot, mais il doit s'agir d'une autre Rosie Dunne. Dommage, j'aimerais bien que ce soit moi !

De : Kevin
À : Rosie
Objet : re : re : visite secrète !

Il n'y a qu'une Rosie Dunne ! Mais la réservation est au nom de Greg. Merde… j'espère ne pas avoir gâché une surprise. Oublie tout ça. Excuse-moi.

De : Rosie
À : Kevin
Objet : réservation

Ce n'est pas grave. La réservation est pour quel jour ?

De : Kevin
À : Rosie
Objet : Re : réservation

Du vendredi au lundi. Ne lui dis pas que je t'en ai parlé. J'aurais dû réfléchir et, de toute façon, je n'avais pas à contrôler les réservations. N'empêche que Greg est bête, il ne sait pas que je travaille ici ?

De : Rosie
À : Kevin
Objet : re : re : réservation

Pour qu'il le sache, encore faudrait-il que vous vous parliez de temps à autre. Ne t'inquiète pas. Greg passe la semaine aux États-Unis, par conséquent je n'aurai pas de mal à jouer les innocentes. J'ai intérêt à m'acheter quelques vêtements, ton hôtel est très chic !

De : Kevin
À : Rosie
Objet : à bientôt

Bon shopping et à ce week-end. Je ferai semblant d'être stupéfait.

Ruby : je t'avoue que je suis étonnée. Un tel romantisme, de la part de Greg !

Rosie : oui, je suis surexcitée. Je rêve de séjourner dans cet hôtel depuis des années. Les petits flacons de shampoing et les charlottes pour la douche doivent être adorables.

Ruby : tu pourrais ouvrir une boutique avec tout ce que tu as volé dans les hôtels.

Rosie : ce n'est pas du vol. Ces babioles ne sont pas là pour qu'on les regarde. Mais je t'accorde qu'en ce qui concerne les séchoirs à cheveux, on est désormais moins généreux.

Ruby : heureusement que tu n'es pas assez costaude pour sortir les lits des chambres.

Rosie : on me verrait à la réception. Quoique les draps que j'ai chipés, dans le dernier hôtel où j'ai dormi, sont de loin mes préférés.

Ruby : tu as vraiment un problème. Alors, quand vas-tu te vautrer dans le luxe ?

Rosie : vendredi. Ma carte de crédit n'a pas chômé, j'ai acheté quelques toilettes pour le week-end. Je suis si contente qu'il ait pris cette initiative. Les choses vont tellement mieux entre Greg et moi, il me semble que nous sommes de nouveau en lune de miel. Je suis heureuse.

De : Rosie
À : Greg
Objet : quand reviens-tu ?

Nous sommes vendredi, tu dois être dans l'avion et tu as coupé ton portable. Tu peux peut-être répondre à ce mail, là-haut dans les nuages ?

De : Greg
À : Rosie
Objet : re : quand reviens-tu ?

Hello, mon amour. Je suis sûr de t'avoir prévenue que je resterais aux États-Unis jusqu'à lundi. Je serai à la maison dans la soirée. Je t'appellerai de l'aéroport pour que tu viennes me chercher. Comment va Katie, après sa première boom d'adolescente ? Il me semble qu'elle aurait pu me remercier pour le cadeau.

De : Rosie
À : Kevin
Objet : ce week-end ?

Tu ne te serais pas trompé, la réservation est bien pour ce week-end ?

De : Kevin
À : Rosie
Objet : Re : ce week-end ?

Mais non, je ne me suis pas trompé. D'ailleurs, Greg est arrivé dans la matinée. Tu n'es pas avec lui ?

30

De : Rosie
À : Alex
Objet : Machin

Machin est parti. Pour de bon.

De : Alex
À : Rosie
Objet : re : Machin

Je réserve des billets d'avion pour Katie et toi. Venez immédiatement. Je te donne les détails d'ici une heure.

De : Rosie
À : Alex
Objet : s'il te plaît

Laisse-moi un peu de temps avant de réserver ces billets. J'ai certaines choses à régler avant mon départ. Une fois que je serai à Boston, je ne reviendrai jamais ici. S'il te plaît, attends-moi.

Je ne serai pas libre pour le dîner de ce soir, et crois bien que j'en suis profondément navré. Pardonne-moi de te l'annoncer dans une lettre, cependant cela me paraît la meilleure façon de le faire. Tu es une femme merveilleuse, intelligente, mais mon cœur appartient à une autre depuis de très longues années. J'espère que nous garderons au moins une relation amicale.

Alex

31

Cher Bill Lake,

C'est avec un profond regret que je vous présente ma démission. J'assumerai mes fonctions au Two Lakes Hotel durant les quinze prochains jours, ainsi que mon contrat me l'impose.

Sur un plan plus personnel, je tiens à vous remercier de m'avoir permis de travailler à vos côtés pendant cinq belles années. Ce fut un plaisir et un honneur pour moi.

Respectueusement,

Rosie Dunne

De : Toby
À : Katie
Objet : catastrophe !

Tu ne PEUX pas partir ! C'est épouvantable ! Demande à ta mère si elle est d'accord pour que tu restes chez moi. J'en parlerai à mes parents, ils diront oui. Il n'est pas question que tu t'en ailles.

Et le collège ?

Et l'équipe de basket ?

Et ton avenir de DJ ?

Et tes grands-parents ? Tu ne peux pas les quitter, ils sont vieux.

Et moi ?

De : Katie
À : Toby
Objet : re : catastrophe !

Pas moyen de la faire changer d'avis. Je n'arrête pas de pleurer. C'est la pire chose qui me soit arrivée de toute ma vie. Je ne veux pas aller à Boston. Qu'est-ce qu'il y a de si bien à Boston ? Je ne veux pas avoir de nouveaux amis. Je veux que tout reste comme maintenant.

Je déteste Greg. Tu sais qu'il n'est même pas venu à la maison, tellement il a peur de ma mère. Quand elle est en colère comme ça, elle est effrayante. Même moi, quelquefois, j'ai peur de lui parler. Elle l'insulte au téléphone comme une dingue. Pas étonnant qu'il ne mette pas les pieds ici. Elle a dit que, si elle le voyait, elle lui couperait son machin. J'aimerais qu'il se pointe, rien que pour ça.

Si on doit s'en aller, c'est à cause de lui. Maman est dans tous ses états à cause de lui. Je le déteste, je le hais.

Au moins, à Boston, il y a Alex et Josh. C'est toujours ça. Je crois qu'on habitera chez eux un certain temps. On va vraiment partir, Toby. Elle a dit à Greg qu'elle ne supportait pas d'être dans le même pays que lui. Remarque, je comprends ce qu'elle ressent. Je la plains, mais je n'ai pas du tout envie de m'en aller. C'est trop injuste.

Mes grands-parents essaient de la convaincre de rester ici. Ce soir on dort chez eux, être à la maison donne des boutons à maman. Chaque fois qu'elle touche quelque chose qui appartient à Greg, elle a des frissons et elle se lave les mains. Cette nuit, je l'ai entendue vomir, je me suis levée pour lui préparer une tasse de thé. Elle a dormi avec moi. Mon lit est petit, j'étais coincée contre le mur, mais ça m'a pas trop dérangée. Elle me serrait comme si j'étais un nounours.

Elle a commencé à faire ses bagages. Après, elle m'aidera pour les miens. Elle me répète qu'elle est désolée de devoir m'emmener à Boston, et je la crois. Je ne lui en veux pas, elle est trop triste. Tout ça, c'est la faute de Greg.

Tu pourras venir souvent, elle me l'a dit. Promets-moi que tu viendras. Même si tu m'agaces, tu es mon meilleur ami et tu me manqueras. Même si tu es un garçon.

On s'écrira tous les jours. Ma mère et Alex faisaient ça quand ils étaient plus jeunes et qu'il a dû s'en aller.

Bises,

Katie

Vous avez un message de : RUBY

Ruby : alors ça y est, tu pars dans deux semaines. Tu as pris la bonne décision.

Rosie : tu es apparemment la seule à le penser.

Ruby : je suis la seule à savoir ce que tu éprouves pour lui.

Rosie : je ne suis pas d'humeur à me lancer tout de suite dans une autre histoire. Je n'en ai pas l'énergie. Il me semble qu'on m'a arraché le cœur et qu'on l'a piétiné. Pour l'instant, je hais les hommes.

Ruby : y compris Alex ?

Rosie : y compris Alex, mon père, et mon frère qui m'a révélé le pot aux roses.

Ruby : il valait quand même mieux que tu saches.

Rosie : oui, et je ne reproche rien à Kevin. Il ne se doutait pas que Greg batifolait. À nouveau. Espèce de menteur, de... oh, j'aimerais l'étriper. Je n'ai jamais été dans une colère pareille. La première fois, j'étais blessée, maintenant je suis simplement furibonde. J'ai hâte de quitter ce pays. Heureusement que Kevin m'a avertie, au moins je ne serai plus la cocue de service.

Ruby : il paraît que Kevin a eu des ennuis, dans son boulot ? Parce qu'il avait vérifié les réservations ?

Rosie : non, parce qu'il a déboulé dans la salle à manger et qu'il a flanqué son poing dans la figure de Greg, devant sa petite copine et les clients de l'hôtel.

Ruby : j'espère qu'il lui a cassé le nez.

Rosie : oui, d'où ses problèmes.

Ruby : et maintenant, avec qui j'irai aux cours de salsa ?

Rosie : je suis sûre que notre drag-queen sera ravie d'être ton cavalier.

Ruby : j'ai enfin la possibilité de danser avec un homme, et voilà qu'il porte des bas résille. Tu vas tellement me manquer, Rosie Dunne. Une amie comme toi, ça ne se trouve pas à tous les coins de rue.

Rosie : toi aussi, tu me manqueras terriblement. Mais, si Greg m'a fait du mal, il me donne l'opportunité de tout recommencer. Je serai délivrée de lui, et ça me rend plus forte.

Greg,

Je pars la semaine prochaine. N'essaie pas de me joindre, ni de me voir, je n'ai plus rien à faire avec toi. Tu m'as trahie quand, après tant d'efforts, j'étais de nouveau amoureuse. Cela n'arrivera plus jamais. Tu as tout détruit, pourtant je t'en remercie. Merci de m'avoir fait comprendre quel individu j'avais épousé et de m'avoir rendu ma liberté.

Katie décidera seule si elle souhaite ou non continuer à te voir. Tu devras accepter sa décision.

Alex : tu avais raison, Phil. Elle vient me rejoindre. Il fallait simplement que je me mette sur la touche et que je la laisse aller à son rythme.

Phil : je suis de bon conseil, n'est-ce pas ? Alors elle t'a dit qu'elle t'aimait, qu'elle n'aurait jamais dû épouser cet abruti et qu'elle veut être auprès de toi, comme dans un film ?

Alex : non.

Phil : mais toi, tu lui as avoué tes sentiments ?

Alex : non plus.

Phil : dans ce cas, pourquoi vient-elle ?

Alex : elle a juste dit qu'elle avait besoin de quitter Dublin, de changer de décor et d'être avec un ami.

Phil : ah... Donc tu n'as aucune idée de ce qu'elle éprouve pour toi ?

Alex : non. Elle sort à peine d'une séparation. Quand elle sera là, nous aurons tout le temps de parler de notre avenir.

Phil : si tu le dis, mon vieux.

De : Alex
À : Rosie
Objet : Katie et toi.

Je suis vraiment content que vous arriviez bientôt. Josh est si excité qu'il en grimpe aux rideaux. Il adore Katie, il est ravi que vous habitiez chez nous un certain temps. Un ami d'un ami possède un hôtel, et il cherche un manager. Tu es plus que qualifiée pour ce poste.

Je t'aiderai à traverser tout ça, Rosie. N'oublie pas que je suis passé par là. Je sais ce qu'est une séparation, un divorce. Je suis là pour toi. Il y a quatorze ans, tu devais t'installer à Boston, alors... mieux vaut tard que jamais. À la semaine prochaine.

Bonne chance, Rosie !

Tout le personnel des Two Lakes te regrettera.

Bill, Bob, Tania, Steven, Geoffrey, Fiona, Tabitha, Henry et Grace.

Snif, snif

Tu me manques déjà, Rosie Dunne. Bonne chance pour ta nouvelle vie. Envoie-moi un mail de temps en temps.

Avec toute mon affection,
Ruby

Chères Rosie et Katie,

Nous regrettons tant que tu aies décidé de partir, et que tu aies de bonnes raisons pour ça. Toutes les deux, vous nous manquerez infiniment, mais nous vous souhaitons de trouver enfin le bonheur. Plus de larmes pour nos deux grandes filles, que la vie vous soit clémente.

Tendrement,

Maman et papa

Bonne chance, je croise les doigts pour toi et Katie. Nous serons toujours là si tu as besoin de nous.

Stephanie, Pierre et Jean-Louis

Dommage que tu t'en ailles. Bonne chance,

Kev

J'espère que tout ira bien dans ta nouvelle maison. Tu me manqueras,

Toby

Chère maman, cher papa,

Rassurez-vous, je ne disparais pas pour toujours. Nous ne sommes qu'à quelques heures d'avion, vous viendrez nous voir. Katie et moi, nous vous aimons de tout notre cœur. Merci de nous avoir toujours soutenues. Aujourd'hui, il nous faut trouver seules notre voie dans l'existence.

Nous vous embrassons tendrement,

Rosie et Katie

32

Chère Rosie,

Avant que tu déchires cette lettre, je te supplie de m'accorder une chance de m'expliquer. En premier lieu, je te présente mes plus sincères excuses pour toutes ces années perdues. Je n'ai pas été à tes côtés, je ne t'ai pas apporté l'aide que tu méritais. Je ne suis pas fier de moi, je regrette de m'être conduit de cette façon, d'avoir choisi de vivre ma vie. Je sais que je ne peux pas changer ça ni réparer les torts que j'ai envers vous deux.

Mais, s'il te plaît, donne-moi au moins une possibilité de construire un avenir meilleur. Je comprends que tu te sentes trahie, meurtrie, et que tu me haïsses. Cependant tu n'es pas seule en cause. Quand je regarde en arrière, je me demande ce que j'ai fait de tout ce temps. Pas grand-chose dont je puisse m'enorgueillir. Je n'ai pas vraiment réussi, je n'ai pas gagné des millions. Je n'ai qu'une fierté : ma petite fille.

Car j'ai une petite fille, qui n'est d'ailleurs plus si petite.

J'ai honte de l'avoir traitée de cette manière. Il y a quelques semaines, le matin de mon trente-deuxième anniversaire, j'ai brusquement pris conscience de tout ce qui me manquait depuis longtemps. J'ai réalisé que j'avais une enfant, une adolescente dont je ne savais rien, et qui ne sait rien de moi. J'aimerais pouvoir la connaître. On m'a dit qu'elle s'appelle Katie. C'est un joli nom. Est-ce qu'elle me ressemble un peu ?

Je ne le mérite peut-être pas, mais si toi et Katie acceptiez de me faire une place dans votre vie, vous ne le regretterez pas. Katie rencontrera son père, moi je verrai ma fille. C'est mon rêve, permets-moi de le réaliser.

Fais-moi signe, Rosie, je t'en prie. Donne-moi une chance de réparer les erreurs du passé et de bâtir un nouvel avenir pour Katie et moi.

Sincèrement,

Brian

Rosie : non, non et non !

Ruby : je comprends, mon chou. Mais essaie d'envisager les choses sous un autre angle.

Rosie : un autre angle ? Il n'y en a pas d'autre ! Il faut que je parte. Rester ici n'est pas envisageable.

Ruby : calme-toi, tu es dans tous tes états.

Rosie : absolument ! Comment je peux me remettre d'aplomb alors que tout le monde me flanque des bâtons dans les roues ? C'est à mon tour de vivre ! J'en ai marre, Ruby, j'en ai ras-le-bol. Je m'en vais. Qui est ce type ? Qu'est-ce qu'il a été pendant ces treize ans ? Où avait-il disparu pendant les années les plus importantes de la vie de Katie – et de la mienne, par la même occasion ?

Qui l'a nourrie, qui l'a promenée des nuits entières en lui chantant des berceuses pour qu'elle arrête de hurler ? Qui lui a changé ses couches, mouché le nez et lavé ses vêtements tous les jours ? Qui, à trente-deux ans, a des cheveux blancs, des vergetures et les seins qui tombent ? Qui a assisté aux réunions des parents d'élèves, qui l'a amenée et est allée la chercher à l'école, qui a préparé les repas, payé le loyer, travaillé, fait le ménage ? Qui a écouté, séché les larmes, expliqué les choux et les roses, et pourquoi papa n'était pas là comme les autres papas ? Qui s'est rongé les sangs quand elle était malade ? Qui a renoncé à ses études universitaires, qui a passé ses week-ends à la maison pour s'occuper d'elle ? Moi ! Où il était, ce salaud ?

Et voilà qu'au bout de treize ans, il a le culot de débarquer, quand le plus dur est fait, juste après que mon mari m'a trompée, que je vais divorcer. Au moment où j'ai enfin décidé de m'installer à Boston, là où j'aurais dû être si cet enfoiré n'avait pas bousillé mes projets, mon avenir, et quitté le pays la queue entre les jambes.

Qu'il aille se faire foutre. Cette fois, je pense à moi, Rosie Dunne, et à personne d'autre.

Ruby : Katie est également concernée, Rosie. Elle doit savoir qu'il souhaite la voir. Ne lui fais pas payer les erreurs que tu as commises.

Rosie : mais si je lui en parle, elle voudra le rencontrer. Elle sera folle de joie, et il l'abandonnera de nouveau, il lui brisera le cœur. Et qui soignera les plaies ? Moi. Ce sera à moi de consoler ma fille. Il faudra que je sourie, que je dise : « Ne t'affole pas, ma chérie, tous les hommes ne sont pas des fumiers – tu as seulement eu la malchance de ne connaître que ceux-là. »

Ruby : ça pourrait aussi très bien se passer. Il a peut-être vraiment changé. On ne sait pas.

Rosie : justement, *on n'en sait rien*. Et tu oublies une chose : comment aura-t-elle la possibilité d'avoir une relation avec son père si nous sommes de l'autre côté de l'océan ? Parce que je refuse de rester ici, Ruby. Je veux partir, en finir avec ce gâchis qu'est mon existence.

Ruby : ce n'est pas un gâchis. La vie n'est pas un lit de roses, pour qui que ce soit. Tu n'es pas la victime d'une malédiction qui te serait exclusivement réservée. Tu as cette impression-là, certes, mais beaucoup de gens l'ont aussi. On doit tirer le maximum de ce qu'on a, et tu as la chance d'avoir une fille ravissante, en bonne santé, intelligente, drôle, et qui t'adore. Surtout n'oublie pas ça. Si Katie veut connaître Brian, il vaudrait mieux que tu le lui permettes. Tu peux toujours déménager, ça ne l'empêchera pas de venir vous voir – ou si tu estimes que c'est une raison suffisante pour rester ici, tu aviseras.

Rosie : Katie va s'incruster. Le mois dernier, il me semblait être au paradis. Tout a basculé en un instant.

Ruby : c'est ça, le paradis. Il n'y a rien de tel pour attirer le serpent.

Chère Stephanie,

Tu es enceinte, félicitations ! Je suis heureuse pour toi et Pierre, ce deuxième bébé sera une source de joie, comme Jean-Louis. Je suppose que maman t'a appris la nouvelle. Elle est enchantée que j'aie renoncé à partir pour l'Amérique. Alex, en revanche, m'a traitée de tous les noms d'oiseau. Il considère que je capitule, une fois de plus, que je me laisse piétiner par tout le monde. Il est furieux, il ne me parle plus. Je me suis peut-être laissé piétiner dans le passé, mais pas cette fois. Katie est ma priorité absolue, ma raison de vivre.

Ces derniers temps, elle a enduré beaucoup trop de stress. À son âge, elle devrait avoir pour seuls soucis les boutons d'acné, les soutiens-gorge et les garçons – pas des histoires d'adultère, le départ pour un autre continent et la réapparition inattendue de son père. Elle n'a pas demandé à naître, par conséquent le moins que je puisse faire est de poursuivre le bon travail que j'ai accompli avec elle. Elle ne se drogue pas, elle est polie, elle travaille bien à l'école et elle n'a pas encore gâché sa vie.

Je ne serais pas surprise qu'Alex déboule d'une minute à l'autre. Je suis sûre qu'il a sauté dans le premier avion pour assommer Brian. Normal, il est mon meilleur ami. Quand je pense à ce que j'aurais pu vivre à Boston, je fonds en larmes. Ici, je suis dans une impasse. Je n'ai plus de travail, plus de toit, je suis de nouveau chez papa et maman. Tout dans cette maison me ramène à une époque abominable – les années avec Katie, qui ont été si pénibles. Les odeurs, les bruits, le papier peint, les chambres, tout me rappelle les nuits sans sommeil, les réveils à l'aube, l'angoisse.

Je déploie des efforts surhumains pour m'adapter à la situation, pour comprendre. Quand je suis entrée à l'école primaire, il me semblait que ceux qui entraient au collège étaient des puits de science. À douze ans, je trouvais que les élèves de terminale savaient tout. À dix-huit ans, je croyais qu'après l'université j'accéderai enfin à la maturité. À vingt-cinq ans, je n'avais toujours pas commencé mes études supérieures, j'étais toujours ignorante et j'avais une fille de sept ans. Mais j'étais convaincue qu'à la trentaine j'y verrais enfin plus clair.

Eh bien, non.

Je me dis maintenant qu'à cinquante, soixante, quatre-vingts ans, je n'en saurai pas davantage. Il y a bien longtemps que je réfléchis et je crois que personne, pas même le bon Dieu sur son trône, là-haut, ne comprend à quoi ça rime, tout ça.

Rosie

De : Stephanie
À : Rosie
Objet : la vie

Tu es sur le chemin de la sagesse, l'âge t'a enseigné au moins une chose : personne, effectivement, ne sait à quoi ça rime.

Salut,

Pardon pour mon petit mot ridicule de la semaine dernière. J'ai disjoncté, je suis cinglé (ce n'est pas une nouveauté). Mais tu seras contente d'apprendre (du moins je l'espère) que j'ai retrouvé le nord. Je veux que nous prenions un nouveau départ. Ne perdons plus de temps, allons à l'essentiel.

Alex

33

Vous avez un message de : RUBY

Ruby : tu es donc encore là ?

Rosie : pitié, pas aujourd'hui, je ne suis pas d'humeur.

Ruby : tu me fatigues, Rosie Dunne. D'abord tu dis que tu t'installes à Cork, ensuite tu changes d'avis, puis tu annonces que tu pars (repars) à Boston, et tu restes. J'attends que tu avoues tes sentiments à Alex, mais tu ne le fais pas. Je ne te suis plus. Gâcher toutes ces chances... tu mériterais qu'on te botte les fesses. Tu es incroyablement frustrante.

Rosie : je suis incroyablement frustrée, figure-toi. Et je ne gâche pas des chances, j'en offre à ma fille.

Ruby : présente ça comme tu veux, le résultat est le même. Comment vas-tu, honnêtement ?

Rosie : bien. Mon cœur a cessé de battre il y a deux semaines, voilà tout.

Ruby : heureusement, tu as dans ta vie un homme capable de le réparer.

Rosie : non, il répare le cœur de ses patients, pas le mien. C'est ainsi et pas autrement.

Ruby : je te souffle une idée, ma belle. Pourquoi tu ne dis pas simplement à Alex ce que tu éprouves pour lui, histoire de mettre de l'ordre dans ta petite tête ? Il saura au moins que, si tu ne pars plus, ce n'est pas que tu te fiches de lui, mais que tu l'aimes, au contraire, plus qu'il ne l'imagine, et que tu restes ici pour Katie. De cette manière, la balle sera dans son camp. Il pourra décider de venir ou non en Irlande.

Rosie : et son travail ? Et Josh ?

Ruby : laisse-le prendre sa décision.

Rosie : c'est impossible. À Boston, j'aurais pu tâter le terrain, voir ce qu'il ressent pour moi et ensuite lui avouer mes sentiments. La semaine dernière, il sortait encore avec une femme – tu imagines ? De quoi j'aurais l'air si je lui disais que je l'aime alors qu'il fréquente quelqu'un ? Ça recommencerait comme avec Sally. Non, c'est trop compliqué et d'ailleurs, en ce moment, l'amour est le cadet de mes soucis. De toute façon, Alex ne me donne pas signe de vie, il est fâché contre moi.

Ruby : donne-lui un peu de temps. Il est déçu.

Rosie : il est déçu ? Et moi je suis extatique, peut-être ? Je ne cherche pas à me faire plaindre mais

Ruby : si.

Rosie : pardon ?

Ruby : tu cherches à te faire plaindre.

Rosie : admettons. Certaines personnes seraient aimables de prendre conscience que mon mari m'a trompée, que mon mariage a fait naufrage, que je suis toujours à des milliers de kilomètres d'Alex et que je ne saurai jamais ce que j'éprouve vraiment pour lui, que le père fantôme de mon enfant est de retour en Irlande, et que je suis au chômage ! Un sourire gentil, une tape dans le dos, un bras autour de mes épaules… oui, ce serait agréable. Quelques mois dans mon lit, roulée en boule sous mes couvertures, en pyjama et sans voir la lumière du jour, ce serait le paradis. Malheureusement, je ne peux pas m'offrir ça car j'ai une fille qui se pâme sous prétexte que son père, qu'elle n'a jamais rencontré, revient dans sa vie. Il faut donc que je m'oublie et que je sois forte pour elle. Mais, en effet, un peu de compassion me réconforterait.

Ruby : respire, Rosie.

Rosie : non, voilà justement la cause de mes problèmes. Si je ne respirais plus, tout irait bien.

Ruby : ne parle pas comme ça.

Rosie : rassure-toi, je n'ai pas le temps de me suicider, je suis trop occupée à me tricoter une dépression nerveuse.

Ruby : tant mieux. Pour changer de sujet, comment se sont passées tes retrouvailles avec Brian ?

Rosie : bien. Je lui ai téléphoné, il a sauté illico dans un avion. Il paraît prendre son nouveau rôle de père au sérieux. Depuis treize ans, il vit à Ibiza où il possède un night-club. Il s'emploie à procurer aux jeunes Irlandais en goguette de mémorables souvenirs de cuite.

Ruby : il est superbe et bronzé de partout ?

Rosie : associer les qualificatifs « superbe et bronzé » au Pleunicheur ne m'effleurerait pas l'esprit. Il est comme avant, avec moins de cheveux et plus de ventre.

Ruby : quel effet ça t'a fait de le revoir ?

Rosie : j'ai été forcée de rassembler toute ma volonté pour ne pas le mettre KO. Katie était si anxieuse qu'elle tremblait de la tête aux pieds et se cramponnait à moi comme à une bouée de sauvetage. Tu imagines… quelqu'un qui s'appuie sur moi ? Nous avions rendez-vous au salon de thé du centre commercial de Jervis Street. J'en étais malade à l'idée que j'allais devoir me montrer polie envers le petit salaud qui m'a fait tant de mal autrefois. Pourtant il fallait que je l'aide, *lui*, que je mette ma rancœur de côté pour aider ces deux êtres, ma fille et son père, à nouer des liens.

Ruby : tu as bien agi, Rosie. Je conçois que ça n'ait pas été facile, et les voir se rapprocher sera sans doute pénible pour toi, du moins pendant un certain temps.

Rosie : je sais. Je me mords la langue pour ne pas cracher à Katie, quand elle me parle de lui, quel genre de héros est son père.

Ruby : comment a-t-il été avec elle ?

Rosie : il était encore plus nerveux que Katie, du coup j'ai dû alimenter la conversation. Remarque, être la plus solide des trois m'a prouvé que ma décision de ne pas partir pour Boston était la bonne. Katie avait besoin de moi. Tous les deux, ils avaient besoin de moi. Il voulait tout savoir d'elle, et j'ai eu du plaisir à lui raconter quelques anecdotes. Bizarrement, ça m'a remonté le moral, j'ai mesuré combien j'avais eu de la chance de vivre seule avec ma fille. Si Brian a largement gâché mon existence, il m'a aussi permis de comprendre ça.

Mais le moment n'est pas vraiment bien choisi pour retrouver un ex. Dans ce genre de situation, on préférerait avoir parcouru beaucoup de chemin, avoir réussi, nager en plein bonheur, pouvoir dire : « Tralalère, regarde tout ce que j'ai fait depuis que tu m'as plaquée. » Être chômeuse, séparée de son mari et habiter chez ses parents… il n'y a pas de quoi se vanter.

Ruby : ce n'est pas l'essentiel, Rosie. Tu devrais te féliciter qu'il ait mis un peu de plomb dans la tête. Il compte rester longtemps ?

Rosie : quelques semaines, ensuite il retournera à Ibiza. C'est pendant les mois d'été qu'il fait son beurre. Ensuite, il reviendra régulièrement voir Katie. Et comme il veut passer l'hiver à Dublin, il engagera quelqu'un pour diriger le club. Avoir Brian dans les parages ne m'enchante pas, mais Katie est contente, donc je n'en demande pas davantage.

Ruby : et pour ton travail, tu as des pistes ?

Rosie : j'allais fouiner sur Internet quand j'ai eu ton message.

Ruby : alors, je te laisse tranquille. Au fait, j'emmène Gary aux cours de salsa. La semaine dernière, notre drag-queen a eu un accident sur ses plateformes de trente centimètres de haut. On a entendu un « crac » épouvantable. Je me retourne, elle était étalée sur le dos, et sa perruque avait volé à l'autre bout de la salle.

Rosie : vous l'avez emmenée à l'hôpital ?

Ruby : non, elle s'est seulement cassé un talon. Mais comme ce sont soi-disant ses seules chaussures de danse, elle ne reviendra pas avant qu'on les lui remplace. Or on ne les trouve que dans une seule boutique new-yorkaise qui, pour l'instant, ne les a pas en stock. Conclusion, je n'ai plus de partenaire et je ne te demande même pas de voler à ma rescousse : je sais d'avance que tu diras non.

Rosie : exact. Mais comment t'es-tu débrouillée pour convaincre Gary de t'accompagner ? Tu l'as menacé de mort ou quoi ?

Ruby : absolument.

Rosie : j'espère qu'il s'amusera.

Ruby : tu rigoles ? Il va détester et m'insulter pendant des semaines – tant mieux, au moins il me parlera. J'ai l'intention de lui acheter un collant de danse pendant ma pause déjeuner. Ce n'est pas obligatoire, mais je veux voir sa mine quand je sortirai ça de mon sac.

Rosie : tu es diabolique.

Ruby : merci. Toi, de ton côté, dépêche-toi de trouver du boulot. Dans un hôtel. J'exige que, professionnellement, tu réussisses de façon foudroyante. Tu m'entends ?

Rosie : je te reçois cinq sur cinq.

Cher Alex,

Quand cesseras-tu de m'infliger cette punition du silence ? Je ne peux pas agir en fonction de mes seuls désirs, essaie de comprendre. Je dois penser à Katie, or avoir des liens avec Brian est capital pour elle. Tu es bien placé pour savoir ce que représente un enfant. Brian a finalement réalisé qu'il voulait jouer son rôle dans la vie de Katie. Mieux vaut tard que jamais, comme tu dis toujours.

Je t'ai demandé pardon par le biais de ton répondeur, et maintenant je t'écris pour te remercier d'être un ami fidèle depuis tant d'années. Merci d'avoir tout organisé pour moi, au moment où je n'avais plus les idées claires. Mon univers était complètement chamboulé, tout ce sur quoi je m'appuyais s'effondrait. Tu désapprouves ma décision, mais ne laissons pas ce désaccord entamer notre amitié.

Un jour peut-être pourrons-nous être réunis comme nous le souhaitions quand nous avions sept ans. Avoir un ami tel que toi, Alex, est une chance. Tu es ma boussole, tu m'indiques chaque fois le chemin. Je ne sais pas si notre promesse d'autrefois – être éternellement ensemble – était illusoire, cependant nous sommes restés proches, malgré l'océan qui nous sépare, pendant plus de vingt ans. C'est une espèce d'exploit.

Cette semaine, j'ai cherché du travail. Mon objectif était de trouver une place dans un hôtel (quelle surprise !), mais il semble qu'avec le début de l'été les étudiants aient tout raflé. Ils acceptent un salaire ridicule qui ne me permettrait pas de me remettre sur les rails. J'attends des nouvelles de la municipalité pour un logement, mais je suis déjà passée par là et la liste d'attente est longue.

Malheureusement, mon poste au Two Lakes Hotel a été pourvu. Brian m'a proposé de me verser une pension pour Katie, mais je refuse. Je me débrouillais sans lui, je n'ai pas besoin de son aide maintenant. Qu'il donne de l'argent de poche à Katie si ça lui chante, moi je ne lui ai jamais rien demandé et j'ai l'intention de continuer.

Machin a disparu de la circulation. Cet homme a peur de son ombre, et je le terrorise. J'ai lancé la procédure de divorce la semaine dernière, je veux qu'il sorte définitivement de mon existence. Quand le divorce sera prononcé, je danserai la gigue.

Sais-tu que Stephanie est enceinte ? Le bébé naîtra en novembre, toute la famille est aux anges. Mes parents vont bien, ils demandent des nouvelles de Josh et toi, et ils savourent leur retraite. Ils envisagent même de vendre leur maison pour s'installer plus au sud où la vie est moins chère, ce qui leur permettrait de voyager. Ça me paraît une excellente idée. La maison est à présent trop grande pour eux (sauf quand je viens m'y réfugier), et plus rien ne les retient en ville. Du coup, je dois me dépêcher de décrocher un job pour pouvoir décamper avec Katie. Ils ne me bousculent pas, mais ils souhaitent vendre cet été. Je serai donc la dernière de la tribu à Dublin, je vais sans doute me sentir un peu seule. Kevin est à Kilkenny, Steph en France, mes parents voyageront. Il n'y aura plus que moi et Katie. Sans oublier Brian le Pleurnicheur.

Mon amie Ruby a décidé de traîner son fils Gary aux cours de salsa. Tu l'as rencontré, ce n'est pas le garçon le plus expansif de la création. Je me dis que ce serait bien, pour Katie et moi, d'avoir une activité commune. Quand il y avait Greg, j'étais la maman cool, maintenant c'est Brian le papa cool qui possède un night-club à la mode, et moi la mère barbante qui l'oblige à ranger sa chambre. Naturellement, le night-club paternel n'a fait que renforcer le rêve de Katie : devenir DJ. Résultat, elle met la musique de plus en plus fort. Mes parents s'étaient tellement habitués au silence, ces dernières années, que mon pauvre père va disjoncter.

Voilà les nouvelles... Je prends les jours comme ils viennent, l'un après l'autre. Appelle-moi, s'il te plaît. Pour rien au monde je ne voudrais perdre mon meilleur ami. Même si c'est un homme.

Affectueusement,

Rosie

Phil : alors elle ne s'installe pas à Boston à cause de ce type qu'elle n'a pas vu depuis treize ans, qui est revenu et qui veut connaître Katie ?
Alex : oui.
Phil : mais qui vous écrit des scénarios aussi nuls ?

Chère Rosie,

Je te demande pardon. Ces dernières semaines ont été atroces pour toi, j'aurais dû te faire signe. Observer ta vie de loin me frustre quelquefois au plus haut point, néanmoins c'est à toi seule de décider. Je n'étais pas fâché, mais déçu pour toi. Je ne veux que ton bonheur or Machin ne te rendait pas heureuse, je le savais depuis des années. Même si c'est dur pour l'instant, cette rupture est une bénédiction. Je pourrais noircir des pages et des pages à propos de Machin, il vaut mieux changer de sujet.

Si tu as besoin d'un coup de main, financièrement, dis-le-moi. Je parie que tu as sauté cette ligne et que tu râles déjà, mais tant pis, mon offre reste valable. Pour moi, les affaires marchent bien. Grâce à la bouffe et au mode de vie du monde moderne, la chirurgie cardiaque est en plein boom (OK, mon humour laisse à désirer).

À bientôt, Fleur Bleue. Je suis sûr que tu t'en sortiras.

Alex

De : Alex
À : Katie
Objet : hello !

Quelques mots de ton parrain adoré pour savoir comment ça se passe avec ton père et si tu vas bien. Je n'ai pas eu beaucoup de nouvelles de toi, ces temps-ci, je suppose que les choses ont été difficiles. Et ta musique, tu en es où ? Tu veux toujours être DJ ?

De : Katie
À : Alex
Objet : re : hello !

Ça va, merci. Suis pressée, je sors avec papa. Il m'emmène à un concert, il a des invites parce qu'il connaît l'orchestre. Ça craint, maman avait acheté des billets pour elle et moi. Elle a dit qu'on devrait faire plus de trucs ensemble. On se voit tous les jours, pourtant. J'y vais quand même avec papa, il a de meilleures places, et maman ira avec Ruby. Brian est super cool. Il paraît que vous étiez copains à l'école, que tu étais à son 10e anniversaire et qu'il a organisé une fête avant ton départ pour les États-Unis. Mais il m'a dit que maman et toi, vous étiez partis au bout de 10 minutes. C'est pas très sympa.

Maman a ri quand il a raconté ça, mais elle a pas voulu m'expliquer où vous étiez allés, tous les deux. Bon, je l'entends qui arrive. Je te laisse.

Katie : il est cool, non ?
Toby : ouais.
Katie : quand j'aurai fini le lycée, j'irai à Ibiza et je serai DJ dans son club. C'est génial.
Toby : il t'a dit que tu pourrais travailler chez lui ?
Katie : non, mais je vois pas pourquoi il refuserait.
Toby : je sais pas. Comment il s'appelle, ce club ?
Katie : Dyma Nite Club. C'est cool, non ?
Toby : ouais.
Katie : tu pourras venir, si tu veux.
Toby : merci. Ça te plairait, d'habiter à Ibiza ?
Katie : pour commencer ma carrière, oui. D'abord j'apprendrai dans sa boîte, et ensuite je voyagerai et je travaillerai dans des tas de clubs à l'étranger. Faire de la musique pour gagner sa vie, tu imagines ? C'est génial.
Toby : mais il te faudrait des platines, non ?

Katie : papa va m'en offrir. Il a plein d'amis DJ qui ont du matériel super et beaucoup moins cher que dans les magasins. C'est cool, non ?

Toby : ouais. Ça fait bizarre que tu l'appelles papa.

Katie : je sais. Mais devant lui, je le dis pas, ça me fait trop drôle. Sans doute que je m'y habituerai.

Toby : ouais, sans doute. Tu as des nouvelles de Greg ?

Katie : non, pourquoi ?

Toby : n'en parle pas à ta mère, mais mes parents et moi, on a dîné au resto chinois hier soir, et il était là avec une femme. Il était rudement embêté, mais il a voulu être aimable, il m'a fait de grands signes.

Katie : zut... qu'est-ce que tu lui as dit ?

Toby : rien, je l'ai ignoré. Je suis passé à côté de sa table comme si je le voyais pas.

Katie : bravo, ça lui a fait les pieds. Tes parents t'ont grondé ?

Toby : non, ma mère m'a fait un clin d'œil et mon père ne l'a même pas regardé.

Katie : avec qui il était ?

Toby : mon père ?

Katie : non, crétin. Machin.

Toby : une espèce de blonde. N'en parle pas à ta mère. Elle a trouvé du travail ?

Katie : non, mais elle a des rendez-vous tous les jours. Elle est d'une humeur de chien, elle rouspète sans arrêt. D'après mon grand-père, maintenant que j'ai treize ans, je devrais me comporter exactement comme ça.

Toby : tu vas bientôt chez l'orthodontiste ?

Katie : demain, avec mon grand-père, ça s'est de nouveau cassé. Pourquoi ?

Toby : je peux t'accompagner ?

Katie : pourquoi tu veux toujours venir ?

Toby : parce que. Je te parie que, ce matin, tu as mangé des corn-flakes.

Katie : tu es voyant ou quoi ?

Toby : non, tu en as plein ton appareil.
Katie : fiche-moi la paix !
Toby : alors, je peux t'accompagner ?
Katie : les bagues dentaires, chez toi, c'est une obsession.
Toby : non, je trouve ça intéressant.
Katie : à peu près autant que cette interro de géo. Allez, donne-moi la réponse à la question 5. La capitale de l'Australie, c'est Sidney ?
Toby : évidemment.

Chère madame Rosie Dunne,

Nous avons le plaisir de vous annoncer que nous avons retenu votre candidature pour le poste que nous avions à pourvoir. Nous souhaiterions que vous commenciez en août. Faites-nous connaître votre décision dès que possible et contactez Jessica au numéro mentionné ci-dessous.

34

Vous avez un message de : RUBY

Ruby : miracle ! J'aime mon fils, il est parfait, un vrai génie !

Rosie : attends que je vérifie : le soleil s'est levé à l'ouest ?

Ruby : tu serais d'accord si, comme moi, tu venais d'assister à la résurrection de Fred Astaire. Non seulement je suis toute courbaturée, mais éberluée. La musique a démarré, et le numéro de magie a commencé !

Pourtant Ricardo n'a pas été tendre avec Gary, même si c'était son premier jour. Il a dit : « Ruby, on n'est pas chez les débutants, alors Gary doit suivre. » Et, bon Dieu, mon Gary a suivi. Il bouge d'une façon incroyable. Il était tellement gracieux, il tournoyait comme… un soleil. Ricardo a décrété que c'était une star en puissance et, que tous les deux, on formait un couple formidable.

J'étais si contente en rentrant à la maison que j'ai tout raconté à Teddy, sans réfléchir ni remarquer qu'il regardait du foot à la télé avec ses copains routiers. Teddy en est devenu encore plus rouge que d'habitude, il a clamé que les types qui faisaient de la danse étaient tous gays et que je ne devrais pas pousser Gary à devenir efféminé. J'ai riposté que j'essayais simplement de l'aider à sortir de sa coquille. Teddy et ses potes n'ont rien compris. Ils pensent que siffler des cannettes de bière, insulter les joueurs de foot qui loupent un but (alors qu'eux seraient incapables d'en marquer un), se foutre des bonnes femmes un peu grassouillettes qui passent à la télé (alors qu'ils ont tous du bide), me demander toutes les cinq minutes de leur apporter de quoi boire… c'est ça, un homme, un vrai. Espèces d'égoïstes, de flemmards, de

Rosie : du calme, ma grande, tu t'égares. Comment Gary a réagi ?

Ruby : le pauvre était si humilié qu'il est monté en courant dans sa chambre et qu'il a claqué la porte.

Rosie : oh, le pauvre. J'espère que Teddy s'est excusé.

Ruby : tu déraille s ? Bien sûr que non. D'après lui, Gary a eu une réaction de « nana », ce qui prouve qu'il vire de plus en plus « homo ». Mais je me suis consolée en engloutissant six gâteaux divins, enrobés de sucre glace rose. Donc *exit* Fred Astaire et Ginger Rogers, vive Ruby et Gary Minnelli !

Rosie : Minnelli ?

Ruby : j'ai choisi un nom qui fasse plus star. Ricardo a dit qu'il nous entraînerait tous les deux pour la compétition. Si on atteint un bon niveau, on pourrait même voyager dans le monde entier. Pour quelqu'un comme moi, qui considère qu'aller au fond de son jardin est une aventure, un grand voyage… c'est le rêve. Il ne nous reste plus qu'à progresser.

Rosie : c'est formidable, Ruby ! Et que dira notre drag-queen lorsqu'elle découvrira qu'elle a été remplacée ?

Ruby : ça m'inquiète, tu connais les crises de jalousie qu'elle pique quand j'ai le malheur de regarder les autres hommes. Tant pis, j'emmènerai Gary au championnat du monde de Miami. Il faut voir loin, ne pas avoir peur de réussir.

Rosie : toi, tu as de nouveau regardé l'émission d'Oprah.

Ruby : oui, et chaque fois ça me fait le même effet. Peut-être qu'on y passera un jour, Gary et moi, pour raconter comment, par la force de l'esprit, on est partis de rien et on est devenus les millionnaires de la salsa.

Rosie : ne me parle pas d'esprit. Je ne suis plus capable de penser à quoi que ce soit, sauf à la vodka que je me suis envoyée hier soir.

Ruby : je te parlais de foi, idiote... quoi de neuf, sur le front du boulot ?

Rosie : j'ai une proposition, je l'ai reçue hier.

Ruby : enfin ! Celle que tu voulais, ou celle que tu ne voulais pas ?

Rosie : tu me connais depuis des lustres, et tu poses la question ? Ni l'une ni l'autre. Il s'agit d'une place qui ne me tente pas du tout, mais alors pas du tout. Je ne l'accepterais que s'il n'y avait absolument rien de mieux à Dublin, si mes parents vendaient la maison et que je me retrouve à la rue, et si Katie et moi étions affamées.

Chers monsieur et madame Dunne,

Nous vous remercions d'avoir choisi l'agence Hyland & Moore pour vous représenter et vous assurons que nous ferons tout le nécessaire pour que votre maison soit vendue dans les plus brefs délais.

Cordialement,

Thomas Hyland

Vous avez un message de : ROSIE

Rosie : coucou, c'est moi.

Rosie : hello !

Rosie : je sais que tu es là, je vois que tu t'es connecté.

Alex : qui est là ?

Rosie : hilarant. Tant pis pour toi, je vais te raconter la triste histoire de ma misérable petite existence, que ça te chante ou pas. Bon, je me lance.

On m'a proposé une place... que j'ai refusée, car il ne me semblait pas être suffisamment aux abois pour l'accepter. Or je me trompais. Mes parents m'ont annoncé qu'ils mettaient la maison en vente et, avant même que j'aie digéré la nouvelle, les visiteurs ont commencé à débarquer, à inspecter ma chambre, se plaindre de l'aménagement des pièces, ricaner à cause du papier peint, faire la grimace en examinant les moquettes à la loupe, décider quel mur ils allaient abattre, etc. Là-dessus, un couple a accepté de débourser le prix demandé, après une seule visite ! Mes parents ont réfléchi un quart de seconde et voilà... le marché était conclu.

Alex : non !

Rosie : si ! La femme est enceinte de huit mois, ils habitent un tout petit appartement, ils doivent déménager très vite, avant l'accouchement, pour ne pas être obligés de baigner le bébé dans l'évier de la cuisine.

Alex : non !

Rosie : si ! Mes parents sont désolés, mais je ne leur reproche rien : après tout, ils sont libres. Bref, en quelques jours, ils ont vendu, emballé leurs affaires et acheté une autre maison dans le Connemara (de l'autre côté du pays !). Demain, les meubles seront mis aux enchères (à part les petits trucs que j'ai réussi à confisquer). Mes parents ont déjà les billets pour une croisière de deux mois, ils partiront lundi.

Alex : non !

Rosie : si ! Du coup, j'ai dû rappeler les gens qui m'avaient offert le boulot que j'avais refusé – pas très poliment, en plus. Je me suis excusée platement et j'ai essayé de les convaincre qu'en réalité je voulais cet emploi par-dessus tout. Je les ai sentis agacés, ils m'ont dit qu'ils n'avaient pas besoin de moi avant août. Résultat, aujourd'hui Katie est restée avec Brian pendant que j'allais à la chasse aux appartements.

Alex : non !

Rosie : si ! Tout ce qui était disponible était décourageant, trop cher, trop petit ou trop loin de l'école de Katie et de mon boulot. Alors mes parents ont parlé de mes problèmes à leurs acheteurs, ce jeune couple dont le bonheur m'écœure, qui s'apprête à faire son nid et à démolir par la même occasion la maison de mon enfance. Et ils m'ont proposé de m'installer dans le logement qu'ils viennent de quitter et qu'ils comptent louer.

Alex : non !

Rosie : si ! Seulement ils l'avaient déjà loué pour quelques semaines à un groupe d'étudiants, par conséquent il me faudra attendre qu'ils lèvent le camp. Et ils laisseront tout dans un état déplorable, je t'en fiche mon billet.

Alex : non !

Rosie : si ! Mais j'entends d'ici ta question : où vas-tu loger d'ici là, ma pauvre Rosie ? Voyons voir... mes parents sont au Connemara. Kev est à Kilkenny, Steph en France, Ruby n'a pas de chambre pour Katie et moi, et tu es à Boston, ce qui n'est pas extraordinairement pratique. Conclusion : qui est le seul être humain que je connaisse à Dublin pour l'instant (hormis Machin) ? Réponse : Brian le Pleurnicheur.

Alex : non !

Rosie : si ! Hélas. Je t'écris depuis la chambre-débarras de l'appart qu'il loue ici, où je vais rester quelques semaines. Est-il possible que je dégringole plus bas, à ton avis ? Et encore, ce n'est pas le pire. Devine qui est ma nouvelle patronne : Mlle Casey Gros-Pif en personne !

Alex : non !

Rosie : si ! Je suis la secrétaire de la femme que nous détestions quand nous étions petits, celle qui a cherché des poux dans la tête de ma fille et qui est maintenant la directrice de l'école primaire St. Patrick. Pourquoi m'a-t-elle engagée ? Mystère et boule de gomme. Ça dépasse mon entendement, mais jusqu'à ce que je trouve un autre job dans un hôtel, je préfère ne pas me plaindre ni poser de questions. Elle veut peut-être me pourrir encore la vie, à présent que je suis adulte, et continuer jusqu'à ce que je sois vieille. À ce propos, elle était déjà vieille quand j'avais cinq ans, et elle l'est toujours. À croire qu'elle a neuf vies, comme les chats.

Alors, que dis-tu de tout ça ? Tu as un message à transmettre à ton institutrice préférée ?

Rosie : Alex, tu es là ?

Rosie : Alex ?

Alex : en fait, ce n'est pas Alex.

Rosie : de plus en plus drôle. À qui je parle, dans ce cas, et pourquoi j'ai son nom sur mon écran ?

Alex : je suppose que c'est normal, j'utilise son ordinateur personnel.

Rosie : mais… je viens de déballer ma vie privée… qui est en ligne ?

Alex : Bethany.

Rosie : pardon ?

Alex : Bethany Williams, vous vous souvenez de moi ?

Rosie : qu'est-ce que vous fabriquez chez Alex ?

Alex : il ne vous a pas dit ? Je croyais que vous n'aviez pas de secrets l'un pour l'autre. Je lui transmettrai vos petits messages, ils sont pleins d'humour. Bonne chance pour notre nouveau travail, Rosie. Alex vous expliquera tout. Au passage, comme il travaille maintenant avec mon père, il gagne très bien sa vie. Si vous êtes vraiment à court d'argent, il pourrait vous en prêter.

Rosie s'est déconnectée.

35

Bienvenue au forum des Joyeux Divorcés de Dublin. Cinq membres sont connectés.

Fleur Bleue a rejoint le salon.

Divorcée1 : étripez-le !

Fleur Bleue : bonjour, tout le monde.

Primevère : dites donc, Divorcée1, vous ne mâchez pas vos mots !

Timide : vous n'avez peut-être pas tort, mais je ne peux plus « l'étriper », il est parti. Et je n'aurais jamais dû le laisser s'en aller. Tout ça, c'est ma faute.

Fleur Bleue : hello, tout le monde. Est-ce que ça fonctionne ? Vous pouvez lire ce que j'écris ?

Divorcée1 : arrêtez votre cinéma, Timide. J'en ai marre de vous écouter gémir soir après soir. En quoi est-ce votre faute ? Vous l'avez mis de force dans cette voiture pour le conduire à l'hôtel ? Vous lui avez baissé son pantalon et vous l'avez couché sur cette nana ?

Timide : s'il vous plaît, Divorcée1. Assez ! Assez !

Solitaire : laissez-la tranquille. Inutile d'être aussi vulgaire.

Divorcée1 : j'essaie seulement de l'aider à comprendre qu'elle n'est pas responsable.

Fleur Bleue : je ne suis pas sûre que ça marche. Saleté d'ordinateur. Quelqu'un veut bien me répondre ?

Timide : peut-être que, sans le vouloir, je lui ai trop mis la pression pour son travail. Tout est tellement cher, de nos jours, et les enfants en veulent toujours plus.

Ils allaient reprendre l'école, les uniformes et les livres coûtent une fortune. Je lui répétais qu'on avait besoin d'argent, que je n'arrivais pas à joindre les deux bouts, alors peut-être c'est ma faute...

Solitaire : pitié, Timide...

Primevère : j'en ai assez entendu pour la soirée.

Divorcée1 : oubliez-le, ce n'est qu'un salaud, point à la ligne.

Fleur Bleue : manifestement, on se fiche de mon opinion, mais votre mari, dans cet hôtel, ne pensait pas à son travail.

Primevère : bravo ! Bienvenue, Fleur Bleue !

Divorcée1 : vous avez cent fois raison, Fleur Bleue.

Timide : vous en êtes certaine, Fleur Bleue ?

Solitaire : je suis largement d'accord avec les autres, Timide. Bienvenue, Fleur Bleue. Vous avez envie de bavarder ?

Primevère : s'il vous plaît, Solitaire, chaque fois que vous posez cette question à un nouveau venu, il déguerpit. Vous donnez l'impression qu'on discute de cochonneries.

Solitaire : je suis désolée, ce n'est pas intentionnel. Malheureusement, j'ai la fâcheuse habitude de faire fuir les gens.

Primevère : quel est votre profil, Fleur Bleue ?

Fleur Bleue : mon... quoi ?

Divorcée1 : oh, une vierge.

Primevère : votre âge, sexe, etc.

Fleur Bleue : j'ai trente-deux ans, sexe féminin, j'ai une fille de treize ans et je suis une joyeuse divorcée.

Primevère : bravo !

Divorcée1 : félicitations, ma chère. Qu'ils aillent tous se faire pendre !

Timide : qui était responsable de l'échec de votre mariage ? Vous ou lui ?

Primevère : ne faites pas attention à elle, elle est engloutie dans la culpa.

Fleur Bleue : la question ne me dérange pas. Il était fautif à deux cents pour cent.

Divorcée1 : quelle surprise !

Solitaire : au moins vous avez une fille, Fleur Bleue, vous n'êtes pas toute seule. Mon mari – plus exactement, mon ex-mari – m'a quittée avant que nous ayons pu fonder une famille. Il me semble que, si nous avions eu des enfants, j'aurais moins souffert. Je ne me sentirais pas aussi...

Divorcée1 : seule, on sait. Mais, croyez-moi, c'est plus dur avec des enfants. Mes rejetons sont le portrait craché de leur père, quand je les regarde, j'ai envie de les étrangler. Vos gosses ressemblent à votre ex, Timide ?

Timide : oui et non. Certaines personnes le disent, d'autres non. Je ne sais pas trop...

Primevère : ne soyons pas impolies, présentons-nous à Fleur Bleue. J'ai soixante-deux ans, cinq enfants, et mon mari m'a plaquée l'an dernier.

Fleur Bleue : quelle horreur, je suis désolée.

Divorcée1 : ce n'est pas la peine. Il avait une bonne raison de la quitter, elle couchait avec leur jardinier.

Fleur Bleue : ah...

Primevère : on croirait que vous n'avez jamais pensé à faire pareil.

Timide : c'était une femme qui s'occupait de notre jardin.

Primevère : ne jouez pas les innocentes, il n'y a pas que les jardiniers au monde.

Solitaire : je n'aurais jamais trompé mon Tommy. Jamais.

Divorcée1 : salut, Fleur Bleue. Moi, j'ai quarante-neuf ans, quatre enfants et mon ex-mari baisait sa secrétaire. Le salaud.

Fleur Bleue : et vous, Solitaire ?

Solitaire : j'ai vingt-sept ans, je me suis mariée l'année dernière, mais mon Tommy m'a quittée. Il ne supportait pas la vie de couple. Et un jour il m'a laissée… toute seule.

Fleur Bleue : et vous, Timide ?

Timide : j'ai trente-six ans, trois enfants, et je ne suis pas vraiment divorcée au sens strict. Nous vivons toujours ensemble… et vous, Fleur Bleue, pourquoi vous êtes-vous séparée de votre mari ?

Fleur Bleue : il fréquentait d'autres femmes, régulièrement, et je ne m'en doutais pas.

Divorcée1 : le salopard.

Primevère : personnellement, j'ai la conviction que nous sommes tous sur cette terre pour avoir autant de partenaires sexuels que nous le désirons.

Divorcée1 : bouclez-la, espèce de hippy.

Primevère : j'ai le droit d'exprimer mon opinion. Que je sache, je n'ai jamais contesté les vôtres.

Divorcée1 : parce que les miennes sont toujours justes. Revenons à vous, Fleur Bleue. Vous avez gardé la maison ?

Fleur Bleue : non, je me suis dépêchée d'en partir.

Divorcée1 : moi, je me suis fait avoir. Mon ex a eu notre résidence secondaire, et moi la garde des gosses. J'aurais volontiers changé ça contre quelques mois de paix et de repos au soleil.

Solitaire : en ce qui me concerne, j'ai eu la maison, autrement dit j'ai été obligée de rester là toute seule, dans des pièces pleines de souvenirs.

Divorcée1 : lâchez-nous, Solitaire. Aujourd'hui, on croirait un disque rayé.

Solitaire : même si Tommy n'était qu'une bouse de vache, je resterais avec lui. C'est lui que je veux.

Primevère : ne l'écoutez pas, elle a perdu les pédales. La meilleure manière d'oublier un type, c'est de coucher avec un autre.

Timide : je ne suis pas sûre que ce soit la bonne attitude. Pour ma part, je n'ai aucune intention de partager mon lit avec un autre homme que mon mari.

Fleur Bleue : je ne comprends pas bien, Timide. Vous êtes toujours mariée ?

Timide : nous ne sommes pas officiellement divorcés. Il dort dans notre chambre, et moi dans la chambre d'amis.

Primevère : il vous a reléguée dans la chambre d'amis, alors que c'est lui qui vous trompait ? Et vous n'avez pas protesté ?

Timide : j'ai eu tort ? Je ne sais plus quoi penser, tout ça est tellement nouveau pour moi...

Solitaire : même si Tommy et moi ne dormions plus ensemble, je m'en contenterais. Je veux seulement l'avoir près de moi, à la maison.

Divorcée1 : Seigneur Dieu, mon enseignement n'a donc servi à rien, mesdames ? Et vous, Fleur Bleue, où vivez-vous puisque ce minus a gardé la maison ?

Fleur Bleue : ça paraît sans doute bizarre, mais j'habite actuellement chez le père de ma fille.

Timide : ça me semble normal.

Solitaire : quelle jolie histoire d'amour !

Fleur Bleue : non, non ! Ne vous méprenez pas, il n'y a absolument pas d'amour là-dedans. En réalité, je le hais.

Primevère : oh, il y a anguille sous roche...

Fleur Bleue : je le hais vraiment et, si vous le connaissiez, vous le détesteriez aussi.

Divorcée1 : rien de moins sûr. Cette dame a la soixantaine, mais c'est une dévoreuse d'hommes.

Fleur Bleue : elle ne s'attaquerait pas à celui-là, franchement.

Timide : pourquoi avez-vous choisi ce pseudo : Fleur Bleue ?

Fleur Bleue : mon meilleur ami me surnomme comme ça. Quand on avait six ans et qu'on jouait ensemble, j'étais la princesse Fleur Bleue et lui le prince Rayon de Lune.

Divorcée1 : vous vous voyez toujours ?

Fleur Bleue : oui, nous sommes encore très proches.

Divorcée1 : vous avez une relation amicale avec un homme ? Vous avez déjà couché ensemble ?

Fleur Bleue : ça nous est arrivé, mais pas au sens où vous l'entendez.

Divorcée1 : il est gay ?

Fleur Bleue : absolument pas.

Timide : je trouve ça très beau. En ce qui me concerne, j'ai perdu le contact avec mes copains après mon mariage. Leonard ne supportait pas que j'aie des amis.

Solitaire : quand j'ai quitté Belfast pour m'installer à Dublin avec Tommy, je me suis séparée de ma famille et de mes amis. Et maintenant que Tommy est parti, tous mes proches sont dans le nord et moi je suis…

Divorcée1 : toute seule, on a pigé. Fleur Bleue, si votre ami est célibataire, que fait-il, où vit-il et, surtout, ne chercherait-il pas une compagne de quarante-neuf ans, chaude comme la braise et nantie de quatre enfants ? Pour les gamins, il accepte ou il refuse, je m'en fiche.

Fleur Bleue : malheureusement, il n'est pas célibataire.

Primevère : pourquoi ce « malheureusement » ?

Fleur Bleue : parce qu'elle a été son premier amour, quand il avait seize ans, et que c'est une garce. À l'époque je la détestais et ça n'a pas changé. Enfin bref, le destin a voulu qu'il travaille avec le père de cette femme à Boston, et je suppose que ça les a incités à renouer.

Divorcée1 : vous êtes jalouse.

Fleur Bleue : pas du tout.

Divorcée1 : mais si. Je l'entends d'ici.

Fleur Bleue : vous ne m'entendez pas, nous pianotons sur nos claviers.

Primevère : elle le sent et, pour être honnête, moi aussi.

Timide : si vous êtes amis depuis l'âge de six ans, et que vous en avez maintenant trente-deux, si vous avez été mariés chacun de votre côté et qu'actuellement vous n'habitez plus le même pays, s'il n'y a jamais eu de relation amoureuse entre vous… ça n'arrivera jamais.

Primevère : ne soyez pas si pessimiste. Les âmes sœurs finissent toujours par se retrouver.

Solitaire : ça voudrait dire que mon Tommy me reviendra ?

Primevère : non.

Sam a rejoint le salon.

Divorcée1 : hello !

Primevère : bonsoir, Sam !

Solitaire : comment allez-vous, Sam ?

Timide : bonsoir, Sam.

Sam : bonsoir, mesdames !

Divorcée1 : on vous présente Fleur Bleue. Elle a trente-deux ans, une fille de treize ans, et son mari la trompait. Ma chère, Sam a quarante-quatre ans, deux filles et son ex-femme est lesbienne.

Sam : enchanté de vous connaître, Fleur Bleue.

Fleur Bleue : moi de même, Sam.

Timide : quoi de neuf, Sam ? Comment est le moral aujourd'hui ?

Sam : j'ai eu une très mauvaise journée.

Primevère : pitié ! Ce forum est censé accueillir les « Joyeux Divorcés de Dublin », pas les déprimés. Je vais me coucher.

Fleur Bleue : moi aussi, c'est plus raisonnable. J'ai été ravie de papoter avec vous.

Divorcée1 : rendez-vous demain soir, Fleur Bleue, même heure.

Timide : il faut que je couche les enfants.

Solitaire : moi, je crois que je vais regarder le film de notre mariage avant d'aller au lit.

Fleur Bleue a quitté le salon.

Solitaire a quitté le salon.

Timide a quitté le salon.

Primevère a quitté le salon.

Divorcée1 : apparemment, Sam, il n'y a plus que vous et moi. Mettez la musique, j'allume les bougies.

De : Stephanie
À : Rosie
Objet : Mlle Casey !

Je ne peux pas me faire à l'idée que tu vas travailler avec Mlle Casey ! Maman m'a téléphoné pour me l'annoncer, elle riait tellement que je ne comprenais rien à ce qu'elle racontait. Elle se demande ce qui se passera quand papa et elle, en Australie, recevront un courrier de Mlle Casey leur intimant de venir à l'école le lundi matin pour discuter de ton comportement au travail !

Qu'est-ce qui a bien pu te pousser à accepter ce poste ? Aurais-tu perdu la boule ? Personnellement, je n'ai jamais eu de problèmes avec cette femme, mais je sais qu'elle t'a fait devenir chèvre quand tu étais gamine et ensuite quand elle a eu Katie comme élève. Et Alex, qu'en pense-t-il ?

Chère Stephanie,

Évidemment que tu n'as jamais eu de problèmes avec Mlle Casey, tu étais sa chouchoute, tu ne faisais pas de pâtés sur tes cahiers, tu apprenais tes leçons, tu étais polie et ton uniforme était toujours impeccable !

Je suis sans doute cinglée d'accepter cet emploi, mais pour te dire la vérité, c'est le meilleur salaire qu'on m'ait proposé, et de loin. Je travaille du lundi au vendredi de 9 heures à 15 heures 30, c'est vraiment bien, avant je bossais toute la journée et le week-end. L'école est juste à côté du collège de Katie, nous pouvons partir ensemble en bus, et je ne suis qu'à quelques minutes de l'appartement, ce qui me permettra de déjeuner tous les jours chez moi. Ma vie étant passablement compliquée, ces petits avantages m'aideront beaucoup. Je n'ai pas l'intention de rester là des siècles, j'attendrai qu'un job dans l'hôtellerie se libère.

Mais, en réalité, j'ai accepté parce que je n'avais pas le choix. J'ai encore une semaine à passer ici, au purgatoire (chez Brian), ensuite je m'installerai dans le logement que j'ai loué – une vraie poubelle. Il me faudra toutes mes économies pour l'aménager et en faire un foyer pour Katie, qui n'en a déjà eu que trop.

Katie a vécu des choses étranges dans sa vie, mais rien d'aussi bizarre que la cohabitation de son père et sa mère. Ça la fait hurler de rire. Brian et moi ne sommes pas en guerre, simplement nous ne savons rien l'un de l'autre. Nous sommes deux parfaits étrangers qui se sont croisés une fois au cours de leur existence (quelques brèves minutes, crois-moi, dont je me souviens à peine). Comment deux fous de notre acabit ont-ils réussi à engendrer une créature aussi magnifique que Katie ? Lorsqu'elle rentre à la maison après les cours et qu'elle se lance dans ses sketchs habituels – sa manière de raconter sa journée –, je la regarde, je regarde Brian, et je me demande comment lui et moi avons créé cette merveille.

Comme ni lui ni moi ne travaillons, j'essaie de passer le moins de temps possible ici. J'arpente Henry Street pendant des heures, juste pour ne pas être avec lui. Sinon, je m'enferme dans ma chambre ou dans le débarras et j'envoie des mails. Il n'y a entre nous aucune sorte de lien, aucune relation.

Je suis toujours en colère contre lui, mais cette colère a changé de nature. Avant, je lui en voulais de m'avoir abandonnée, obligée à tout assumer. J'ai mis ma vie entre parenthèses, payé pour tout, renoncé à mener une carrière. Maintenant, quand je le vois s'amuser avec Katie, je me dis seulement : quel gâchis ! On lui demandait juste d'être là, avec elle, et elle l'aurait accepté tel qu'il est, comme le font tous les enfants. Aujourd'hui, je lui en veux pour ça. Je suis enfin devenue moins égocentrique.

Une fois de plus, je ne sais pas trop où je vais. Il semble que je sois condamnée, régulièrement, à ramasser les lambeaux de mon existence et à tenter de les raccommoder pour tout recommencer. Malgré tous mes efforts, le bonheur, le succès et la sécurité me sont inaccessibles. Pourtant je ne vise pas la fortune et la félicité éternelle. J'aimerais simplement souffler un peu.

Pour répondre à ta question à propos d'Alex, j'ignore ce qu'il pense de mon nouveau job. Il est trop occupé à sauver des vies plus précieuses que la mienne, et à renouer avec de « vieilles » amies pour me faire signe.

36

Bon voyage !

Vous allez me manquer terriblement. Plus rien ne sera pareil sans vous, mais je vous souhaite des moments merveilleux.

Je vous embrasse très fort,

Rosie

Chère mamie et cher papi,

Amusez-vous bien, envoyez-nous plein de cartes postales.

Gros bisous

Katie (votre petite-fille préférée)

Vous avez un message de : ALEX

Alex : salut.

Rosie : oh, Seigneur, il est toujours vivant. Où avais-tu disparu depuis des semaines ?

Alex : je me cachais.

Rosie : de qui ?

Alex : toi.

Rosie : pourquoi ?

Alex : je sors de nouveau avec Bethany, j'avais peur de te le dire, vu que tu la détestes cordialement. Là-dessus, tu l'as appris par elle, ce qui rend les choses encore pires. Donc voilà, je me terrais.

Rosie : mais pourquoi ?

Alex : je pensais que tu viendrais me trucider.

Rosie : pourquoi ?

Alex : tu estimes qu'elle a la cuisse légère et qu'elle n'est pas bien pour moi.

Rosie : pourquoi ?

Alex : parce que tu es ma meilleure amie, que tu me surprotèges, que tu as toujours détesté mes petites copines (et ma femme), et que j'ai toujours détesté tes petits copains (et ton mari).

Rosie : pourquoi ?

Alex : primo, il était infidèle...

Rosie : pourquoi ?

Alex : c'était un abruti intégral qui ne mesurait pas sa chance. Mais ne parlons plus de lui, il est parti et ne reviendra pas.

Rosie : pourquoi ?

Alex : je lui ai fichu la trouille.

Rosie : pourquoi ?

Alex : je suis ton meilleur ami, je tiens à toi.

Rosie : pourquoi ?

Alex : je n'ai rien de mieux à faire.

Rosie : pourquoi ?

Alex : parce que c'est comme ça. Enfin bref, je suis content de ne plus avoir à me cacher.

Rosie : pourquoi ?

Alex : je t'ai présenté mes excuses.

Rosie : pourquoi ?

Alex : j'en ai marre de ne pas avoir de nouvelles de toi, tu me manques.

Rosie : pourquoi ?

Alex : tu commences à me taper sur les nerfs. Parce que tu es ma meilleure amie. Mais je te préviens : cette fois, je ne tolérerai aucune remarque désagréable sur elle.

Rosie : pourquoi ?

Alex : je l'aime beaucoup, Rosie, elle me rend heureux. J'ai l'impression de me retrouver en pleine adolescence. Songe que si tu n'avais pas pris une cuite monumentale pour ton seizième anniversaire, au point de subir un lavage d'estomac, nous n'aurions pas écopé d'un renvoi temporaire, je n'aurais pas été puni et forcé de trimer pour mon père, et je n'aurais jamais rencontré Bethany au bureau. Donc tout est ta faute, ma chère amie !

Rosie : oh, mon Dieu, mais pourquoi ?

Alex : bon, il faut que je te laisse, j'ai une opération dans quelques heures.

Rosie : pourquoi ?

Alex : figure-toi que je pratique la chirurgie cardiaque et qu'un pauvre homme, un dénommé M. Jackson si tu veux tout savoir, a besoin de mes services.

Rosie : pourquoi ?

Alex : ne t'inquiète pas, M. Jackson s'en sortira.

Rosie : pourquoi ?

Alex : parce que, grâce à un demi-siècle d'études, je suis capable de pratiquer l'intervention chirurgicale dont il a besoin. D'autres questions ? Non ? Bon, alors je te quitte. Je suis très content que nous ayons eu cette discussion et éclairci l'affaire Bethany. Je suis pardonné ?

Rosie : non.

Alex : merci. À bientôt.

Alex s'est déconnecté.

Rosie : merci d'avoir pris des nouvelles de mon travail, *docteur*.

De : Rosie
À : Ruby
Objet : help !

Au secours… à l'aide… oh, ma pauvre tête. Mes pauvres petits neurones qui n'ont jamais été des champions et qui, maintenant, sont définitivement grillés. Il est quatre heures de l'après-midi, je suis couchée (ce qui n'est pas aussi drôle que ça pourrait le paraître), et je vais rester là, au fond de mon lit, jusqu'à la fin de mes jours. Adieu le monde, adieu à tout, merci.

Je n'ai que quelques souvenirs de la soirée d'hier, je vais essayer de te raconter ce qui m'est arrivé, malgré le brouillard qui menace de m'engloutir.

Après un entretien extrêmement frustrant avec mon banquier, je suis retournée chez Brian le Pleurnicheur démoralisée, furieuse et passablement angoissée. Je n'étais pas d'humeur à papoter, or qui ai-je découvert dans le salon ? Les parents de Brian qui débarquaient de Santa Ponsa avec l'intention de rencontrer Katie et de se tailler une place dans sa vie. L'idée que ma fille se retrouve avec une nouvelle paire de grands-parents – qu'elle aurait pu connaître, mais n'a pas connus – m'a fichue en pétard. Ça m'a d'autant plus énervée que, durant des années, ils savaient qui j'étais, ils m'ont souvent croisée dans la rue lorsque j'étais enceinte puis après la naissance de Katie, et ils n'ignoraient pas (grâce aux mauvaises langues) qu'elle était la fille de Brian. Or ils ne m'ont jamais adressé la parole ni demandé si j'avais besoin de quoi que ce soit. Pour ma part, je savais simplement qu'ils étaient partis s'installer au soleil pour soulager l'arthrite de Mme Whine.

La conversation a été plutôt houleuse. Je te passe les détails, disons simplement que j'ai foutu le camp.

Bien sûr, je n'avais nulle part où aller, aussi j'ai erré dans la ville pendant des heures et médité sur ma vie. J'ai décrété que je la détestais, ma vie, ainsi que tous ceux qui en faisaient partie (ce n'est pas neuf, je te l'accorde). Katie était en sécurité pour la nuit, Brian avait de la compagnie… je me suis donc dirigée vers le pub le plus proche pour y noyer ma déprime.

Ce pub était minable, mais j'étais tellement mal que ça ne m'a pas gênée. Je n'ai vu qu'un barman chaleureux et deux serial killers qui discutaient au bout du comptoir. Comme dans les films, le barman a compris que j'avais le moral dans les chaussettes, il m'a gentiment demandé ce qui n'allait pas. Je lui ai répondu que Greg avait détruit mon existence (à force de méditer, j'étais parvenue à la conclusion que tout était sa faute). Et puis, j'ai déballé le reste… l'absence d'Alex au bal, Brian le Pleurnicheur, ma grossesse, l'impossibilité de poursuivre mes études, le mariage d'Alex, mon mariage avec Greg, ses infidélités, ma décision de refuser la promotion qu'on me proposait, à cause de Greg, mon mari banquier qui me trompait sans arrêt et me faisait croire qu'il partait pour des séminaires…

Brusquement, les deux types au bout du comptoir se sont intéressés à moi. Pour me réconforter, ils m'ont payé plusieurs verres. Des mastodontes, Ruby, avec des muscles énormes, des crânes rasés – l'un d'eux avait une tête de mort tatouée sur le bras – mais ils étaient adorables ! Ils me posaient des tas de questions, me tendaient des mouchoirs et me répétaient que je méritais mieux que Greg. Ils ont même eu la gentillesse de me raccompagner parce que je n'étais plus en état de marcher. Je leur ai montré la maison de Greg, en passant, et on a tous fait un doigt d'honneur. Des types vraiment sympas. Ça prouve une fois de plus que l'habit ne fait pas le moine et qu'il existe malgré tout en ce bas monde quelques hommes qui ne sont pas des monstres d'égoïsme.

UN BANQUIER AGRESSÉ À SON DOMICILE

Hier matin, Greg Collins, âgé de quarante-deux ans et directeur d'une agence bancaire AIB à Dublin, a été molesté par des braqueurs qui se sont introduits à l'aube dans sa maison d'Abigail Road. Les deux hommes masqués lui ont ordonné d'ouvrir les portes de la banque et de vider le coffre. Terrifié, Collins s'est débattu, mais a reçu en pleine face un coup de poing qui lui a sérieusement abîmé le nez, récemment fracturé.

Aveuglé, il a été poussé de force dans le van de ses agresseurs qui ne lui ont même pas laissé le temps de s'habiller. D'après la description qu'en a faite Collins, les deux hommes mesuraient plus d'un mètre quatre-vingts et pratiquaient sans doute le body-building. L'un d'eux avait une tête de mort tatouée sur le bras.

Les braqueurs ont emporté vingt mille euros et abandonné Collins, en pyjama, dans la banque. La police est arrivée sur les lieux quelques minutes après le départ des cambrioleurs.

Collins ne sait pas comment ils se sont procuré son adresse personnelle. « Je suis toujours très prudent quand je rentre chez moi, je fais attention à ce qu'il n'y ait pas d'individus louches dans les parages, or hier soir je n'ai rien remarqué. J'ai vécu un cauchemar », nous a-t-il déclaré, visiblement traumatisé.

Collins, séparé depuis peu de sa femme, se trouvait seul dans sa maison. Une enquête a été diligentée, mais la police, qui n'a aucune piste solide, doute d'arrêter les coupables. Elle fait donc appel à quiconque détiendrait un renseignement.

Photo ci-dessus : Greg Collins, devant la banque.

Vous avez un message de : RUBY

Ruby : tu as jeté un œil au journal ?

Rosie : non, je ne lis plus mon horoscope.

Ruby : je te suggère d'acheter le *Daily Star* dare-dare et de fouiller tes souvenirs de la nuit de samedi.

Rosie : oh non… les paparazzi m'ont photographiée à la sortie du pub ?

Ruby : je ne rigole pas, je te parle des deux types du pub.

Rosie : quels types ?

Ruby : fonce sur le journal, vite.

Rosie s'est déconnectée.

De : Rosie
À : Alex
Objet : fait divers

Je t'ai envoyé un article de journal par fax. Lis-le, en repensant à ma soirée de samedi que je t'ai racontée.

Grouille, j'ai besoin de tes conseils.

De : Alex
À : Rosie
Objet : re : fait divers

Ha, ha, je suis mort de rire.

37

Vous avez un message de : ROSIE

Rosie : oh, mon Dieu.

Alex : oui, Rosie ?

Rosie : tu as un moment pour bavarder ou tu es trop occupé ?

Alex : je travaille, mais vas-y.

Rosie : tu opères maintenant par Internet ? Ton talent est donc sans limites, docteur ?

Alex : apparemment. Quoi de neuf ?

Rosie : tu ne devineras jamais ce qui est arrivé chez Brian le Pleurnicheur ce matin !

Alex : une brique lui est tombée sur le crâne.

Rosie : non !

Alex : un mandat d'arrestation pour toi.

Rosie : non, ne dis pas des choses pareilles ! Pourquoi on m'arrêterait ?

Alex : il n'y a aucune raison, effectivement. Je me demandais simplement à quelle peine sont condamnés les gens qui embauchent des assassins pour cogner et terroriser leur ex-mari.

Rosie : Alex Stewart, boucle-la ! Parler de ça sur Internet, c'est risqué et, de toute façon, je ne suis pas responsable.

Alex : tu as raison, les policiers sont sans doute en planque de l'autre côté de la rue, en train de t'épier avec des jumelles.

Rosie : ça suffit, Alex, tu me flanques la pétoche. Mon seul tort, c'est d'avoir été un peu naïve.

Alex : un peu ? tu penses que ces types qui avaient l'air de « serial killers » sont toujours aussi gentils avec les femmes solitaires égarées dans les pubs ?

Rosie : j'étais pompette, pas en état de me méfier. J'ai été stupide, d'accord, mais je suis encore vivante, alors arrête de me faire des reproches. D'ailleurs, il s'avère qu'ils étaient vraiment sympas. Figure-toi que, quand je suis descendue ce matin, j'ai trouvé une enveloppe kraft sur la table de la cuisine. Dessus, il y avait mon nom, et dedans cinq mille euros. Tu te rends compte ? Et tu dis qu'ils ne sont pas gentils ?

Alex : il n'y avait pas un petit mot, une petite carte de remerciement ?

Rosie : il faut toujours que tu plaisantes ? Non, il n'y avait pas de petit mot, donc ça ne venait peut-être même pas d'eux.

Alex : résumons-nous, Rosie. Une enveloppe contenant cinq mille euros a surgi sur ta table de cuisine pendant la nuit. À moins que le postier ait une clé de l'appartement, je crois que nous pouvons en déduire que ces messieurs ont déposé cette enveloppe.

Rosie : qu'est-ce que je vais raconter à la police, maintenant ?

Alex : tu ne gardes pas l'argent ?

Rosie : j'ai une fille de treize ans, je ne crois pas que détenir par-devers moi des informations concernant un braquage de banque (ainsi qu'une part du butin) soit très sage. De plus, crois-le ou pas, j'ai une conscience.

Alex : dans d'autres circonstances, je t'encouragerais à dire la vérité et respecter la loi, mais cette fois je te conseille plutôt de fermer ton clapet. D'abord, ces types savent que tu es la seule au courant de cette affaire, ils savent où tu habites et sont capables de pénétrer chez toi en pleine nuit sans réveiller qui que ce soit. Ça m'étonnerait qu'ils t'aient refilé ce fric pour t'offrir un merveilleux départ dans ta nouvelle vie – ça ne colle pas avec leur personnalité.

Rosie : oh, mon Dieu, j'en ai des frissons partout ! C'est dingue, j'ai l'impression d'être dans un film. Mais je ne peux pas cacher ça à la police.

Alex : tu préfères mourir ?

Rosie : oui, éventuellement.

Alex : je suis sérieux, Rosie. Garde l'argent et tais-toi. Si ça te gêne trop, donne-le à une œuvre caritative. À la Fondation Reginald Williams pour les maladies cardio-vasculaires, par exemple.

Rosie : très drôle, mais non. Quoique l'œuvre caritative ne soit pas une mauvaise idée. Je vais faire ça.

Alex : quelle association choisiras-tu ?

Rosie : la Fondation Rosie Dunne pour les femmes qui n'ont pas vu depuis des siècles leur meilleur ami d'Amérique.

Alex : bravo. Je suis certain que ces pauvres femmes en manque te seront infiniment reconnaissantes de ce don. À ton avis, quand sa fille et elle rendront-elles visite à leur ami docteur ?

Rosie : je leur ai déjà réservé des billets d'avion pour vendredi. Elles atterrissent à neuf heures du matin et resteront deux semaines. Tu as raison : donner me fait du bien.

Alex : ha ! Tu avais déjà tout programmé. Je serai à l'aéroport.

Rosie : très bien. Au fait, tu ne m'as toujours rien dit à propos de mon job.

Alex : tu as un job ? Quoi, quand, comment ?

Rosie : je ne t'ai laissé que dix mille messages environ sur ton répondeur. Tu n'écoutes jamais cette machine ?

Alex : pardon. Alors, c'est quoi, ce job ?

Rosie : promets-moi de ne pas rire.
Alex : promis.
Rosie : je commence en août, comme secrétaire à l'école primaire St. Patrick.
Alex : une minute… ça signifie que tu vas travailler avec Mlle Casey Gros-Pif ? Mais pourquoi ?
Rosie : parce que j'ai besoin d'argent.
Alex : il ne vaudrait pas mieux que tu crèves de faim ? Comment se fait-il qu'elle t'ait embauchée ?
Rosie : je me pose la même question.
Alex : ha, ha.
Rosie : tu avais promis de ne pas rire.
Alex : ha, ha.
Rosie : espèce d'andouille !
Rosie s'est déconnectée.

Chères Rosie et Katie,

Un bonjour d'Aruba, un paradis où nous passons un séjour merveilleux. Nous espérons que tout va bien pour vous.

Nous vous embrassons tendrement,

Maman et papa

Vous avez un message de : RUBY
Ruby : Irlande, nous voilà !
Rosie : voilà… qui ?
Ruby : Gary et Ruby Minnelli.
Rosie : alors vous gardez ce nom ? Et quels sont les projets des Minnelli ?
Ruby : oui, nous gardons ce nom. Ça arrange Gary, parce que c'est un bon camouflage – aucun de ses copains ou collègues ne le reconnaîtra. Le championnat de danse latine d'Irlande se déroulera dans quelques mois. Ensuite, il y aura le championnat d'Europe et le championnat du monde.
Rosie : tu comptes donc régner sur le monde entier ?

Ruby : peut-être pas le monde, mais Gary et moi sommes décidés à conquérir l'Irlande.
Rosie : qu'est-ce qu'en pense Teddy ?
Ruby : il n'est pas au courant et ne le sera pas. De toute façon, on n'a pas encore franchi les éliminatoires de Dublin, par conséquent c'est inutile de déclencher le chaos et de répandre le sang avant d'être sélectionnés. Tu seras là pour nous soutenir ?
Rosie : tu oses le demander ? Tu m'insultes.
Ruby : merci.

De : Stephanie
À : Rosie
Objet : une petite visite

J'espère que tu tiens le coup, tu gères tout ce qui est arrivé de main de maître, je suis vraiment fière de toi. Je sais que tu as traversé une période très difficile et je m'en veux de n'avoir pas été à tes côtés. Si ça ne te dérange pas, j'aimerais venir te voir, rester avec toi une semaine environ. Maintenant que les parents font le tour du monde, la famille ne se réunit plus comme avant et tu dois te sentir très seule. Nous pourrions peut-être aller à Kilkenny voir Kevin (ne t'inquiète pas, on n'entrera pas dans l'hôtel, si tu veux on bombardera les fenêtres d'œufs pourris).

Pour être absolument honnête, j'ai aussi besoin d'un peu de répit. En ce moment, Jean-Louis m'épuise. C'est une boule d'énergie, contrairement à moi. Pierre fermera le restaurant pour s'occuper de lui.

Une copine m'hébergera, puisque tu es chez Brian – je ne voudrais surtout pas perturber l'heureuse petite famille ! Je ne l'ai pas aperçu depuis ton bal de promo, quand il a débarqué à la maison en smoking bleu marine (car je suis d'accord avec toi, ce smoking n'était pas noir). Je suis curieuse de voir l'allure qu'il a maintenant, et je ne manquerai pas de lui exprimer ce que je pense de son attitude. Si tu as d'autres projets, n'hésite pas à me le dire.

De : Rosie
À : Stephanie
Objet : re : une petite visite

Je serai bien sûr ravie que tu viennes la semaine prochaine. En fait, ça ne peut pas tomber mieux. Les parents de Brian le Pleurnicheur sont remontés des profondeurs de l'enfer (ils se plaignent constamment du froid, alors qu'on est en plein été et que tout le monde se promène en tenue légère. Dès que j'ouvre une fenêtre, ils s'emmitouflent dans un plaid. Ils prétendent ne pas être habitués à ça, dans leur villa, qui n'est en réalité qu'un deux-pièces à Santa Ponsa). Le plus traumatisant, c'est qu'ils prennent racine, tellement ils sont désireux de nous connaître, moi et leur « petite-fille ». Mais Katie est en vacances, elle a envie de se balader avec Toby au lieu de rester dedans avec deux vieux schnocks qui claquent des dents.

Bref, on est franchement à l'étroit et je souffre de claustrophobie. Au point, rends-toi compte, d'avoir hâte de commencer à travailler pour sortir d'ici. Toby me fait mourir de rire : il nous répète, à Katie et moi, d'être gentilles avec eux pour qu'ils nous prêtent leur appartement de Santa Ponsa. Du coup, Katie et lui leur préparent du thé sans arrêt, ils le leur apportent même au lit. Ce garçon n'a que treize ans, mais il est futé, et je me suis mise à suivre son exemple : je leur dispose joliment des biscuits sur leurs soucoupes.

Par conséquent, ma chère sœur, tu ne pourrais pas arriver à un meilleur moment. Tu as eu une idée de génie, qui va me sauver la vie. Et tu me manques tellement ! Je passerai au moins un bel été avant de commencer à travailler chez Satan.

De : Rosie
À : Kevin
Objet : Steph

Steph arrive de France pour une semaine. Quel est ton jour de congé ? On aimerait venir te voir. Ça fait longtemps qu'on n'a pas mangé ensemble.

De : Kevin
À : Rosie
Objet : re : Steph

Je suis partant. Il me semble que, tous les trois, on n'a pas passé un moment dans la même pièce depuis le temps où les parents nous forçaient à prendre notre bain ensemble. Je suis libre le mardi, donc vous pourriez venir le lundi et je vous inviterai à dîner.

De : Rosie
À : Kevin
Objet : re : re : Steph

OK pour le dîner, à condition que ce ne soit pas à l'hôtel. Savoir que Machin était là avec elle me suffit : je n'y mettrai jamais les pieds. Stephanie a une idée magnifiquement juvénile : bombarder les fenêtres d'œufs pourris pour me vider de ma rage. Prépare-moi un stock d'œufs, frérot. Nous serons là lundi.

Facture n° KIL000321
Référence : 6444421
Vitres de la salle à manger

Two Lakes Hotel, Kilkenny	6 232,00 euros
TVA 21 %	1 308,72 euros
Total	7 540,72 euros

Mémo

Toujours s'assurer qu'on ne lance pas d'œufs durs contre des vitres.

De : Rosie
À : Alex
Objet : arrivée

Mon avion atterrit à 9 heures, ne l'oublie pas !

Un bonjour de la Barbade !

Il fait un temps fabuleux et nous avons rencontré des tas de gens charmants.

Nous vous embrassons très fort,

Maman et papa

Vous avez un message de : ROSIE

Rosie : je suis de retour !

Ruby : alors tu as décidé de rentrer ? Je suis surprise.

Rosie : je ne suis revenue que pour Brian le Pleurnicheur et ses parents qui veulent absolument être mes meilleurs copains et me coupent sans arrêt l'herbe sous le pied.

Ruby : avoir à penser aux autres, quelle plaie. Alors, comment ça s'est passé ?

Rosie : c'était divin. Le paradis.

Ruby : vous vous êtes bien entendus, tous les deux ?

Rosie : encore mieux que d'habitude.

Ruby : vous avez…

Rosie : non !

Ruby : tu lui as dit ce que tu…

Rosie : non ! Pourquoi je le ferais ? Ce n'est pas la peine. Je perdrais définitivement un ami et, en plus, je perdrais mon temps. Il ne m'a jamais laissé supposer qu'il éprouvait des sentiments pour moi et n'oublie pas que, la dernière fois, c'est moi qui ai pris l'initiative de l'embrasser. J'en ai été suffisamment humiliée, je n'ai pas envie de recommencer. De toute manière, il a déjà quelqu'un et, même s'il s'agit de Bethany la Cochonne, je ne suis pas de celles qui poussent les hommes à l'infidélité. D'ailleurs, nous avons longuement parlé d'elle. Il m'a emmenée dîner dans un superbe restaurant italien, dont les murs étaient ornés de fresques qui représentaient les palais vénitiens. Chaque table était installée dans une petite alcôve, il fallait passer sous des ponts et des arches pour aller s'asseoir. On avait l'impression de faire une promenade en gondole, on entendait de l'eau clapoter, c'était très relaxant (mais ça m'a obligée à aller une dizaine de fois aux toilettes). Il y avait des bougies partout, dans des chandeliers noirs et tarabiscotés. C'était d'un romantisme… Il m'a invitée là pour m'expliquer la situation avec Bethany la Cochonne. Il ne me semble pas que leur relation soit vraiment sérieuse. Il a dit qu'après avoir été si longtemps seul, il appréciait d'avoir de la compagnie. Il a des horaires impossibles, ils ne se voient pas beaucoup et, d'après lui, elle comprend que leur histoire n'est qu'une amourette. En fait, il a l'air de vouloir rompre. Tout d'un coup, il est devenu très grave et j'ai cru qu'il allait pleurer. C'était bizarre, il a dit qu'elle n'était pas « la femme de sa vie ».

Ruby : et ensuite ?

Rosie : ensuite Josh a téléphoné au restaurant, complètement paniqué. Katie était tombée, ils pensaient qu'elle avait le poignet cassé. Donc on est partis tout de suite, mais comme on avait dégusté le dessert et bu le café, on n'a rien loupé. Bref, la discussion s'est arrêtée là.

Ruby : ou commencé là, apparemment.

Rosie : qu'est-ce que tu sous-entends ?

Ruby : tu me tapes sur les nerfs, Rosie. Comment un être humain peut être aussi stupide ?

Rosie : tu as beau jeu de couper et de trancher, mais ce n'est pas toi qui montes en première ligne. Je lui avouerai mes sentiments quand je jugerai que c'est le bon moment.

Ruby : et quand arrivera-t-il, ce bon moment ?

Rosie : quand il y aura de nouveau ce silence.

Ruby : quel silence ?

Rosie : peu importe. Puisque tu poses la question, Katie va bien. Ce n'était qu'une foulure. Mais elle ne pourra pas faire de basket cette semaine, alors elle est dans tous ses états.

Ruby : tu as noté la date du championnat de Dublin dans ton agenda ?

Rosie : évidemment. Katie sera là avec Toby. Et Teddy ?

Ruby : je ne peux pas lui en parler. Sinon, il déboulerait sans doute avec ses copains routiers au Red Cow Hotel pour tabasser les danseurs en combinaison moulante. Je suis fière de Gary. Je ne veux pas que Teddy, qui ne comprend rien à rien, détruise ce que j'ai mis des années à accomplir.

Rosie : j'ai hâte de vous voir danser ensemble. Je prendrai le caméscope. Quelle toilette tu as choisie ?

Ruby : ça, c'est un sacré hic. Toutes les autres danseuses seront à moitié nues, tandis que moi, je tiens à montrer le moins de chair possible. Malheureusement, on ne fait pas de robes de salsa dans des tailles raisonnables. Gary avait le même problème. Du coup, notre drag-queen, qui n'est pas rancunière, a proposé de nous confectionner une tenue. Elle nous a dit qu'elle avait l'habitude de « faire des toilettes de femme pour des gens qui n'ont pas naturellement une silhouette de femme ». Mais elle ne nous a pas expliqué ce qu'elle imaginait, ce qui m'inquiète. Je lui ai recommandé d'éviter le rose, les froufrous et le similicuir.

Rosie : je suis impatiente de voir ça !

Ba'ax ka wa'alik de Mexico !

Nous vivons une véritable aventure. Nous espérons que vous allez bien. Tendrement,

Maman et papa

Joyeux anniversaire, Toby.

J'espère que la voiture télécommandée te plaît. Le vendeur m'a dit que c'était la plus chouette (et la plus chère). Je l'ai achetée pour toi en Amérique, donc personne ici n'en a une comme ça. Josh, lui, en a une. C'est à cause d'elle que je suis tombée et que je me suis foulé le poignet. Ces engins vont à toute allure !

Voilà, maintenant tu as quatorze ans. Peut-être que dans dix ans, tu tripoteras les dents des gens. Je n'arrive pas à comprendre pourquoi tu veux devenir dentiste, mais tu as toujours été bizarre. Au fait, il paraît que Monica Doyle sort avec Sean. Pas de bol, mon vieux.

Katie

De : Toby
À : Katie
Objet : anniversaire

Merci pour la voiture. Je la prendrai à ce gala merdique, dimanche. Vous, les filles, vous vous peindrez les ongles en regardant la danse, pendant que je piloterai ma bagnole dans les couloirs.

Aloha de Hawaï !

Nous vous envoyons des photos de nous et d'amis rencontrés sur le bateau, elles ont été prises un soir de bal. Maintenant nous mettons le cap sur les îles Samoa et Fidji !

Maman et papa

Bonne chance, Ruby et Gary Minnelli !

On touche du bois pour vous, vous allez être magnifiques, et nous serons tous là pour vous applaudir.

Rosie, Katie et Toby

Vous avez un message de : ROSIE

Rosie : félicitations, je suis tellement fière de toi ! Tu es remise de ta victoire ?

Ruby : franchement, je ne sais pas trop ce que je ressens. Il me semble qu'on ne méritait pas de gagner.

Rosie : espèce d'idiote ! Vous avez dansé comme des dieux. Et notre drag-queen t'avait fait une robe magnifique. Étonnamment simple, vu son tempérament. Noire avec des sequins, c'était très chic par rapport aux autres qui ressemblaient à des tranches napolitaines. Tu sais, tu peux être contente, vous avez gagné haut la main.

Ruby : il n'y a même pas eu de finale.

Rosie : tu n'y es pour rien, si le couple qui vous devançait s'entraînait dans le couloir. N'importe qui aurait pu glisser sur la voiture télécommandée de Toby. C'était leur faute. De toute façon, la cheville de cette fille se ressoudera. L'année prochaine, ils brigueront de nouveau le titre.

Ruby : on n'aurait pas dû gagner, Rosie. En principe, la finale est disputée par deux couples, et l'autre était meilleur.

Rosie : je te répète que tu n'y es pour rien. La fille en violet a trébuché sur la voiture de Toby (ces trucs vont à toute allure, n'est-ce pas ?), elle a renversé le verre que tenait Katie, l'autre fille en jaune a été bousculée, elle a glissé et basculé en arrière. Où est ta responsabilité, là-dedans ? Nulle part. Tu devrais être ravie !

Ruby : je le suis, d'une certaine façon. Gary et moi, on va présenter notre numéro au George, dans le show de notre drag-queen.

Rosie : c'est fantastique, je suis si heureuse pour toi. Mon amie la star !

Ruby : je n'en serais pas là si tu ne m'avais pas offert ces cours de salsa pour mon quarantième anniversaire. Merci de tout mon cœur, Rosie. Et merci de m'avoir acclamée à tue-tête. Je n'entendais que vous, pendant qu'on dansait. Je suis désolée qu'on vous ait ordonné, à toi, Katie et Toby, de quitter la salle…

38

Magandang tanghali po des Philippines !

Nous avons quitté l'Australie voici quelques jours. Nous restons un moment ici, puis en route pour la Chine !

Vous nous manquez, toutes les deux,

Maman et papa

De : Rosie
À : Alex
Objet : Bethany la Cochonne

Alors, Alex, tu l'as plaquée ?

De : Alex
À : Rosie
Objet : occupe-toi de tes oignons

Rosie, ça suffit ! Je te le dirai quand je l'aurai fait.

Ni hao de Chine !

Nous sommes désolés de ne pas pouvoir vous aider à déménager. Nous vous souhaitons d'être très heureuses dans votre nouveau nid.

Tendrement,

Maman et papa

Rosie : cet appartement est dégoûtant, absolument répugnant.

Ruby : il ne peut pas être pire que le mien.

Rosie : il l'est, au centuple.

Ruby : est-ce possible ? Tous mes vœux t'accompagnent. Explique, qu'y a-t-il de si abominable ?

Rosie : par où commencer ? Voyons... primo, il est au premier étage, au-dessus de plusieurs boutiques, dont un salon de tatouage et un traiteur indien, tant et si bien que mes vêtements sont déjà imprégnés d'un fumet de sauce tikka masala. Deuzio, les murs sont recouverts d'un splendide papier peint, style années 70, à grosses fleurs vertes sur fond gris. Naturellement, il se décolle. Et, cerise sur le gâteau, les rideaux sont assortis à la tapisserie.

Tertio, la moquette est marron, constellée de taches suspectes, de brûlures de cigarettes, le tout dégageant des odeurs inconnues. À mon avis, elle est là depuis une bonne trentaine d'années, et on n'a jamais passé l'aspirateur. La cuisine est si minuscule qu'il est impossible d'y tenir à deux. Mais je dois reconnaître qu'il y a l'eau courante et que les toilettes sont utilisables. Pas étonnant que le loyer soit relativement modique, aucun individu sensé n'accepterait de vivre dans ce trou à rats.

Ruby : à part toi.

Rosie : oui, mais je n'y resterai pas longtemps. Je vais me débrouiller, grâce à ma baguette magique, pour économiser plein de sous et nous sortir d'ici.

Ruby : et ouvrir un hôtel.

Rosie : absolument.

Ruby : hôtel dont tu occuperas le dernier étage avec terrasse.

Rosie : exactement.

Ruby : et tu embaucheras Kevin en cuisine.

Rosie : voilà.

Ruby : Alex sera le médecin attaché à l'établissement, il sauvera les clients que tu empoisonneras.

Rosie : parfaitement.

Ruby : tu seras à la fois propriétaire et manager.

Rosie : eh oui.

Ruby : et moi, qu'est-ce que je ferai ?

Rosie : tu animeras le spectacle du soir avec Gary. Vous danserez la salsa jusqu'à en tomber raides.

Ruby : ce sera le paradis. Tu as intérêt à te bouger le popotin et te lancer dans l'hôtellerie avant que nous ayons les cheveux blancs.

Rosie : je m'y emploie. Alors, comment va Teddy depuis ta victoire au championnat ?

Ruby : il survit. Tu sais, je ne comprends vraiment pas son attitude. Quand il a découvert qu'on avait gagné et qu'on allait se produire sur scène, il a sauté au plafond. Mais il a dû se cogner méchamment la tête, parce que l'autre soir il a proposé de nous conduire au cours. J'ai failli m'évanouir. Et vendredi, il vient au George, un club gay ! Je ne vois que deux explications possibles : soit il est vraiment fier de moi et de Gary, soit il en a marre que je refuse de lui repasser ses chemises. Malgré tout, il amènera un copain, une armoire à glace, pour que personne ne s'avise de le tripoter. Comme si quelqu'un, mâle ou femelle, avait envie de tripoter Teddy ! Mais assez parlé de moi. Quels sont tes projets pour la semaine ?

Rosie : je commence à mi-temps (avec les gamines en stage professionnel), autrement dit on tape des lettres pour communiquer aux élèves la date de la rentrée des classes, le mois prochain, après quoi on glisse les lettres dans des enveloppes, on cachette les enveloppes, on y colle un timbre et on les poste. Je ne sais pas ce que tu en penses, mais personnellement ça m'emballe. Heureusement, ça ne durera que quelques semaines, ensuite je travaillerai à plein temps.

À part ça, je m'efforce de rendre ce taudis habitable. Brian le Pleurnicheur s'est montré très serviable, on croit rêver. Il a loué une ponceuse, demain nous devons enlever ces moquettes puantes et vitrifier les parquets. Je préfère ne pas imaginer ce que nous allons dénicher là-dessous, sans doute quelques cadavres.

Katie et Toby s'amusent comme des fous à arracher les papiers peints – ou plutôt ce qu'il en reste. On peindra tout en blanc, ça ressemblera un peu moins à une grotte. J'ai opté pour une décoration minimaliste, non pas pour être tendance, mais parce que je n'ai quasiment pas de meubles. Enfin, je décrocherai les rideaux et je les brûlerai, j'en ferai un feu de joie.

Mon cher frère Kevin a été positivement enchanté de venir à Dublin récupérer mes trésors chez Machin qui les lui a volontiers abandonnés, tellement il craignait d'avoir de nouveau le nez en compote. Du coup, j'ai hérité du canapé en cuir noir qui était dans la maison avant notre mariage. Mais j'estime l'avoir amplement mérité.

Ruby : ton appartement sera superbe, ma Rosie. Un vrai foyer.

Rosie : oui, maintenant je n'ai plus qu'à chasser cette odeur de curry qui flotte partout dans l'immeuble. Plus jamais je ne toucherai à de la bouffe indienne.

Ruby : voilà la meilleure manière de se mettre au régime : habiter au-dessus d'un restaurant.

Rosie : tu n'as peut-être pas tort.

Ei Je de Singapour !

Nous passons des moments merveilleux, nous n'avons plus envie de rentrer au pays !

Bonne chance pour ton travail, Rosie chérie. Nous pensons très fort à toi, en nous prélassant au bord de la piscine !

Maman et papa

Vous avez un message de : ALEX
Alex : tu as une minute pour bavarder ?
Rosie : non, désolée, je suis occupée à lécher des timbres-poste.
Alex : OK. Je te recontacte plus tard ?
Rosie : je plaisantais, Alex. Mlle Casey Gros-Pif m'a demandé de rédiger la première gazette de l'année, par conséquent j'épluche le site web de l'école pour essayer de repérer les événements passés ou futurs qui valent la peine d'être mentionnés. J'envisage de mettre l'accent sur ma présence dans l'établissement, il me semble qu'il n'y a pas eu d'autres faits marquants depuis.
Alex : comment ça va ?
Rosie : il y a quelques semaines que j'ai commencé, j'ai pris mes repères et ça baigne. Rien de palpitant à raconter.
Alex : pardon pour ce long silence. Je n'ai pas vu le temps passer.
Rosie : je me doutais que tu étais débordé. De mon côté, j'ai emménagé dans mon nouvel appartement.
Alex : oh, j'avais oublié. C'est comment ?
Rosie : bien. Au départ, c'était un cauchemar, mais Brian m'a donné un grand coup de main. Il a réparé ce qui était cassé, tout récuré de fond en comble. Un vrai petit esclave.
Alex : donc vous êtes en bons termes, tous les deux ?
Rosie : en meilleurs termes. Maintenant, je n'ai envie de l'étrangler qu'une dizaine de fois par jour.
Alex : c'est un début. Il y a de la romance dans l'air ?
Rosie : quoi ? Avec le Pleurnicheur ? Toi, tu as un problème au cerveau. Cet homme n'existe que pour poncer les planchers.
Alex : ah... tu as quelqu'un d'autre dans ta vie ?
Rosie : oui, une fille de treize ans. Ajoute à ça un nouveau job et un tiroir bourré de factures. Ça me suffit

amplement. Quoique mon voisin m'ait invitée à sortir ce week-end.

Alex : tu vas accepter ?

Rosie : il faut d'abord que je te parle un peu de lui pour que tu m'aides à résoudre mon dilemme. Il s'appelle Sanjay, il a soixante ans, une épouse et deux fils. C'est le traiteur indien du rez-de-chaussée et tu ne devineras jamais où il m'a invitée à dîner.

Alex : où ?

Rosie : en bas, dans sa boutique. Il m'a dit qu'il paierait.

Alex : dans ce cas, où est le dilemme ?

Rosie : très drôle.

Alex : au moins, tu as des voisins amicaux.

Rosie : il n'est pas le plus gentil, et de loin. Mon voisin de palier est le propriétaire du salon de tatouage (qui se trouve également en dessous de mon appartement). Il est tatoué de la tête aux pieds, avec une longue natte noire, une petite moustache et une barbichette qui lui encadrent la bouche. Il ne quitte jamais son blouson en cuir et ses bottes de moto. Quand il ne perce pas la couenne d'un client, en bas, il met la musique à fond, chez lui, autrement dit de l'autre côté de ma cloison.

Alex : il n'y a que toi pour avoir comme voisin un fou furieux, mordu de heavy metal.

Rosie : c'est là que tu trompes ! Rupert a trente-cinq ans, il est diplômé du prestigieux Trinity College de Dublin, il a une licence d'histoire et un doctorat de littérature irlandaise. Il vénère James Joyce, il s'est tatoué une citation sur la poitrine : « L'erreur est la voie de la découverte. »

Il adore la musique classique et l'opéra. Chaque soir à dix-sept heures tapantes, après avoir fermé sa boutique et vidé son tiroir-caisse, il met le *Conterto n° 2 en si bémol majeur Op. 83* de Brahms, à fond. Ensuite il monte chez lui, il se prépare un repas succulent, s'installe confortablement pour relire *Ulysse* une énième fois tout en écoutant le best off de Pavarotti (particulièrement *Nessun dorma*).

Katie et moi, on connaît ce morceau par cœur. Quant à Toby, il se fourre un coussin sous sa chemise, grimpe sur le canapé et mime le ténor. Rupert a au moins un avantage : il contribue à l'éducation des enfants. Katie a décidé de mixer *Nessun dorma* en techno, elle en devient cinglée. Brian lui a payé de nouvelles platines, je suis furieuse parce que j'avais prévu de les lui offrir pour Noël. Mais je l'ai obligée à les laisser chez lui pour ne pas déranger mes voisins. Note, je ne sais pas pourquoi je m'en soucie, vu le tapage ambiant. Car je ne t'ai pas parlé de Jeanne d'Arc.

Alex : pardon ?

Rosie : elle s'appelle Jeanne, elle a une petite trentaine et elle habite l'appartement d'en face. Le jour de notre arrivée, elle est venue nous saluer et, quand elle a réalisé que j'étais seule avec Katie et que mon célibat n'était pas dû à la mort tragique de mon mari, elle a tourné les talons. Depuis, elle ne nous adresse plus la parole.

Alex : au moins, elle ne fait pas de bruit.

Rosie : détrompe-toi, même si elle ne cause pas à la pécheresse du bâtiment, elle contribue au vacarme. Tous les lundis soir, un troupeau d'éléphants monte notre escalier et s'engouffre chez Jeanne d'Arc, avec une bible dans les mains. J'ai mené l'enquête et conclu qu'elle dirige un groupe de lecture des textes sacrés. Elle a punaisé un écriteau sur sa porte où elle a inscrit : « Prie le Seigneur, respecte Ses commandements, et sois-lui fidèle. » Tu crois que ce « fidèle » m'est destiné ?

Alex : ha, ha. Je n'en sais rien. Comment vont ton père et ta mère ?

Rosie : mes chers parents sont maintenant polyglottes, ils se régalent, loin de nous. Maman a fêté ses soixante ans en Russie. On croirait deux personnages de la série *La Croisière s'amuse*. Au fait, pourquoi m'as-tu posé toutes ces questions sur ma vie sentimentale ?

Alex : parce que je veux que tu trouves quelqu'un. Je veux que tu sois heureuse, voilà.

Rosie : je n'ai jamais été heureuse avec un homme, tu ne l'ignores pas. Je suis séparée de mon mari, et je ne cherche pas une autre victime. Pas dans l'immédiat, peut-être même jamais.

Alex : jamais ?

Rosie : c'est possible. En tout cas, je ne me remarierai pas. Je m'habitue à ma vie telle qu'elle est. J'ai un nouvel appartement, un nouveau job, une fille adolescente. À trente-deux ans, j'aborde l'âge adulte, enfin. De toute façon, le célibat n'est pas une tare. De nos jours, c'est la norme. Tu es bien placé pour le savoir.

Alex : je ne suis pas célibataire.

Rosie : pas encore.

Alex : non, je ne le suis pas, et je ne le serai pas.

Rosie : tu as renoncé à rompre avec Bethany la Cochonne ?

Alex : s'il te plaît, ne la traite plus de cochonne. Je n'ai jamais dit que j'allais rompre.

Rosie : c'est pourtant ce que j'ai compris quand nous avons dîné ensemble le mois dernier.

Alex : oublie cette soirée, j'avais la tête ailleurs. Pour revenir à mes moutons, je veux être heureux avec Bethany et je tiens à ce que tu sois heureuse avec quelqu'un. Comme ça, nous nagerons tous les deux en plein bonheur.

Rosie : je vois ce qui te tracasse. Tu tiens à ce que je ne sois pas seule, parce que ça te fait fantasmer. Si je suis avec un homme, tu te penses peut-être capable de ne pas me sauter dessus. Oui, c'est ça... Je t'ai démasqué, Alex Stewart. Tu es fou amoureux de moi, tu désires avoir des enfants de moi, tu t'étioles loin de moi.

Alex : je... je ne sais pas quoi dire...

Rosie : relax, je plaisante. Que s'est-il passé pour que tu changes d'avis à propos de Bethany ?

Alex : ah non, ne recommence pas...

Rosie : Alex, je suis ta meilleure amie depuis l'âge de cinq ans, personne ne te connaît mieux que moi. Je te pose la question pour la dernière fois, et je te prie de ne pas mentir. Que s'est-il passé ?

Alex : elle est enceinte.

Rosie : oh, bon Dieu. Parfois, vu que tu es mon meilleur ami, je me persuade que tu es normal, comme moi. Et puis... patatras, tu me rappelles que tu es un homme.

Phil : j'essaie de te suivre, Alex. Il y a deux ans, tu t'évertuais à briser le mariage de Rosie et, maintenant, tu souhaites qu'elle rencontre quelqu'un d'autre ?

Alex : oui.

Phil : au train où vous allez, tous les deux, je me demande si vous méritez vraiment d'être ensemble.

QUATRIÈME PARTIE

39

Bienvenue au pays ! (*Failte go h-Eirinn !*)

Nous sommes heureuses que vous soyez de retour sains et saufs. Nous attendons avec impatience ce week-end, pour écouter le récit de vos aventures et voir toutes les photos.

Gros bisous,

Rosie et Katie

Chers Stephanie et Pierre,

Félicitations pour la naissance de votre petite Sophia. Nous avons hâte de faire sa connaissance. En attendant, nous vous envoyons quelques toilettes pour qu'elle soit aussi chic que sa maman.

Nous vous embrassons tous très fort,

Rosie et Katie

Joyeux anniversaire, Josh.

Plein de bisous pour tes cinq ans.

Rosie et Katie

Coucou, Katie,

Merci pour la carte et le cadeau d'annivresaire. Je crois que mon papa t'a dit que je vais avoir un petit frère ou une petite sœur.

Papa est triste parce que toutes les filles de sa vie sont fâchées contre lui. Ta maman est fâchée, ma maman aussi, et Bethinny aussi. Elle est fâchée contre lui parce qu'il ne se marie pas avec elle. Bethinny pleure, elle dit que papa l'aime pas, et papa répond qu'il faut bien se connaître pour se marier. Alors Bethinny, elle a dit que son papa à elle allait être très en colère et qu'il allait mettre mon papa dehors.

Moi, je trouve que papa devrait se marier, parce que je veux un petit frère et qu'il aime beaucoup son travail. Je te raconterai la suite, à toi et Toby, quand je pourrai. Comme je suis pas là pendant la semaine, je rate le plus intéressant.

Josh

LE DR WILLIAMS À L'HONNEUR

Hier soir à Boston, le Dr Reginald Williams a reçu la décoration décernée par ses pairs au terme d'une sévère sélection et considérée comme le plus grand honneur attribué à ceux qui ont apporté une contribution majeure au progrès de la médecine et de la santé publique.

Il était accompagné par son épouse, Miranda, et sa fille Bethany qui vient d'annoncer ses fiançailles avec le Dr Alex Stewart, chirurgien cardiaque au St. Jude's Hospital de Boston.

Vous avez un message de : ROSIE

Rosie : tu voulais que je l'apprenne par les journaux ?

Alex : je suis navré.

Rosie : navré ? Tu t'es fiancé et je l'apprends par les journaux ? Quelle mouche te pique, depuis quelquc tcmps ?

Alex : je peux simplement répéter que je suis désolé.

Rosie : je ne comprends pas comment fonctionne ta cervelle. Tu ne l'aimes même pas.

Alex : mais si.

Rosie : comme c'est convaincant !

Alex : je ne devrais pas avoir à convaincre qui que ce soit.

Rosie : seulement toi-même. Alex, tu m'as dit que tu ne l'aimais pas. Il n'y pas si longtemps, tu avais l'intention de rompre. Bon sang, je me demande bien ce qui t'est arrivé pour que tu retournes brusquement ta veste.

Alex : tu le sais pertinemment, maintenant il y a un bébé impliqué dans l'histoire.

Rosie : de la merde. L'ami que je connais n'épouserait pas une femme dont il n'est pas amoureux à cause d'un bébé. Ce serait le pire châtiment à infliger à ce pauvre enfant – grandir entre des parents qui ne s'aiment pas. À quoi ça rime ? Tu ne vis plus avec Sally et tout va bien avec Josh. Ce n'est peut-être pas l'idéal, mais il faut se contenter de ce qu'on a.

Alex : pour Josh, je suis un père à temps partiel. Je ne veux pas que ça recommence, ce n'est pas bien.

Rosie : épouser quelqu'un que tu n'aimes pas n'est pas bien non plus.

Alex : j'ai beaucoup d'affection pour Bethany, nous avons une relation formidable.

Rosie : je me réjouis que tu aies de « l'affection » pour ta future épouse. Si tu ne remets pas tes idées en ordre, Bethany sera une autre Sally. Tu ne souhaites quand même pas un deuxième divorce.

Alex : il n'y aura pas de divorce.

Rosie : non, tu seras simplement malheureux jusqu'à la fin de tes jours, mais ce n'est pas grave : au moins, les mauvaises langues ne pourront pas entacher ta réputation.

Alex : pourquoi devrais-je écouter tes conseils, Rosie ? Qu'as-tu fait dans ton existence qui te permette de me dicter ma conduite ? Tu as vécu des années avec un type qui te trompait et que tu pardonnais. Qu'est-ce que tu sais du mariage ?

Rosie : assez pour ne pas me précipiter à l'église au bras de quelqu'un que je connais à peine et pour qui j'ai de « l'affection ». Assez pour ne pas me laisser influencer par mon ambition, ma soif d'argent et de prestige. Assez pour ne pas épouser un homme dans le simple but qu'une bande de richards me fassent de grands sourires et me couvrent de compliments. Non, je ne me marierais pas pour avoir ma photo et mon nom dans les journaux.

Alex : franchement, Rosie, tu m'amuses. Tu parles à tort et à travers. Tu regardes trop la télé.

Rosie : évidemment, c'est tout ce que je sais faire. Me rouler les pouces dans mon HLM, moi la pauvre mère célibataire et ignare, pendant que toi et tes potes de Harvard, vous fumez de gros cigares, au club, en vous congratulant. Nous vivons peut-être dans des univers très différents, Alex Stewart, mais je te connais et ce que tu es devenu me rend malade.

Alors, explique… comment aurait réagi ce bon vieux Reginald Williams s'il avait découvert que sa fifille était enceinte et que le coupable refusait de l'épouser ? Quelle honte, n'est-ce pas ? Qu'auraient dit les gens ?

Tandis que maintenant qu'elle a la bague au doigt et, toi, ta promotion, tout va bien dans le meilleur des mondes.

Alex : les hommes ne prennent pas tous la fuite, Rosie. Ça t'est peut-être arrivé, mais je ne suis pas de cet acabit.

Rosie : au nom du ciel, Alex ! Ne pas épouser Bethany ne serait pas une fuite. Si tu t'occupes de cet enfant, tu ne fuiras pas. Tu n'es pas forcé de te marier !

Alex : écoute, Rosie, j'en ai vraiment ras le bol de t'avoir toujours sur le dos, d'être constamment obligé de me justifier. Tu n'es pas ma femme ni ma mère. Où est-il écrit que je dois organiser ma vie en fonction de toi ? J'en ai marre que tu m'asticotes, que tu me demandes sans cesse qui je vois, ce que je fais. Je suis capable de prendre seul mes décisions. Je suis adulte, figure-toi.

Rosie : alors, pour une fois dans ta vie, comporte-toi en adulte !

Alex : qui es-tu pour m'insulter et me sermonner, toi qui n'as rien fait de valable ? Sois gentille, laisse-moi tranquille tant que tu n'auras rien de mieux à me dire.

Rosie : parfait ! Je te préviens que tu vas attendre très, très longtemps.

Rosie s'est déconnectée.

Alex : j'ai l'habitude.

Phil : qu'est-ce tu fabriques ?

Alex : inutile de le demander, tu le sais.

Phil : pourquoi tu épouses cette fille ?

Alex : elle s'appelle Bethany.

Phil : pourquoi tu épouses Bethany ?

Alex : parce que je l'aime.

Phil : ah oui ? La dernière fois que tu es passé dans ce confessionnal virtuel, tu m'as dit que tu envisageais de rompre. Qu'est-ce qu'il y a ? Son père fait pression sur toi ?

Alex : non, pas du tout. Je ne subis aucune pression.

Phil : alors, pourquoi ?

Alex : et toi, pourquoi tu t'es marié avec Margaret ?

Phil : j'aimais Margaret de toute mon âme, je voulais vivre auprès d'elle jour après jour, jusqu'à ce que la mort nous sépare. Elle est ma compagne, ma meilleure amie, nous avons cinq enfants et, même si ma tribu me rend parfois marteau, je ne supporte pas de m'en éloigner. Je n'ai pas l'impression que tu en sois là avec Bethany.

Alex : toutes les relations affectives ne ressemblent pas à celle que tu as avec Margaret.

Phil : certes, mais les amours devraient tous commencer de la même manière. Est-ce qu'il y a eu ce fameux silence entre toi et Bethany ?

Alex : ne remets pas ça sur le tapis, s'il te plaît.

Phil : c'est toi que ce silence obsédait. Alors ? Réponds-moi.

Alex : non.

Phil : dans ce cas, ne l'épouse pas.

Alex : OK, je m'abstiendrai, puisque tu me l'ordonnes.

Phil : qu'en pense Rosie ?

Alex : rien, elle ne me parle plus.

Phil : quel effet ça te fait ?

Alex : pour l'instant, je suis tellement furieux contre elle que je me fiche de son opinion. Je me libère d'elle. Bethany et son bébé représentent mon avenir. Bon, suis-je autorisé à quitter le confessionnal ?

Phil : oui, mon fils. Récitez cinq *Je vous salue Marie*, un *Notre Père*, et que votre petite âme embrumée aille en paix.

Vous avez un message de : KATIE

Katie : tu as l'air très intéressé par l'appareil génital femelle.

Toby : pas du tout. Je préfère nettement explorer ça de façon concrète.

Katie : tu seras centenaire avant que quelqu'un te laisse poser les mains là-dessus.

Toby : tu as mangé de la salade à midi, non ?

Katie : comment tu le sais ?

Toby : je vois de la laitue coincée dans tes bagues dentaires. Bon… qu'est-ce que tu veux ?

Katie : tu ne mérites pas que je te le propose, mais je retourne chez l'orthodontiste après les cours. Si tu veux venir, tu pourras lui poser un tas de questions et lui casser les pieds. Quand il t'aperçoit, il a une grosse veine qui se met à gonfler sur son front. Je trouve ça rigolo.

Toby : désolé, Monica vient chez moi regarder le match de foot.

Katie : Monica, Monica... J'en ai marre d'entendre parler de Monica Doyle, cette idiote. Et moi, pourquoi je ne suis pas invitée ?

Toby : parce que tu as rendez-vous chez le dentiste.

Katie : il y a trente secondes de ça, tu ne le savais pas.

Toby : OK. Ça te tenterait de venir chez moi aujourd'hui regarder du foot, le sport que tu détestes par-dessus tout, et un match qui oppose les deux équipes qui te donnent des boutons ?

Katie : non, je suis prise.

Toby : bon, et maintenant ne dis plus que je ne t'invite jamais nulle part.

Katie : comment tu as su que j'allais chez le dentiste ?

Toby : il y a cinq minutes.

Katie : quand est-ce que tu as invité Monica Doyle chez toi ?

Toby : la semaine dernière.

Katie : et voilà !

Vous avez un message de : KATIE

Katie : maman, je déteste les hommes.

Rosie : je te félicite, ma chérie, bienvenue au club. Tu recevras sous peu ta carte d'adhérente, je suis si fière de toi.

Katie : maman, s'il te plaît, je ne rigole pas.

Rosie : moi non plus. Qu'est-ce que Toby t'a fait ?

Katie : il a invité Monica Doyle chez lui pour voir un match de foot, et il ne m'a pas invitée. Enfin si, mais seulement quand il a su que je ne pouvais pas venir.

Rosie : Seigneur, il a déjà attrapé le virus. Monica, c'est cette gamine qui, le jour de ton dixième anniversaire, a pleurniché parce que son faux ongle était tombé, et trépigné jusqu'à ce que ses parents accourent pour la récupérer ?

Katie : oui.

Rosie : je ne supporte pas cette enfant.

Katie : ce n'est plus une enfant, maman. Elle a quatorze ans, elle a les plus gros nénés du collège, les cheveux teints en blond, elle laisse les premiers boutons de son polo ouverts en gym, et elle se penche pour que les garçons reluquent ses seins. Elle flirte même avec M. Simpson, elle fait semblant de ne pas comprendre ce qu'il raconte en cours d'informatique pour qu'il se colle derrière elle. Elle ne s'intéresse qu'au shopping, alors je me demande bien pourquoi elle va regarder un match de foot. Franchement, ça me dépasse.

Rosie : il me semble que nous avons là une autre Bethany la Cochonne.

Katie : quoi ? Maman, qu'est-ce que je dois faire avec Monica ?

Rosie : c'est très simple. Égorge-la.

Katie : s'il te plaît, pour une fois dans ta vie, sois sérieuse.

Rosie : je suis une femme on ne peut plus sérieuse. Il n'y a qu'une manière de résoudre le problème : la zigouiller. Sinon, elle reviendra t'empoisonner quand tu auras trente-deux ans. Expédie-la au cimetière.

Katie : merci, mais si tu avais d'autres suggestions...

Rosie : tu dis qu'il t'a invitée ?

Katie : seulement parce qu'il savait que je ne pourrais pas venir.

Rosie : mon cher petit agneau innocent, une invitation est une invitation. La refuser serait impoli. Je te conseille d'aller chez lui ce soir. Je te donnerai l'argent pour le ticket de bus.

Katie : maman, je ne peux pas ! Jc vais chez l'orthodontiste.

Rosie : le dentiste attendra, je te prendrai un autre rendez-vous. C'est un match de foot extrêmement important, vois-tu, je ne voudrais pas que tu le loupes à cause de tes ratiches. Et maintenant, silence, sinon M. Simpson va se rendre compte de ce que tu fabriques, il me dénoncera à Mlle Casey Gros-Pif et je serai virée.

Katie : je ne sais pas comment tu la supportes.

Rosie : en réalité, et ça me stupéfie, elle n'est pas si mauvaise. Elle a même été vraiment gentille, autant que peut l'être un patron. Elle s'appelle Julie, elle a un prénom, tu imagines ? Et en plus, un prénom normal, plutôt joli. J'aurais parié qu'on l'avait baptisée Adolf.

Katie : moi aussi ! Mais ce n'est pas trop bizarre de travailler avec quelqu'un qui te punissait à longueur de temps ?

Rosie : il y a un peu de gêne entre nous. Comme si elle était un ancien petit copain et qu'on se retrouvait après une très longue séparation. De jour en jour, nos conversations deviennent plus amicales, moins strictement professionnelles. Nous parlons davantage de la vie en général. Nous avons passé tant d'années à nous crêper le chignon que ça paraît étrange d'être d'accord sur beaucoup de sujets. Figure-toi qu'elle pensait qu'Alex était ton père.

Katie : non !

Rosie : je lui ai dit que c'était Brian, et elle a piqué un fou rire… mais je ne devrais peut-être pas te raconter ça.

Katie : quand tu avoueras à Alex que tu aimes bien Mlle Casey, il va en tomber raide.

Rosie : je préfère donc te laisser le soin de lui annoncer.

Katie : ah oui, j'oubliais que vous ne vous adressez plus la parole.

Rosie : c'est une longue histoire, ma chérie.

Katie : en principe, ça signifie que l'histoire est complètement idiote. Pourquoi tu ne lui parles plus ?

Rosie : parce que ce qu'il fait ne m'intéresse plus. S'il veut gâcher sa vie, il est libre. Et, de toute façon, il refuse d'entendre ce que j'en pense.

Katie : comme dit notre voisin Rupert : « L'erreur est la voie de la découverte. »
Rosie : ce n'est pas de Rupert, mais de James Joyce.
Katie : qui ça ? Je le connais ?
Rosie : il est mort.
Katie : oh, excuse-moi. C'était un ami à toi ?
Rosie : qu'est-ce qu'on vous enseigne, au collège ?
Katie : pour l'instant, on est en pleine éducation sexuelle. C'est barbant.
Rosie : je te l'accorde. Pour en revenir à Alex, ma chérie, il a beaucoup changé.
Katie : heureusement ! Il avait cinq ans quand vous êtes devenus amis. Si Toby se comporte encore comme un crétin de quatorze ans quand on aura votre âge, je me flingue.
Rosie : eh bien, crois-en une femme d'expérience et prépare-toi à rencontrer beaucoup d'hommes de trente-deux ans qui raisonnent toujours comme des ados.
Katie : ouais, tu me l'as déjà dit. Au fait, papa sera là pour Noël. Il m'a demandé de te demander si on réveillonnerait avec lui et ses parents. Vu que, cette année, on est seules toutes les deux, j'ai pensé que ce serait une bonne idée.
Rosie : chouette…

Ma chérie,

J'espère que tout va bien. Merci d'être venues nous voir ce week-end dans l'ouest. Je promets que, la prochaine fois, la maison sera mieux rangée. J'ai du mal à poser mes valises après avoir voyagé durant des mois.

S'installer ici, dans un village inconnu, est une aventure. Tout le monde est très gentil avec nous, et nous avons des voisins aussi incroyables que les tiens.

Tu es ma merveilleuse et courageuse petite fille, Rosie, ton père et moi sommes très fiers de toi. Tu es si solide, tu ne te laisses jamais abattre et tu es la meilleure des mères pour Katie. Elle est indiscutablement la digne fille de sa maman. Je regrette que Dennis et moi soyons partis à un moment aussi important de votre vie, ça m'a déchirée de devoir vous abandonner, toutes les deux, alors que tu traversais ces épreuves avec Machin. Mais tu es coriace, et de toute façon ce qui ne nous tue pas nous rend plus forts.

Ce serait vraiment dommage que tu n'assistes pas au mariage d'Alex. Sandra m'a téléphoné, ils prévoient une grande fête pour Noël. Ils veulent se marier avant la naissance du bébé, Bethany ne tient pas à ce que sa grossesse soit trop visible. Sandra aimerait tant que Katie et toi soyez là ; pour elle, vous faites partie de la famille. J'ai l'impression qu'elle n'adore pas Bethany, mais elle ne souhaite bien sûr que le bonheur de son fils.

Sandra nous a également invités, ton père et moi, malheureusement nous ne pourrons pas aller en Amérique puisque, comme tu sais, nous serons à Paris chez Stephanie et Pierre pour les fêtes. J'ai tellement hâte d'embrasser ma deuxième petite-fille ! Je regrette que Katie et toi ne veniez pas, mais je comprends qu'elle désire passer son premier Noël avec son père et ses « autres » grands-parents. Je t'avoue cependant que je suis un peu jalouse d'eux.

Quant à Kevin, imagine-toi qu'il a rencontré une jeune femme et qu'il réveillonnera avec elle à Donegal, chez les parents. Ce doit donc être sérieux. J'ai cru comprendre qu'elle était serveuse dans l'hôtel où il travaille. Tu connais Kevin : il n'est pas du genre à donner beaucoup d'informations.

Ton père a attrapé une mauvaise grippe, le jour de votre départ – vous avez eu de la chance d'y échapper. Il était très fatigué depuis notre retour de voyage. Nous sommes des sexagénaires, tu te rends compte ? Le temps a filé à toute allure. Il faut profiter de chaque journée, ma chérie. Je te laisse à présent, ton père m'appelle. À l'entendre, on jurerait qu'il est sur son lit de mort.

Gros baisers à deux filles de Dublin dont je suis si fière.

Maman

Reginald et Miranda Williams
ont le plaisir de convier
Katie Dunne
au mariage de leur fille
Bethany
et du Dr Alex Stewart
le 28 décembre à 14 heures
Memorial Church de l'Université de Harvard
Ils seraient heureux que vous assistiez également
à la réception qui suivra la bénédiction,
au Boston Harbor Hotel.

RSVP : Miranda Williams

40

Bienvenue au Forum des Joyeux Divorcés de Dublin. Six membres ont rejoint le salon.

Divorcée1 : arrêtez une minute de gémir, Solitaire, et réfléchissez à votre situation. Vous devriez être furibonde, plutôt que désespérée. Répétez après moi : je suis une femme forte.

Solitaire : je suis une femme forte.

Divorcée1 : je dirige ma vie comme je l'entends.

Solitaire : je dirige ma vie comme je l'entends.

Divorcée1 : ce n'est pas ma faute si Tommy est parti.

Solitaire : ce n'est pas ma faute si Tommy est parti.

Divorcée1 : et je me fous de ce qu'il a fait parce que c'est un salaud.

Solitaire : ah non, ça je ne peux pas !

Divorcée1 : permettez-moi d'éclairer votre lanterne. Il vous a quittée au bout de six mois de mariage, il a emporté les meubles, les ustensiles de cuisine et même le tapis de la salle de bains, et il vous a juste laissé un petit mot d'adieu. Alors répétez après moi : je me fous qu'il soit parti parce que c'est un salaud.

Solitaire : je me fous qu'il soit parti parce que c'est un SALAUD !

Divorcée1 : qu'il crève !

Solitaire : qu'il crève !

Timide : mesdames, je n'ai pas la certitude que ce soit une manière très saine d'aider Solitaire.

Divorcée1 : oh vous, bouclez-la, vous n'êtes jamais sûre de rien.

Solitaire : oh vous, bouclez-la, vous n'êtes jamais sûre de rien.

Divorcée1 : Solitaire, je ne vous ai pas demandé de répéter ça.

Primevère : vous êtes vraiment tordantes.

Timide : je me pose une question : à part vous, Divorcée1, quelqu'un est-il en droit d'avoir une opinion ?

Divorcée1 : vous n'avez jamais d'opinion.

Sam : calmez-vous, les unes et les autres. Voyons, Timide, nous avons tous envie de connaître votre avis. Comment avez-vous réagi en apprenant que Leonard avait une liaison et vous quittait ?

Divorcée1 : elle s'est sagement installée dans la chambre d'amis et elle a cessé de vivre.

Sam : allons, Divorcée1, laissez-la s'exprimer.

Timide : merci, Sam, vous êtes un gentleman. Je ne suis pas pour le divorce, je respecte les préceptes de l'Église catholique, or le pape lui-même a déclaré que le divorce était un « fléau » qui se répandait « comme la peste » dans notre société. Je suis d'accord avec lui. Une famille doit rester unie, quoi qu'il advienne.

Divorcée1 : le pape n'a jamais été marié avec mon ex, c'est évident.

Timide : je préfère ne pas poursuivre cette conversation. Je n'apprécie pas votre manière de parler.

Primevère : l'Église catholique annule certains mariages, Timide. Pourquoi vous ne choisissez pas cette solution ?

Timide : je refuse.

Primevère : mais pour quelle raison ? Ça revient au même, sauf que le pape donne sa bénédiction.

Timide : non, je refuse.

Primevère : vous pouvez expliquer ?

Divorcée1 : elle ne veut pas mettre un terme à son mariage, point à la ligne.

Timide : non, je pense simplement que ce ne serait pas bon pour les enfants.

Divorcée1 : et c'est « bon pour les enfants » que vous dormiez dans la chambre d'amis, que vous passiez le week-end à la maison pendant que votre mari court le guilledou ? Vos gamins, quand ils seront grands, penseront que les gens mariés doivent faire chambre à part et avoir des aventures.

Solitaire : vous lui permettez de continuer à vous tromper ?

Timide : n'écoutez pas Divorcée1, ce soir elle est mal lunée. Il sort pour des dîners professionnels. Je ne peux quand même pas l'en empêcher, et je ne vois pas pourquoi je m'inquiéterais sous prétexte que son supérieur hiérarchique est une femme. S'il avait un patron, vous trouveriez ça normal.

Sam : oui, mais... et s'il avait une liaison avec sa patronne ?

Primevère : ce serait drôle.

Solitaire : je comprends le raisonnement de Timide. Au moins, elle vit avec l'homme qu'elle aime, elle lui parle chaque jour, elle sait où il est, ce qu'il fait, au lieu d'être seule à longueur de temps. S'il ne lui rend pas tout à fait son amour, quelle importance ?

Timide : vous devriez vous réconcilier avec Tommy. Six mois, ça ne suffit pas pour poser les fondations d'un mariage.

Divorcée1 : je vous rappelle, Timide, que Tommy a vidé leur compte en banque, embarqué les meubles, la télé, le lecteur de CD, qu'il lui a volé sa bague de fiançailles, tous ses CD, ses vêtements et ses affaires personnelles. Pourquoi voudrait-elle le revoir ailleurs que dans un cachot ?

Timide : parce qu'elle l'aime et que le mariage est sacré.

Divorcée1 : mais ce type est un escroc. Vous êtes cinglées, mesdames.

Primevère : comme dit le proverbe, l'amour est aveugle.

Divorcée1 : et sourd et débile, comme le prouve cette discussion.

Fleur Bleue a rejoint le salon.

Divorcée1 : ah tant mieux, voici venir la voix de la raison.

Fleur Bleue : ce n'est qu'un salaud, il l'a épousée.

Divorcée1 : qu'il crève.

Sam : il vous a contactée ?

Fleur Bleue : non, je n'ai aucune nouvelle de lui depuis qu'il m'a dit de ne plus l'appeler.

Sam : je pensais qu'il vous enverrait une invitation de dernière minute.

Fleur Bleue : il s'en est bien gardé, ce sale petit égoïste de...

Timide : vous avez été très dure avec lui, vous l'avez accusé d'épouser cette femme pour des raisons abjectes.

Solitaire : j'aimerais bien que mon père puisse offrir une promotion à Tommy. Comme ça, il me reviendrait.

Fleur Bleue : inviter une gamine de treize ans à prendre l'avion pour Boston toute seule. Vous imaginez ? Il est devenu fou. Je vous l'annonce officiellement : il n'est plus mon meilleur ami.

Solitaire : je peux le remplacer ?

Divorcée1 : vous êtes pathétique, Solitaire.

Solitaire : qu'est-ce que j'ai encore fait ?

Primevère : et s'il vous avait invitée, Fleur Bleue, vous auriez assisté à son mariage ?

Fleur Bleue : pas pour un empire.

Solitaire : il le savait, donc il n'a pas jugé nécessaire de faire imprimer une invitation pour toi. Ça coûte très cher. Je me rappelle l'époque où Tommy et moi établissions la liste de nos invités. Nous étions si heureux.

Divorcée1 : sans doute parce qu'il savait qu'il ne resterait pas assez longtemps pour papoter avec la moitié de ces invités.

Solitaire : vous êtes trop injuste.

Fleur Bleue : en tout cas, ces gens ne manquent pas d'argent, je vous prie de me croire. Non, il a invité seulement Katie pour me flanquer une baffe. Je m'en fiche, je suis prête à parier que leur « bonheur » ne durera pas. Il sera vite membre du Forum des Joyeux Divorcés. Cette femme est un fléau, je le sens.

Divorcée1 : non, le divorce est un fléau. Pas vrai, Timide ?

Primevère : vous me faites toutes mourir de rire.

Timide : ce n'est pas drôle.

Timide a quitté le salon.

Primevère : vous êtes méchante avec elle, Divorcée1.

Divorcée1 : elle adore ça. Elle est là tous les soirs, non ? Je crois que ce chat représente l'unique semblant de conversation adulte qu'elle ait.

Fleur Bleue : alors vous avez tous passé de bonnes fêtes ?

Primevère : j'ai fait la java toute la semaine, c'était formidable. Je me suis assise sur les genoux d'une centaine de Pères Noël. Bon, il faut que je vous quitte. Je vais à une soirée costumée, je me déguise en Bunny Girl. Bye !

Primevère a quitté le salon.

Fleur Bleue : et vous autres, vous avez passé de bonnes fêtes ?

Divorcée1 : je crois que j'ai pris au moins dix kilos.

Solitaire : pour moi, ça été très tranquille.

Sam : j'ai trouvé que, cette année, les programmes télévisés étaient vraiment bien.

Divorcée1 : c'est vrai.

Fleur Bleue : oui, j'aime beaucoup les émissions de fin d'année.

Divorcée1 : et pour distraire les gosses, c'est parfait.

Fleur Bleue : oui.
Sam : il y a eu aussi de bons documentaires.
Fleur Bleue : oui.
Divorcée1 : hier soir, j'ai regardé celui sur les ours polaires.
Fleur Bleue : ah oui, moi aussi.
Sam : j'ignorais que les ours polaires étaient tous gauchers.
Fleur Bleue : oui, c'était intéressant... et les escargots...
Divorcée1 : ils sont gauchers, eux aussi ?
Sam : apparemment, ils peuvent dormir pendant trois ans.
Fleur Bleue : les petits veinards.
Divorcée1 : en résumé, à Noël on apprécie la télé.
Sam : je ne trouve pas désagréable d'être seul pour Noël, d'avoir un peu de paix et de tranquillité.
Solitaire : une paix et une tranquillité totales.
Fleur Bleue : le calme.
Sam : mon ex et moi, à la période des fêtes, nous n'avions jamais une minute à nous. Soit nous sortions, soit nous recevions à la maison. Les choses ont bien changé, plus de réceptions, plus d'invités...
Fleur Bleue : pareil pour moi.
Divorcée1 : qui essayons-nous de convaincre ? C'était atroce, le pire Noël que j'aie jamais vécu.
Fleur Bleue : pour moi aussi.
Sam : pareil pour moi.
Solitaire : moi aussi.

De : Julie Casey
À : Rosie
Objet : un fax pour vous

Je ne voudrais pas vous déranger, vous êtes trop occupée à travailler (comment va Ruby ?), mais un fax vient d'arriver. Il ne vous était pas précisément adressé, néanmoins en le lisant j'ai découvert qu'il vous était forcément destiné. Qui en effet, parmi les membres du personnel, donnerait mon numéro de fax pour son usage personnel ? J'ai déchiffré le gribouillis en bas de page, il me paraît signifier « de la part de Josh ». Ce document vous attend. Tant que vous y êtes, basculez vos appels dans mon bureau, apportez deux cafés et un paquet de cigarettes.

POTINS MONDAINS
ELOÏSE PARKINSON

Ceux d'entre nous qui ont eu la chance d'assister à l'événement de l'année (ou du moins de la semaine) pourront dire qu'ils ont vécu pour raconter la splendeur extravagante que le Dr et Mme Reginald Williams ont déployée pour les trois cents invités au mariage de leur fille Bethany et du Dr Alex Stewart.

La cérémonie, qui s'est déroulée à la Memorial Church de l'université de Harvard, était grandiose. De somptueux bouquets de roses et de bougies rouges bordaient l'allée centrale de l'église, pareils à des feux de joie illuminant le chemin du jeune couple vers un avenir radieux.

Bethany, 34 ans, était comme toujours éblouissante dans une élégante robe blanche dessinée spécialement pour cette occasion par le célèbre ami des stars (qui est aussi le mien) Jeremy Durkin. Dix mille perles ornaient le bustier (et dissimulaient habilement une grossesse dont tout le monde ici parle sous cape). La jupe longue de style ballerine, constituée de plusieurs épaisseurs de tulle souple, froufroutait à chaque pas de la jeune femme qui marchait au bras de son père, l'éminent chirurgien Reginald Williams. Les longs cheveux blonds de Bethany, qu'elle laisse généralement détachés, étaient coiffés en un sage chignon roulé sur la nuque, pour donner à la future jeune maman un air virginal de circonstance.

Miranda Williams, parfaite dans son rôle de mère de la mariée, arborait un ensemble pantalon Armani pourpre, assorti à un fabuleux chapeau Philip Treacy, et volait presque la vedette à sa fille. Les mannequins (récentes amies de Bethany) Sara Smythe et Hayley Broadbank étaient demoiselles d'honneur, en robe de soie rouge hyper sexy moulant leur absence de formes, et elles tenaient douze roses. Quant au bouquet de la mariée que j'avais moi-même l'honneur de porter, il se composait de six roses rouges et six roses blanches.

Devant l'autel, le prince charmant couvait sa princesse d'un regard adorateur. Il était magnifique, vêtu de la traditionnelle queue-de-pie, d'une chemise blanche à col cassé et d'une lavallière du même rouge que la rose qu'il avait à la boutonnière.

C'est au Boston Harbor Hotel qu'a ensuite eu lieu l'extravagante réception. Josh Stewart, le garçon d'honneur âgé de cinq ans – le fils du Dr Stewart, né de son précédent mariage avec Sally Gruber, son amie de faculté – a prononcé le premier discours de la soirée.

Pour conclure, cette journée fut à la hauteur des exigences et des standards de la vie mondaine, et tous ceux qui ont vu les nouveaux mariés danser leur première valse ne doutent pas que leur union soit éternelle. Souhaitons-leur donc une longue, heureuse et opulente vie conjugale. Et moi, votre chroniqueuse mondaine préférée, je m'en vais de ce pas, avec mon bouquet, me chercher un amoureux.

Ma Rosie,

Joyeux anniversaire, ma grande.

Encore une année – on continue.

Ruby

De : Stephanie
À : Rosie
Objet : ta visite

J'attends avec impatience le mois prochain. Sophia est toute contente de faire ta connaissance, et Jean-Louis est comme toujours surexcité.

Bon anniversaire, sœurette. Pour tes trente-trois ans, je suis sûre que Ruby et toi allez vous coucher à l'aube.

Chers Alex et Bethany,

Félicitations pour la naissance de votre petit garçon. Nous vous souhaitons à tous beaucoup de bonheur, et nous sommes ravies que Josh ait le petit frère qu'il désirait tant.

Rosie et Katie

Joyeux anniversaire, mon ange.

Amuse-toi bien et n'oublie pas que tu as quatorze ans : pas d'alcool, pas de drogue, pas de sexe.

Mille baisers,

Maman

Vous avez un message de : ROSIE

Rosie : Katie Dunne, qui est le garçon que, paraît-il, tu embrassais en dansant le slow, vendredi soir ?

Katie : je ne peux pas discuter, maman. M. Simpson parle d'un truc super important pour les examens de fin d'année, il faut que j'écoute, c'est vital.

Rosie : menteuse.

Katie : je ne mens pas. Je suis sûre que c'est très important.

Rosie : allez, crache le morceau. Qui était ce garçon ?

Toby : salut, Rosie.

Rosie : toi, tu tombes à pic. J'interrogeais ma fille sur l'inconnu de la discothèque, vendredi soir.

Toby : ha ha. Les nouvelles vont vite.

Katie : ne lui dis pas, Toby.

Rosie : alors c'est vrai ?

Toby : eh oui.

Katie : il peut parler. Monica et lui se sont léché la poire toute la soirée.

Rosie : oh non, Toby, pas Monica la Pleurnicheuse.

Toby : mais pourquoi vous la surnommez comme ça ? Avec moi, elle ne pleurniche pas.

Rosie : nous, nous ne l'embrassons pas en public. Ne tourne pas autour du pot, ma fille chérie, il me faut les détails de ton histoire d'amour.

Katie : il s'appelle John McKenna, il a quinze ans, et il est vraiment chouette.

Rosie : mon Dieu, un vieux.

Katie : que veux-tu, maman, j'ai du goût.

Rosie : Toby, qu'est-ce que tu penses de lui ?

Toby : ça va. Il est dans l'équipe de foot du collège, il est bon.

Rosie : tu me le surveilleras, n'est-ce pas ?

Katie : maman ! Maintenant, il racontera n'importe moi.

Rosie : tu as couché avec lui ?

Katie : maman ! J'ai quatorze ans !

Rosie : de nos jours, à la télé, on voit des filles de quatorze ans enceintes.

Katie : pas moi, en tout cas !

Rosie : tant mieux. Tu as pris de la drogue ?

Katie : arrête, maman ! Où je me procurerais de la drogue ?

Rosie : je n'en sais rien, mais de nos jours, à la télé, on voit des filles de quatorze ans qui se cament.

Katie : eh bien, pas moi !

Rosie : tant mieux. Tu as bu de l'alcool ?

Katie : maman ! La mère de Toby nous a amenés au collège et elle est venue nous rechercher – à quel moment on aurait pu boire ?

Rosie : je n'en sais rien. De nos jours, à la télé, on voit des filles de quatorze ans enceintes, camées et ivres.

Katie : je n'en fais pas partie !

Toby : mais vous regardez quelles émissions ?

Rosie : surtout les infos.

Katie : ne t'inquiète pas, tu m'as suffisamment fait la morale, je suis sage comme une image.

Rosie : bon, admettons, néanmoins je te le rappelle : un baiser, c'est bien, mais on ne va pas plus loin. OK ?

Katie : maman ! Je n'en veux pas plus !

Rosie : tant mieux, et maintenant, remettez-vous au travail, tous les deux. J'exige que vous ayez un A !

Katie : ça m'étonnerait qu'on l'ait si tu continues à nous embêter !

Ruby : quels sont tes projets pour les deux prochains mois, puisque les cours sont terminés ? Avoir d'aussi longues vacances, quelle veine ! Randy Andy m'a déclaré que j'avais épuisé mes congés, ce qui est grotesque vu que j'ai pris toutes ces journées en arrêt maladie. Il a dit qu'il ne comprenait pas comment quelqu'un pouvait être malade soixante-cinq jours par an et être encore vivant.

Rosie : alors tu n'auras pas du tout de vacances ? J'espérais passer un week-end en Angleterre avec toi. À Blackpool, par exemple.

Ruby : c'est possible. Je lui ai répondu que s'il m'accordait deux semaines, je mentionnerais la société Randy Andy Paperclip quand Oprah nous inviterait dans son émission, Gary et moi, après notre victoire au championnat du monde de salsa. Mais passons… qu'est-ce que tu comptes faire, donc ?

Rosie : je ne sais pas trop. Julie m'a vaguement parlé de cours pour adultes qui ont lieu à l'école. Elle estime que je devrais suivre une formation en gestion hôtelière, mon rêve. Comme si c'était si simple.

Ruby : pourquoi ça ne serait pas simple ? Rosie, si tu n'essaies pas, tu ne sauras jamais si tu en es capable. Depuis que je te connais, tu veux travailler dans un hôtel. Tu n'arrives même plus à ouvrir la porte de ta salle de bains, tellement elle est pleine de trucs que tu as chipés dans des hôtels. Pour être honnête, je ne pige pas bien pourquoi ça te fascine autant, mais je sais que tu dois tenter de réaliser ton rêve.

Rosie : Julie m'a dit que, si je ne suivais pas cette formation, elle me virait. Elle a dit aussi qu'à la fin de cette formation, elle me virerait de toute manière.

Ruby : écoute-la, elle a toujours été un bon professeur pour toi.

Rosie : mais, Ruby, il faut deux ans pour décrocher le diplôme, ça coûte cher, et je serai obligée de travailler le jour et d'étudier le soir. Ce ne sera pas de la tarte.

Ruby : où est le problème, Rosie Dunne ? Tu as mieux à faire pendant les deux années à venir ?

Chère Rosie,

Excusez-moi d'avoir tant tardé à vous répondre. Ces derniers mois ont été mouvementés pour Alex et moi, avec l'organisation de notre vie conjugale et la naissance du bébé.

Nous avons été ravis de recevoir votre petite carte, et nous espérons que Katie et vous coulez des jours heureux dans notre chère Irlande.

Amicalement,

Bethany (Alex, Theo, sans oublier Josh)

Vous avez reçu un message de : ROSIE

Rosie : tu as raison, Ruby, je crois que je n'aurai rien de mieux à faire dans un proche avenir. Donc, je vais m'instruire.

41

Ma chère maman,

L'hiver est de nouveau là. Les mois passent à une allure effrayante, et une année s'écoule sans que je m'en rende compte. Katie me sert de calendrier, je la regarde changer. Elle grandit si vite, elle apprend à avoir ses propres opinions, elle apprend aussi que je n'ai pas réponse à tout. Quand un enfant commence à comprendre ça, on sait que les problèmes ne tarderont pas.

Pour ma part, je suis toujours dans cette phase transitoire de ma vie, j'ai définitivement tourné une page et je suis en chemin vers autre chose. Ce que j'essaie de dire par là, c'est que je n'ai pas encore vraiment posé mes valises. Papa et toi, vous avez passé l'année dernière à voyager, pourtant vous êtes infiniment plus stables que moi qui n'ai pas bougé. Vous savez où vous voulez être. Sans doute parce que vous êtes ensemble et, donc, partout chez vous.

J'ai découvert qu'un chez-soi n'est pas un lieu précis, mais un sentiment. Je peux embellir mon appartement autant que je le peux, accrocher des jardinières de fleurs à mes fenêtres, mettre un joli paillasson devant ma porte et écrire « Home, sweet home » au-dessus de ma cheminée, nouer un petit tablier autour de ma taille pour confectionner des gâteaux, la réalité sera la même : je ne veux pas rester là pour toujours.

J'ai l'impression de guetter sur un quai de gare le prochain train qui m'emmènera loin d'ici. Bien sûr, Katie représente pour moi l'essentiel. Je devrais me sentir chez moi partout où je suis avec elle, parce qu'elle me quittera dans quelques années et n'aura plus besoin de moi comme à présent.

Il faut que j'organise ma propre vie en prévision du départ de Katie. Je suis forcée de le faire car je ne vois pas de princes charmants dans les parages, susceptibles de voler à ma rescousse. Les contes de fées sont diaboliques, il vaudrait mieux ne pas les lire aux petites filles. Chaque fois que je suis désemparée, j'attends qu'un homme, la bouche pleine de belles paroles, arrive au grand galop dans mon existence. Puis je réalise que je ne veux pas d'un homme, même sur un blanc destrier, puisque ce sont les hommes qui m'ont causé tous ces ennuis.

Désormais, je suis pour Katie une espèce de coach. Je l'entraîne à affronter la terrible bagarre qu'est l'âge adulte. Elle ne réfléchit pas à l'avenir. Certes, elle rêve de parcourir le monde, d'être DJ et de se débrouiller sans moi, mais elle n'imagine pas encore qu'un jour je ne serai plus là. C'est normal, elle n'a que quatorze ans. Toujours est-il qu'elle n'est pas prête à prendre ses propres décisions, et que j'ai réussi à lui faire oublier son idée farfelue d'arrêter les études.

Je n'ai même plus à la tirer du lit le matin, et ceci grâce à John, son nouveau petit ami. Ils sont inséparables, ils vont danser tous les vendredis au club de la GAA[1], près de chez lui. Ce garçon est l'archétype du membre de la GAA, il joue au hurling[2]. D'ailleurs, dimanche, nous allons tous à Croke Park voir Dublin contre Tipperary. La mère de John est charmante :

1. GAA : association athlétique gaélique. Fondée en 1884 et implantée dans chaque paroisse, elle développe les sports gaéliques, comme le hurling et le football gaélique.

2. Hurling : sport traditionnel irlandais qui se joue avec une longue crosse (1 m), le hurley, et une petite balle.

comme je ne conduis pas, elle a la gentillesse de venir souvent chercher Katie et de la ramener à la maison.

Je n'ai pas beaucoup vu Toby ces temps-ci, mais j'ai rencontré sa mère à l'école. Elle m'a dit qu'il se comportait grosso modo comme Katie, avec sa petite copine Monica.

À quatorze ans, je n'avais pas de flirt. Les jeunes d'aujourd'hui grandissent vraiment trop vite... (et moi, je parle comme une vieille !). Bon, d'accord maman, je t'entends d'ici ronchonner. J'étais effectivement enceinte à dix-huit ans, sans travail, sans bagage universitaire, et sans fiancé. Tu as failli en avoir une dépression nerveuse, mais dans certains pays, dix-huit ans... c'est la maturité, tu devrais par conséquent remercier le ciel que je n'aie pas commencé plus tôt.

Kevin est venu ce week-end avec son amie. Elle est adorable, mais je ne comprends pas ce qu'elle lui trouve. Ils sont ensemble depuis un an, tu te rends compte ? Mon cher petit frère est tellement secret, il faut le torturer pour lui arracher un mot. Qui sait, il pourrait y avoir un autre mariage dans la famille Dunne ! Dis à papa de descendre son vieux smoking du grenier pour enlever les toiles d'araignées et chasser l'odeur de naphtaline, au cas où.

Ce soir, dans mon palace de North Strand, le vent s'engouffre sous les fenêtres, il fait un froid de loup. L'appartement est littéralement illuminé par le réverbère de la rue. J'aimerais bien le déplacer un peu vers la droite, pour en faire profiter Rupert. Il pleut si fort que je m'attends à apercevoir Gene Kelly en train de danser dans la rue. Pourquoi dans les films tout – même la pluie – paraît si magnifique ?

Chaque jour à mon réveil, il fait nuit (ce n'est pas naturel de sortir de son lit avant que le soleil ait daigné se lever). L'appartement est glacial, je fonce sous la douche en frissonnant, ensuite je sors et je marche dix minutes jusqu'à l'arrêt du bus. Invariablement, il pleut et il y a un vent à décorner les bœufs. J'en ai mal aux oreilles, mes cheveux pendent comme des baguettes de tambour mouillées, je ne vois pas pourquoi je me donne la peine de les laver et de les sécher. J'ai le rimmel qui dégouline sur mes joues, mon parapluie s'est retourné, j'ai l'air d'une Mary Poppins en pleine déconfiture. Bien sûr, le bus a du retard, ou il est trop bondé pour stopper à l'arrêt. Résultat, j'arrive en retard au travail, avec une allure de rat noyé, tandis que mes collègues sont bien maquillées, bien pomponnées parce qu'elles se sont levées une heure après moi, qu'elles ont pris leur voiture et se sont pointées à l'école quinze minutes avant le début des cours, ce qui leur a laissé le temps de boire tranquillement un café.

Chantons sous la pluie… mon œil !

Tu remarqueras que je t'écris, au lieu de t'envoyer un mail, en partie à cause du type du cybercafé, en bas, qui m'a surprise en train de le contempler fixement. Il a un visage si appétissant que j'ai une envie folle d'en croquer un bout. Je pense qu'il a des vues sur moi, aussi j'ai décidé de rester à la maison ce soir. L'autre raison, c'est qu'en cet instant même, je fais semblant d'étudier. Katie et moi avons des examens à Noël, et j'ai déclaré à ma fille qu'elle avait intérêt à s'y mettre sérieusement. Nous sommes donc toutes les deux attablées dans la cuisine avec nos livres, nos cahiers, nos dossiers et nos stylos, et nous prenons des mines d'intellectuelles.

J'ai tellement de cours à rattraper que je n'ai pas pu préparer un seul repas de la semaine. Du coup, depuis quelques jours, nous nous approvisionnons chez le traiteur. Sanjay nous accorde quarante pour cent de remise, il a même inventé un nouveau plat, le poulet à la Rosie. Il nous en a fait monter hier soir, nous l'avons goûté et renvoyé au rez-de-chaussée. Non, je plaisante. Il s'agit en réalité d'un banal poulet au curry. Mais je suis flattée d'avoir mon nom sur un menu indien, et c'est amusant, la nuit, d'entendre mon nom braillé d'une voix pâteuse par des ivrognes. Je m'imagine que mon Roméo est dehors sur le trottoir, qu'il m'appelle et jette des petits cailloux contre ma fenêtre pour me tirer de mon paisible sommeil. Puis je réalise qu'on est samedi soir, que le pub vient juste de fermer, que les pochards ont faim, et que ce ne sont pas des cailloux qui frappent mes carreaux, mais la pluie. Enfin... une femme a le droit de rêver.

Chaque fois que je croise l'épouse de Sanjay, elle roule des yeux et marmonne entre ses dents. Il m'invite toujours à sortir, il me le demande même quand elle est là, plantée à côté de lui. Je réponds haut et fort qu'il se conduit mal, qu'il est marié et que, même s'il ne l'était pas, je refuserais. Elle m'entend, mais ça ne l'empêche pas de me détester. Sanjay, lui, sourit d'une oreille à l'autre, et fourre dans mon sac quelques poppadoms gratis. Cet homme est fou.

Rupert, lui, m'a demandé si je voulais aller au National Concert Hall ce week-end. Le National Symphony Orchestra joue le *Concerto n° 2 en si bémol majeur Op. 83* de Brahms, dont il raffole. Ça n'a rien d'un rendez-vous galant. Je crois que Rupert est asexué, et qu'il a simplement envie de compagnie, ce qui me convient parfaitement. D'ailleurs, le « Maman » tatoué sur son bras me couperait tous mes moyens. Sans parler de cette citation de Joyce qu'il a sur la poitrine et qui me chiffonne, parce qu'il est tellement grand que, si je ne lève pas la tête, je lis et relis en permanence : « L'erreur est la voie de la découverte. » C'est une sorte de signe, comme si le destin avait décidé d'installer Rupert sur mon palier pour me faire comprendre mes fautes. Néanmoins, je souhaiterais que ce message soit plus exact. Il me semble que les erreurs sont plutôt des ornières sur la voie de la découverte, qui est sacrément longue, périlleuse et semée d'obstacles. Je préférerais qu'il se soit tatoué sur le torse : « Le chocolat est un régal. »

À propos d'erreurs, je n'ai toujours pas parlé à Alex, et ce silence dure maintenant depuis plus d'un an. Je pense que, cette fois, c'est vraiment fini. Nous nous sommes contentés d'échanger de ridicules cartes postales. Il me manque terriblement. Il y a tant de choses anodines qui m'arrivent et que j'aimerais lui raconter, des bêtises qui le feraient rire.

Ah, excuse-moi une seconde, Katie essaie de regarder ce que j'écris...

LA PYRAMIDE DE MASLOW.

Voilà, ça va lui en boucher un coin. Bon, il faut quand même que je me mette vraiment au travail. J'espère vous voir bientôt, tous les deux, embrasse papa pour moi.

Au fait, je ne t'ai pas dit : Ruby m'a organisé un rendez-vous pour samedi soir. J'ai failli l'étriper, mais je ne peux pas annuler. Touchons du bois et espérons que ce n'est pas un tueur en série.

Gros bisous,

Rosie

Vous avez un message de : ROSIE

Rosie : hello, Julie...

Julie : pour quelle raison avez-vous recours à l'informatique, alors que je suis dans la pièce voisine ?

Rosie : parce que ça prouve que je peux faire plusieurs choses à la fois : parler au téléphone avec des gens et papoter avec vous. Et ne me dites pas que je vous dérange – à quoi se résume votre travail, mademoiselle Casey ? Vous terrorisez des enfants innocents et vous recevez des parents mécontents, voilà tout.

Julie : effectivement, Rosie. Soit dit en confidence, vous avez été l'une des pires élèves qui soit, et l'un des pires parents d'élèves. Je détestais vous convoquer.

Rosie : et moi je détestais venir dans votre bureau.

Julie : comme les temps changent... À ce propos, la semaine prochaine, je donne une petite soirée pour mon anniversaire. Accepteriez-vous d'être des nôtres ?

Rosie : qui sera là ?

Julie : seulement quelques élèves que je terrorisais voici une vingtaine d'années. Nous aimons nous réunir pour nous souvenir de cette belle époque.

Rosie : vous vous moquez de moi ?

Julie : oui. Il y aura quelques amis, quelques membres de ma famille, qui grignoteront des amuse-gueules et boiront un verre. Ça durera quelques minutes pour marquer l'événement, ensuite vous pourrez tous me laisser à ma solitude.

Rosie : vous avez quel âge ? Je pose la question uniquement pour vous acheter une carte d'anniversaire avec le bon chiffre imprimé dessus. Je vous paierai peut-être même un badge.

Julie : faites-le, et je vous vire. Je vais avoir cinquante-trois ans.

Rosie : seulement vingt ans de plus que moi. Jadis, je vous considérais comme une ancêtre !

Julie : c'est drôle, n'est-ce pas ? Quand vous avez quitté cette école, j'avais à peu près votre âge. Aujourd'hui, les élèves doivent vous considérer aussi comme une ancêtre.

Rosie : ils n'ont pas tort, je me sens épouvantablement vieille.

Julie : les vieillardes ne vont pas à de romantiques rendez-vous galants avec des inconnus. Allons, dites-moi tout : comment était-il ?

Rosie : il s'appelle Adam, et il est très, très séduisant. Il a été courtois, plein d'humour, il maîtrise à la perfection l'art de la conversation. Il a payé le dîner, le taxi, il ne m'a pas permis d'ouvrir une seule fois mon sac (où il n'y avait d'ailleurs pas d'argent à gaspiller, vu le salaire de misère que je touche, suivez mon regard...). Il est grand, brun, élégant, avec de belles dents et un nez droit.

Julie : comment gagne-t-il sa vie ?

Rosie : il est ingénieur.

Julie : il est donc courtois, séduisant, et il a un bon métier. Ça paraît trop beau pour être vrai. Vous comptez le revoir ?

Rosie : après le dîner, il m'a emmenée dans son duplex sur le quai Sir John Rogerson – un endroit fabuleux. Nous nous sommes embrassés, je suis restée, ensuite il a proposé de nous revoir et j'ai refusé.

Julie : vous êtes folle ?

Rosie : sans doute. Il était épatant, mais... il n'y avait rien, pas d'étincelle.

Julie : ce n'était que votre premier rendez-vous. Que voulez-vous, un feu d'artifice ?

Rosie : non, plutôt le contraire. Je veux un instant de silence, un moment parfait.

Julie : du silence ?

Rosie : oh, c'est une longue histoire. Cette soirée démontre qu'on peut me mettre face à un homme bien sous tous rapports... je ne suis pas prête. J'exige qu'on arrête de me tarabuster – je rencontrerai quelqu'un quand le moment sera venu pour moi.

Julie : d'accord, je promets de ne plus essayer de vous caser jusqu'à ce que vous m'en donniez l'autorisation. Comment se passe votre formation ?

Rosie : c'est dur de tout mener de front : le travail, les études, et mes devoirs de mère. Je me couche très tard, je médite sur la vie, l'univers et la création, autrement dit je n'avance pas.

Julie : je peux vous aider d'une manière ou d'une autre ?

Rosie : oui, une augmentation me donnerait un sacré coup de main.

Julie : impossible. Vous arrivez à économiser ?

Rosie : ça irait, si je n'avais pas à nourrir, habiller, éduquer ma gamine et payer le loyer de la boîte à chaussures où j'habite.

Julie : vous vous êtes réconciliée avec Alex ?

Rosie : non.

Julie : vous êtes ridicules, tous les deux. Pendant votre scolarité, je m'évertuais à vous séparer, mais là, ça me désole. Dites-lui que Mlle Casey Gros-Pif vous autorise de nouveau à bavarder en classe.

Rosie : ça ne marchera pas, il ne vous a jamais obéi. Et puis, nos liens se sont distendus. Katie lui envoie des mails, moi des cartes postales pour les occasions importantes, et il fait pareil. Régulièrement, je reçois donc, en provenance d'un quelconque pays exotique, une carte où il me communique le bulletin météo local. S'il n'est pas en vacances, il travaille comme un forcené. Tout ceci pour dire que nous ne sommes pas complètement fâchés. Nous restons très civilisés.

Julie : mais vous ne vous parlez plus. Votre meilleur ami a un bébé de six mois que vous ne connaissez même pas. Si vous laissez cette absurdité se prolonger, les années s'additionneront et, quand vous vous réveillerez, il sera trop tard.

42

Chères Rosie et Katie Dunne,

Meilleurs vœux de l'Hôpital St. Jude

Mon épouse, mes deux fils et moi vous adressons nos meilleurs vœux. Que la nouvelle année vous apporte la santé et le bonheur.

Dr Alex Stewart

Cher Dr Alex Stewart

Que la nouvelle année vous apporte, à toi et à ceux qui te sont chers, santé, bonheur et prospérité.

Rosie Dunne

Vous avez un message de : ALEX

Alex : ta carte est arrivée ce matin.

Rosie : mon Dieu… c'est bien toi qui me parles ?

Alex : ça suffit. Il faut bien que l'un de nous deux soit assez adulte pour renouer le contact. Je te rappelle que ce n'est pas moi qui ai commencé.

Rosie : si.

Alex : non, Rosie.

Rosie : si !

Alex : arrête ! L'année dernière, quand je t'ai dit que Bethany était enceinte, tu as pété les plombs. Ensuite, pour ta gouverne, sache que je lui avais demandé de m'épouser la veille de cette fameuse soirée dont la presse a parlé. Bethany m'a dit oui, elle était heureuse, et elle a prévenu ses parents au cours du dîner (comme l'aurait fait n'importe quelle personne normale). Son père a reçu sa décoration, il a prononcé son speech et annoncé que sa fille venait juste de se fiancer (comme l'aurait fait n'importe quel père normal).

Les journalistes étaient là, ils ont rédigé le compte rendu de la soirée à temps pour que ça paraisse dans l'édition du lendemain. Moi, j'étais en train de fêter mes fiançailles avec Bethany et ses parents. Je suis rentré chez moi et, à mon réveil le lendemain matin, j'ai eu cinquante coups de fil de ma famille. Ils voulaient tous savoir pourquoi je ne leur avais pas dit que j'allais me marier. Mes amis me bombardaient de mails et j'y répondais quand tu es entrée dans la danse.

Je vous ai malgré tout envoyé, à Katie et toi, une invitation. Je pensais que, même si tu désapprouvais mon choix, si tu t'inventais des histoires sans queue ni tête à ce sujet, tu te comporterais néanmoins comme l'amie que tu prétends être : tu assisterais à mon mariage.

En conclusion, je te présente mes excuses pour la dernière carte de vœux que tu as reçue. Elle était destinée à mes patients, mais ton nom figurant dans le carnet d'adresses de ma messagerie, elle t'a été transmise automatiquement.

Rosie : j'ai une rectification à faire. Je n'ai pas été conviée à ton mariage. Katie l'a été, pas moi. Or elle pouvait difficilement venir seule, dans la mesure où elle n'avait que treize ans. Et où aurait-elle dormi ? Il m'était impossible de l'accompagner, je n'en avais pas les moyens et…

Alex : stop ! Laisse-moi réfléchir une minute. Tu n'as pas reçu d'invitation ?

Rosie : non, il n'y en avait qu'une, au nom de Katie.

Alex : et tes parents ?

Rosie : ils ont eu la leur, effectivement, mais ils étaient à Paris chez Steph et

Alex : OK ! Ton invitation n'a pas été envoyée chez eux ?

Rosie : non.

Alex : mais mes parents… ils ne t'ont pas invitée ?

Rosie : ils m'ont dit qu'ils aimeraient que je sois là, mais qu'ils ne contrôlaient pas la situation. Et toi, tu ne m'as jamais demandé de venir.

Alex : tu étais pourtant sur la liste. J'ai même *vu* ton bristol sur la table de la cuisine.

Rosie : ah…

Alex : qu'est-ce qui a bien pu se passer ?

Rosie : ce n'est pas à moi qu'il faut poser la question. J'ignorais qu'il y avait une invitation pour moi. Qui les a postées ?

Alex : Bethany et l'organisateur du mariage.

Rosie : ah… par conséquent il est arrivé malheur à mon pauvre bristol entre le moment où Bethany est partie pour la poste et celui où les enveloppes sont tombées dans la boîte.

Alex : ne recommence pas, Rosie. Bethany n'y est pour rien. Elle avait mieux à faire que de manigancer des plans pour se débarrasser de toi.

Rosie : déjeuner avec des dames du monde, par exemple ?

Alex : arrête.

Rosie : en tout cas, je suis sidérée.

Alex : alors tu as cru que je ne voulais pas de toi à mon mariage ?

Rosie : oui.

Alex : et pendant une année entière, tu as gardé le silence ? Mais pourquoi ? Si tu ne m'invitais pas à ton mariage, moi je te garantis que je t'en parlerais !

Rosie : excuse-moi, mais pourquoi tu ne m'as pas demandé pour quelle raison je n'étais pas là ? Si je t'invitais à mon mariage et que tu ne viennes pas, je te garantis que je te poserais la question.

Alex : j'étais en colère.

Rosie : moi aussi.

Alex : je suis toujours en colère, à cause de ce que tu as osé dire.

Rosie : réponds-moi franchement, Alex. M'as-tu ou non déclaré, quelque temps auparavant, que Bethany n'était pas la femme de ta vie, que tu ne l'aimais pas ?

Alex : oui, mais

Rosie : étais-tu, oui ou non, sur le point de rompre quand elle t'a annoncé qu'elle était enceinte ?

Alex : oui, mais

Rosie : étais-tu, oui ou non, inquiet pour ton boulot lorsque tu refusais d'épouser Bethany ?

Alex : oui, mais

Rosie : et étais-tu, oui ou non

Alex : arrête, Rosie ! Tout cela est peut-être vrai, n'empêche que je souhaitais faire partie de la vie de Bethany et de Theo.

Rosie : alors, si tu m'as effectivement invitée à ton mariage et si je n'avais pas tout à fait tort de te dire certaines choses, pourquoi avons-nous passé une année sans échanger une parole ? C'est dommage, Alex.

Alex : je suis d'accord. On est de nouveau amis ?

Rosie : je n'ai jamais cessé d'être ton amie.

Alex : moi non plus. Bon, malheureusement je dois te laisser. Mon bébé est en train de se tartiner son petit déjeuner sur le crâne, avec une mine extraordinairement concentrée. Je crains que l'heure de lui changer sa couche ait encore sonné.

Tu es belle, tu es notre fille et nous t'aimons de tout notre cœur.

Joyeux anniversaire, Rosie !

Bonne chance pour tes examens en juin. Nous croisons les doigts pour toi.

Tendrement,

Maman et papa

Tu me rattrapes, sœurette, ce dont je me réjouis parce que je ne veux pas être la seule à friser la quarantaine. Bonne chance pour tes examens. Tu as deux mois pour potasser à fond, tu y arriveras, je suis sûre que tu réussiras les doigts dans le nez !

Joyeux anniversaire !

Stephanie, Pierre, Jean-Louis et Sophia

Bon anniversaire, maman.

J'espère que ton cadeau te plaira. S'il ne te va pas, je le garderai.

Plein de bisous,

Katie

Trente-cinq ans, Rosie. Je me lance dans de nouvelles expérimentations pour ralentir le temps. Ça te dit de participer au programme ?

Amuse-toi et j'espère te voir bientôt ! Ton ami,

Alex

Ma Rosie,

Et on remet ça, comme tous les ans. Après cette fête, plus de distractions. Tu dois décrocher la meilleure note à ces examens. Tu en es capable, et tu représentes mon seul espoir de me tirer d'ici. Je rêve toujours de danser pour tes clients dans ton somptueux hôtel.

Affectueusement,

Ruby

Vous avez un message de : ROSIE

Rosie : au secours, mon petit ange a seize ans ! Qu'est-ce que je suis censée faire, maintenant ? Où j'ai mis le manuel ?

Ruby : hier, elle n'avait pas deux ans, n'exagérons pas. Tu as eu… seize ans pour te préparer, n'est-ce pas ? Ça ne devrait pas t'ébranler à ce point.

Rosie : espèce de garce sans cœur, tu n'as donc aucune sensibilité ? Dans quel état tu étais quand Gary a fêté son seizième anniversaire ?

Ruby : je ne vois pas les choses comme toi. Les anniversaires me laissent froide – pour moi, ce sont des jours pareils aux autres. Ils ne symbolisent rien, hormis des clichés, des généralités que les gens ont inventés pour avoir des sujets de conversation, des débats télévisés. Katie ne va pas dérailler sous prétexte qu'un matin au réveil elle a eu seize ans. Le mois dernier, tu en as eu trente-cinq. Autrement dit, dans cinq ans tu en auras quarante. Tu penses qu'à ce moment-là tu seras différente de ce que tu étais à trente-neuf ans ? Je te répète que ce ne sont que des clichés idiots que nos congénères ont inventés pour écrire des âneries sur des cartes ridicules, se choisir un pseudo pour chatter sur le Net et se lamenter sur leur sort.

Pour les hommes, par exemple, on parle de la « crise de la cinquantaine ». Ce n'est pas l'âge le problème, c'est le cerveau masculin. Les mâles sont infidèles depuis le temps où ils étaient des singes, depuis l'époque des cavernes et jusqu'à aujourd'hui, où ils sont prétendument civilisés. Ils sont faits comme ça, l'âge n'a rien à voir là-dedans.

Ton bébé restera ton bébé bien après qu'elle aura elle-même un bébé. Ne t'inquiète pas.

Rosie : je ne veux pas que mon bébé ait un bébé avant d'être adulte, mariée et riche. Quand je me rappelle mon seizième anniversaire… eh bien, en réalité, je n'en ai pas de souvenir précis.

Ruby : ah bon ? Pourquoi ?

Rosie : parce que j'étais incroyablement immature et stupide.

Ruby : qu'est-ce que tu as fait ?

Rosie : Alex et moi, on a imité la signature de nos mères respectives et rédigé un mot d'excuse pour l'école, disant que nous serions tous les deux absents.

Ruby : quelle coïncidence...

Rosie : nous sommes allés dans un pub en ville, où on ne demandait pas leur carte d'identité aux mineurs, et on a picolé toute la journée. Cette bamboula s'est mal terminée, je suis tombée, je me suis à moitié fracassé la tête, il a fallu m'emmener en ambulance à l'hôpital où on m'a fait plusieurs points de suture et un lavage d'estomac. Nos parents n'étaient pas très contents.

Ruby : tu m'étonnes. Et comment tu es tombée ? Tu t'es cassé la figure en dansant ?

Rosie : non, je suis tombée de mon tabouret.

Ruby : sans blague ! Il n'y a vraiment qu'à toi que ça peut arriver.

Rosie : oui, j'avoue que ce n'est pas ordinaire. Je ne sais pas comment je me suis débrouillée.

Ruby : tu devrais demander à Alex. Je m'étonne que tu n'aies jamais pensé à le faire.

Rosie : bonne idée ! Tiens, justement, il est en ligne. Je vais de ce pas lui poser la question.

Ruby : ça n'a rien d'essentiel, mais c'est toujours un prétexte pour lui parler. Je reste connectée et j'essaie d'avoir l'air affairé pendant que vous papotez. Je grille de curiosité...

Vous avez un message de : ROSIE

Rosie : salut.

Alex : salut, toi. Ça t'arrive de travailler ? Chaque fois que je me connecte, tu l'es aussi.

Rosie : je bavarde avec Ruby. Ça coûte moins cher que le téléphone, et taper sur un clavier donne l'impression qu'on est en train de bosser. Dis donc, j'ai une petite question à te poser.

Alex : vas-y.

Rosie : tu te souviens de mon seizième anniversaire, quand je suis tombée sur la tête ?

Alex : comment pourrais-je oublier ? Tu y repenses parce que les seize ans de Katie se profilent à l'horizon ? Note que, si elle te ressemble, je comprends que tu te ronges les sangs. Il faudrait peut-être que je lui offre une bassine pour vomir ?

Rosie : l'âge n'est qu'un symbole, un chiffre, pas un état d'esprit ni une incitation à adopter un comportement discutable.

Alex : fichtre... et ta question ?

Rosie : comment je me suis débrouillée pour tomber et me cogner la tête alors que j'étais assise ?

Alex : oh, Seigneur. La question. Voilà *la* question.

Rosie : Alex, qu'est-ce qui t'arrive ?

Alex : Rosie Dunne, j'ai attendu pendant près de vingt ans que tu me poses cette question, je croyais que jamais ça ne viendrait.

Rosie : pardon ?

Alex : pourquoi tu ne l'as pas fait avant ? Le lendemain, tu as prétendu n'avoir aucune idée de ce qui s'était passé. Je ne voulais pas réveiller tes souvenirs.

Rosie : quels souvenirs ? Alex, réponds-moi : comment suis-je tombée de mon tabouret ?

Alex : il ne me semble pas que tu sois prête à encaisser ça.

Rosie : arrête ton char. Je suis Rosie Dunne, non ? Depuis le berceau, je suis prête à tout encaisser.

Alex : bon, d'accord, si tu es sûre de toi...

Rosie : oui ! Et maintenant, explique !

Alex : on s'embrassait.

Rosie : *quoi ?*

Alex : eh oui ! Tu étais perchée sur ton tabouret de bar, tu te penchais pour m'embrasser. Le tabouret était bancal, le dallage du sol un vrai champ de mines. Et tu es tombée.

Rosie : QUOI ? ?

Alex : les mots doux que tu m'as susurrés à l'oreille ce soir-là, Rosie Dunne... Le lendemain, tu avais tout oublié, ça m'a estomaqué. Moi qui t'avais tenu la main pendant que tu vomissais.

Rosie : Alex !

Alex : oui ?

Rosie : *pourquoi tu ne me l'as pas dit ?*

Alex : parce qu'on avait interdiction de se voir et que je ne voulais pas te l'écrire. Ensuite, tu as décrété que tu préférais oublier complètement cette soirée, alors j'en ai déduit que tu avais peut-être quelques vagues réminiscences et que tu regrettais.

Rosie : tu aurais vraiment dû me le dire.

Alex : quoi donc ?

Rosie : eh bien… c'est très gênant, Alex.

Alex : désolé.

Rosie : je n'en reviens pas. Parce que je suis tombée, nous avons été punis, j'ai dû rester enfermée à la maison une semaine, et toi tu as travaillé avec ton père et rencontré Bethany. Celle qu'à l'époque tu déclarais vouloir épouser…

Alex : oui, c'est vrai, j'ai dit ça !

Rosie : oui…

Alex : en réalité, j'ai lancé ça pour te tester, mais comme tu n'as pas bronché, j'ai continué à sortir avec elle. C'est drôle, je ne me souvenais plus que j'avais dit ça à ce moment-là ! Bethany sera ravie. Merci de me l'avoir rappelé.

Rosie : non, merci à toi de m'avoir rendu la mémoire…

Vous avez un message de : RUBY

Ruby : grouille, il faut que je fasse semblant de travailler. Tu as découvert ce qui s'était passé ?

Rosie : effectivement, j'ai découvert que je suis la pire idiote de la création. Oh là là…

Ruby : j'ai poireauté tout ce temps pour ça ? J'aurais pu te mettre au courant depuis des lustres.

Katie chérie,
Que ce seizième anniversaire soit doux et plein de joie.
Ta maman qui t'aime

À ma petite amie,
Joyeux anniversaire !
John

Bon anniversaire, espèce d'enquiquineuse. Encore quelques mois, et on t'enlèvera tes bagues dentaires. Je ne saurai plus ce que tu as mangé aux repas.
Toby

Je te souhaite un très bon anniversaire, Katie. J'espère que tu ne flirtes pas trop avec John.
Affectueusement,
Papa

Chère maman et cher papa,

Je n'adresserai plus jamais la parole à Rupert.

Au lieu d'un cadeau, Katie m'avait demandé de l'argent pour qu'elle choisisse elle-même des vêtements, ce qui m'arrangeait énormément, vu que ça m'évitait de passer des nuits sans sommeil à réfléchir au cadeau « parfait » qu'elle ne manquerait pas de détester et de planquer sous son lit. Bref, pour vous résumer l'histoire, la voilà qui rentre à l'appartement en tenant par la main son gentil géant (John). Elle avait un sourire radieux qui m'a aussitôt mis la puce à l'oreille. Alors elle a remonté son débardeur, baissé son pantalon de quelques centimètres, et c'était là…

L'abominable tatouage.

Là sur sa hanche, une chose hideuse, dégoûtante, qui me narguait.

Vous n'imaginez pas à quel point c'est laid. Quand je l'ai vu, ça saignait et une croûte commençait à se former. Rupert m'a déclaré que ses clients devaient avoir seize ans pour se faire tatouer. Folle de rage, je suis descendue vérifier sur le Net. Malheureusement il a raison, mais si je trouvais une faille qui me permette de lui régler son compte…

Le type du cybercafé m'a demandé si j'allais bien, il avait l'air sincèrement inquiet, aussi j'ai cru que c'était pour nous le début de quelque chose. Puis j'ai réalisé que je martelais le clavier à coups de poing et qu'il se faisait probablement du souci pour son ordinateur. N'ayant pas de place dans ma vie pour des égoïstes de ce genre, j'ai décidé qu'il n'y aurait pas de romance torride entre nous. Point à la ligne.

Le pire, c'est qu'à l'heure du crime j'essayais de bûcher et que le bruit des instruments de torture que manie Rupert me déconcentrait. Si seulement je m'étais doutée qu'il s'affairait à mutiler ma fille !

Lui exprimer le fond de ma pensée était délicat, je ne pouvais décemment pas lui dire sans l'offenser combien je hais les tatouages, vu qu'il est un tatouage ambulant. Ça équivaudrait à traîner dans la boue la passion de sa vie.

Mais il n'y avait pas que cette horreur sur la hanche de Katie. Elle a aussi un piercing à la langue, Rupert le lui a fait gratis. Quand elle parle, on croirait qu'elle a des patates chaudes dans la bouche. John en a également un, ainsi qu'un tatouage sur la hanche : une balle de hurling et une crosse. Ne me demandez surtout pas de quoi ça a l'air. Rupert a dessiné la balle trop près du hurley, si vous voyez ce que je veux dire.

Je suppose que ça pourrait être pire – chacun d'eux aurait pu se faire tatouer le prénom de l'autre. Dans le fond, Katie n'a sur le ventre qu'une minuscule framboise, pas plus grosse que l'ongle de mon pouce.

Ma réaction serait-elle excessive ?

Je n'ose imaginer ce que vous avez ressenti, tous les deux, quand je vous ai annoncé que j'étais enceinte !

À ce propos, il faudrait peut-être que je mette Katie en garde, non ? De toute manière, je dois remonter dare-dare à l'appartement pour faire taire la musique (qu'on entend dans tout l'immeuble) et me remettre à bûcher. Dire que j'en suis à ma dernière année, ça me stupéfie. Il me semblait pourtant impossible d'étudier le soir, travailler le jour et m'efforcer d'être une mère. Je me félicite de n'avoir pas baissé les bras. Vous vous rendez compte, je vais avoir ma cérémonie de remise de diplôme ! Vous allez enfin pouvoir m'admirer dans la tenue fort peu seyante des étudiants diplômés. Cela aurait dû se produire il y a quatorze ans, mais... mieux vaut tard que jamais.

Cependant je ne parviendrai pas jusqu'à cette fameuse cérémonie si je ne passe pas mes examens, donc, plus de distractions. Je file étudier !

Je vous embrasse très fort,

Rosie

De : Rosie
À : Alex
Objet : mon père

Il est arrivé un malheur. On me dit que tu es au bloc opératoire mais, je t'en prie, peux-tu me joindre dès que tu auras mes messages et ce mail ?

Maman m'a téléphoné tout à l'heure, en larmes. On a emmené papa à l'hôpital, il a eu une crise cardiaque. Elle est en état de choc, mais elle m'a dit de ne pas venir puisque mes examens commencent demain. Je ne sais pas à quel point c'est grave, les docteurs ne se prononcent pas encore. Tu pourrais les contacter et leur parler ? Toi, tu comprendras leur jargon. Je ne sais pas quoi faire. Pourvu que tu aies ce mail à temps. À part toi, je n'ai personne vers qui me tourner.

Je ne veux pas laisser maman toute seule, même si Kevin sera auprès d'elle. Je ne veux pas non plus laisser papa tout seul. Je suis déboussolée.

Aide-moi, Alex, je t'en prie. Je ne veux pas perdre mon père.

De : Alex
À : Rosie
Objet : re : mon père

J'ai essayé de t'appeler, mais ça sonnait occupé. Reste calme. J'ai téléphoné à l'hôpital et discuté avec le Dr Flannery, qui s'occupe de ton père. Il m'a expliqué la situation.

Je te conseille de faire ta valise et de prendre le premier bus pour Galway. Tu comprends ce que j'essaie de te dire ? Oublie tes examens, il y a plus important. Sois forte, Rosie, pour tes parents. Dis à Stephanie de te rejoindre, si elle le peut. Donne-moi des nouvelles dans la soirée.

43

Cher Alex,

Un cercueil ne peut pas faire plus de 76 centimètres de large et on en trouve en carton très épais pour la crémation. Il doit y avoir une plaque sur le couvercle, portant le prénom et le nom du défunt. Pour ne pas mélanger les morts, je présume. Personnellement, j'aurais préféré ne pas savoir qu'il fallait enduire l'intérieur d'une substance spéciale ou le tapisser d'un tissu ou d'un rembourrage absorbant parce que des fluides s'écoulent du corps.

Et les formulaires. Des tas de formulaires à remplir : A, B, C, F, ainsi que les certificats médicaux. Personne n'a mentionné les formulaires D et E. J'ignorais qu'on doit prouver par A plus B qu'on est décédé. Je pensais que cesser de respirer suffisait. Apparemment je me trompais.

C'est un peu comme s'en aller vivre dans un autre pays, je suppose. Papa n'avait qu'à revêtir son costume du dimanche, avoir ses papiers en règle et embarquer pour sa dernière demeure, où qu'elle soit. Maman aurait tant aimé partir avec lui pour cet ultime voyage, mais elle est restée là.

Aux obsèques, elle répétait à tout le monde : « Il ne s'est pas réveillé. Je l'ai secoué, mais il ne se réveillait pas. » Elle tremble comme une feuille depuis ce jour-là, elle a vieilli de vingt ans. Pourtant elle a l'air tellement jeune, une petite fille perdue qui ne sait plus où aller, comme si elle avait subitement atterri dans un endroit inconnu.

Elle est perdue, en effet. Nous le sommes tous.

Je n'avais jamais connu ça. À trente-cinq ans, je n'avais jamais enterré un proche. Les enterrements auxquels j'ai assisté, une dizaine en tout, étaient ceux de lointains parents, d'amis d'amis. Cela n'avait rien changé à ma vie.

Mais mon père... Mon Dieu, cette absence.

Il n'avait que soixante-cinq ans. Il n'était pas vieux, il se portait bien. Pourquoi un sexagénaire en bonne santé s'endort-il un soir pour ne plus rouvrir les yeux ? Je me console en me disant qu'il a aperçu dans ses rêves une chose si belle qu'il n'a pas pu s'empêcher de la suivre. Papa était tout à fait capable de ça.

C'est terrible de voir ses parents anéantis. Sans doute parce qu'on s'attend à ce qu'ils soient forts, mais ce n'est pas tout. Lorsqu'on est enfant, les parents représentent une sorte d'échelle de Richter pour mesurer la gravité d'une situation. Quand tu tombes et que tu ne sais pas trop si tu as mal ou non, tu les regardes. S'ils ont l'air inquiet et se précipitent vers toi, tu fonds en larmes. S'ils rient, tu te relèves et tu continues.

Quand tu te retrouves enceinte et que tu es comme anesthésiée, tu les regardes aussi. Ta mère et ton père te prennent dans leurs bras, te jurent que tout ira bien, qu'ils te soutiendront, et tu comprends que ce n'est pas la fin du monde. Mais avec d'autres parents, ça peut l'être.

Oui, pour les enfants, les parents sont un baromètre émotionnel et tout cela provoque une réaction en chaîne, comme avec les dominos. Je n'avais jamais vu maman pleurer autant, cela m'a effrayée et fait pleurer, ce qui a effrayé et fait pleurer Katie.

Nous pensions que papa était éternel. Il était le seul capable d'ouvrir le bocal que personne ne pouvait ouvrir, il réparait tout ce qui était cassé, et nous pensions qu'il serait toujours là pour le faire. L'homme qui m'asseyait sur ses épaules, qui me pourchassait dans la maison avec des rugissements féroces, qui me lançait en l'air et me rattrapait, qui me faisait tournoyer jusqu'à ce que je ne tienne plus sur mes pieds, que je m'écroule en hurlant de rire… cet homme est parti sans que j'aie pu lui dire merci et adieu. Le dernier souvenir que j'aurai de lui sera un cercueil et des formulaires à remplir.

Je suis encore à Galway avec maman. L'été est splendide, et ça me donne une sensation de malaise. J'entends des rires d'enfants qui montent de la plage, des oiseaux chantent et dansent dans le ciel, ils plongent en piqué dans les vagues pour capturer leur pitance frétillante. J'ai honte d'aimer le monde, d'être éblouie par toute cette lumière, alors qu'un si grand malheur vient de nous frapper.

À l'église, le jour des obsèques, il y avait des bébés qui gazouillaient. Rien n'est plus doux que le babil d'un enfant innocent, joyeux dans un lieu où règne le chagrin. Cela vous rappelle que la vie se poursuit, hormis pour celui qui vous a quitté. Les êtres humains naissent, d'autres s'en vont, nous le savons. Pour reprendre un cliché éculé, la mort est l'unique certitude de cette vie. L'essence de notre condition humaine, qui nous anéantit.

Je ne sais pas quoi faire, quels mots dire à maman pour la réconforter. La voir pleurer à longueur de journée me déchire. Elle souffre tellement. Je crois qu'un jour elle n'aura plus de larmes à verser.

Alex, tu es cardiologue. Que fais-tu pour ceux qui ont le cœur brisé ? Comment les soignes-tu ?

Je te remercie d'avoir assisté aux obsèques, j'ai été heureuse de te revoir, je regrette simplement qu'il ait fallu de telles circonstances pour nous réunir. J'ai aussi été très touchée par la présence de tes parents. Et merci de nous avoir débarrassés de Machin, je n'étais vraiment pas d'humeur à discuter avec lui à l'église. Si papa l'avait aperçu, il aurait bondi hors de son cercueil pour l'assommer.

Stephanie et Kevin sont repartis voici quelques jours, moi je vais rester encore un moment. Il m'est impossible de laisser maman seule. Les voisins sont adorables avec elle, je sais qu'elle sera entourée après mon départ. Je n'ai pas passé mes examens et, apparemment, je serai obligée de redoubler ma dernière année pour obtenir le diplôme. Je ne me sens pas d'attaque pour tout recommencer.

Il faudra malgré tout que je rentre bientôt chez moi, j'ai probablement un monceau de factures dans ma boîte aux lettres. Je dois payer avant qu'on me coupe l'électricité, le téléphone et qu'on me mette à la rue.

Encore une fois, Alex, merci d'avoir été là. Il a fallu une nouvelle tragédie pour nous retrouver, n'est-ce pas typique de notre relation ?

Je t'embrasse,

Rosie

De : Rosie
À : Alex
Objet : mon père

Je viens d'arriver du Connemara, et une pile de courrier m'attendait. Parmi les factures, il y avait cette lettre que je te transmets. Elle a été postée la veille de la mort de papa.

Chère Rosie,

Ta dernière lettre, à propos du tatouage de Katie, nous a bien fait rire, ta mère et moi. J'adore tes lettres ! Ta fille est désormais une adolescente estampillée, es-tu remise de ce traumatisme ? Je me souviens encore du jour où ça t'est arrivé. Je crois que tu as franchi ce cap avant Stephanie. Tu as toujours été si avide de faire de nouvelles expériences, de découvrir le vaste monde, mon intrépide Rosie. Je pensais que, tes études terminées, tu t'en irais parcourir la planète et que nous ne te verrions jamais plus. Heureusement, ça n'a pas été le cas. C'était si bon de t'avoir à la maison. De vous avoir toutes les deux, Katie et toi. Je n'ai qu'un regret : vous avoir quittées quand vous aviez besoin de nous. Avec ta mère, nous nous demandons souvent si nous n'avons pas eu tort. J'espère que non.

Tu as toujours craint d'être une gêne, un poids pour nous, je le sais. Détrompe-toi. J'ai eu la chance de voir ma fille grandir, devenir adulte et mère. Katie et toi, vous formez un sacré tandem, et elle a reçu une excellente éducation. Elle est gentille et rayonnante, grâce à sa maman, et ce n'est pas un peu d'encre sur sa peau qui ternira cet éclat.

L'existence attribue à chacun de nous des cartes différentes, or tu n'as certes pas eu les meilleures. Cependant tu as surmonté les moments difficiles. Tu es forte, et tu l'es encore davantage depuis que cet abruti (ta mère m'a dit de l'appeler Machin) t'a trahie. Tu es tombée, tu t'es relevée et tu as repris ta route. Tu t'es aménagé un nid avec Katie, tu as trouvé du travail, nourri ta fille et, une fois de plus, fait l'orgueil de ton père.

Maintenant tu n'es plus qu'à quelques jours de tes examens. Après tout ce que tu as traversé, tu vas avoir un diplôme. Je serai heureux d'assister à la cérémonie, Rosie, je serai le père le plus fier du monde.

Tendrement,

Papa

De : Rosie
À : Alex
Objet : diplôme

Il n'est pas question à présent que je laisse tomber cette formation universitaire. Comme le dit Johnny Logan[1],

1. Allusion à la chanson *What's Another Year*, de l'artiste irlandais Johnny Logan.

dans son infinie sagesse, une année de plus qu'est-ce que c'est ? Je passerai ces examens et j'aurai ce diplôme de management hôtelier. Papa n'aurait pas voulu que je loupe ça à cause de lui.

C'est l'adieu dont j'avais besoin, Alex. Quel merveilleux, fabuleux cadeau.

De : Julie
À : Rosie
Objet : je vous garde ?

Alors vous restez avec moi un an de plus ? Je vous y autorise, mais une fois que vous serez diplômée, je vous le répète et je ne plaisante pas : vous serez virée. J'ai cinquante-cinq ans, je n'exercerai pas ce métier jusqu'à ce que vous ayez réalisé vos rêves.

Cette année, les cours seront pour vous une partie de plaisir, d'abord parce que vous les avez déjà bûchés et surtout parce que les paroles de votre père vous motiveront. Vous ne pouviez pas recevoir de meilleur soutien.

Me permettez-vous une question : pourquoi avez-vous une telle passion pour les hôtels ?

De : Rosie
À : Julie
Objet : ma passion des hôtels !

Les très beaux hôtels m'enchantent, pour moi ils représentent le summum du luxe et de la splendeur. J'aime qu'on soit à mes petits soins, qu'on me bichonne. Et tout est si propre, si impeccable et parfait. C'est tellement différent de la maison – de la mienne, en tout cas.

J'adore les salles de bains étincelantes, les peignoirs moelleux, les chaussons en tissu, le décorum. Chez vous, qui songerait à déposer des chocolats sur votre oreiller ? Dans un hôtel, vous êtes à la fois chez les fées et le Père Noël. Le room-service est à votre disposition vingt-quatre heures sur vingt-quatre, on vous prépare votre lit, on vous garnit le minibar, on vous offre des coupes de fruits et du shampoing. Il ne vous manque rien. Vous n'avez qu'à décrocher votre téléphone, appuyer sur la touche magique, et on satisfait vos moindres caprices.

Voilà pourquoi travailler dans un hôtel serait pour moi un plaisir quotidien. Quand j'aurai terminé ma formation, j'aurai un poste de gestionnaire stagiaire, donc… je sais qu'il y a un job pour moi au pied de l'arc-en-ciel.

Vous avez un message de : RUBY

Ruby : bonjour, madame.

Rosie : salut, Ruby, désolée pour ce long silence, j'ai été passablement débordée.

Ruby : tu n'as pas à t'excuser, voyons. Comment va ta mère ?

Rosie : pas très bien. Le réservoir de larmes n'est pas encore tari. Elle doit venir passer quelque temps chez moi.

Ruby : dans l'appartement ?

Rosie : oui.

Ruby : comment tu comptes t'arranger ? Tu n'as pas de chambre d'amis.

Rosie : mon Dieu, il y a vraiment une éternité qu'on ne s'est pas parlé. Figure-toi qu'après plusieurs jours de négociation avec le Pleurnicheur, j'ai fini par capituler et autoriser Katie à passer l'été chez lui à Ibiza. Je dois être timbrée : Brian a beau me répéter sur tous les tons de la gamme qu'il surveillera sa fille, qu'il est un père responsable, je ne peux m'empêcher de penser qu'il s'est enfui au grand galop en apprenant que j'étais enceinte et n'a reparu que treize ans plus tard. Sa conception de la responsabilité m'échappe. En plus, il travaille la nuit, donc je ne vois pas comment il saura ce qu'elle fabrique.

Ruby : il possède un night-club dans la partie de l'île où les ados de seize ans pullulent. Il est bien placé pour savoir ce qu'ils font, et il ne voudra pas que sa fille les imite. Crois-moi. D'ailleurs, elle sera seule. Quelles bêtises pourrait-elle commettre ?

Rosie : tu veux que je réponde à cette question ? John la rejoindra pour quelques semaines, ainsi que Toby et Monica. Mais je n'ai pas grand-chose à dire, dans la mesure où Brian passe la majeure partie de l'année ici pour Katie. Il doit être là-bas l'été. C'est un échange de bons procédés, et Katie a envie de voir la maison de son père. Brian lui a aussi promis que, pendant son séjour, elle aurait la possibilité de s'exercer un peu avec le DJ du club, ce qui serait épatant pour elle.

Ruby : tu as réussi à t'en convaincre ?

Rosie : j'en ai l'air ?

Ruby : mais oui.

Rosie : eh bien, je ne voudrais pas me lamenter sur mon sort (nous savons tous que ce n'est pas mon genre), mais cet été je vais me sentir très seule. Même ma mère ne restera avec moi qu'un petit moment. Des gens que mes parents avaient rencontrés en croisière l'ont contactée. Ils partent en Afrique du Sud pour un mois. Papa voulait aller là-bas. Il regardait souvent les documentaires du National Geographic et disait qu'un jour il ferait un safari. Il le fera, puisque maman emporte ses cendres qu'elle dispersera au milieu des éléphants. Cette idée la réconforte, et ce n'est certainement pas moi qui lui mettrai des bâtons dans les roues. Kevin en revanche le prend très mal – il voudrait que notre père repose dans un endroit où nous pourrions tous le visiter. Je ne comprends pas pourquoi il réagit de cette manière. Quand papa était vivant, il n'allait jamais le voir. Je ne l'imagine donc pas se recueillant régulièrement au columbarium. Mais, à la réflexion, sa réaction est peut-être l'expression de sa culpabilité.

Bref, maman passera deux semaines avec moi avant son départ. Ensuite, il n'y aura plus personne. Je serai complètement abandonnée, puisque tout le monde est en vacances. Je n'aurai plus qu'à bûcher.

Ruby : Ça signifie peut-être qu'il serait temps pour toi de te faire de nouvelles relations, non ?

Rosie : ça va, je sais. Je suis seule, et je ne peux accuser personne d'autre que moi. Quand j'avais dix-huit ans, les filles de mon âge étaient obsédées par les garçons, pas par les bébés. À vingt-deux ans, elles se focalisaient sur leurs études universitaires, les enfants ne les intéressaient toujours pas. À trente-deux ans, elles rêvaient de mariage, pas de divorce. Et maintenant que j'ai trente-cinq ans, que je suis finalement disposée à parler des hommes, des études, elles ne pensent qu'à avoir un bébé. Je me suis mêlée aux discussions matinales autour de la machine à café ; j'ai essayé de papoter avec les autres mères qui attendaient leurs gamins devant les grilles de l'école. Ça n'a pas marché. Aucune ne me comprend aussi bien que toi, ma Ruby.

Ruby : pourtant, même moi, j'ai du mal. Tu es unique en ton genre, Rosie Dunne, absolument unique. Mais je suis là, fidèle au poste, et à moins que Gary et moi devenions, par miracle, les champions de salsa d'Irlande et participions au championnat d'Europe à Madrid, je ne bougerai pas.

Rosie : merci.

Ruby : de rien. Pour continuer le chapitre « faisons de nouvelles rencontres », quand comptes-tu entrer de nouveau en piste ? Il y a déjà quelques années que tu es sur la touche.

Rosie : tu oublies mon rancard avec Adam, que tu avais organisé. À part cette soirée qui fut très agréable, tout cela ne m'a jamais vraiment réussi, donc je ne suis pas en manque.

Ruby : sincèrement ?

Rosie : tu sais, le sexe avec Machin était tellement mécanique... Il bougeait en cadence avec notre fichu réveille-matin, sur la table de chevet, qui tictaquait si fort qu'il m'empêchait de dormir (la nuit, bien sûr, pas quand je faisais l'amour). Avec Brian, ça n'a duré que quelques minutes, dans le noir, et je ne m'en souviens même pas parce que j'avais trop bu. Adam était différent de ces deux-là, mais je ne crois pas que je rencontrerai un jour mon don Juan. Et je m'en fous. Ce qu'on ne connaît pas ne vous manque pas.

Ruby : ce que tu ignores ne t'inspire donc aucune curiosité ?

Rosie : non. J'ai un boulot merdique, un salaire merdique, un appartement à l'avenant et un loyer à payer. Je n'ai pas de temps pour une partie de jambes en l'air nullissime avec un type nullissime.

Ruby : Rosie !

Rosie : quoi ? Je ne plaisante pas.

Ruby : je n'en crois pas mes oreilles, je suis abasourdie. Bon, je t'emmène en boîte ce week-end.

Rosie : en boîte ? Tu penses que me traîner dans un endroit où tout le monde aura dix ans de moins que moi me remontera le moral ? Tu t'imagines que, de nos jours, les jeunes mâles au sang chaud s'intéressent aux vieilles mères célibataires de trente-cinq balais ? Ça me surprendrait. À mon avis, ils sont attirés par les filles qui ont les seins nettement au-dessus du nombril.

Ruby : n'exagère pas. Tu n'as quand même pas quatre-vingt-quinze ans ! J'ai rencontré mon Teddy dans un night-club, ce n'est peut-être pas Brad Pitt, mais s'il n'a pas un look d'enfer, il se défend très bien dans un lit.

Rosie : ah oui ? Tu essaies de me dire que c'est un bon amant ?

Ruby : je ne l'ai pas choisi pour son art de la conversation, n'est-ce pas ?

Rosie : certes, mais je ne pensais pas non plus au sexe.

Ruby : justement, il faut que ça change. Alors, on va sortir et s'éclater.

Rosie : je te remercie, mais franchement... non merci. Je n'ai pas envie de rencontrer qui que ce soit. Et si ça se produisait, qu'est-ce que je ferais ? Je le ramènerai chez moi pour le présenter à ma mère, qui est en deuil et dort dans la chambre voisine ?

Ruby : tu marques un point, mais tôt ou tard, tu devras recommencer à t'amuser. Tu te rappelles le sens de ce mot, Rosie ? *S'amuser*. Se distraire.

Rosie : je ne l'ai jamais trouvé dans mon dictionnaire.

Ruby : parfait, cette semaine nous irons une fois de plus au cinéma, ensuite je te remets sur le marché.

Rosie : d'accord, néanmoins je te signale que je ne suis pas en solde. Et je ne prends pas de locataires.

Ruby : des squatters, peut-être ?

Rosie : tout intrus sera impitoyablement chassé.

Ruby : je t'imagine, un fusil dans les mains, repoussant les hommes de ton territoire.

Rosie : c'est tout à fait ça.

44

Chère maman,

Pardon de ne pas avoir écrit plus tôt, mais j'ai été tellement débordée que je n'ai pas un moment pour prendre un stylo. Aujourd'hui, il fait une chaleur de four, du coup j'en profite pour bronzer avant que John arrive. Je veux être toute noire quand j'irai le chercher.

Papa m'attendait à l'aéroport, ça m'a fait bizarre de le voir en short et en tongs. Je ne me doutais pas qu'il avait des jambes. Si tu avais été là, tu aurais piqué un fou rire. Il portait une chemise hawaïenne bleu marine avec des grosses fleurs jaunes. Lui affirme qu'elle est noire (maintenant je te crois quand tu dis qu'il avait un smoking bleu pour le bal de la promo, il ne distingue pas les couleurs).

Il a une décapotable bleu électrique (noire, pour lui), assez géniale. Je n'étais jamais montée dans une décapotable. L'île est magnifique. Il habite un lotissement super chouette, juste à la limite du centre, avec une vingtaine de villas toutes blanches et une piscine commune. Il y a un type carrément mignon, en face, qui se baigne et se fait bronzer à longueur de temps. Du coup, je passe moi aussi la journée au bord de la piscine, à saliver. Papa balise et n'arrête pas de lui répéter de mettre au moins une chemise. Il fait semblant de plaisanter, mais je sais bien qu'il ne rigole pas – il est furax.

Toby et Monica arrivent la semaine prochaine, on devrait bien s'amuser, à condition que Monica la boucle. Ils seront dans un hôtel en ville, il y a plein de boîtes super cool dans les parages. Avant que tu t'arraches les cheveux, je m'empresse de te dire que, le jour de mon arrivée, papa m'a trimballée dans la rue où se trouvent les bars et les night-clubs pour me présenter aux patrons et aux videurs. J'ai cru qu'il faisait ça pour qu'ils me reconnaissent et me laissent passer. Mais, la semaine dernière, quand j'ai voulu essayer les bars, je n'ai pas pu entrer. Nulle part. J'ai pensé que, peut-être, ils détestaient papa et voulaient le vexer, mais non : hier, le videur du club qui est au bout de la rue est venu dans la boîte de papa avec son fils, qui a quinze ans. Là-dessus, j'ai entendu papa dire à ses videurs de bien mémoriser la figure de ce garçon et de lui interdire d'entrer.

Résultat, j'ai passé la majeure partie de mes soirées dans le night-club de papa. Hier, j'ai pu rester près du DJ pour le regarder travailler. La boîte est délirante, vraiment super. C'est bondé tous les soirs, on peut à peine bouger sur la piste de danse. Remarque, ça n'a aucune importance. Apparemment, plus un endroit est bourré de monde, plus il est apprécié.

Le DJ s'appelle Sugar (il est SUPERBE !), il m'a montré comment il faut faire, il m'a même confié les platines un petit moment. Je voulais pas que les clients s'en rendent compte, j'essayais d'être aussi bonne et pro que Sugar. Mais quand j'ai levé le nez, ils me regardaient parce que papa tenait une énorme caméra et leur demandait de poser devant la cabine du DJ. J'étais gênée !

J'ai aussi rencontré la petite amie de papa, Lisa. Elle a vingt-huit ans, c'est une des danseuses de la boîte. Elle fait son numéro sur un podium à trois mètres du sol, dans un cercle de flammes, vêtue d'un bout de tissu (je n'appellerais pas ça une robe) qui ressemble à une peau de tigre. Elle est originaire de Bristol, elle avait mon âge quand elle s'est installée ici pour devenir danseuse.

Elle m'a dit qu'avant elle travaillait dans une autre boîte de la rue (le club de strip-tease, à mon avis), qu'elle a fait la connaissance de papa (je préfère ne pas savoir où ni comment !) et qu'il lui a proposé un job.

Elle envisage d'avoir un serpent dans son show, parce qu'elle a acheté un costume en fausse peau de serpent qu'elle trouve magnifique. Je lui ai suggéré de prendre papa à la place du boa (je crois que c'est toi qui as parlé par ma bouche). Papa dit qu'elle est folle, il refuse de lui payer un reptile, conclusion ils n'arrêtent pas de se disputer. Je n'ai pas eu la méchanceté de dire à Lisa que les clients du club sont tellement imbibés d'alcool qu'ils ne remarqueraient même pas un éléphant sur le podium. Elle veut absolument son serpent, sous prétexte que ça fera bien dans son CV. Papa lui a demandé si elle prévoyait de travailler pour un cirque. Et ainsi de suite. Ils sont marrants, tous les deux.

Je viens juste de réaliser que, toi et moi, on n'a jamais eu de vraies vacances ensemble. À part tes séjours chez Steph et Alex, est-ce que tu es déjà partie quelque part ? L'an prochain, on pourrait s'offrir un voyage quand j'aurai terminé mes études et que je serai libre. Toi, tu auras ton diplôme, on fêtera ça ! J'espère que tu révises à fond. Au moins, je ne suis pas là pour te distraire. Si Rupert met la musique trop fort, tape sur le plancher, il baissera le son. Moi, c'est ce que je fais, et ça marche.

Je t'écrirai bientôt. Tu me manques !

Gros bisous,

Katie

Chère Rosie,

Je t'écris de Cape Town en Afrique du Sud, un endroit époustouflant. Mes compagnons de voyage me dorlotent, ne t'inquiète pas pour moi. Comme ils ont tous connu Dennis pendant la croisière, c'est agréable de parler de lui avec eux, de nous rappeler les bons moments que nous avons passés. Il y a une autre dame qui a perdu son mari, ce sont ses premières vacances solitaires, et parfois nous pleurons ensemble. Je suis contente qu'elle soit là, nous nous comprenons, nous traversons la même épreuve.

Dennis me manque tellement. Il aurait adoré ce voyage. Mais, d'une certaine manière, il est près de moi. Tant pis si Kevin me juge complètement folle, j'ai dispersé les cendres de votre père. Une partie dans le vent, une autre dans l'eau, et une autre encore sur la terre de ce pays. À présent, il est là, tout autour de moi. C'est ce qu'il aurait voulu, je le sais. Il m'avait demandé de ne pas le laisser pourrir dans une tombe, ni le garder dans une urne sur la cheminée. Maintenant il flotte dans l'air tout autour du monde. Sa dernière aventure.

Certaines journées sont très dures, j'ai alors envie de te téléphoner et de sangloter, cependant être ici me divertit. De plus, pour quelqu'un qui est en deuil, c'est le lieu idéal. Kevin ne me comprend pas du tout. Il considère que je devrais être vêtue de noir et me traîner tous les matins au cimetière comme une âme en peine. Je refuse, et j'avoue que je ne comprends pas non plus mon fils. Il nous reste encore trois semaines à passer ici, et déjà la bande parle de partir ailleurs ! Ils ont de nombreux contacts dans les agences de voyages, nous pourrions obtenir des tarifs vraiment intéressants. Je me dis qu'après tout j'ai le droit de dépenser mes économies.

J'espère que Katie se plaît à Ibiza et que Brian s'occupe bien d'elle. Il semble être devenu un homme convenable, qui travaille dur. À ta place, Rosie chérie, je ne me ferais pas de souci. Pourras-tu transmettre à Katie la lettre que je joins à cet envoi ? Je craignais de n'avoir pas son adresse exacte.

Je suppose que tu te réjouis d'avoir un peu de tranquillité pour étudier. J'espère que Ruby ne te distrait pas trop et ne t'entraîne pas dans de folles soirées en ville !

Révise bien, ma chérie. Je t'aime, tu me manques.

Maman

De : Ruby
À : Rosie
Objet : bye !

Salut, Rosie, quelques mots pour t'annoncer la grande nouvelle ! Aujourd'hui, Teddy et moi avons réservé un séjour de dernière minute à un tarif défiant toute concurrence : cinq jours en Croatie pour 199 euros chacun, vol et hôtel compris. Une aubaine, et tout ça parce qu'on décolle ce soir. Je suis en train de jeter mes affaires dans une valise tout en pianotant sur mon clavier (je suis la déesse aux cent bras, comme tu sais). Crois-tu qu'il soit trop tard pour me sculpter un corps parfait de naïade ? Je ne mangerai pas dans l'avion, on verra bien. Peut-être que je rentrerai dans mon maillot.

Je voulais juste te dire au revoir, ma belle. Tu seras ravie que je parte, j'en suis sûre, pour avoir la paix et étudier. J'espère que l'arrivée d'Alex et compagnie te distraira, mais n'oublie pas qu'il est marié... ne fais rien que je ne ferais pas !

Prends soin de toi,

Souvenir d'Hawaï !

Comme tu vois, il y a eu un changement de programme. Mon imprévisible épouse a décrété qu'Hawaï serait beaucoup plus agréable que l'Irlande. Pourquoi n'y avais-je pas pensé !

Il fait un temps magnifique, l'hôtel est un paradis (j'ai pris la liberté de chiper quelques babioles pour toi, que tu trouveras dans le paquet que je t'expédie. Un bonnet de douche et du gel de bain hawaïens !).

Tu seras sans doute enchantée de ne pas nous voir, comme ça tu seras tranquille pour potasser. J'espère que Kevin ne t'embête plus à cause de votre mère. Je considère qu'elle a raison.

Nous t'embrassons tous,

Alex, Josh, Theo (et même Bethany)

Un bonjour de Chypre,

Il fait beau, l'hôtel est très bien, la plage aussi.

J'espère que tu apprécies cet été de silence et de travail (si Steph et le reste de la troupe n'ont pas envahi ton appartement. À propos, il faut qu'on discute de maman et des cendres de papa).

Kevin

Souvenir d'Euro-Disney !

Salut, sœurette, je m'amuse comme une petite folle, j'ai l'impression d'avoir dix ans. Hier, Mickey m'a embrassée et on s'est tous fait photographier avec lui (comme tu vois, j'ai l'air éblouie, Pierre était un peu inquiet pour ma santé mentale). Les enfants sont aux anges. Les attractions sont si nombreuses que nous avons décidé de rester quelques jours de plus, aussi ne pourrons-nous pas être à Dublin ce week-end.

J'espère que tes révisions se passent bien, et que tu savoures ta tranquillité. Ne laisse plus ton voisin Rupert t'entraîner au National Concert Hall. Dis-lui que tu dois étudier.

Nous t'embrassons tous très fort,

Steph, Pierre, Jean-Louis et Sophia

Salut, Rosie

J'ai téléphoné tout à l'heure, mais tu n'étais pas là, je t'écris donc ce petit mot. Je pars en tournée avec la chorale dont je fais partie. Je ferme la boutique pour quelques semaines, tu peux par conséquent te réjouir : il n'y aura plus de bruit au rez-de-chaussée ni sur le palier. Bonne chance pour tes révisions, on se reverra à mon retour. Peut-être qu'à ce moment-là tu auras proposé au type du cybercafé de passer une soirée avec toi. Je crois que tu lui plais, il n'arrête pas de poser des questions sur toi.

Rupert

Mademoiselle Rosie Dunne,

Je suis au regret de vous informer que vous avez une note de 6,20 euros à régler datant de votre dernière visite au cybercafé. Vous êtes priée de vous en acquitter dans les meilleurs délais, faute de quoi je me verrai dans l'obligation d'entamer une procédure.

Ross

Bienvenue au Forum des Joyeux Divorcés de Dublin.
Fleur Bleue a rejoint le salon.
Fleur Bleue : mais où avez-vous disparu, tous ?

45

Vous avez un message de : TOBY

Toby : je parie que tu as encore mangé un sandwich aux crudités.

Katie : comment tu le sais ?

Toby : tu as de la laitue dans tes bagues dentaires. Je m'étonne que tu ne te sois pas mise aux purées, ou aux aliments liquides à boire avec une paille. Les solides ne sont pas recommandés.

Katie : la semaine prochaine, tu ne pourras plus te payer ma tête. C'est la fin d'une époque, on m'enlève ces fichues bagues. Après trois ans derrière les barreaux, mes dents, qui sont maintenant parfaitement alignées, je le souligne, seront libres !

Toby : il était grand temps. J'ai hâte de voir comment on te les enlève, et le résultat.

Katie : il n'y a pas urgence, tu n'es pas encore à la fac. Tu apprendras tout ça à l'université, c'est le but.

Toby : je n'ai pas encore été accepté. Je risque de foirer mes examens et de ne pas avoir assez de points.

Katie : tu réussiras, Toby.

Toby : on verra bien. Tu as décidé ce que tu allais faire ? Tu aurais intérêt à réfléchir vite, on doit remplir les formulaires d'orientation.

Katie : ça me stresse. Comment on peut nous demander de savoir à seize ans (dix-sept pour toi) quel métier on souhaite exercer toute notre vie ? Pour l'instant, j'ai surtout envie de finir mes études, pas d'en commencer d'autres. Tu as de la chance, toi, tu as toujours su ce que tu voulais.

Toby : grâce à toi et tes dents de traviole. Mais toi aussi, tu sais ce que tu veux faire, depuis plus longtemps que moi. Tu veux être DJ.

Katie : ça ne s'apprend pas en fac, je te signale.

Toby : qui a dit que tu étais obligée d'entrer à l'université ?

Katie : tout le monde. Le conseiller d'orientation, ma mère, mon père, les profs, le bon Dieu, Rupert, et même Sanjay le traiteur indien, qui m'a déclaré qu'il s'occuperait de maman pour moi.

Toby : à ta place, je n'écouterais pas Sanjay, il a une idée derrière la tête. Je n'écouterais pas non plus le conseiller d'orientation, on le paye pour discuter avec toi une heure et demie par semaine des filières universitaires. Tu crois qu'il s'intéresse vraiment à ton avenir ? Rupert, on s'en fiche. Ton père, lui, te pousse à continuer uniquement pour ne pas contredire ta mère, et ta mère te pousse à continuer parce qu'elle pense que tu en as envie. Quant au bon Dieu, comme ta mère dit toujours, il se marre.

Katie : mais elle a trimé pour faire des études, elle s'est tellement bagarrée. À mon âge, elle rêvait d'avoir cette chance, je l'en ai empêchée, maintenant c'est mon tour et personne ne me met des bâtons dans les roues. Ma mère considère que je devrais sauter de joie, seulement pour moi, c'est plutôt comme une condamnation à la prison. Mon père m'a dit que je pouvais retourner chez lui pour l'été et travailler au bar quelques nuits par semaine. Les autres soirs, Sugar me formera. Mon père dit que, si je souhaite vraiment faire ça, il faut que je m'y mette sérieusement.

Toby : il a raison.

Katie : eh bien, toi, j'ai l'impression que je ne te manquerai pas beaucoup !

Toby : effectivement. Si tu renonces, c'est moi qui serai obligé de t'écouter gémir jusqu'à la fin de mes jours. Tu sais, si ta mère comprenait qu'être DJ, c'est ton rêve, elle te conseillerait de foncer.

Katie : je n'avais jamais envisagé les choses sous cet angle-là. Qui se serait douté qu'on arriverait jusqu'au bac, Toby ? Je n'aurai jamais plus à porter de cravate. Tandis que toi, mon cher Toby, tu n'as pas fini de te balader en uniforme.

Toby : plus d'interros le lundi matin, et je te garantis que, si j'entre à la fac, je ne porterai pas non plus de cravate.

Katie : alors tu auras les cheveux longs, tu écouteras de la musique toute la journée, vautré sur les pelouses du campus. En fait, je commence à penser que les interros du lundi matin pourraient bien être plus faciles pour moi que l'obligation de quitter ma mère et ma grand-mère. Oh, Seigneur, je l'oubliais… et John ?

Toby : John a des jambes qui lui permettront de monter dans un avion, de s'asseoir, d'atterrir à Ibiza ou ailleurs, et de te voir. Je remarque quand même que tu ne m'as pas mentionné. La vie sera donc si simple sans moi ?

Katie : oui, évidemment. Dis donc, il n'y a pas de fac dentaire à Ibiza ?

Toby : je crains que non.

Katie : bon, alors je suppose que je serai seule avec mon père.

Chères Katie et Rosie,

Bonne chance à vous deux pour vos examens. Je prie pour mes deux filles chéries.

Tendrement,

Maman/Mamie

Chères Rosie et Katie,

Je pense très fort à ma meilleure amie et à ma filleule, je vous souhaite bonne chance pour vos examens. Vous réussirez toutes les deux haut la main. Surtout, racontez-moi comment ça se passe.

Je vous embrasse,

Alex

Ma Rosie,

Est-ce que tu recommenceras à sortir après ces examens ? Tu deviens abominablement ennuyeuse, et savante en plus, ce qui aggrave la situation. L'intérêt des conversations que j'ai avec Teddy et Gary s'amenuise de semaine en semaine. L'autre jour j'ai été forcée d'écouter pendant des heures entières une « discussion » palpitante qui tournait autour du thème : l'Aston Martin DB7 est-elle aussi rapide que la Ferrari 575 ? Eh oui, dans ma petite famille, on aime aller au fond des choses et méditer sur les valeurs essentielles de l'existence.

Je t'ai encouragée à décrocher ce diplôme, je le reconnais, mais si tu échoues cette année, je te préviens solennellement que je me chercherai une autre copine – qui n'ait pas ton ambition dévorante.

À toi de jouer. Bonne chance !

Ruby

Ma petite maman,

C'est parti. Dans quelques jours, on sera toutes les deux libres.

Bonne chance,

Katie

Bonne chance, mon ange. Merci d'avoir bûché avec moi. Quoi qu'il advienne, je suis fière de toi.

Gros bisous,

Maman

Rosie Dunne : 4553901-L
Diplôme de management hôtelier

Matière	Note
Comptabilité	B
Informatique	B
Économie	B
Législation	B
Gestion et marketing	B
Gestion des ressources humaines	A
Développement de l'entreprise	A
Langues vivantes	A
Tourisme	A

Ce diplôme donne accès à un stage de perfectionnement dans l'industrie hôtelière.

J'AI RÉUSSI, ALEX ! J'AI ENFIN RÉUSSI !

Rosie, je suis si heureux pour toi. Félicitationsþ!

De : Rosie
À : Ruby
Objet : ça s'arrose !

Maintenant, on peut s'offrir une soirée à tout casser ! Katie viendra avec nous, alors astique tes chaussures de danse (pas celles de salsa, personne ne voudrait voir ces horreurs dans un night-club). Elle a décroché son bac sans trop de problèmes et elle est admise dans plusieurs établissements qui préparent au BTS commercial, mais elle va essayer de suivre sa vocation et de devenir DJ. Toby a eu une mention, ce qui lui permet de faire dentaire au Trinity College. Bref, on est tous heureux !

Quand j'avais dix-huit ans, tu le sais, j'ai tellement regretté de ne pas aller à Boston, j'ai cru que c'était la fin du monde. Pendant que mes amies étudiaient et s'amusaient, je m'occupais d'un nourrisson. Je pensais que jamais mon rêve ne se réaliserait. Je n'aurais jamais imaginé que je partagerais ce moment merveilleux avec ma fille adolescente.

Les choses n'arrivent pas par hasard. Voir mon bébé partir sera pour moi un chagrin immense. Katie déploie ses ailes, elle va s'envoler, et je dois l'imiter.

Rosie Dunne quitte le quai de gare où elle attendait depuis si longtemps, elle monte dans le train. Enfin.

Chère Rosie,

Je vous félicite du fond du cœur, et tout le personnel de l'école primaire St. Patrick se joint à moi, pour votre diplôme. Vous vous êtes prouvé que vous étiez une gagnante, vous pouvez être fière de vous.

Aujourd'hui, je tiens ma promesse. J'ai donc le grand plaisir de vous informer que vous êtes licenciée. Votre contrat ne sera pas reconduit en août.

Nous sommes désolés de nous séparer de vous, mais il le faut. J'ai retardé mon départ à la retraite d'un an pour vous voir réussir. Ma chère Rosie Dunne, vous avez été le projet le plus ambitieux de mon parcours professionnel, le plus long à mettre en œuvre. Vous avez été mon élève puis mon employée, et même si nous avons eu des débuts mouvementés, des relations difficiles, je suis infiniment heureuse de votre réussite.

Votre travail acharné est un exemple pour nous tous, et je vous souhaite sincèrement un avenir lumineux. J'espère que nous resterons en contact, j'aimerais beaucoup que vous soyez présente à la fête donnée pour mon départ en retraite. Vous recevrez sous peu une invitation. J'en envoie également une à Alex Stewart.

Ce serait un plaisir pour moi de vous réunir dans la même pièce, alors que je vous ai si souvent séparés dans le passé. J'espère qu'il aura la possibilité de venir.

Encore une fois, je vous félicite.

Julie Casey (Gros-Pif)

Ma Katie,

Ma petite fille s'en va ! Je suis si fière de toi, mon cœur. Tu es très courageuse. Mais débrouille-toi pour que ton père n'oublie pas de te nourrir et de t'habiller.

Tu vas me manquer terriblement, j'espère que tu ne refuseras pas que je vienne souvent te voir.

Si tu as besoin de moi, appelle et j'arriverai aussitôt.

Je t'aime,

Maman

Cher Brian,

Tu endosses une énorme responsabilité. Veille sur Katie, ne la laisse pas faire de bêtises. Tu sais comment sont les garçons de dix-huit ans – tu en as été un. Éloigne-les d'elle autant que possible. Elle s'installe dans ton île pour apprendre son métier, pas pour faire un bébé.

Raconte-moi tout ce qui se passe. Même ce qu'elle a peur de me dire. Une mère a besoin de savoir. Et s'il te plaît, écoute-la, entoure-la. Si jamais tu sentais que quelque chose ne va pas et qu'elle hésite à se confier à toi, préviens-moi tout de suite, je m'arrangerai pour lui tirer subtilement les vers du nez.

Enfin et surtout, merci de permettre à mon bébé, notre bébé, de réaliser son rêve.

Amicalement,

Rosie

Chère Rosie Dunne,

Nous vous félicitons pour votre diplôme et avons le plaisir de vous informer que votre stage professionnel dans l'industrie hôtelière débutera dès le mois d'août. L'affectation de chaque étudiant a été déterminée par informatique afin d'éviter toute discrimination. Elle ne peut être modifiée.

Vous signerez un contrat de douze mois et occuperez le poste de manager-adjoint au Grand Tower Hotel de Dublin, à compter du 1er août à 9 heures. Pour plus d'informations, veuillez contacter Cronin Ui Cheallaigh, propriétaire et manager de l'hôtel. Ses coordonnées ainsi que les détails concernant votre stage figurent dans le document ci-joint.

Nous vous souhaitons bonne chance dans cette nouvelle aventure et espérons qu'elle sera couronnée de succès.

Cordialement,

Keith Richards

Directeur de l'Institut de formation continue, école St. Patrick.

Alex : très impressionnant, Rosie. Le Grand Tower Hotel ? Mazette !

Rosie : oui, c'est ce que je me suis dit ! Mais je ne connais pas cet hôtel. Et toi ?

Alex : ce n'est pas à moi qu'il faut poser la question. Chaque fois que je reviens à Dublin, un nouvel immeuble a poussé là où, auparavant, il n'y avait qu'un terrain vague. Maintenant, je me perds dans ma ville natale. Tu devrais aller y jeter un œil.

Rosie : oui, sans doute. L'autre soir, quand j'ai raccroché le téléphone après notre conversation, tu sais ce que j'ai pensé ? Que tu perdais ton accent.

Alex : Rosie, je suis dans ce pays depuis vingt ans. J'ai vécu plus longtemps ici qu'en Irlande. Mes enfants sont américains. Évidemment que j'ai perdu l'accent.

Rosie : c'est surtout que tu en as pris un autre. Vingt ans... comment c'est possible ?

Alex : eh oui, quand on rigole bien, le temps file à toute allure !

Rosie : si tu considères que ces vingt années ont été marrantes, je préfère ne pas imaginer à quelle vitesse passe le temps quand on s'amuse.

Alex : cette période a vraiment été si dure pour toi, Rosie ?

Rosie : et comment !

Alex : oh, tu exagères…

Rosie : peut-être un peu, mais je ne me plaindrais pas si la situation s'améliorait.

Alex : tu n'es pas la seule… tu dois être folle de joie qu'on t'ait offert ce poste.

Rosie : oui, j'ai l'impression que c'est Noël. Je n'ai pas ressenti ça depuis des siècles. Ce n'est qu'un simple stage, mais j'ai si longtemps attendu cette opportunité.

Alex : trop longtemps. Je suis bien placé pour savoir combien tu en as rêvé. Quand tu me forçais à jouer à l'hôtel, j'avais une sainte horreur de ça.

Rosie : oui, je me souviens ! J'étais toujours la directrice et toi le client !

Alex : et je détestais être le client, parce que tu ne me fichais jamais la paix. Tu n'arrêtais pas de retaper mes oreillers et de me mettre des tabourets sous les pieds « pour le confort du client ».

Rosie : mon Dieu, ça je l'avais oublié. J'essayais de ressembler au héros de *L'Île fantastique* qui dorlotait ses hôtes et recourait même à la magie pour leur permettre de réaliser leurs rêves.

Alex : m'obliger à me coucher à deux heures de l'après-midi, me border dans mon lit et coincer mes couvertures au point que je pouvais à peine respirer… je n'appelle pas ça du confort, encore moins un rêve ! Je ne sais pas quel genre de manager tu veux être, mais si tu te comportes de cette façon avec tes vrais clients, attends-toi à ce qu'ils portent plainte contre toi.

Rosie : en tout cas, c'était mieux que de jouer à l'hôpital. Le but de ce jeu, pour toi, c'était de me faire trébucher dans la rue et, ensuite, de me soigner. Mes parents se demandaient toujours où j'avais récolté mes innombrables bleus et écorchures.

Alex : c'était marrant, n'est-ce pas ?

Rosie : aussi drôle que ces vingt dernières années. Tu as vraiment des idées tordues.

Alex : manifestement, ni toi ni moi ne nous sommes beaucoup amusés.

Rosie : non...

Alex : les hôtels et les hôpitaux. Ça ferait un bon thème pour un film porno bien vicelard.

Rosie : ça te plairait bien !

Alex : absolument. J'ai un fils de trois ans qui adore dormir entre moi et Beth.

Rosie : pour ma part, je pourrais entrer au couvent et ça ne me dérangerait pas du tout.

Alex : tu t'en mordrais les doigts.

Rosie : non, je t'assure. Vu les hommes que j'ai connus, la chasteté serait une bénédiction.

Alex : je ne songeais pas à la chasteté ; c'est le vœu de silence qui serait un calvaire pour toi.

Rosie : très drôle. Eh bien, crois-moi ou non, Alex, il y a des silences qui vous donnent l'impression d'être sur un nuage. Là-dessus, je te quitte.

Rosie s'est déconnectée.

Alex : ces silences-là, je les connais.

46

Coucou, maman,

Un petit mot en vitesse pour te souhaiter bonne chance (mais tu n'en as pas besoin !) pour ton premier jour de travail, demain. Je suis sûre que tu les épateras tous !

Gros bisous,

Katie

Vous avez un message de : RUBY

Ruby : alors, mademoiselle le manager-adjoint, raconte-moi tout. Comment ça se passe ?

Rosie : très, très lentement.

Ruby : puis-je demander pourquoi ?

Rosie : es-tu prête à écouter une litanie ? Parce que, si tu ne l'es pas, je te laisse la possibilité de mettre un terme à cette conversation tant qu'il en est encore temps.

Ruby : je me suis soigneusement préparée à tout entendre. Vas-y.

Rosie : OK, j'y vais. Je suis donc arrivée en avance à l'adresse indiquée, et j'ai arpenté la rue dans tous les sens durant trois quarts d'heure en cherchant le magnifique Grand Tower Hotel. J'ai interrogé les commerçants, qui ignoraient tous où diable pouvait bien se trouver cet établissement.

En larmes, paniquée à l'idée d'être en retard pour mon premier jour, j'ai téléphoné au directeur de

l'Institut de formation et je me suis débrouillée pour l'accuser, au passage, de m'avoir refilé une adresse erronée. Lui me serinait qu'il n'y avait pas d'erreur, à quoi je rétorquais que ce n'était pas possible vu que le bâtiment situé à ce numéro était en ruine.
Il a fini par me dire qu'il allait appeler le propriétaire de l'hôtel et vérifier avec lui, donc je me suis assise sur les marches crasseuses du perron (j'ai évidemment sali mon tailleur tout neuf) en essayant de ne pas sangloter parce que j'étais abominablement en retard et que ça allait faire une impression déplorable. Tout à coup, la porte du bâtiment s'ouvre derrière moi, dans une pétarade de gonds rouillés, et une créature apparaît. Avec un accent de Dublin à couper au couteau, cette créature s'est présentée : Cronin Ui Cheallaigh, propriétaire de l'établissement, alias Beanie[1] – il y tient.
D'abord, ce surnom m'a déroutée, mais à mesure que la matinée s'écoulait, j'ai compris. Les gonds de la porte sont innocents, c'est le dénommé Beanie qui lâche des pets.
Il m'a entraînée à l'intérieur de cette ruine humide et montré les quelques pièces du rez-de-chaussée. Puis il m'a demandé si j'avais des questions à poser. Naturellement, j'ai voulu savoir pourquoi j'avais atterri dans cet endroit et à quel moment je verrai l'hôtel. À quoi il a répondu fièrement : « Ben, c'est l'hôtel. Sympa, hein ? »
Ensuite il m'a demandé si, après ce rapide tour d'horizon, j'avais des idées sur la façon d'améliorer le standing de l'établissement. J'ai suggéré d'inscrire le nom de l'hôtel sur la façade afin que les clients le repèrent plus facilement (encore que ne pas le mettre soit plus vendeur). J'ai également suggéré d'informer les commerçants du quartier de son existence, pour

1. Beanie : haricot, fayot.

qu'ils lui fassent un peu de publicité (ou, du moins, qu'ils soient capables de l'indiquer aux touristes égarés).
Il a longuement scruté ma figure pour déterminer si j'étais une petite futée ou une cruche. À l'heure où je te parle, j'attends l'arrivée d'une enseigne.
Sur quoi il m'a donné un badge portant mon nom en m'ordonnant de l'épingler à ma veste. De cette façon, si les clients ont à se plaindre, ils sauront qui enguirlander. C'est un homme très concret, vois-tu. Le problème, c'est qu'il a mal orthographié mon patronyme. Depuis une semaine, je me balade donc avec un badge sur lequel est inscrit « Rosie Bumme[1] », ce que Beanie semble juger positivement désopilant. Il en a ri à gorge déployée, et il regrette beaucoup que je m'appelle Dunne. C'est dire à quel point il est mature et combien il prend au sérieux son travail et la gestion de ce prétendu hôtel.
Je ne parviens pas à comprendre comment on a pu faire fonctionner cet hôtel jusqu'à maintenant. Il s'agit pourtant d'un de ces superbes bâtiments qui, autrefois, devait être majestueux. Mais on l'a laissé se détériorer, il y a probablement de la pourriture sous les planchers, ce qui expliquerait l'odeur désagréable qui imprègne les lieux.
Les murs sont en brique rouge (à présent brun sale), il y a quatre étages et un sous-sol aménagé en club de strip-tease qui appartient aussi à Beanie. Au rez-de-chaussée se trouve la réception, un petit comptoir en acajou foncé (comme toutes les boiseries de l'hôtel) derrière lequel une collection de chapeaux, parapluies et manteaux oubliés par des clients prend la poussière.
Les murs sont donc agrémentés de boiseries jusqu'à mi-hauteur, et d'une tapisserie caca d'oie. Des appliques

1. Bumme : jeu de mots – bum : derrière, postérieur.

en forme de lanternes y sont fixées, qui dispensent un maigre filet de lumière. L'ensemble évoque un cachot, avec des moquettes qui paraissent dater des années 70, crasseuses et malodorantes, constellées de brûlures de cigarettes, de restes de chewing-gum et autres saletés dont je préfère ne pas connaître l'origine.

Un long couloir mène à un bar spacieux, où l'on retrouve la même moquette puante, les boiseries en acajou foncé, ainsi que des tabourets et des fauteuils recouverts d'un tissu façon cachemire. Quand le soleil se faufile à travers les fenêtres, on s'aperçoit que l'atmosphère est saturée de fumée ; elle n'a pas dû se dissiper depuis le temps où le vieux bonhomme qui a fait construire le bâtiment fumait sa pipe le soir, il y a deux siècles de ça.

La salle à manger comporte vingt tables et propose un menu succinct. Les nappes sont en dentelle, d'un blanc qui a viré au jaune, les couverts ont rouillé et sont piquetés de nourriture séchée, les verres opaques. Même avec le chauffage, il y fait un froid de canard.

Nous avons soixante chambres, vingt par étage. Beanie clame fièrement que la moitié ont une salle de bains. Tu imagines combien j'ai été heureuse de l'apprendre !

Deux femmes merveilleuses, Betty et Joyce qui sont quasi centenaires, s'occupent des chambres trois fois par semaine. Vu leur lenteur, je serais surprise qu'elles les nettoient toutes aussi régulièrement.

Je me demandais quel genre de clientèle un établissement pareil pouvait bien attirer. Cette énigme s'est éclaircie lorsque j'ai assuré une garde de nuit. Sitôt que le club olé olé a fermé ses portes au sous-sol, la fête a continué dans les étages. Ce qui m'a donné une raison supplémentaire d'engager d'autres femmes de chambre.

Ici, on ne risque pas de trouver un chocolat sur son oreiller, à moins que le client précédent ait eu des problèmes digestifs. On n'a aucune raison de porter un bonnet de douche, sinon pour protéger ses cheveux de l'eau rougeâtre qui coule des canalisations (même si elle est sans doute potable, je m'en tiens personnellement à l'eau minérale).
La semaine dernière, une station de radio nous a contactés pour nous demander si nous accepterions d'être leur partenaire pour un concours qu'ils organisent – ils devaient être aux abois ou éblouis par le nom ronflant de l'hôtel. Prise de court, je n'ai pas réussi à trouver un motif valable pour refuser. Leurs auditeurs étaient censés leur écrire une lettre expliquant pourquoi ils méritaient un week-end royal à Dublin : soirée au théâtre, dîner, journée de shopping et deux nuits dans un hôtel central, tous frais payés. Pour nous c'était une aubaine, on nous a fait de la réclame toute la semaine à la radio, si bien que nous avons eu quelques clients. Aucun n'imaginait à quoi il s'exposait.
L'histoire des gagnants du concours était si touchante que j'en ai presque pleuré. J'ai donc fait préparer la suite nuptiale (absolument identique aux autres chambres), et j'ai suggéré à Beanie de mettre un écriteau sur la porte pour que ces gens se sentent les bienvenus. Il a fini par le fabriquer lui-même, au feutre noir (en tirant la langue, tellement il s'appliquait). J'ai rempli la chambre de fleurs et j'y ai déposé une bouteille de champagne. Je me suis vraiment décarcassée, j'ai raclé les fonds de tiroir pour acheter des draps neufs, etc.
Les gagnants, dès qu'ils ont su qu'ils avaient remporté ce week-end, étaient si excités qu'ils appelaient l'hôtel tous les jours pour s'assurer qu'il n'y avait pas de changement de programme. Et puis ils sont arrivés, ils ont franchi la porte, jeté un regard autour d'eux et ils sont repartis illico.

Ces pauvres gens avaient perdu leur maison, le mari était au chômage, il s'était cassé les deux jambes, ils n'avaient plus de voiture et avaient dû quitter leur village. On leur offrait un week-end, ils pouvaient passer deux nuits à l'hôtel gratuitement. Ils ne sont pas restés. Ça résume tout.

Rosie : Ruby ?
Rosie : Ruby, tu es toujours là ?
Rosie : Ruby, il y a un problème de connexion ?
Ruby : zzzzzzzz
Rosie : Ruby ! !
Ruby : quoi ? J'ai loupé quelque chose ? Excuse-moi, j'ai dû m'assoupir il y a une petite heure de ça, quand tu as commencé à me parler de ton boulot.
Rosie : je t'avais prévenue.
Ruby : ce n'est pas grave, je me suis éclipsée pour me préparer une tasse de café.
Rosie : excuse-moi, j'ai passé un mois cauchemardesque.
Ruby : les postes qu'on vous propose ne sont pas toujours ce qu'on voudrait qu'ils soient. Qu'est-ce que tu préfères ? Être secrétaire dans une fabrique de trombones ou manager adjointe du Grand Tower Hotel ?
Rosie : manager adjointe, sans la moindre hésitation.
Ruby : eh bien tu l'es, Rosie Bumme. La vie pourrait donc être pire, non ?
Rosie : certes, mais j'ai un autre léger problème.
Ruby : es-tu capable de me l'expliquer en moins de mille mots ?
Rosie : je vais essayer. Alex sera là pour le départ en retraite de Julie Casey. Il amène Bethany et ils ont réservé une suite ici, à l'hôtel, pour le week-end. Tu comprends, je lui ai dit que c'était vraiment bien… alors ils ont exigé une chambre avec vue. Or j'ai du mal à leur trouver une chambre avec fenêtre (OK, j'exagère un peu). À ton avis, qu'est-ce qui leur

plairait ? Une vue sur la boutique du boucher ou sur le dépotoir de derrière ?
Ruby : oh, Seigneur...

Vous avez un message de : ALEX
Alex : salut, Rosie, tu te couches tard.
Rosie : toi aussi.
Alex : tu oublies que j'ai cinq heures d'avance sur toi.
Rosie : Katie est au bal de sa promo.
Alex : ah... et tu ne peux pas dormir ?
Rosie : tu dérailles ? Évidemment que je ne peux pas dormir. Je l'ai accompagnée dans les magasins pour choisir sa robe, je l'ai aidée à se maquiller et se coiffer, j'ai pris des photos en souvenir de cette soirée si spéciale pour elle. Où elle sera avec des amis qu'elle ne reverra sans doute pas avant des années, peut-être jamais, malgré les promesses de garder le contact. C'était comme si je me retrouvais vingt ans en arrière, avec ma mère.
Je sais que Katie n'est pas moi, mais je n'ai pas pu m'empêcher de me revoir sortir de la maison, au bras d'un garçon en smoking, impatiente de marcher vers l'avenir. Excitée, surexcitée même. J'étais si jeune. Bien sûr, à l'époque, je ne pensais pas être encore une gamine. J'avais tant de projets, je savais ce que j'allais faire, j'avais tout programmé pour les années suivantes.
Mais j'ignorais que, en quelques heures, ces plans mirifiques s'écrouleraient. Mademoiselle Je-sais-tout ne savait rien du tout.
Alex : Katie est raisonnable, et si tu l'as élevée comme je le crois, tu n'as aucun souci à te faire.
Rosie : je ne peux pas me raconter d'histoires. Elle a un petit ami depuis maintenant trois ans, ça m'étonnerait qu'ils aient passé leur temps à se tenir la main. Mais ce soir – une soirée qui a bouleversé ma vie à moi –, j'aimerais qu'elle rentre de bonne heure.

Alex : dans ce cas, je n'ai plus qu'à te distraire jusqu'à son retour.

Rosie : si ça ne t'embête pas, ce serait gentil.

Alex : alors parlons de la chambre que le manager nous a réservée. J'espère que c'est la plus belle de l'hôtel !

Rosie : je ne suis que manager adjointe, je te le rappelle, et l'hôtel n'est pas tout à fait...

Alex : oui ?

Rosie : il n'est pas aussi chic que ceux que tu fréquentes habituellement.

Alex : celui-ci sera spécial puisque ma meilleure amie le dirige.

Rosie : je ne suis pour rien dans la gestion générale de l'établissement...

Alex : arrête de dire des bêtises. Tu ne reconnais jamais la valeur de ce que tu fais.

Rosie : je t'assure, Alex, en ce qui concerne cet hôtel, je ne suis responsable de rien. Tu comprends, je n'y suis pas depuis longtemps, je n'ai pas eu la possibilité d'y imprimer ma marque. Je me contente d'obéir aux ordres...

Alex : je ne te crois pas, et je suis vraiment impatient de découvrir ce palace. J'aimerais bien que quelqu'un soit empoisonné par la nourriture du restaurant pour être le docteur qui vous sauve la mise. Ce serait marrant. C'était notre projet de gamins, tu te souviens ?

Rosie : oui, je me souviens, et il se pourrait bien que ça se réalise. Bethany et toi, vous ne préféreriez pas dîner dehors ? Ce ne sont pas les bons restaurants qui manquent, à Dublin.

Alex : pourquoi pas ? Tu sais, j'ai cherché l'hôtel sur le Net, mais je n'ai rien trouvé.

Rosie : oui, on est en train de remettre le site à jour. Je te préviendrai quand tu pourras le consulter.

Alex : parfait. Ça va me faire drôle de revoir Mlle Casey Gros-Pif. Il est grand temps qu'elle parte à la retraite, les enfants du monde ont besoin de répit.

Rosie : elle s'appelle Julie, ne l'oublie pas, et je te prie d'être aimable avec elle. Je lui suis reconnaissante de ce qu'elle a fait pour moi au cours de ces dernières années.

Alex : ne t'inquiète pas, je ne suis pas un rustre, je sais me conduire en société.

Rosie : je n'en doute pas, monsieur le chirurgien mondain, le phénomène.

Alex : phénomène ? À quoi penses-tu au juste, quelle image te trotte dans la cervelle ? Je t'ordonne de la chasser de ta petite tête.

Rosie : oh non, c'est trop dur.

Alex : bon, alors multiplie la taille par dix.

Rosie : trente centimètres ? Seigneur...

Alex : espèce d'obsédée ! Dis-moi, comment va ta mère ? Vous avez les résultats des examens qu'elle a passés à l'hôpital ?

Rosie : non, pas encore. Pour l'instant, elle est chez Stephanie, pour se changer les idées, et à son retour elle aura les résultats. Je crois que les médecins ne savent pas du tout ce qu'elle a. Je suis terriblement inquiète. L'autre jour, je l'ai regardée et j'ai eu un choc. Ma petite maman est devenue vieille sans que je m'en aperçoive.

Alex : elle n'a que soixante-cinq ans, elle est jeune.

Rosie : je sais, mais je la voyais toujours telle qu'elle était autrefois, quand j'étais moi-même une jeune fille. Là, dans son lit d'hôpital, elle m'a paru vieille. J'en ai été profondément ébranlée. En tout cas, j'espère que les médecins comprendront ce qui cloche et qu'ils la soigneront. Elle ne se sent vraiment pas bien.

Alex : dès que tu auras des précisions, tiens-moi au courant.

Rosie : oui, bien sûr. Je t'avoue que ce n'est pas simple d'aller à Galway dès que j'ai un jour de congé. J'adore maman, mais c'est quand même une expédition.

Depuis plusieurs semaines, je n'ai pas eu un moment de repos. Je suis lessivée.

Alex : et Kevin ? Il ne peut pas donner un coup de main, pour une fois ?

Rosie : excellente question. Pour être juste envers Kev, il vient d'acheter une maison où il est en train d'emménager avec sa petite amie. S'il était plus disponible, je suis *presque* sûre qu'il nous aiderait.

Alex : Kevin a décidé de s'engager ? Je vais m'évanouir. Tu devrais l'engueuler un peu pour qu'il se remue. On ne peut pas exiger de toi que tu assumes tout.

Rosie : ce n'est pas vraiment le cas. Cette semaine, Steph s'occupe de maman. Elle a deux enfants, ce n'est pas facile pour elle non plus. Et, de toute manière, je veux être auprès de maman. Elle est seule à présent, or je sais ce que c'est.

Alex : demander à ton frère de participer ne signifierait pas que tu n'aimes pas Alice, ou que tu n'as pas envie de la soutenir.

Rosie : j'attendrai qu'il soit installé dans sa nouvelle maison. Ensuite, s'il ne lève toujours pas le petit doigt, je le secouerai. Il n'a pas rendu visite à papa aussi souvent qu'il l'aurait dû, et je sais qu'il en a des remords. Je n'ai jamais vraiment compris mon frère. Il est trop secret. Quand nous habitions sous le même toit, il menait sa vie sans nous raconter ce qu'il fabriquait. Puis à la mort de papa, subitement, il a cru pouvoir jouer les chefs de famille. Maintenant que maman est malade, il est de nouveau recroquevillé dans sa coquille. Steph et moi, nous avons essayé de lui parler, mais c'est un mur. Un égoïste, tout simplement. Oh… j'entends une voiture qui s'arrête en bas. Une seconde, je cours à la fenêtre vérifier.

Alex : Katie est dans la voiture ?

Rosie : non.

Alex : ne t'inquiète pas, elle va

Rosie : je l'entends, elle est là ! J'éteins l'ordinateur et je plonge sous mes couvertures. Je ne veux pas qu'elle pense que j'ai veillé pour l'attendre. Oh, merci mon Dieu de m'avoir ramené mon bébé. Bonne nuit, Alex.

Alex : bonne nuit, Rosie.

47

Maman chérie,

Merci pour la semaine dernière. C'était génial de me retrouver à la maison avec toi, de discuter pendant des heures. Ça me manquait. Aujourd'hui, je t'écris pour t'annoncer une bonne nouvelle. Tony Spencer, le propriétaire anglais du Club Insomnia, est venu faire un tour dans la boîte de papa, cette nuit, pendant que j'étais aux platines. Il a été tellement impressionné qu'il m'a proposé de travailler pour lui ! C'est formidable, non ? Il organise aussi des festivals d'été, auxquels je participerai, dans toute l'Europe. Je suis folle de joie !

Le Club Insomnia est très réputé, il ferme ses portes à 6 ou 7 heures du matin. Moi, pour démarrer, je mixerai de 22 heures à minuit. Tony me paie bien, et dès que je toucherai mon premier chèque, je t'enverrai un peu d'argent.

J'ai fait la connaissance d'une bande de jeunes très sympas, qui viennent d'avoir leur bac et qui bossent dans les bars. Avec trois copines, Jennifer, Lucy et Sara, on envisage de louer un appartement.

Je ne sais pas quand John me rejoindra. Depuis qu'il est entré à la fac, en septembre, il sort tous les soirs. Quand il trébuche sur son téléphone et qu'il lui arrive de composer mon numéro, par inadvertance, j'entends en fond sonore des tas de gens brailler. Nous deux, ça devient bizarre et ça ne me plaît pas. Je croyais que nous étions ensemble pour toujours, mais au train où vont les choses, ça m'étonnerait que notre relation tienne jusqu'à la fin de l'été prochain.

Je n'ai pas eu de nouvelles de Toby depuis très, très longtemps. C'est ma faute. Au début, il me téléphonait souvent, il me laissait des messages, et je n'avais pas une minute pour le rappeler. Le temps a passé, plusieurs mois, maintenant je n'arrête pas de me dire « je l'appellerai demain », mais je suis gênée. La dernière fois que je lui ai parlé, il s'amusait bien à l'université, il se faisait des copains (avec des dents impeccables, certainement). Promis, je l'appellerai demain.

J'espère que, pour toi, tout va bien. Je suis sidérée que tu aies accepté que ton contrat soit prolongé, je pensais que tu détestais cet hôtel. Explique-moi, je nage.

À propos de ton hôtel, Alex m'a écrit pour me raconter son séjour avec Bethany, quand ils sont venus fêter le départ en retraite de Mlle Casey Gros-Pif. Ce que j'ai ri ! Tu ne savais donc pas qu'il y aurait la soirée de Noël au club de strip ? Il ne me semble pas qu'Alex ait été trop perturbé par les mères Noël en bikini de fausse fourrure rouge et blanche qui dansaient autour du bar. Mais que Bethany ait refusé de passer la nuit là… cette bonne femme n'a vraiment aucun humour, je ne comprends pas ce qu'il lui trouve. Je ne la connais pas bien, mais elle est tellement collet monté et lui si décontracté qu'à mon avis ils ne resteront plus très longtemps ensemble. Il paraît qu'Alex a dû soigner un client de ton restaurant ? Vous mettez du poison dans les plats que vous servez aux gens ? Heureusement qu'il y avait un médecin dans la salle.

Bon, il faut que je te laisse et que je réfléchisse à ce que je vais mixer ce soir. Papa me donne un set de deux heures aux platines, ça m'entraînera pour l'Insomnia. Lisa s'évertue à me persuader de choisir de la musique des années 80 pour son petit show. Si elle a renoncé aux serpents, elle doit mijoter un truc encore pire, du genre cheveux permanentés et costume épaulé.

Quand mamie ira mieux, vous devriez venir toutes les deux passer quelques semaines ici. Il y a plein d'endroits agréables à visiter, avec des paysages et des plages superbes. On n'a pas que des pubs et des night-clubs. Penses-y, peut-être que des vacances feraient du bien à mamie.

Chaque fois que je suis seule, tu me manques tellement que j'ouvre mon médaillon pour regarder mes photos de toi et d'Alex. Vous êtes toujours tout près de mon cœur. Toujours.

Bisous, bisous,
Katie

Vous avez un message de : RUBY

Ruby : je me suis fait plaquer.

Rosie : quoi ? par Teddy ?

Ruby : ne sois pas idiote, ce pauvre bougre n'en est pas capable. Non, en réalité le coupable est mon fils qui m'aime tant. Il m'a informée qu'il se passerait de mes services pour danser la salsa, et il m'a remplacée par une partenaire plus jeune.

Rosie : oh, je suis désolée. Qui est cette femme ?

Ruby : au fond, je fais semblant d'être en colère. Quoique, au début, j'étais vraiment furibarde. J'en ai englouti un gâteau au chocolat – le préféré de Gary que j'avais acheté pour lui, comme par hasard. Et puis, à la dernière bouchée, j'ai commencé à raisonner lucidement (le chocolat me fait un effet bœuf) et j'ai échafaudé un plan : inviter ma « rivale » à dîner à la maison pour l'empoisonner.

Il fallait que je sache qui elle était, pourquoi Gary me quittait pour elle. Eh bien, elle a vingt-cinq ans environ, elle est originaire d'Espagne, elle enseigne l'espagnol au collège où Gary travaille comme intendant, elle est mince et ravissante.

Rosie : tout ce que tu détestes, en principe.

Ruby : effectivement. Mais là, c'est différent, parce que figure-toi que Gary et elle sont amoureux.

Rosie : oooh…

Ruby : comme tu dis ! C'est fabuleux, non ? Je me suis donc retirée sans regret. Pour être honnête, j'envisageais de me séparer bientôt de Gary. Je frôle la cinquantaine, il vaut mieux que je danse avec un partenaire de mon âge, qui n'aura plus l'énergie de me propulser dans les airs. Ça me fatigue. Et je suis heureuse que Gary ait enfin rencontré quelqu'un. Peut-être que Maria le convaincra de quitter ma maison pour s'installer avec elle.

Rosie : ça ne te chagrinerait pas ?

Ruby : pas plus que si je dénichais un million d'euros sous mon lit. Ce garçon doit comprendre qu'il est adulte, et déguerpir. Je ne lui préparerai pas son dîner, je ne lui laverai pas son linge éternellement. Mais assez parlé de moi… comment va ta maman ?

Rosie : pas très bien. On a l'impression que, peu à peu, elle part en lambeaux. Elle est presque impotente, tellement son arthrite s'est aggravée. Je doute que le climat du Connemara, l'hiver surtout, soit indiqué. Mais elle n'en bougera pas. Je me fais du souci, elle est hospitalisée sans arrêt pour des infections, des problèmes concernant des organes dont j'ignorais même l'existence. C'est comme si, à la mort de papa, elle avait physiquement capitulé.

Ruby : elle est coriace, Rosie, elle remontera la pente.

Rosie : espérons-le.

Ruby : et comment ça se passe dans ton palace ?

Rosie : ne m'en parle pas ! Heureusement, je pars à la fin du mois.

Ruby : tu dis ça chaque mois, et tu restes. Tu ferais mieux d'attendre que ton contrat se termine, l'année prochaine. D'ailleurs, est-ce que tu cherches un nouveau job ?

Rosie : avec mes horaires impossibles et mes visites à ma mère, je n'en ai pas le temps. La dernière fois qu'on s'est vues, toutes les deux, c'était quand ?
Ruby : hier.
Rosie : oui, parce que tu passais devant l'arrêt du bus. Au fait, merci d'avoir roulé dans cette flaque et de m'avoir copieusement éclaboussée.
Ruby : tu paraissais avoir besoin d'une bonne douche.
Rosie : mouais… En tout cas, il y a bien un mois que je ne suis pas sortie. C'est affreux, je n'ai plus de vie. J'ai vraiment envie d'aller voir Katie, et Alex m'invite sans cesse, mais je ne peux partir à cause de maman – je ne lui reproche pas, évidemment.
Ruby : quand elle ira mieux, tout s'arrangera.
Rosie : elle ne se rétablira pas, Ruby, elle n'en a pas le désir. Maintenant, elle se contente d'attendre. Elle est quasiment en fauteuil roulant et elle n'a que soixante-six ans.
Ruby : tu devrais obliger Kevin la couleuvre à donner un coup de main.
Rosie : il serait infichu de se débrouiller, et je sais que maman est plus à l'aise avec moi. Par conséquent, on n'a pas le choix.

Coucou ! Je suis à Amsterdam. J'ai rencontré un type somptueux qui cueille des fraises pour gagner sa vie. Il ne parle pas anglais, mais on s'entend vachement bien.

J'adore cette ville.

Bisous,

Katie

Joyeux anniversaire !

Trente-huit ans… ça ne te fait pas peur de frôler la quarantaine ? Trinque à ma santé.

Affectueusement,

Alex

Si tu t'imagines que trente-huit ans, c'est horrible, pense à ce que j'éprouve, moi qui galope vers mes cinquante berges. Nous allons faire une énorme fête. Juste toi et moi.

Joyeux anniversaire !

Ruby

Ma petite maman,

Je suis en Andorre. J'ai rencontré un type superbe, mon moniteur de ski, qui essaie de m'apprendre à ne pas me briser les os. Il ne parle pas un mot d'anglais, mais on s'entend très bien. Ici, tout est super. Toi et moi, on devrait partir à la neige, tu adorerais ça ! Le festival d'hiver se passe bien. Je serai à la maison pour Noël, on se racontera tout ! J'ai hâte de te voir !

Gros bisous,

Katie

Chère maman,

Voudrais-tu passer Noël chez moi ? Katie sera là, tu prendras sa chambre et elle dormira sur le canapé. Ça me ferait tellement plaisir. Dis oui, s'il te plaît !

Rosie

Ma Rosie,

Je viendrai avec grand plaisir, ma chérie, merci de m'inviter. Je suis impatiente de voir notre petite Katie, qui n'est plus si petite !

Maman

De : Katie
À : maman
Objet : retour à la maison

Merci pour ce réveillon. C'était succulent, comme toujours. Et c'était génial d'être toutes les trois, comme avant. Entre filles !

Mamie a beaucoup changé depuis la dernière fois et toi, tu as l'air fatiguée. Je me suis dit que je pourrais rentrer à la maison pour quelques semaines, ça me permettrait de t'aider. J'arriverai bien à trouver un job temporaire à Dublin. Je veux vraiment t'aider un peu (en plus, je reverrai le garçon que j'ai rencontré pendant mes vacances !).

De : Rosie
À : Katie
Objet : re : retour à la maison

Ne reviens pas, c'est un ordre ! Tu dois vivre ta vie, continuer à voyager, travailler et t'amuser. Ne t'inquiète pas pour ta grand-mère et moi. Nous allons très bien.

Mon métier me plaît énormément, et c'est très agréable, toutes les semaines, de respirer l'air vivifiant du Connemara. J'ai cependant une faveur à te demander. Ruby et moi, nous aimerions venir te voir en février, si tu pouvais nous caser dans ton planning. Ruby dit qu'elle veut gagner un concours de T-shirts mouillés avant de fêter ses cinquante ans !

Dis-moi quelle date te conviendrait le mieux.

De : Rosie
À : Steph
Objet : maman

J'ai un service à te demander. Pourrais-tu prendre maman une semaine en février ? Excuse-moi, je sais que tu es débordée, mais Beanie m'a enfin donné des congés et je voudrais vraiment aller voir Katie, rencontrer ses amies, inspecter la boîte où elle travaille… bref, faire tout ce que font les mères enquiquineuses.

Si ce n'est pas possible pour toi, je comprendrai. J'arriverai peut-être à pousser Kevin à lever le nez de son nombril, pour changer.

Embrasse toute ta petite famille.

De : Steph
À : Rosie
Objet : re : maman

Je suis d'accord, bien sûr. En fait, j'emmènerai la famille passer la semaine au Connemara. Pierre m'a traînée chez ses parents pour le réveillon de Noël, donc c'est à mon tour !

Tu as bien mérité un petit break, Rosie. Je suis désolée que tu aies tout sur les bras. Parfois, j'ai une envie folle de botter les fesses de Kevin. Je compte avoir une discussion sérieuse avec lui quand je serai dans le coin – va savoir, il daignera peut-être voir son neveu et sa nièce.

Amuse-toi bien avec Katie. C'est une jeune femme à présent, et elle te ressemble tellement ! Quand elle était chez nous, il y a quelques mois, j'avais l'impression de te parler. Profite de ta semaine de vacances et ne t'inquiète pas : de toute façon, j'avais besoin d'être près de maman.

De : Alex
À : Katie
Objet : anniversaire-surprise

Je ne sais pas dans quel coin du monde tu te trouves en ce moment, mais j'espère que tu consultes toujours ta messagerie. Puisque ta maman aura quarante ans le mois prochain et toi vingt et un, j'ai pensé qu'on pourrait organiser un double anniversaire, te rapatrier par avion et faire une jolie surprise à ta mère.

Il faudrait inviter tous tes amis et ceux de Rosie. Je suggère de mettre Ruby dans le coup, je crois qu'elle adorerait ça.

Dis-moi si ça te paraît une bonne idée.

Rosie : j'ai quarante ans dans quelques jours. Quarante.
Ruby : et alors ?
Rosie : alors ça me donne un coup de vieux.

Ruby : à ce compte-là, j'entre dans le quatrième âge.

Rosie : oh, excuse-moi, tu vois ce que je veux dire : on n'a plus tout à fait vingt ans, n'est-ce pas ?

Ruby : Dieu merci, parce que sinon je devrais me coltiner de nouveau un mariage merdique et un divorce. Nous serions obligées de chercher du boulot, nous nous inquiéterions pour notre avenir, notre look, nos fringues, et tout le tralala. Vingt ans... en quoi c'est aussi fantastique ? J'appelle ça l'âge matérialiste. Les années où on a la tête farcie d'âneries. Ensuite, on passe le cap de la trentaine et on essaie de rattraper le temps perdu pendant la décennie précédente. Par contre, à la quarantaine... on en profite.

Rosie : tant mieux. Et à la cinquantaine ?

Ruby : on répare ce qu'on a foiré à la quarantaine.

Rosie : génial. J'ai hâte d'y être.

Ruby : qu'est-ce que tu veux faire pour ton anniversaire ?

Rosie : rien ?

Ruby : excellente idée. Pourquoi on ne sortirait pas vendredi soir ?

Rosie : très bien.

Ruby : attends, j'oubliais. C'est aussi l'anniversaire du frère de Teddy, on se réunit tous au Berkeley Court Hotel.

Rosie : chic, j'adore cet hôtel !

Ruby : je sais. Tu viendras m'y prendre et on ira au pub ensemble ?

Rosie : d'accord, mais pas question que je sois en tête à tête avec le frère de Teddy. La dernière fois que je l'ai rencontré, il a fourré sa main sous ma jupe.

Ruby : il était sorti de prison quelques jours avant, sois un peu compréhensive.

Rosie : bon... à quelle heure je passe te chercher ?

Ruby : 20 heures.

Rosie : tu plaisantes ? À quelle heure ça commence ?

Ruby : 19 heures 30.

Rosie : Ruby ! Tu dois y rester plus longtemps que ça ! Je ne débarquerai pas une demi-heure après le début de la soirée, ce serait impoli. J'arriverai à 21 heures 30, tu passeras au moins deux heures avec eux.

Ruby : non ! Il faut que tu viennes à 20 heures.

Rosie : pourquoi ?

Ruby : parce que la fête a lieu dans la suite royale du Berkeley Court Hotel.

Rosie : bonté divine, mais tu aurais dû le dire tout de suite. Je serai là à 19 heures 30.

Ruby : non, surtout pas !

Rosie : quelle mouche te pique ? Pourquoi non ?

Ruby : tu n'es pas invitée. Tu viens à 20 heures, tu visites la suite rapidement et on s'en va.

Rosie : mais je veux m'y incruster, dans cette suite. Tu t'imagines ce que ça représente pour moi ?

Ruby : oui… mais non. De toute façon, quand tu auras vu la famille de Teddy, tu n'auras qu'une envie : détaler.

Rosie : tu me brises le cœur, j'espère que tu en es consciente. Et je te préviens : tout ce qu'il y a dans les salles de bains et qui n'est pas vissé ira droit dans mon sac. Je crois même que j'apporterai mon appareil photo ! Pour montrer à Katie comment c'est. Elle aura vingt et un ans dans quelques semaines, j'aurais voulu qu'on fête ça ensemble, malheureusement ce n'est pas possible. Et maman ne sera pas là non plus, elle va de nouveau chez Stephanie. Conclusion, une fois de plus, nous serons toutes les deux. Mais au moins, cette année, j'aurai l'occasion de jeter un œil à la suite royale ! Je chiperai quelques idées pour mon hôtel. Je suis ravie !

Ruby : je suis impatiente de voir ta tête, Rosie. À 20 heures, suite 440.

Suite Royale 440

SURPRISE, ROSIE !

JOYEUX ANNIVERSAIRE, ROSIE & KATIE !

Bon anniversaire, ma Rosie.

J'ai passé un merveilleux week-end, et nous t'avons fait une sacrée surprise, n'est-ce pas ? Ça m'a déchiré le cœur de te mentir, de te dire que je serais chez Stephanie, mais quel bonheur de voir l'expression de ton visage (et les larmes dans tes yeux). Alex avait tout organisé. C'est un homme absolument adorable, Rosie. Son épouse, en revanche… Tu sais, quand vous étiez enfants, j'étais sûre qu'Alex et toi, vous vivriez ensemble.

Merci, ma chérie, d'être une fille merveilleuse qui m'a tant aidée ces dernières années. Ton père serait fier de toi. Je lui raconterai tout quand je le retrouverai. Tu es une belle jeune femme, Rosie Dunne.

Je t'embrasse très fort,

Maman

48

Chère maman,

Soixante-dix ans, et tu es plus jolie que jamais ! Nous viendrons te chercher à l'hôpital dès que possible. En attendant, savoure ces raisins, pour être vraiment malade.

Je t'aime de tout mon cœur,

Rosie

Kev, impossible te joindre par téléphone. Rejoins-nous dans le Connemara, il est temps. Steph.

Ma chérie, appelle ton père. Il t'a réservé un billet d'avion pour demain, mamie te réclame. Kev te prendra à l'aéroport et t'amènera ici. Maman.

Stephanie, Rosie et Kevin
Katie, Jean-Louis et Sophia
Ont la douleur de vous faire part du décès de
Alice O'Sullivan, veuve de Dennis Dunne
Les obsèques auront lieu à 16 heures 45
à l'église Oughterard, Connemara

Vous avez un message de : STEPH

Steph : comment va ma petite sœur ?

Rosie : je ne sais pas trop. Tout me semble étrangement silencieux. Je me surprends à allumer la télé et la radio pour remplir ce vide. Katie a dû repartir dans le vaste monde, les gens ont cessé d'appeler pour présenter leurs condoléances. Tout est calme à présent, et je suis dans ce silence.

Les jours de congé, je tourne en rond. J'avais tellement l'habitude de sauter dans un bus pour aller chez maman. Je me sens toute bizarre. Avant, même quand elle était alitée, qu'elle paraissait si faible et fragile, elle réussissait à me rassurer. Les mères ont ce pouvoir, n'est-ce pas ? Leur seule présence est un soutien. C'était moi qui la maternais à la fin, pourtant elle me réconfortait. Elle me manque.

Steph : à moi aussi, et aux moments les plus inattendus. C'est quand on retrouve sa routine qu'on éprouve ça. Si le téléphone sonne, je crois que c'est elle. Quand j'ai un instant de répit, je compose machinalement son numéro… et puis je me souviens qu'elle n'est plus là.

Rosie : Kevin est toujours furieux contre moi.

Steph : ne fais pas attention à lui, il est furieux contre la terre entière.

Rosie : mais il n'a peut-être pas tort. Maman m'a mise dans une position intenable en me léguant la maison. Je devrais la vendre et partager l'argent en trois. C'est plus juste.

Steph : Rosie Dunne, tu ne vendras pas cette maison à cause de Kevin et moi. Elle avait une bonne raison de te la laisser. Kev et moi, nous sommes financièrement à l'aise et nous avons un toit. Nous n'avons pas besoin de la maison du Connemara. Tu travailles plus dur que nous, et tu n'arrives toujours pas à quitter ton appartement. Maman en avait discuté avec moi, j'étais d'accord. C'est la meilleure solution. Oublie Kev.

Rosie : je suis très mal à l'aise…

Steph : crois-moi, si j'avais vraiment besoin de cet argent, je te le dirais et on trouverait une solution.

Mais je n'ai pas à me plaindre, et Kevin non plus. La maison t'appartient, fais-en ce que tu souhaites.
Rosie : merci, Steph.
Steph : ne me remercie pas. Ne reste pas toute seule, ma grande. Tu ne veux pas venir chez nous ?
Rosie : non, je préfère me noyer dans le travail. Je vais faire de cet hôtel la huitième merveille du monde.

Grand Tower Hotel,
Tower Road,
Dublin 1

Monsieur Cronin Ui Cheallaigh,

Durant notre visite du Grand Tower Hotel, nous avons constaté près d'une centaine de violations des règlements concernant l'hygiène et la sécurité des locaux ouverts au public.

Les salles de bains de votre établissement sont insalubres et la présence de rongeurs a été constatée dans les cuisines.

D'après votre dossier, vous avez reçu plusieurs avertissements au fil des ans, vous sommant de procéder aux travaux nécessaires. Ces avertissements étant restés lettre morte, nous sommes aujourd'hui dans l'obligation de fermer votre établissement. Seul le night-club du sous-sol peut poursuivre son activité.

Nous vous prions de bien vouloir contacter nos services dès réception de ce courrier.

Adam Delaney,
Division de l'Inspection sanitaire

De : Katie
À : maman
Objet : ton job

Je suis vraiment désolée que tu perdes ton boulot. Tu le détestais, mais ce n'est jamais marrant de devoir partir quand on ne l'a pas choisi. Je ne pouvais pas te joindre – soit tu passes ta journée au téléphone, soit on t'a coupé la ligne. J'avais complètement oublié de te dire, quand on est rentrées à Dublin après les obsèques, que Machin est passé à l'appartement. Il voulait te voir.

Je ne t'ai pas prévenue, tu étais suffisamment chamboulée, alors je l'ai reçu. Il m'a dit qu'il venait apporter du courrier pour toi en espérant que ça t'aiderait maintenant que tu es orpheline. Il a ajouté qu'il comprenait ce que tu éprouvais, parce que sa mère est morte l'année dernière, et qu'il ne voulait pas être responsable de ta solitude.

Il m'a paru sincère, mais avec lui, comment savoir. Ça m'a fait bizarre de le revoir après toutes ces années. Il a drôlement vieilli. Enfin bref, j'espère que ce courrier n'est pas trop important, tiens-moi au courant. J'ai laissé les deux enveloppes dans le tiroir du secrétaire du salon.

Reginald et Miranda Williams
ont le plaisir de convier
Rosie Dunne
au mariage de leur fille
Bethany
et du Dr Alex Stewart
le 28 décembre à 14 heures
Memorial Church de l'Université de Harvard
Ils seraient heureux que vous assistiez également
à la réception qui suivra la bénédiction,
au Boston Harbor Hotel.

Rosie,
Je retourne à Boston demain, et les pensées, les sentiments qui bouillonnent en moi se déversent enfin sur

cette page. Je te laisserai cette lettre au moment de mon départ, pour ne pas te forcer la main. Je comprends que tu auras besoin de temps pour réfléchir à ce que je vais te dire, et prendre une décision.

…

49

De : Ruby
À : Rosie
Objet : ça va ?

Je n'ai pas de nouvelles depuis presque deux semaines. Est-ce que ça va ? Je suis passée chez toi, mais Rupert m'a dit que tu étais à Galway. Tu as bouclé ta valise et tu es partie sans un mot – donc il y a quelque chose qui cloche. Combien de temps comptes-tu rester là-bas et pourquoi n'as-tu prévenu personne ?

La ligne de ta mère est coupée, je ne sais pas comment te joindre. Je comprends que tu aspires à la solitude, perdre ses parents est une terrible épreuve. Je me plaignais sans arrêt des miens, pourtant j'ai eu un mal fou à me remettre de leur disparition. Si tu as besoin de quelqu'un à qui parler, ou même à engueuler, je suis là.

Je devrais dire que je suis désolée pour ton licenciement, mais je mentirais. Tu mérites mieux que cet hôtel, tu avais des rêves trop grands pour ces quatre murs branlants. Maintenant, une fois de plus, le monde t'appartient.

S'il te plaît, fais-moi savoir comment tu vas, sinon je débarque. Ce n'est pas une menace, mais une promesse.

Bienvenue au Forum des Joyeux Divorcés de Dublin.
Solitaire : hier, le monsieur du groupe de lecture m'a invitée à sortir. Une espèce de rendez-vous galant. Ce week-end. Juste lui et moi. Mais je ne sais pas…
Primevère : vous ne savez pas quoi ?
Solitaire : si je dois fréquenter quelqu'un, je me demande si je suis prête, si vite après Tommy…
Primevère : si vite ? Au cas où vous auriez mal calculé, il y a *dix ans* que Tommy vous a quittée.
Solitaire : il ne me semble pas que ça fait dix ans.
Primevère : si vous arrêtiez de vous lamenter sur votre solitude, vous seriez capable de réfléchir à votre existence. Avec quel type du groupe de lecture devez-vous sortir ?
Solitaire : il n'y a que lui.
Primevère : je parie que, maintenant, les dames vont toutes ficher le camp. Il n'y a qu'une question à se poser : est-ce qu'il a un casier judiciaire ?
Solitaire : non, j'ai vérifié.
Primevère : bonté divine, je plaisantais ! Enfin, au moins, vous savez que votre télé ne disparaîtra pas pendant que vous êtes aux toilettes.
Solitaire : un luxe que la plupart des femmes n'apprécient pas à sa juste valeur.
Intrépide a rejoint le salon.
Primevère : il est parfait pour vous, je ne vois pas pourquoi vous ne sortiriez pas avec lui. Bonne chance.
Intrépide : Solitaire, vous sortez avec un homme ?
Solitaire : vous en parlez comme si c'était une maladie.
Primevère : ça pourrait peut-être le devenir.
Intrépide : taisez-vous, mauvaise langue. Bravo, Solitaire.
Solitaire : merci ! Mais au fait, vous avez changé de pseudo ! Timide devient Intrépide, quel bouleversement !
Intrépide : oui, j'ai enfin obtenu l'annulation de mon mariage. Vous voyez, je vous disais que l'Église a de

la jugeote. Elle considère que Leonard n'est qu'un salaud.

Primevère : venant de vous, ce commentaire est une révolution.

Fleur Bleue : félicitations, Intrépide.

Intrépide : merci, les filles ! Où aviez-vous disparu, Fleur Bleue ?

Fleur Bleue : j'ai passé ces dernières semaines dans le Connemara. J'avais besoin de méditer.

Primevère : vous allez bien ?

Fleur Bleue : non, pas très bien.

Intrépide : vous ne voulez pas nous en parler ? Nous pouvons peut-être vous aider.

Fleur Bleue : ma mère est morte, je suis au chômage, et j'ai peur d'évoquer « le reste ». Il me semble que ça lui donnerait une réalité qui me plongerait dans la dépression, car ça signifierait que les dernières années de ma vie n'ont été qu'un gâchis.

Intrépide : nous sommes toutes des spécialistes du gâchis. Ce qui se dit dans ce forum ne sort pas d'ici, vous le savez.

Fleur Bleue : merci de votre sollicitude. Bon, je me lance… j'ai retrouvé une lettre écrite juste après mon trentième anniversaire. Une lettre d'Alex qui m'était adressée mais que je n'avais pas reçue.

Solitaire : et que vous écrivait-il ?

Fleur Bleue : qu'il m'aimait.

Primevère : oooh…

Solitaire : ça alors ! Et où avez-vous trouvé cette lettre ?

Fleur Bleue : Machin me l'a rendue. En disant qu'il ne voulait pas « être responsable de ma solitude ».

Solitaire : il vous l'avait cachée pendant toutes ces années ?

Fleur Bleue : je ne comprends toujours pas pourquoi il aurait fait ça. Mais entre nous, quand nous étions mariés, je n'ai jamais compris comment il fonctionnait. En tout cas, je suis anéantie.

Primevère : vous en avez parlé à Alex ?
Fleur Bleue : c'est impensable, voyons !
Primevère : c'est très simple, au contraire. Il vient de vous avouer qu'il vous aimait.
Fleur Bleue : non, il me l'a dit voici plus de dix ans. *Avant* de se marier, d'avoir Theo. L'idée de cette chance manquée me rend tellement malade que je ne peux même pas répondre aux messages qu'il me laisse.
Solitaire : vous devez tout lui expliquer !
Fleur Bleue : j'avais l'intention de lui téléphoner, pour tâter le terrain. Mais ce matin, j'ai reçu sa carte de vœux annuelle. Avec la photo de sa femme et de ses deux fils – Theo qui a perdu deux dents de lait, Josh qui a le sourire de son père, et Bethany qui tient la main d'Alex. Ça m'a coupé le sifflet. Qu'est-ce qu'il en a à faire, à présent ? Il est heureux, il a tiré un trait sur moi.
Intrépide : croyez-moi, vous avez raison de le laisser en paix avec sa famille.
Primevère : mais elle l'aime, et c'est réciproque !
Intrépide : quel âge avez-vous à présent, Fleur Bleue ? Quarante-deux ans ?
Fleur Bleue : oui.
Intrépide : il vous a donc écrit cette lettre il y a douze ans. Ce ne serait pas bien de tout lui révéler, vous risqueriez de briser trop de cœurs innocents.
Primevère : ne l'écoutez pas. Sautez dans un avion, courez retrouver Alex et dites-lui que vous l'aimez.
Fleur Bleue : et si lui ne m'aime plus ? Durant ces dix dernières années, il ne m'a tendu aucune perche.
Intrépide : parce qu'il est marié et que c'est un homme bien.
Primevère : c'est votre vie, Fleur Bleue. Si vous voulez quelque chose, vous devez aller le chercher. Personne ne vous l'apportera sur un plateau. Les filles sages restent toujours à la traîne.

Intrépide : elles ont une conscience, ce qui leur permet de se regarder dans la glace. D'ailleurs, il faut envisager l'hypothèse que les sentiments d'Alex se soient atténués au fil du temps.

Primevère : alors elle n'aurait plus qu'à se trancher les veines ?

Fleur Bleue : elle a raison, Primevère, je dois peser le pour et le contre. Si je dis à Alex que j'ai enfin lu sa lettre et s'il ne m'aime plus, que se passera-t-il ? Je perdrai mon meilleur ami, et ça... je ne le supporterai pas.

Intrépide : votre amitié est restée intacte il y a dix ans, quand Alex n'a pas eu de réponse à sa déclaration d'amour. Il a continué à se comporter normalement, comme si rien n'était arrivé.

Fleur Bleue : pourquoi, justement ? Je me souviens qu'il m'a interrogée à propos d'une lettre, et je lui ai répondu que je ne l'avais pas reçue. Pourquoi ne m'a-t-il pas parlé à ce moment-là ?

Primevère : il a peut-être eu peur.

Fleur Bleue : je suis complètement déboussolée. Et vous, Solitaire, qu'en pensez-vous ?

Solitaire : à votre place, je crois que je me tairais.

Primevère : vous êtes ahurissantes, toutes les trois. Apprenez à vivre, bon sang ! Faites aux autres ce qu'ils vous ont fait. Vous avez toutes été piétinées.

Fleur Bleue : c'est vrai mais j'ai beau ne pas apprécier Bethany, elle ne m'a jamais fait de mal.

Primevère : elle a épousé Alex.

Fleur Bleue : il ne m'appartient pas.

Primevère : il pourrait vous appartenir.

Fleur Bleue : on ne possède pas un être et, de toute façon, ce n'est pas le bon moment.

Ruby : comment ça, tu t'installes à Galway ?

Rosie : tu as bien compris. Je quitte définitivement cet horrible appartement de Dublin.

Ruby : mais pourquoi ?

Rosie : je n'ai rien qui m'attache à cette ville. À part toi, bien sûr. Je n'y ai eu que des jobs insatisfaisants, je n'ai plus de famille ici, pas d'argent ni de compagnon. Je ne vois aucune raison de rester.

Ruby : excuse-moi de te contredire, mais tu n'as ni famille ni compagnon à Galway, et pas de boulot non plus.

Rosie : là-bas, j'ai au moins une maison.

Ruby : tu as perdu la boule, Rosie ?

Rosie : sans doute ! Mais réfléchis bien : j'ai une grande maison moderne, avec quatre chambres, sur la côte.

Ruby : précisément. Que vas-tu faire toute seule, sans travail, dans une grande maison, perchée sur les falaises du Connemara ?

Rosie : devine.

Ruby : te suicider ? J'espère que tu n'iras pas jusque-là.

Rosie : mais non, idiote ! J'ouvre un bed and breakfast ! Je sais : j'ai toujours clamé que je détestais ça, mais je compte transformer la maison en un petit hôtel, rien qu'à moi. Et je vais être un manager extraordinaire !

Ruby : mazette.

Rosie : qu'est-ce que tu en penses ?

Ruby : mazette. Je ne trouve rien de plus sarcastique à rétorquer. C'est une idée formidable. Tu es certaine de faire le bon choix ?

Rosie : de toute ma vie, je n'en ai jamais été aussi sûre ! J'ai déjà balisé le terrain. Avec l'héritage de mes parents, je peux payer l'assurance. J'ai enquêté auprès de tous les B & B du coin, ça grouille de touristes. La région est magnifique, la côte sauvage à souhait, les marais mystérieux. Les vagues se fracassent contre les falaises, on est en pleine nature – qui n'aurait pas envie de venir ici, d'y vivre ?

Ruby : moi, mais tu en parles très bien. Je crois vraiment que c'est une formidable idée. Tu es un petit génie, Rosie, je te félicite. J'espère que ce qui t'a poussée à partir ne te chassera pas plus loin.

Rosie Dunne vous accueille aux Bleuets, une confortable demeure agrée par l'Office du tourisme. Ses quatre chambres sont équipées d'une salle d'eau, du chauffage central et du téléphone.

Les Bleuets sont le lieu idéal pour explorer le Connemara, faire de la randonnée dans les collines, pêcher le saumon et la truite dans le Lough Corrib, le plus grand lac naturel d'Irlande, pratiquer la plongée sous-marine, la voile et le surf sur la côte et ses immenses plages de sable fin.

Vous visiterez le Parc national du Connemara, qui s'étend sur 2 000 hectares, et pourrez admirer ses montagnes, ses marais, ses prairies, sa faune et sa flore incomparables, sans oublier les tombes mégalithiques vieilles de 4 000 ans. Les golfeurs chevronnés trouveront dans la région de nombreux terrains dignes des plus grands champions.

Après une journée consacrée à la marche, aux promenades à cheval ou à bicyclette, à l'escalade, nos hôtes pourront se reposer au coin du feu, dans le salon des Bleuets qui met à leur disposition une télévision, des jeux de société et une bibliothèque fournie. Le petit déjeuner traditionnel irlandais est servi dans la salle à manger et le petit salon qui offrent une vue panoramique sur les montagnes et l'océan Atlantique.

Tarif : 35 euros par personne et par nuit.

Pour réserver, contacter Rosie Dunne.

De : Katie
À : Maman
Objet : super !

C'est fantastique ! Les photos sont magnifiques, tu as vraiment transformé cette maison en palace. Tu es enfin Rosie Dunne, propriétaire et manager des

Bleuets ! Je viendrai la semaine prochaine, pour t'aider à tout boucler, on ira acheter ce qui manque pour la déco. Mamie et papi seraient tellement fiers de toi.

Bravo, maman.

Chère Rosie,

Je voulais simplement savoir s'il n'y a rien qui cloche entre nous. Depuis quelque temps, au téléphone, tu me parais un peu… bizarre. Ai-je fait quelque chose qui t'a déplu ? Je ne vois pas en quoi j'aurais pu te vexer, mais si c'est le cas, dis-le-moi. En ce moment, j'ai le don d'énerver les femmes de ma vie. Bethany se met en colère dès que je la regarde. Organiser cette fête pour les dix ans de Theo, la semaine prochaine, la rend dingue. Je précise qu'elle a surtout invité ses propres amis.

Quant à Josh, il n'arrête pas de m'emprunter ma voiture pour rouler toute la nuit avec sa nouvelle petite amie. Elle est charmante, et je ne comprends pas ce qu'elle trouve à mon fils. Il ne fiche rien (je parle comme mon père). Il est censé entrer à l'université en septembre prochain, mais dans la mesure où il ne s'est inscrit nulle part et ne sait pas du tout ce qu'il a envie de faire, hormis conduire ma voiture, je sens qu'il va prendre une année sabbatique avant de poursuivre ses études.

Heureusement, Theo trouve Josh cinglé. En fait, il a peur de lui. Nous espérons donc que Theo sera le fils digne de ses parents dont nous pourrons parler en société (je plaisante, bien sûr).

À l'hôpital, ça ne se passe pas trop mal. Je fais toujours la même chose, néanmoins depuis que Reginald Williams a pris sa retraite, mon quotidien est considérablement plus facile. Je peux respirer sans avoir à me justifier. Travailler avec son beau-père est aussi peu recommandé que vivre avec la fille dudit beau-père (là aussi, bien sûr, je rigole – jaune, mais c'est une autre histoire).

Je m'arrête là, je voulais juste m'assurer qu'il n'y avait pas de brouille entre nous. La brochure pour ton B & B est fantastique ! Je te souhaite un succès éclatant, Rosie, tu le mérites.

Affectueusement,

Alex

De : Rosie
À : Alex
Objet : pardon

Si je t'ai paru distante au téléphone, je te prie de m'excuser. J'étais un peu perturbée par certaines choses que j'ignorais et qui ont ressurgi du passé. Ça m'a tracassée un moment, mais ça va mieux.

Voilà, je suis prête à passer les dix prochaines années de mon existence à réaliser mon rêve de gloire et de bonheur. Tu seras le bienvenu ici chaque fois que tu en auras envie.

De : Alex
À : Rosie
Objet : merci

Merci infiniment pour ta généreuse invitation, Rosie. Compte sur moi pour te prendre au mot chaque fois que ma femme aura le dos tourné.

De : Rosie
À : Alex
Objet : flirt

Dis donc, Alex, tu ne serais pas en train de flirter avec moi ?

De : Alex
À : Rosie
Objet : re : flirt

Je crois bien que si, Rosie Dunne. Contacte-moi dans dix ans, quand ton rêve de gloire aura abouti.

CINQUIÈME PARTIE

50

Vous avez un message de : KATIE

Katie : bon anniversaire, maman ! Ça fait quoi d'avoir cinquante ans ?

Rosie : chaud.

Katie : tu as toujours tes bouffées de chaleur ?

Rosie : oui. Et ça fait quoi d'avoir presque trente et un ans ? Ma fille unique commencerait-elle à envisager de poser ses valises, de se chercher un job décent et de me donner des petits-enfants ?

Katie : hmm... je ne sais pas trop. Figure-toi que, ce matin, il y avait un petit garçon qui construisait un château de sable sur la plage et, pour la première fois de ma vie, j'ai trouvé ça mignon. Il n'est pas impossible que je me mette à réagir comme le commun des mortels.

Rosie : alors, tout espoir n'est pas perdu. Je vais peut-être pouvoir avouer bientôt aux gens que j'ai une fille.

Katie : très drôle. Comment marche ta petite entreprise ?

Rosie : fort bien, Dieu merci. J'allais remettre le site web à jour quand j'ai eu ton message. Les Bleuets ont désormais sept chambres.

Katie : formidable. Au fait, tu ne devineras jamais qui j'ai rencontré au club, hier soir.

Rosie : si je n'ai aucune chance de deviner, je ne joue pas.

Katie : Toby Flinn ! !

Rosie : un ancien petit ami ?

Katie : maman ! Toby Flynn ! Mon meilleur ami ! *Toby !*

Rosie : oh, Seigneur ! Comment va-t-il, ce petit chou ?

Katie : bien ! Il est dentiste à Dublin, il a suivi sa vocation, et il passe deux semaines de vacances à Ibiza. C'était vraiment étrange de le revoir au bout de dix ans, mais il n'a pas du tout changé.

Rosie : c'est merveilleux. Dis-lui que je l'embrasse.

Katie : je n'y manquerai pas. On dîne ensemble ce soir.

Rosie : un rendez-vous galant ?

Katie : je ne pourrais pas sortir avec Toby. C'est Toby !

Rosie : si tu le dis, ma chérie.

Katie : maman ! Toby était mon meilleur ami. Ce serait trop bizarre.

Rosie : je ne vois pas ce qu'il y aurait de mal à fréquenter ton meilleur ami.

Katie : ce serait comme si tu sortais avec Alex !

Rosie : je trouverais ça très bien.

Katie : maman !

Rosie : quoi ? Ça n'a rien de si extraordinaire. À propos, tu as eu des nouvelles d'Alex, récemment ?

Katie : hier. Il est de nouveau banni de la chambre conjugale. Bethany le persécute. Franchement, je les trouve tous les deux stupides d'attendre que Theo entre à l'université.

Rosie : ils ont surtout été stupides de se marier. Mais tu connais Theo, il est tellement sensible. La séparation de ses parents lui briserait le cœur. Il lui faudra pourtant affronter ça à Paris, quand il sera aux Beaux-Arts. Je ne saisis pas pourquoi ils pensent que ce sera mieux pour lui.

Katie : moi, j'ai toujours dit que c'était un couple infernal. Josh, lui, attend le divorce avec impatience. Il ne supporte pas Bethany. Bon, il faut que je te quitte. Je vais contacter Alex, lui raconter pour Toby. Il n'en reviendra pas ! Profite de ton anniversaire, maman, ne travaille pas trop.

Vous avez un message de : KATIE
Katie : salut, Alex.
Alex : bonjour, ma merveilleuse filleule. Comment vas-tu et que veux-tu ?
Katie : je vais bien, et je ne veux rien.
Alex : les femmes veulent toujours quelque chose. Comment se porte mon fils ? J'espère qu'il travaille dur dans ton île.
Katie : en tout cas, il est toujours vivant.
Alex : tant mieux. Dis-lui de m'appeler un peu plus souvent. Ça m'est très agréable d'avoir de ses nouvelles par ton intermédiaire, mais je serais content d'entendre sa voix.
Katie : je transmettrai le message. Tu ne devineras jamais qui j'ai rencontré au club hier soir !
Alex : si je n'ai aucune chance de deviner, je ne joue pas.
Katie : maman m'a fait exactement la même réponse. Toby Flynn ! !
Alex : un ancien petit ami, une célébrité ? Donne-moi un indice.
Katie : maman et toi, avec le grand âge, vous perdez vraiment la mémoire. Toby, mon meilleur ami !
Alex : oh, *notre* Toby. Comment va-t-il ?
Katie : bien. Il est dentiste à Dublin et en vacances à Ibiza. Il m'a demandé de tes nouvelles.
Alex : salue-le pour moi, si tu le revois.
Katie : oui, on dîne ensemble ce soir.
Alex : un rendez-vous galant ?
Katie : mais qu'est-ce que vous avez, maman et toi ? C'était mon meilleur ami.
Alex : et alors ? Je ne vois pas pourquoi ça vous empêcherait de sortir ensemble.
Katie : c'est aussi ce que m'a dit maman !
Alex : ah oui ?

Katie : oui, et j'ai essayé de lui expliquer que ce serait comme si elle sortait avec toi.
Alex : et qu'est-ce qu'elle a répondu à ça ?
Katie : cette idée ne l'a pas trop dérangée. Par conséquent, quand tu quitteras ton foyer, tu sais qu'il existe au moins une femme prête à te recueillir. Ha, ha.
Alex : ah bon...

Vous avez un message de : ROSIE
Rosie : salut, l'ancêtre, qu'est-ce que tu fais de beau ?
Ruby : je suis dans mon rocking-chair, je tricote. Non, je blague... Gary, Maria et les enfants viennent de partir, je suis crevée. Et toi, qu'est-ce que tu fais ?
Rosie : je m'accorde une pause, après avoir nettoyé la poussière qu'ont laissée les maçons. Ils ignorent jusqu'au sens du mot « aspirateur ».
Ruby : je ne connais pas non plus cette machine. C'est une invention récente ? Comment est cette nouvelle aile des Bleuets ?
Rosie : magnifique. Maintenant, je peux rester dans ma partie de la maison et les clients dans la leur. J'ai décoré une chambre à ton goût, qui sera la tienne quand tu viendras – bientôt, j'espère. Et ce soir, je dîne avec Sean.
Ruby : encore ? Dis donc, ça devient une habitude.
Rosie : c'est un homme adorable, j'apprécie beaucoup sa compagnie. Même si la maison est toujours pleine de monde, il m'arrive encore de me sentir seule, aussi c'est agréable de passer des moments avec lui de temps en temps.
Ruby : je comprends. Il semble être un gentleman.
Rosie : il l'est.
Ruby : j'ai appris que le mariage d'Alex avait capoté.
Rosie : ce mariage n'en était pas un, malheureusement pour Alex.
Ruby : qu'est-ce que tu en penses ?
Rosie : je suis triste pour lui, et contente à la fois.

Ruby : tu peux me dire la vérité. Qu'est-ce que tu ressens, au fond de toi ?

De : Katie
À : Rosie
Objet : au secours, maman !

Maman, il m'est arrivé quelque chose de si étrange. De toute ma vie, je ne me suis jamais sentie aussi… bizarre.

Hier, j'ai dîné avec Toby chez Raul, dans la vieille ville. Nous avons marché ensemble dans une rue pavée qui grimpait à pic et où de vieilles femmes toutes vêtues de noir, assises sur des chaises devant leurs maisons, profitaient de la fraîcheur du soir.

Il n'y avait que quelques tables dans la salle du restaurant et, comme nous étions les seuls touristes, j'avais l'impression d'être une intruse. Mon travail ne me permet pas de venir souvent dans cette partie de l'île, malheureusement.

Le patron de l'hôtel où loge Toby lui avait suggéré de dîner là – le restaurant domine les terres d'un côté et la mer de l'autre. Il faisait doux, il y avait des étoiles dans le ciel, un homme jouait du violon. Il me semblait être au cinéma, mais c'était infiniment mieux puisque c'était réel et que ça m'arrivait à moi.

Nous avons jacassé comme des pies, même après avoir fini le repas, jusqu'à ce qu'on nous mette gentiment à la porte vers deux heures du matin. Je crois que je n'avais jamais autant ri. Nous avons continué à bavarder en nous baladant sur la plage, nous parlions du bon vieux temps et de tout ce que nous avions fait depuis.

Maman, je ne sais pas si c'est le vin, ou la chaleur, ou simplement mes hormones qui s'emballaient… Toby m'a effleuré le bras et j'ai… vibré de la tête aux pieds. J'ai presque trente et un ans, pourtant jamais je n'avais éprouvé ça. Et puis, il y avait ce silence. Ce silence tellement étrange. Nous nous sommes regardés comme si nous nous découvrions. Comme si la terre s'était arrêtée de tourner, rien que pour nous. Dans ce silence étrange et magique.

Alors il m'a embrassée. *Toby* m'a embrassée. Jamais on ne m'avait embrassée de cette façon. Quand nos lèvres se sont désunies, que j'ai rouvert les paupières, il me regardait, comme s'il allait dire quelque chose. Le Toby que je connaissais aurait dit : « Je parie que tu as mangé des pepperoni. »

C'était si gênant.

Par réflexe, j'ai touché mes dents, parce qu'il me taquinait toujours à cause de mes bagues dentaires et de la nourriture qui s'accrochait dedans. Mais il a saisi mes mains et les a doucement écartées de ma bouche en disant : « Non, cette fois j'ai enfin pu goûter ce que tu as mangé. »

Mes genoux se sont dérobés sous moi. Que Toby m'embrasse était si bizarre et pourtant complètement naturel. C'est ça le plus étrange, tu comprends ?

Nous avons passé toute la journée ensemble, et mon estomac est déjà noué à l'idée de le revoir ce soir. J'ai le cœur qui cogne. Je sais à présent de quoi parlaient mes amies quand elles essayaient de décrire cette sensation. C'est tellement merveilleux qu'il n'y a pas de mots. Papa se moque de moi, il paraît que j'ai un sourire béat.

Toby m'a demandé de revenir à Dublin, maman ! Pas pour vivre avec lui, bien sûr, mais pour ne pas être séparés. Et je pense que je vais le faire. Pourquoi pas ? Pour reprendre les vieux clichés, je jette la prudence aux orties, je saute dans le vide… on verra bien où j'atterris. Si je n'écoute pas ce que me dicte mon instinct, qui sait où j'en serai dans vingt ans ?

Tout cela est insensé, n'est-ce pas ? En vingt-quatre heures…

De : Rosie
À : Katie
Objet : magnifique !

Ce n'est pas insensé, Katie. Absolument pas ! Profites-en, ma chérie. Profite de chaque instant.

De : Katie
À : Alex
Objet : amoureuse !

Maman avait raison, Alex ! On peut tomber amoureuse de son meilleur ami. J'ai bouclé mes valises et je rentre à Dublin, le cœur débordant d'amour et d'espoir, la tête pleine de rêves. Maman me parlait souvent de ce silence qui l'avait tant troublée autrefois, elle aussi. Elle me disait que quand je ferais l'expérience de ce silence-là avec un garçon, j'aurais trouvé celui qu'il me fallait. Je commençais à croire qu'elle avait tout inventé, mais non : ce silence magique existe vraiment !

Vous avez un message de : ALEX
Alex : elle aussi avait ressenti ce silence.
Phil : qui, quoi, quand ?
Alex : Rosie, autrefois.
Phil : oh, revoilà le fameux silence. Tu ne l'avais pas remis sur le tapis depuis des années.
Alex : ce n'était pas le fruit de mon imagination, Phil !
Phil : dans ce cas, pourquoi est-ce à moi que tu en parles ? Éteins ton ordinateur, pauvre idiot, et prends le téléphone ou un stylo.
Alex s'est déconnecté.

Ma chère Rosie,

J'ai déjà tenté ma chance une fois, il y a bien longtemps, sans que tu le saches. Tu n'as jamais reçu ma lettre et je m'en félicite car mes sentiments ont profondément changé depuis cette époque. Ils se sont intensifiés chaque jour un peu plus.

J'irai droit au but. Si je ne te dis pas maintenant ce que j'ai à dire, je crains de ne jamais le faire. Or il faut que je parle.

Aujourd'hui, je t'aime plus que jamais ; demain je t'aimerai davantage encore. J'ai besoin de toi, plus que jamais ; je te veux, plus que jamais. C'est un homme de cinquante ans qui vient à toi, tel un adolescent fou amoureux, et qui t'implore de l'aimer.

Rosie Dunne, je t'ai toujours aimée, même à dix ans quand je ne t'ai pas invitée à ma fête d'anniversaire, même à dix-huit ans lorsque j'ai dû quitter notre pays, même le jour de mon mariage, et le jour de ton mariage, au fil des baptêmes, des anniversaires et des disputes. Je t'ai aimée sans cesse. Fais de moi l'homme le plus heureux de la terre, en devenant ma compagne.

Réponds-moi, je t'en prie.

Alex

Épilogue

Rosie relut la lettre pour la millième fois, la replia soigneusement en quatre et la glissa dans son enveloppe. Elle balaya du regard sa collection de lettres, de cartes de vœux, de mails, de fax et de petits billets qui dataient du temps de l'école. Ces trésors étaient éparpillés sur le sol, par centaines, et chacun racontait son histoire, parlait de tristesse ou de victoire, chacun symbolisait une étape de son existence.

Elle avait tout conservé.

Elle s'assit sur le tapis en peau de mouton, devant la cheminée de sa chambre, dans le Connemara, et contempla tous ces mots déployés devant elle. L'encre de sa vie. Elle avait passé la nuit à lire, elle en avait mal au dos et aux yeux, à force de fatigue et de larmes.

Les êtres qu'elle avait aimés, et qui n'étaient plus là à présent, avaient ressuscité pour elle durant ces longues heures, tandis qu'elle se replongeait dans leurs angoisses, leurs émotions et leurs pensées. Des amis qui s'étaient éloignés, des collègues, des camarades, des amants et des membres de sa famille. Elle avait revécu toute sa vie en une nuit.

Le soleil s'était levé, sans qu'elle s'en aperçoive, les mouettes dansaient dans le ciel, saluaient à grands cris la manne que la mer en furie leur offrait. Les vagues se fracassaient contre les rochers, menaçantes, des nuages gris pareils à des volutes de fumée s'effilochaient, malgré l'averse matinale, sur le rebord de sa fenêtre.

Un arc-en-ciel s'élançait du village endormi, enjambait le ciel pâlissant et prenait pied dans la prairie voisine des Bleuets. Un éventail vibrant de rouge pomme d'api, de jaune, d'abricot, de jasmin, de rose nacré et d'indigo, peint sur fond de gris. Si proche que Rosie tendit la main pour le toucher.

La sonnette de la réception, au rez-de-chaussée, retentit. Rosie pesta et consulta sa montre : six heures et quart.

Un client qui arrivait.

Elle se redressa lentement, grimaça, courbaturée. Elle dut se cramponner au lit pour se mettre debout.

La sonnette retentit de nouveau.

Elle avait les genoux qui craquaient.

— Oui, je viens ! dit-elle, avec un effort pour étouffer l'irritation dans sa voix.

Ne pas fermer l'œil de la nuit pour relire ces lettres, quelle sottise. Elle avait du pain sur la planche et ne pouvait pas se permettre de flancher. Cinq de ses clients partaient, il fallait nettoyer les chambres, changer les draps pour les quatre personnes qui débarqueraient dans la journée. Or elle n'avait même pas commencé à préparer les petits déjeuners.

Précautionneusement, elle navigua entre les monceaux de lettres répandues sur le tapis, s'efforçant de ne pas piétiner ces bouts de papier si précieux.

Encore cette sonnette.

Elle marmonna un juron. Ce matin, elle n'était pas d'humeur à accueillir des clients impatients.

— Une minute ! lança-t-elle avec une fausse gaieté.

Elle descendit précipitamment l'escalier, se tenant à la rampe. Son pied heurta un sac de voyage bêtement posé au bas des marches. Elle se sentit basculer en avant, quand une main lui agrippa le bras pour l'empêcher de tomber.

— Je suis désolé, dit une voix masculine.

Rosie releva vivement la tête. Elle regarda l'homme debout devant elle. Il était grand, ses cheveux bruns grisonnaient aux tempes. Il avait des rides autour des yeux et de la bouche. Il semblait fatigué, comme tout un chacun après un long voyage en avion et quatre heures de route jusqu'au Connemara. Mais ses yeux, malgré leur lassitude, brillaient, débordant d'émotion.

Ceux de Rosie s'emplirent aussi de larmes. Il lui serra plus fort le bras.

C'était lui. Enfin, c'était lui. L'homme qui avait écrit l'ultime lettre qu'elle avait lue et relue, qui la suppliait de lui donner une réponse.

Évidemment, elle la lui avait aussitôt donnée, cette réponse. Et tandis que le silence magique les enveloppait de nouveau, après tant d'années, ils ne purent que se regarder. Et sourire.

REMERCIEMENTS

Nombreux sont ceux qui ont contribué à ce que ce livre existe.

Un grand merci à mes éditeurs Lynne Drew et Maxine Hitchcock. Merci également à Amanda, Jane, Kelly, Fiona, Moira, Damon, Tony, Andrea, Lee et le reste de la fabuleuse équipe de HarperCollins, pour leur travail acharné, leur indéfectible soutien et leur foi en moi.

Merci à :

Marianne Gunn O'Connor, mon agent et amie.

Ma mère, mon père, Georgina, Nicky et Keano pour leur affection, leurs conseils et leur bonne humeur. Ils sont pour moi le sel de la terre.

David, qui m'accompagne à chaque étape de cet incroyable voyage.

Après l'année que j'ai vécue, tous ceux qui me sont proches méritent ma gratitude. J'ai de la chance d'être si bien entourée. Merci donc à :

Sarah et Lisa, Olive et Robert, Enda et Sarah, Rita et Mark, Colm et Angelina, Dominic et Catherine, Raphael, Ibar, Ciaran et Carmel, Ronan et Jennifer, Eileen et Noel, Maurice et Moira, Kathleen et Donie, Noel et Helen.

Susanna, Paula et SJ, Adrienne et Roel, Ryano et Sniff, Neil et Breda, Jimmy et Rose, Lucy, Elaine et Joe, Gail, Eadaoin, Margaret. Un grand merci à Thrity, Gerald et Clodagh, Daithi et Brenda, Shane et Gillian, Mark et Gillian, Yvonne, Nikki et Adam, Leah BH, Paul et Helen, Drew Reed, Gary Kavanagh, Pat Lynch, Sean Egan, Madeleine Jordan, Michael Ryan, Sarah Webster et sœur Mary Joseph, Lindy Clarke.

Un merci particulier à Vicki Satlow.

Merci à mes grands-parents Olive, Raphael, Julia et Con qui, tout là-haut, doivent veiller sur moi, et merci au Seigneur qui doit les aider.

Merci à tous ceux qui ont aimé mes livres. Vous m'avez émue et donné le sourire, je vous remercie du fond du cœur.

Enfin, merci à toi, Rosie Dunne, qui m'a hantée toutes les nuits jusqu'à ce que je mette un point final à ton histoire.

8221

Composition Nord Compo
Achevé d'imprimer en Slovaquie
par Novoprint SLK
le 26 avril 2012.
Dépôt légal avril 2012. EAN 978-2-290-35310-3
1er dépôt légal dans la collection : janvier 2007.

Éditions J'ai lu
87, quai Panhard-et-Levassor, 75013 Paris
Diffusion France et étranger : Flammarion